Lina Wilms

Weil du mich das Fliegen lehrst

Die Autorin
Lina Wilms, geboren 1989 im Bündnerland, lebt in Zürich. Bereits mit acht Jahren schrieb sie Kurzgeschichten, mit zehn begann sie, über die Liebe zu schreiben. Nachdem sie beim Radio Einblicke in die Medienwelt erhalten und »Literarisches Schreiben« studiert hat, arbeitet sie nun neben dem Schreiben als Buchhändlerin.

Das Buch
Leyla und Dero gehen seit einem Jahr in die gleiche Klasse, ohne je ein Wort miteinander gewechselt zu haben. Dero, der ungezähmte Bad Boy, und Leyla, die schüchterne Schöne, leben nebeneinander her, als würde ihre gemeinsame Geschichte nie einen Anfang nehmen. Doch dann: ein Zusammenstoß, ein Blick, ein Tag, der alles verändert. Noch ahnen sie nichts davon, dass sie alles füreinander tun würden, sich gegenseitig retten und lieben würden. Und dass diese Liebe das größte Glück und den größten Schmerz für sie bereithalten würde ...

Lina Wilms

Weil du mich das Fliegen lehrst

Roman

FOREVER

MIX
Papier aus verantwortungsvollen Quellen
FSC® C083411

Originalausgabe bei Forever.

Forever ist ein Digitalverlag
der Ullstein Buchverlage GmbH, Berlin
April 2016

Umschlaggestaltung:
ZERO Werbeagentur, München
Titelabbildung: © FinePic®
Druck und Bindearbeiten:
CPI books GmbH, Leck

ISBN 978-3-95818-903-4

»Your trust in yourself and your faith is the only thing that keeps you going in life. It's not just about living your dream, it's actually realizing how beautiful the moment is when you achieve what you've been dreaming about. This moment of beauty, when a smile spreads on your face, filled with love and truth.«

Leyla zuckte zusammen. Ein Krankenwagen, der nicht weit entfernt schien, heulte vorbei und ließ sie erstarren. Ihr Herz begann stärker zu pochen, ihr Gesicht wurde fahl. *Würde das denn niemals enden*, dachte sie und zog die Beine auf den Stuhl, nah an sich heran. Bevor die Sirenen in der Ferne verstummten, entschwand Leyla ganz der Realität.

Marina, ihre beste Freundin, saß neben ihr, legte ihr die Hand auf die Schulter und holte sie zurück. Marina war die Einzige, die wusste, dass das Heulen der Sirenen unbeschreiblichen Schmerz hervorrufen konnte.

»Atme, Leyla. Atme tief«, sagte sie beruhigend und Leyla holte tief Luft.

Ihre Augen füllten sich wieder mit Seele und sie ließ die Beine hinunterplumpsen.

»Wer kann mir also die richtige Konjunktion servieren?«

Schule. Sie saßen in der Deutschklasse von Herrn Mender. Nichts Spannendes, nur Verben, die nie jemand brauchen würde. Herr Mender zeigte auf Sharon. Doch die war mit ihren Nägeln zugange. Sie war meist mit nichts anderem beschäftigt. Doch bevor sie sich abquälen musste, läutete es zur Pause.

Benommen packte Leyla ihr Schulzeug in die Tasche. Sie hatte es nicht eilig. Sie brauchte einen Moment Ruhe, bevor Marina ihr weitere Tipps für ihre Angstanfälle geben würde. Und wie gedacht stand Marina an Leylas Schulschrank und wartete, bis ihre beste Freundin langsam auf sie zu trottete. Sie sagte nichts. Sie ließ Leyla in Ruhe und Leyla war dankbar dafür. Leyla hatte ihr öfter erklärt, was geschah, wenn sie einen Krankenwagen hörte. Und Marina war zwar verständnisvoll, doch genauso überfürsorglich, obwohl sie nicht dabei gewesen war. Sie hatten sich damals noch nicht gekannt, als Leyla mitten in der Nacht verschwitzt vom Läuten des Telefons geweckt wurde und in der Ferne das erste Mal Sirenen hörte und wusste, dass diese Sirenen Schlimmes für sie bedeuteten. Am Telefon war ihre Großmutter und weinte. Leyla schlagartig hellwach, ohne zu wissen, wie es weitergehen würde. Ohne zu wissen, dass diese Nacht alles veränderte. Leyla war erst 12 und doch wusste sie, wie ein Taxi zu bestellen war. Eine halbe Stunde später stand sie allein vor dem riesigen Eingang des Krankenhauses, und wieder diese Sirenen. Konnte die denn niemand abstellen? Ihre Großeltern fuhren mit dem Auto heran. Gemeinsam rannten sie zur Rezeption. Leyla hörte gar nicht hin, was ihr Großvater Franz zu den Schwestern hinter dem Tresen sagte.

Ein Arzt kam auf sie zu. Mit einem Blick, den Leyla nie wieder vergessen würde. Genau wie diese verdammten Sirenen.

»Heeey, passt doch auf!«, riss das Geschrei von Marina Leyla aus ihren Erinnerungen.

Ein Volleyball flog auf sie zu und Phil schlenderte grinsend zu ihnen, um seinen Ball zu holen.

»Wollt ihr mitspielen?«, fragte er flirtend Marina. Die verdrehte die Augen und wandte sich Leyla zu.

»Willst du einen Kaffee trinken gehen?«, fragte sie ihre Freundin.

Leyla nickte und wich auf dem Weg zur Kantine nicht von Marinas Seite. Leyla war kein ruhiges Mädchen, das war sie noch nie. Aber wenn sie in ihre eigene Welt eintauchte, musste keiner mit ihr zu reden versuchen. Marina war die Einzige, die diese Momente erkennen konnte und Leyla dann von allen abschirmte. Als sie sich mit einem Kaffee an einen der vielen langen Tische setzten, war Leyla wieder die Alte.

Sharon stieß dazu und ließ sich genervt auf den Stuhl neben Leyla plumpsen. Marina und Leyla grinsten, sie wussten, was kommen würde. Sharon regte sich übertrieben über Herrn Mender auf.

»What the hell is wrong with him?«, ächzte sie.

Sharon war Amerikanerin und seit weniger als fünf Jahren in der Schweiz. Ihr Vater wurde beruflich versetzt, und zu allem Übel, laut Sharon, musste die ganze Familie von ihrem geliebten Santa Barbara wegziehen. Sharon war intelligent und die Einzige der Familie, die bereits so gut Deutsch konnte. Doch ihre Intelligenz behielt sie gerne und oft versteckt. Sie konnte sich über alles aufregen und es war kein Witz, dass ihre Laune in den Keller sank, wenn sie einen abgebrochenen Nagel hatte. Warum Sharon Leyla und Marina dazu aussuchte, ihre Freundinnen zu sein, war den beiden bis heute ein Rätsel. Doch sie genossen die frische und etwas andere Art ihrer *American beauty*.

»It's like he hates me for real«, schnauzte sie weiter.

»Ach, lass ihn doch, der steht doch nur auf dich«, lächelte Marina.

»No, please.«

»Habt ihr gehört, dass er von seiner Frau verlassen wurde?«, fragte Leyla.

Ihre Freundinnen grinsten und nickten im gleichen Takt.

»Ich hab Lust auf einen Schokoladenpudding. Ich geh mir einen holen. Wollt ihr auch was?«, beendete Leyla die Konversation. Wieder im Takt schüttelten die beiden den Kopf. Leyla stand auf und lief zum Buffet, ging schnurstracks zum Kühlfach und fischte sich einen der letzten Puddinge heraus. In Vorfreude auf die Süßspeise wollte sie sich umdrehen und zur Kasse laufen. Doch jemand stand ihr im Weg. Und wie konnte es anders sein, sie knallte direkt in einen Jungen. Ihre Stirn traf sein Kinn.

Beide hielten sich die schmerzende Stelle und schauten sich böse an.

»Was stehst du auch direkt hinter mir?«, schnauzte Leyla ihn an, bevor sie überhaupt sah, in wen sie stieß.

»Ich konnte nicht ahnen, dass du so ruckartige Bewegungen drauf hast«, antwortete er und hob den Ball auf, den er vor Schreck fallengelassen hatte.

»Vollidiot«, flüsterte sie vor sich hin, doch er hatte es gehört.

»Vollidiot? Wirklich? Pass einfach nächstes Mal auf. Du bist nicht alleine auf der Welt!«, gab er zurück und musste sich ein Grinsen verkneifen.

»So ein Vollidiot«, wiederholte Leyla, während sie sich zu ihren Freundinnen setzte.

»Wer?«, fragte Sharon.

»Dero. Stellt sich hinter mich und gibt mir dann die Schuld, dass ich ihn anrempele. Gott sei Dank ist er so groß, hab nur sein Kinn erwischt.«

»Er hat mit dir geredet?«, fragte Marina überrascht, »das ist auch was Neues. Der steht bestimmt auf dich.«

»Oh gosh, was habt ihr immer mit he's into you. Nur weil sie gemein zu uns sind? Ihr Europäer habt echt andere Ansichten of love.«

»Dero steht auf niemanden. Nur auf seinen Ball und Phil.«

Die Mädels lachten und Leyla wandte sich genüsslich ihrem Pudding zu.

Leyla leckte das Töpfchen aus, als Sharon und Marina Richtung Ausgang der Mensa liefen. Sie warf den Pappbecher mit Kaffee und den leeren Pudding in den Eimer und eilte ihnen nach. Vor der Mensa gab es mehrere Bänke, auf die man sich draufsetzen konnte, und es war einer der wenigen Orte, an denen man rauchen durfte. Marina klaubte sich eine Zigarette aus dem Päckchen und zündete sie mit völligem Automatismus an. Sharon blieb stehen und beschäftigte sich wieder mit ihren Nägeln, irgendwas störte sie daran noch immer. Vielleicht war sie aber nur in Gedanken. So genau wusste man das nie. Leyla setzte sich auf eine Bank gegenüber.

»Warum rauchst du noch? Wolltest du nicht nach den Ferien damit aufhören?«, fragte sie Marina.

Die schüttelte ihren Kopf: »Ich muss es gar nicht erst versuchen. Ich begann aus Liebeskummer und jedes Mal habe ich wegen Liebeskummer wieder angefangen, egal wie lange ich schon eine Pause eingelegt habe.«

»Mari, es sind sechs Wochen seit Ron weg ist, du bist doch sonst nicht so, wie soll ich sagen ... lange am Trauern?«

»Leyla's right. Hast du nicht erzählt, dass du in den Sommerferien jemand kennengelernt hast?«

»Ja, aber jetzt bin ich wieder hier und überall sehe ich die Spuren, die er hinterlassen hat.«

Leyla musste grinsen, Marina war eine Nummer für sich. Sie wurden still, als sich eine Gruppe Jungs zu den Bänken gesellte und über irgendwelche amerikanischen Footballspieler diskutierte. Leyla schaute zu Sharon und sah, wie diese ihre Augen verdrehte. Sie konnte ihre Gedanken lesen, doch dabei bemerkte sie noch was anderes. Sharon nahm einen Typen der Gruppe unter die Lupe und sie konnte ihren Blick nicht von ihm abwenden.

»Lasst uns gehen«, unterbrach Marina die Stille.

Sie stand auf, schulterte ihre Schultasche und schritt voran. Leyla wartete darauf, dass Sharon sich losriss und nachging.

»Der gefällt dir, nicht wahr?«, neckte Leyla ihre Freundin.

»Wer, was, wo?«

Marina hatte mal wieder nichts mitgekriegt.

Doch Sharon wiegelte ab.

»Die hatten keine Ahnung von richtigem Football.«

»Quatsch, ich hab es doch gesehen, du hast ihn aufgefressen mit deinem Blick.«

Marina verstand nur Bahnhof.

»Von was redet ihr, bitte?«

»Egal, let it be. Und träum weiter von deinem Mischmasch aus Ferienflirt and Ron. Wer hat das Rennen gewonnen?«

Marina grinste und sie dachten alle drei an einen Dritten. Marina ging voraus und stieß ihnen die Tür auf. Sharon schlüpfte durch den zugehenden Spalt und kniff Leyla in den Arm.

»But Sebastian is kind of cute, don't you think?«

»Ich wusste es«, lachte Leyla und entschied sich, keine Antwort zu geben.

Erstens kannte sie ihn zu wenig und zweitens hatte sie gehört, dass er mit einem Mädchen aus einem jüngeren Jahrgang was hatte. Damit war er für sie uninteressant.

»Ihr redet von Sebastian?«, fragte Marina und war wieder auf der Erde angelangt.

»No. Shut up.«

»Der hat doch was mit dieser wasweissich aus der Ersten.«

»You know her?«

»Nein, nicht wirklich, sie geht in die gleiche Klasse wie meine Nachbarin, und ich habe sie einmal mit ihm in der Mensa essen sehen.«

»Wo waren wir da?«, fragte Sharon verblüfft.

»Du bestimmt auf dem Klo und Leyla war da, glaube ich, krank.«

»Du kannst dich aber gut erinnern«, gab Leyla in die Runde, als sie in der dritten Etage angekommen waren. Sie hatten Musik.

»Ich kann mich nur daran erinnern, weil Phil von ihnen verscheucht wurde. Sie saßen vor mir und als er beleidigt abzottelte, fingen sie an zu flüstern, das kam mir komisch vor.«

»So they're together?« Sharons Augen verdunkelten sich.

»Ich glaube nicht. Sebastian ist kein Typ für eine feste Bindung«, versuchte Leyla ihre Freundin zu beruhigen. Doch wie man sich denken konnte, half das nicht.

Manchmal nervte es Leyla, dass bei ihren Freundinnen Männer

oft im Vordergrund standen, doch an einem Tag wie diesem ließ sie es gerne über sich ergehen. Besser, als wenn sie ihren Fokus auf sie legen würden. Während sie sich einsangen, begann Leyla zu überlegen. Sie war glücklich, ja, war sie das? Es lief alles wie es sollte. In der Schule bekam sie gute Noten, der Stundenplan war perfekt für sie aufgeteilt. Es gab zwar Fächer, die sie nicht mochte, die aber untergingen, weil sie zwischen Lieblingsfächern von ihr lagen. Ihre Freundinnen waren super, brachten sie zum Lachen, kannten den Unterschied zwischen einem ruhigen und einem aufgedrehtem Moment und waren für sie da. Auch zuhause gab es nichts zu meckern. Ihre Großeltern gingen von Anfang an ganz bedacht mit ihr um, ließen ihr Freiheiten und wussten, wann es Zeit für etwas Strenge war. Besonders Großmutter kannte diese Anzeichen, weil ihre Tochter sich im gleichen Alter ab und an genauso verhalten hatte. Natürlich vermisste sie ihre Eltern. In diesem Moment stach es in ihr Herz. Natürlich. Sie vermisste sie jede Sekunde, jede Minute waren sie ein Teil von ihr, der in ihr weiterlebte. Doch bei einer Momentaufnahme war sie glücklich. Es gab nichts, dass sie sonst erschüttern konnte. Es war auch schwer einen Menschen zu Boden zu bringen, der daran gewöhnt war, darauf zu liegen.

Leyla überraschte die Gänsehaut. Sie waren dabei, »Bridge over Troubled Water« zu üben, und die Mischung aus Sopran und den wenigen Bassstimmen in der Klasse erfüllten den Raum mit einer Wärme, die in all ihre Herzen kam und sie dazu brachten, sich noch mehr Mühe zu geben. Am Ende, nach dem letzten Ton, nach dem letzten Klang des Klaviers blieben alle stumm. Bis Phil einen lauten Rülpser von sich gab. Herr Maler schaute ihn entsetzt an.

»Danke auch für diesen Beitrag, Phillibert!«

Die Ruhe war durchbrochen und die ganze Klasse begann zu lachen. Sharon verdrehte die Augen und lachte Phil an.

»Our rude Phillibert.«

In ihrem amerikanischen Akzent hörte sich der Name noch lächerlicher an. Die Lehrer wussten genau, dass er es nicht mochte, so genannt zu werden, deshalb spielten sie diese Karte nur in sehr ernsten Situationen aus. Phil war trotzig, das war er immer, und diesmal zog es sich bis ans Ende der Stunde hin – nur wenige Grunzer waren von ihm zu hören. Ihr bester Sänger war beleidigt und die Songs waren nicht mehr dieselben. Nach der Stunde packte er seine Tasche und seinen Ball, zog seinen besten Freund Dero aus dem Zimmer und ignorierte, dass Herr Maler eigentlich mit ihm reden wollte.

»Immer wieder unglaublich, wie Phil Momente zerstören kann«, gab Marina von sich, als sie das Zimmer verließen.

»Wir haben es echt gut hingekriegt, ich hatte richtig Gänsehaut«, fügte Leyla hinzu.

Sie waren auf dem Weg zu Zimmer 22, Biologie. Ein Fach, das Leyla nicht ausstehen konnte. Sie ließen sich Zeit, so viel Zeit, dass sie erst fünf Minuten nach dem zweiten Klingeln in die Klasse stießen. Sharon war es gewohnt, zu spät zu kommen, und Marina war zwar jedes Mal nervös und etwas aufmüpfig, aber trotzdem ließ sie sich zu Verspätungen hinreißen. Leyla war es egal, sie hatte nicht das Gefühl etwas zu verpassen. Besonders nicht in Biologie. Sie verstand sowieso nur die Hälfte des Vokabulars, das ihre Lehrerin benutzte. Frau Klemmer war so fasziniert von der Materie, dass es ihr nicht in den Sinn kam, jemand könnte kein Interesse an Photosynthese oder Biotopen haben. So wie es schien, war Fortpflanzung ihr Lieblingsthema. Jede Pflanze, jedes Tier: die Klasse wusste, wie diese sich fortpflanzten. Dass sie ab und an mehrdeutige Wörter, welche die Schüler falsch verstehen konnten, benutzte, ignorierte sie.

Sie waren nicht die Einzigen, die zu spät dran waren. Phil und Dero hatten die Pause verspielt. Phil hielt Marina wie ein Gentleman die Türe auf und Sharon schlüpfte mit einem Grinsen an ihnen vorbei. Leyla war abgelenkt, wahrscheinlich von der Schlange, die sich nie rührte, in einem der kleinen Terrarien, die im Biologie-Trakt überall in den Wänden eingebettet waren. Diese Tiere taten ihr leid. Sie wurden aus ihrer gewohnten Umgebung völlig isoliert. Vielleicht kannten sie keine andere Welt, da sie in einem Glaskäfig geboren waren. Leyla hoffte es schwer. Manchmal war es besser, etwas nicht zu kennen, damit man es nicht vermissen konnte. Genau diese Gedanken führten dazu, dass sie nicht aufblickte, dass sie versuchte, nach der Türklinke zu greifen und sie verfehlte, und trotzdem einen Schritt zu viel machte und Dero, der das Gleiche probierte, auf die Schuhe trat. Nun schämte sie sich. Sie machte keinen Wank und schaute in Deros braune Augen. Verwirrt von dem zweiten Zusammenstoß brachte auch Dero kein Wort heraus. Als sie sich fingen, machte Leyla schüchtern einen Schritt zurück, und auch Dero versuchte die Distanz zu wahren. Doch er war derjenige, der mit einem Kopfschütteln sein Vorhaben mit der Türklinke wieder aufnahm, und schließlich war Leyla die Letzte, die die Klasse betrat. Frau Klemmer war in ihrem Element und beachtete die zwei kein bisschen.

Nach Biologie hatten sie zwei Stunden Sport, und dann war der Schultag vorbei. Sie hatten in keinem Fach Hausaufgaben gekriegt, außer einem Vortrag, der aber erst in ein paar Wochen fertig sein musste. Leyla war weder in Biologie noch in Sport wirklich aufmerksam. Doch das störte niemanden. Marina war zu beschäftigt, sich über Phil aufzuregen, und Sharon, ob man es glaubte oder nicht, wollte wegen einem halbangebrochenen Nagel nicht mitturnen. So konnte sich Leyla genug Gedanken machen, was sie nach der Schule tun sollte. Vielleicht in die Stadt fahren und in der Buchhandlung eine neue, kommentierte Version von Shakespeares *Hamlet* kaufen, oder lieber nach Hause und zuerst das Zimmer aufräumen, womit ihr ihre Großmutter die ganze Woche in den Ohren gelegen hatte, und dann etwas vor dem Fernseher sitzen – oder doch lieber *Othello* fertig lesen, um dann mit Großvater beim Abendessen die gewünschte Literaturbesprechung abzuhalten? Und diese abzuhalten fand Leyla sehr passend. Denn eines, was die zwei verband, war die Literatur. Großvater war sehr belesen und nicht nur, dass er die Werke von Shakespeare auf Deutsch und Englisch gelesen hatte – er war auch ein absoluter Fan Schweizer

Autoren. Von Frisch über Gotthelf und Dürrenmatt bis hin zu den neueren wie Martin Suter oder Peter Stamm. Alles hatte er gelesen, und er liebte es, sein Wissen an seine Enkelin weiterzugeben. Er gab die Hoffnung nicht auf, dass ihre Shakespeare-Phase vorbei ginge und sie begann, sich für andere Autoren zu interessieren. Immer wieder erwähnte er während ihrer Buchbesprechungen Vergleiche zu anderen Autoren, doch Leyla ließ sich nicht beirren.

»Nicht schlafen, sonst rempelst du wieder jemanden an«, flüsterte ihr Dero zu.

Leyla war augenblicklich voll da. Sie spielten Fußball, und weil Dero und Phil mit ihr im Team waren, versteckte sie sich in der Verteidigung. Keinen Ball ließen die Jungs je über die Mittellinie, und dabei war Fußball nicht einmal ihr stärkstes Spiel. Marina kam aus dem Mittelfeld der anderen Mannschaft zu ihr gerannt und kassierte dabei einen kleinen Anpfiff ihrer Stürmer. Doch sie wollte wissen, was Dero zu Leyla sagte.

»Running away feels so easy. But you know when you're there you just escaped the outside world, but still, inside, you know that you're running. Running heals no pain. It just makes it worse. Because you know you left it all behind because you can't handle it. Run.«

Warum es so unglaublich war, dass Dero nicht mit Mädchen, besonders nicht mit Leyla sprach?

Seit fast drei Jahren waren sie alle in einer Klasse, und als Dero wiederholen musste und sich der Klasse anschloss, redete er die ersten Monate mit niemandem und mit den Lehrern nur, wenn er direkt angesprochen wurde. Nach einem halben Jahr freundete er sich mit dem Frauenhelden und Rebellen Phil an. Manchmal erwischte man ihn, wie er mit auserwählten Mitschülern – nur männlichen – über Volleyball, Fußball oder Basketball sprach. Doch sobald andere Themen angeschnitten wurden, verduftete er. Keiner in der Klasse – ziemlich sicher nicht einmal Phil – wusste über Dero Bescheid. Man wusste, dass er Sandero Mansaro hieß und zurzeit 18 Jahre alt war. Seiner Meinung nach reichte das auch. Den Rest konnte man auf der Klassenliste nicht finden.

»Was hat er gesagt?«, fragte Marina erneut.

»Ach, nichts. Nichts Wichtiges«, wollte Leyla ablenken.

»Komisch, dieser Typ. Was in dem wohl vorgeht?«, sagte Marina zu sich selbst und das erste Mal kam der Fußball in ihre Richtung. Sie stürzten beide darauf los und Marina hatte keine Chance. Leyla kickte den Ball gezielt zu Dero und der lächelte sie an.

Er formte still mit seinen Lippen die Worte: »Wow!«

Er schoss den Ball weiter zu Phil, der gekonnt ein Tor schoss.

Der Sportlehrer pfiff ab und rief die Klasse zusammen.

»Das war ein benotetes Spiel. Nachdem ihr geduscht und angezogen seid, dürft ihr zurückkommen und die Noten erfahren.«

Durch die Mädchenreihen hörte man einiges Stöhnen, Phil und Dero klatschten einander ab und die Verlierer liefen geknickt in die Garderoben.

»So gemein. Ich hasse diese Überraschungstests. Und wie unfair war es, dass die Stärksten in einem Team waren«, meckerte Marina unter der Dusche.

»Danke«, grinste Leyla, die sich nicht als stark betrachtete.

Es war Anfang des Schuljahrs und niemand hätte damit gerechnet. Doch die Note, die Leyla bekam, hatte sie noch weniger erwartet. Sie stand doch nur verträumt herum, dachte über ihre Lieblingssendung im TV und Bücher nach.

»Sie haben präzise einen Pass gegeben, was zu einem Tor führte. Ich kann Ihnen nicht unter einer 4.75 geben, Leyla«, war seine Erklärung. Sie bedankte sich, hakte sich bei Marina unter, die dieselbe Note wegen ihres Einsatzes bekommen hatte, und gemeinsam machten sie sich auf den Weg zum Bahnhof. Leyla hatte sich entschieden, in die Stadt zu fahren, und Marina war dabei. Sharon nur für den Weg.

Dero war wie immer der Erste, der aus der Jungsgarderobe lief und seine glatte Sechs abholen durfte. Für ihn wäre es eine Überraschung gewesen, wenn es anders gekommen wäre. Alleine lief er den Flur entlang. Er hatte keine Lust auf Phil zu warten, der nahm sowieso einen anderen Zug. Dero lief in Ruhe zum Bahnhof und hing seinen Gedanken nach. Er hätte sie nie aussprechen können, nicht hier und nicht vor diesen Menschen, die ihm nichts bedeuteten. Er hätte nie zugegeben, dass er sich wünschte, dass er sich mehr Mühe gegeben hätte, mehr dafür getan hätte, mit seiner damaligen Klasse den Abschluss gemacht zu haben, mit seinen damaligen Freunden, von denen er seither nichts mehr gehört hatte.

»Waren es wirklich Freunde?«, fragte er sich und jeder andere hätte sich dieselbe Frage gestellt.

Er drehte sich nicht um, als er schnellere Schritte hinter sich hörte, als er eine Anwesenheit, eine Nähe spürte, die ihm fremd und komisch vorkam, sodass er sich versuchte, dagegen zu sträuben. Er hörte die drei Mädels kichern. Sie überholten ihn und er vermied es, sie zu bemerken. Doch Leyla drehte sich seitlich zu ihm und lächelte schüchtern zu ihm rüber. Er wollte es ignorieren, das Lächeln und was es in ihm auslöste. Bis jetzt hatte er sich gut gehalten. Dero kannte die Macht der Frauen, doch er hatte ihnen abgeschworen, nicht aus Verletztheit, nicht aus Stolz. Warum also hätte er ihr Lächeln am liebsten eingefroren und es gerne bei sich gehabt, am liebsten in seiner Hosentasche, dass er es hervorkramen konnte, dass er es immer sehen konnte, wenn ihm danach war?

Marina laberte irgendwas, Leyla schenkte ihr keine Beachtung. Nur ab und zu ein Lächeln, damit sie nicht merkte, dass Leyla gedanklich abwesend war. Sharon hängte an ihrem Handy. Die bemerkte sowieso nie was. Und Leyla war das recht.

»Ich muss mir unbedingt dieses Oberteil kaufen gehen. Und noch zu H&M, und wir dürfen nicht vergessen, dass ich die Schuhe beim Schuster abholen muss«, quasselte Marina weiter.

»Shut up, honey. We're not listening«, schnauzte Sharon, die sich ungestört am Telefon unterhalten wollte.

»Leyla? Du hörst mir doch zu?«

Leyla nickte verlegen. Dero lag hinter ihnen und Leyla spürte seinen Blick im Rücken. Sie wollte sich umdrehen, aber ihr war es peinlich, dass er bemerkt hatte, dass sie ihn vorher angeschaut hatte. Bald würden sie am Bahnhof ankommen und in den Zug steigen und sie würde Dero erst am nächsten Tag wieder sehen.

Wieso war ihr das viel zu lange hin? Sie spürte, wie es ihr den Hals zuschnürte, wenn sie an ihn dachte, wenn sie sich an sein Lächeln erinnerte. Es grummelte im Bauch, wenn sie sich seine vollen Lippen, die das Wort »Wow« formulierten, in Erinnerung rief. Leyla schüttelte den Kopf. Bestimmt war es nur ein Hirngespinst. Dero würde sich niemals für sie interessieren, sie würde nie seine Lippen auf ihren spüren oder seine tiefen Blicke erwidern.

Leyla wurde in Sekundenschnelle aus ihren Gedanken gerissen, als Dero an ihnen vorbei rannte. Er rempelte sie dabei an. Beinahe wäre sie gestürzt und er hielt ihren Arm fest, damit sie beide den Halt nicht verloren.

»Blödmann«, fuhr Marina Dero an und Sharon glotzte – dabei immer noch am Handy – zu den zwei Verschnürten. Leyla und Dero bewegten sich nicht mehr. Dero war der Erste, der sich wieder fasste. Er ließ Leylas Arm los und zupfte seine Jacke zurecht.

»Sorry. Mein Zug. Ich muss gehn«, stammelte er.

Leyla nickte, sie brachte kein Wort heraus.

»Und ob es dir leid tut. Du bist echt ein Trottel«, fauchte Marina weiter.

Dero schüttelte nun genervt den Kopf, schaute ein letztes Mal zu Leyla, um sich zu vergewissern, dass mit ihr alles in Ordnung war. Leyla nickte. Sie hatte nicht damit aufgehört.

Leyla war die Lust vergangen, in die Stadt zu fahren. Sie wollte nach Hause. Sich in ihrem Zimmer einschließen und sich in ihr Bett kuscheln und versuchen, den Moment der Nähe mit Dero nochmals heraufzubeschwören. Sie hatte die Konzentration auf etwas oder jemand anderes sowieso verloren. Sie musste sich eine Ausrede ausdenken und dafür hatte sie nicht mehr viel Zeit. Irgendwas, sodass Marina nicht böse sein konnte. Vielleicht, dass ihr etwas wehtat, vom Anrempeln. Oder dass sie vergessen hatte, dass ihre Großmutter sie brauchte für die Gartenarbeit. Irgendwas. Aber schnell.

»Girls, ich komme doch mit. This douchebag hat mir abgesagt«, sagte Sharon und rettete Leyla dabei.

»Mir ist eingefallen, dass ich doch nach Hause sollte«, fügte sie an.

Marina war verwirrt.

»Was ist eigentlich heute los?«, fragte sie, als sie beim Bahnhof ankamen.

»Mein Zug fährt gleich. Ihr seid mir nicht böse?« Leyla beschleunigte ihren Schritt.

»No, honey. Go«, antwortete Sharon, bevor Marina den Mund aufmachen konnte.

Leyla war danach, zu rennen. Sie drückte ihren Freundinnen zum Abschied hastig einen Schmatzer auf die Wangen und rauschte davon. Sie wurde immer schneller und eigentlich hätte sie mit langsamen Schritten den Zug erwischt. Aber sie liebte es zu rennen. Es fühlte sich an, als würde sie vor etwas wegrennen, und dieser Zustand war ihr bekannt. Er war angenehm. Bis jetzt musste sie jedoch beim Ziel anhalten, was das Gefühl der Freiheit sofort einschränkte. Doch in diesen Sekunden des Rennens waren ihr Kopf und ihre Seele frei. Sie konnte ihnen vormachen, dass dieses Gefühl für ewig anhalten würde. Sie träumte davon, es würde irgendwann so sein.

Dero entdeckte Leyla auf dem Perron gegenüber. Sie schien in einer anderen Sphäre zu schweben. Sie würde ihn nicht entdecken, und so hatte er die Gelegenheit sie zu betrachten. Ihre langen Haare fielen über die Schultern, die Tasche hatte sie zwischen die Füße auf den Boden gestellt. Sie war nicht auffällig gekleidet, und doch wusste Dero, dass sie ihm, auch wenn er sie nicht gekannt hätte, aufgefallen wäre. Es war ihre Aura, die ihn in ihren Bann zog. Dero mochte solche Ausdrücke nicht, aber er konnte es sich nicht anders erklären. Sie war anders als die andern Mädchen, die er bisher getroffen hatte. Eigentlich mochte er solche Klischees überhaupt nicht. Das ruhige Mädchen, das dem Eigenbrötler imponierte. Aber so war es. Sein Zug nach Hause fuhr ein und er grinste. Er setzte sich in ein Abteil, von dem aus er ein letztes Mal für heute Leyla sehen konnte. Sie hatte den Zettel bestimmt noch nicht entdeckt, den er ihr absichtlich zugesteckt hatte. Er rempelte nie jemanden an, außer er wollte es.

Ihm gegenüber setzte sich ein Mädchen hin, das in dieselbe Schule ging. Sie lächelte Dero verschmitzt an und zeigte ihm damit, dass sie ihn kannte. Er nickte freundlich, aber er wollte sich nicht von seinen Gedanken an Leyla ablenken lassen.

»Du bist Dero, nicht?«, fragte die Fremde.

»Ja«, antwortete Dero knapp, sodass kein Gespräch entstehen konnte. Doch sein Gegenüber hatte wohl andere Pläne.

»Wir haben am Sporttag zusammen in derselben Mannschaft gespielt. Du bist wirklich gut«, fuhr sie fort.

»Danke.«

Es war für Dero nichts Neues. Ab und zu versuchte ein Mädel mit ihm zu flirten. Bis jetzt scheiterte jede kläglich, und meistens fanden sie Dero danach doof. Konnte ihnen niemand verübeln.

Doch diese junge Dame, die sich dreist nicht aufhalten ließ, quatschte einfach weiter.

»Wohnst du immer noch in diesem olivgrünen Block?«

Dero überlegte sich, wie er sie loswerden konnte. Früher aussteigen? Nein, dann müsste er eine halbe Stunde auf den nächsten Zug warten. Hoffen, dass sie bald aussteigen musste? Schon eher. Vielleicht könnte er ihr aber auch direkt sagen, dass er das Interesse an einem Gespräch nicht teilte. Bevor er das Bild von Leyla am Bahnhof ganz verlor, klaubte er seine Kopfhörer aus dem Rucksack, steckte sie in seinen MP3-Player und erklärte sich: »Ich bin müde. Lass uns einfach ruhig hier sitzen.«

Mit so einem Kommentar hatte das Mädel nicht gerechnet. Verdattert setzte auch sie ihre Kopfhörer auf, die sie extra wegen Dero abgenommen hatte.

Er spürte ihren Blick. Die Situation nahm eine andere Wendung. Dero fühlte sich wohl in Anwesenheit dieser Mitschülerin, der

Musik in den Ohren und den langsam verschwommenen Gedanken an Leyla. Er versuchte, versteckt die Augen auf das Mädchen zu richten, doch sie erwischte ihn. Sie lächelte und Dero konnte es nicht unterlassen zurückzulächeln. Er könnte … nein. Sie … nein. Er unterdrückte seine Liebesdefizite und ignorierte seine Lust. Dero hatte sich lange nicht auf ein Abenteuer eingelassen. Er vermied es in der neuen Klasse. Er wollte kein Getratsche mehr, keine nervenden Exfreundinnen, die zu Stalkern werden würden. Er musste sich eingestehen, dass der Spaß beim Sex all die Probleme nicht ausmerzen konnte. Dero fand, er hielt sich gut. Doch diese junge Frau, die ihn mit ihren Blicken auszog – und das spürte er genau –, brachte seine Abstinenz ins Wanken. Nun ja, ganz abstinent war er nie. Er hatte zwei, drei Frauen aus seiner ehemaligen Klasse, die er jederzeit anrufen konnte. Aber die Eine war öfter mit ihrem Freund unterwegs, eine weitere musste sich ihr Auto mit der Mutter teilen und die Dritte begann, sich langsam aber sicher in ihn zu verlieben, und das wollte er keinesfalls. Noch dazu kam, dass die drei sich eigentlich kannten und nichts voneinander wussten. Und diese Integrität sagte Dero zu. Sie würden nicht mit der Sprache rausrücken, da sie mehr zu verlieren hatten als er.

Dero zückte sein Handy aus der Tasche und wollte gerade der Einen schreiben, als der Zug bereits in den Zielbahnhof einfuhr. Er steckte es zurück in die Hosentasche und stand ruckartig auf.

»Ich muss auch hier raus«, meldete sich seine Zuggefährtin zurück.

Gemeinsam liefen sie zur Tür, stiegen aus, liefen auf dem Perron entlang mit vielen anderen Passanten und nahmen gleichen Schrittes die Treppe, die in die Unterführung führte.

Sie mussten beide rechts. Als sie auf den Hauptweg Richtung Dorfzentrum waren, sagte das Mädel: »Ich heiße Franziska, aber alle sagen Franky. Nicht, dass du gefragt hättest.«

Dero lachte.

»Es tut mir leid, ich bin nicht so der Smalltalker.«

»Schau, ich habe den ganzen Abend sturmfrei und ich bin nicht auf Smalltalk aus …«

Dero war überrascht. Seine Hände verlangten nach dieser Franky, und obwohl er sich tausend Gründe vor Augen halten wollte, wusste er, dass er trotzdem bei ihr landen würde.

»Wieso nicht. Aber mach dir keine Hoffnungen, dass mehr daraus wird.«

»Ich bin auch nicht auf eine Beziehung aus. Ich beobachte dich schon eine Weile und ich will es einfach ausprobieren.«

Dero blickte ihr tief in die Augen. Er blieb stehen. Er wusste, er würde hier ein Risiko eingehen. Er kannte sie kein bisschen. Aber er hatte bereits im Zug gedacht, dass sie schöne Brüste hatte. Die waren ihm gleich aufgefallen. Er wollte nicht in alte Muster fallen, aber es war mehr als eine Woche her, seit er das letzte Mal eine seiner Frauen traf. Sein Testosteron verlangte nach Franky und dagegen kämpfte er nicht lange.

»Kommst du?«, fragte Franky.

»Das werden wir noch sehen«, antwortete er lachend.

Er holte den Abstand auf, und ohne sich zu berühren, liefen sie nebeneinander zu Frankys Wohnung.

»Das bleibt aber unter uns, okay?«

Leylas Großvater umarmte seine Enkelin und steckte ihr geheimnisvoll etwas Geld zu.

»Opa, das wäre doch nicht nötig.«

Leyla nahm nie gerne Geld an, doch in diesem Monat war es wirklich knapp mit ihrem Budget.

»Ich weiß, ich weiß. Aber damit kannst du dir mal eine anständige Hose kaufen.«

Sie lachte auf. Sie mochte ihre abgenutzten Jeans oder ihre etwas löchrigen Leggings. Aber sie erwartete von ihrem Großvater nicht, dass er ihre Mode verstand.

Leyla hatte im Wohnzimmer ihren Opa Franz begrüßt, bevor sie sich in ihrem Zimmer verkroch. Sie war müde. Der Weg zum alten Bauernhaus in einem 500-Menschen-Dorf außerhalb der Stadt war mit einer vollbepackten Schultasche sehr lang. Sie sehnte sich nach einem warmen Bad und der letzten Szene aus Shakespeares' *Julius Caesar*. Sie mochte es, dass weder Julius Caesar noch Brutus positiv oder negativ bewertet werden konnten. Auch wenn das Drama oft schlechte Kritik einfing, verstärkte das Leylas Verlangen nur umso mehr, das Buch zu verschlingen. Sie wartete nur darauf, dass sie endlich die Verfilmungen aus den Jahren 1953 und 1970 anschauen konnte. Großpapa hatte ihr versprochen, die Filme nächstes Mal beim Verleih zu holen.

Leyla grinste. Sie empfand sich als Nerd. Ein Nerd, der sich unter normalen Mädchen versteckte. Und sie war sehr bedacht, dass man sie als normal wahrnahm. Es wäre zu viel Arbeit, gegen die Vorurteile gegen Bücherwürmer anzukämpfen. Es war ihr Geheimnis, ihre Welt, die sie nicht bereit war, zu teilen.

Leyla legte ihre Tasche neben den Schreibtisch, zog ihren Geldbeutel heraus und versteckte Opas Zuschuss in einem Geheimfach. Danach kam der Geldbeutel wieder in die Tasche. Sie zog die Bücher und Ordner heraus und legte sie auf den Tisch, damit sie nach dem Bad ihre Arbeit am Vortrag nicht vergaß. Die Schuhe hatte sie an der Tür abgestreift.

Sie zog ihr leichtes Jeansjäckchen aus und legte es in die Wäsche. Es hatte vom Morgenkaffee einen Fleck. Sie wusste nicht, dass sich in dieser Jacke etwas befand, das ihr Leben auf den Kopf stellen würde. Es würde verwaschen werden, die Worte von Dero in Wasser und Waschmittel aufgelöst.

Sie hörte, wie Großmama von ihrer Einkaufstour zurückkam.

»Ich komme gleich herunter, Oma. Ich nehm nur kurz ein Bad.«

»Mach du nur. Ich bereite das Abendessen vor. Aber lass die Haare trocken, du hast sie gestern schon gewaschen. Zu häufiges Waschen macht sie spröde. Hörst du?«, schrie ihre Großmutter viel zu laut die Treppe hoch. Leyla grinste und dachte: »Typisch.«

Sagen tat sie: »Okay.«

Während das Badewasser einlief, legte Leyla das Album von The Fray, *Scars & Stories*, in den CD-Player im Bad. Sie hätte nie gedacht, dass ihr nach dem letzten Album *The Fray* ein weiteres gefallen würde. Doch sie unterschätzte ihre neueste Lieblingsband. Sie war nie lange Fan von einer bestimmten Musikrichtung. Sie hatte sich alles angehört. Ihre Hip-Hop-Phase mit Tupac und Eminem war am kürzesten. Jetzt konnte sie sich nur noch Tupacs »Changes« anhören. Davor hatte sie die Popwelt für sich entdeckt. Von den Spice Girls über Britney Spears und Christina Aguilera hörte sie sich jeden Mist an. Und auch aus dieser Phase blieb nur ein Lied hängen, das sie sich bis heute anhörte: Xtinas »I'm OK«. Weil sie es sich auch immer wieder sagen musste: »Mir geht's gut.«

Die Metal-Zeit verging nach zwei Tagen. Und die alten Countrysongs und deutschen Volksschlager erinnerten sie an ihre Eltern. Sie konnte es nicht mehr hören. Ihre Großeltern mussten sich neue LPs kaufen und einen neuen Musikstil zulegen. Sie ertrugen es nicht, dass ihre kleine Leyla zu weinen begann, wenn sie »Die Liebe ist ein seltsames Spiel« von Connie Francis abspielten. Opa fand seinen Favorit in der Ländlermusik mit Alphorn und Gejodel und Oma Elisa kehrte zurück zur Klassik und konnte sich stundenlang Beethovens 9. Sinfonie anhören.

Leyla summte aufgewärmt bei »Heartbeat« mit, blickte in den Spiegel und wischte sich den verschmierten Mascara aus dem Gesicht. Ihr Handtuch fest um den Körper gewickelt, ging sie auf Zehenspitzen auf dem Holzfußboden in ihr Zimmer. Vor ihrem Kleiderschrank ließ sie das Tuch zu Boden fallen, zog sich einen frisch gewaschenen Jogginganzug über und schlüpfte in ihre Hausschuhe. Sie ging die Blätter der Hausaufgaben durch und entschied sich, sie erst nach dem Abendessen zu erledigen. Leyla machte ihre Aufgaben immer. Sie hatte große Pläne, und die wollte sie mit kleinen Details wie vergessenen Arbeiten nicht ruinieren. Ihr Traum war es, Germanistik zu studieren und schließlich als angesehene Literaturkritikerin zu arbeiten. Was sie mit ihrem

Großvater wöchentlich tat – die gelesenen Bücher aus anderen Winkeln zu betrachten und zu kritisieren –, wurde zu einem Hobby, das als Berufswunsch schnell Fuß fasste. Und ihr Großvater unterstützte sie in ihrem Traum. Er war derjenige, der ihr die Liebe zur Literatur lehrte. Mit ihr lebte er in einer Welt, die für ihn denselben Wert hatte wie für Leyla. Es war die Welt, in die sie eintauchten, wenn die Realität zu belastend wurde. Gemeinsam öffneten sie Tore der Fantasie, die sonst verschlossen geblieben wären.

Doch um dieses Ziel zu erreichen, lag eine lange Zeit mit Lernen und Prüfungen vor ihr, die sie mit guten Noten abschließen wollte.

Sie legte sich alles bereit, sogar die Stifte ordnete sie auf ihrem Schreibtisch an und verließ dann ihr Zimmer, um mit ihren Großeltern zu Abend zu essen.

»Wo warst du bitte? Die Schule ist schon lange vorbei. Und ich steh bestimmt nicht zwei Stunden in der Küche und koche dir was zu essen, damit du nicht nach Hause kommst und nicht mal auf deinem Handy erreichbar bist. Wozu habe ich dir dieses Ding gekauft?«

»Ich kann ja nicht riechen, dass du dich einmal im Jahr dazu entscheidest, etwas zu kochen«, entgegnete Dero kalt.

»Werd ja nicht frech, Sandero Mansaro«, schnauzte Deros Mutter.

Sie benutzte seinen vollen Namen nur, wenn sie kurz vor der Verzweiflung war und keine Argumente gegen ihren Sohn anbringen konnte.

»Setz dich. Wir essen jetzt.«

»Hab keinen Hunger.«

Seine Mutter wurde wütend: »Es ist mir scheißegal, ob du Hunger hast oder nicht. Es ist mir auch scheißegal, dass das Essen jetzt kalt ist. Und weißt du was, es ist mir scheißegal, wenn du eines Tages nicht mehr nach Hause kommst!«

Dero blickte seine Mutter emotionslos an: »Gut zu wissen.«

Er setzte sich an den Tisch und schöpfte sich Kartoffelstock und Bratensauce auf den Teller. Mehr brachte er nicht hinunter. Still löffelte er sich Bissen für Bissen in den Mund, während seine Mutter sich an der Spüle in der Küche festhielt und zu schluchzen begann.

»Es tut mir leid, mein Schatz. Es tut mir so leid.«

Sie brach in sich zusammen, Dero kannte das. Doch er schluckte das Schlabberzeug weiter. Plötzlich riss sie sich los und versuchte, Deros Nähe zu suchen. Mit seinem Herzen war er weit weg. Das wusste seine Mutter.

»Schatz. Bitte verzeih mir. Ich hatte einen schlechten Tag.«

»Du hast immer schlechte Tage. Seit wann nimmst du die Pillen nicht mehr?«

»Ich brauche sie nicht. Habe ich noch nie«, verteidigte sich seine Mutter. Sie schwiegen, bis seine Mutter weinerlich wurde: »Keiner liebt mich. Dein Vater hat mich nicht geliebt und du tust es auch nicht.«

Sie hörte sich verzweifelt an. Sandero wusste vom Arzt, dass das die Depressionen waren, die aus ihr sprachen. Er hatte gesagt, er solle es nicht zu ernst nehmen, er solle ihr helfen. Doch Dero wusste ohne Rat des Psychiaters, dass seiner Mutter nicht zu helfen war. Niemand konnte sie aus diesem Loch holen, das sie sich selbst schaufelte. Und er war der Letzte, der sich darum kümmern wollte.

Der letzte Funken Mitleid, oder vielleicht auch Liebe, hielt ihn an Ort und Stelle fest. Schon lange hätte er die Möglichkeit gehabt, bei seinem Vater einzuziehen. Mit seiner neuen Frau, die mehr nach Parfum roch als der ganze Douglas zusammen, und seinen neuen Halbgeschwistern, die so jung waren, dass sie Deros Namen nicht aussprechen konnten. Sein Vater bekam im Alter von 55 noch Zwillinge. Für Dero waren sie fremd. Sein Vater hatte seine Rolle in Deros Leben aufgegeben, deshalb gab es für Dero keinen Grund mehr, den Kontakt zu seinem Vater aufrechtzuerhalten. Seine Mutter umarmte ihn von hinten, während er am

Tisch saß und sein Vermanschtes aß. Als sie anfing an seinem Hals zu schnuppern, schüttelte er sie ab.

»Warum riechst du nach Parfum? Warst du bei einer Frau? Seit wann hast du eine Freundin? Und warum kenne ich sie nicht?«, redete sie sich in Rage.

»Ich habe keine Freundin. Und der Rest geht dich nichts an!«, gab er schnippisch zurück. Seine Mutter setzte sich ihm gegenüber, legte zärtlich ihre Hand auf sein Handgelenk und sagte beruhigend: »Mach das nicht, Dero. Du bist zu gut, um mit den Frauen zu spielen. Du bist ein guter Junge. Wie dein Vater, auch wenn er uns verlassen hat.«

»Ich bin nicht wie Dad. Und du hast ihn verscheucht. Er hat uns deinetwegen verlassen. Du bist krank, Mama, check das endlich.«

Er stand auf, nahm seinen Teller und legte ihn in die Spüle, die mit Kochtöpfen und anderem schmutzigen Geschirr gefüllt war. Seine Mutter verdeckte ihr Gesicht mit den Händen. Sie machte keinen Mucks. Dero schob den Stuhl unter den Tisch und verschwand in sein Zimmer. Er hatte nichts mehr zu sagen.

Dero wechselte seine Klamotten, kickte seinen Rucksack mit dem Schulzeug unters Bett, zog seine Joggingschuhe an und verschwand aus der Wohnung. Er musste hinaus, musste seinen Kopf freikriegen. Er war von Franky nach Hause gerannt, doch das hatte nichts gebracht. Es hatte die verworrenen Gedanken der letzten Stunden nicht bereinigt. Er rannte und rannte weiter. Bis sein Atem sein Hirn beschäftigte, bis die Luft das Einzige war, das ihm durch den Kopf brauste.

Als er wieder zu Hause ankam, schlief seine Mutter vor dem laufenden Fernseher. *Cold Case*. Er drückte den Aus-Knopf, legte ihr eine Decke über, ging ins Bad, duschte und legte sich mit nassen Haaren ins Bett. Er wollte einschlafen, bevor die Gedanken kamen.

»…So rufen Sie das Feld zur Ruhe und lassen Sie weg, um die Herrlichkeiten dieser glücklichen Tage trennen.« Leyla legte Shakespeares Tragödie auf ihren Nachttisch, löschte das Licht und schlief sofort ein. Das war ihr Trick, um müde zu werden, deshalb begann sie zu lesen. Bis spät in die Nacht. Sie wollte einschlafen, bevor die Gedanken kamen.

»I'm a big, big girl in a big, big world, trying not to lose my way. While I'm walking down the street, passing by the failures and seeing you standing there.«

Der Wecker klingelte zum fünften Mal bis Leyla endgültig aus den Federn kam. Es verging keine Sekunde, da stürmte ihre Großmutter ins Zimmer, packte sich den Waschkorb, stopfte das Jeansjäckchen tiefer hinein, damit es nicht rausfiel, und begrüßte ihre Enkelin liebevoll: »Spätzchen. Ein neuer Tag, die Sonne scheint und die Vöglein versprechen wunderbare Stunden.«

Dieser Satz war im Frühling und Sommer Tradition. Manchmal war es für Leyla, die noch im Halbschlaf war, fast wie ein Traum und öfter fühlte sie sich dann wie das kleine fünfjährige Mädchen, das das erste Mal bei den Großeltern übernachtete. Wenn es ein guter Tag war, löste dieses Gefühl eine Glückseligkeit aus, und an einem schlechten war es die Erinnerung, dass das Leben nicht mehr so war wie damals. Während Großmutter die Außenfenster aus Holz mit einer Hand aufschlug, saß Leyla auf dem Bettrand und betrachtete ihre fitte Großmutter.

»Oma, was ist dein Geheimnis?«

»Da gibt es kein Geheimnis, meine Liebe. Früher war es normal so früh aufzustehen, man musste die Kühe melken, den Ofen einheizen und die Hühner füttern. Das nennt man gewohnte Frühaufsteher. Eure Generation hat es einfach zu gut«, antwortete sie und stieß einen Lacher aus. Leyla lachte mit. Es konnte ein guter Tag werden.

Vor wenigen Jahren hatte Leyla eine Zeit lang das Frühstücken verweigert. Sich morgens vollzustopfen kam ihr wie eine Gewichtszunahme vor. Dass sie schließlich mehr wog, war für sie überraschend. So beendete sie ihre angefangene Diät und frühstückte wieder. Welch größere Überraschung es doch war, dass sie dabei das zugelegte Gewicht wieder verlor. Objektiv betrachtet verstand sie, dass ein umfangreiches Frühstück den Hunger bis in den Nachmittag im Zaum hielt, und dass ein Sandwich zum Mittagessen und abends saisonal zuhause essen die bessere Diät war. Leyla wollte weder dünn sein, noch zu dick. Sie wollte nicht auffallen, und dafür brauchte sie eine unauffällige Figur. Dafür färbte sie nie ihre Haare und dafür zupfte sie sich die Augenbrauen. Sie legte kein Make-up auf und Lippenstift kam sowieso nicht in Frage. Ihre Kleidung war stets modisch und dem Kommerz angepasst.

Bevor Leyla mit 12 Jahren ins Langzeitgymnasium kam, war ihr Leben normal. Sie lebte mit ihren Eltern in der Stadt. Und sie liebte es. Sie hatte gute Freunde, mit denen sie auf dem Pausenplatz blieb und Basketball oder Fußball spielte. Sie hatte einen Freund, Max. Sie waren über ein Jahr zusammen und jeder von ihren Mitschülern war überzeugt, dass sie eines Tages heiraten würden. Max war reich. Er trug Markenklamotten und wohnte in einer Maisonette-Wohnung gleich am See. Leyla durfte bei ihm ihre Hausaufgaben machen und Max' Nanny half ihnen dabei. Dieses Leben gefiel ihr, sie wollte irgendwann in einem Haus am See wohnen und am besten gemeinsam mit Max. Sie hatten sich auch schon geküsst. Einmal hinter einem Baum auf dem Schulareal. Er hatte sie an der Hand dahintergezogen und war überzeugt, dass es Zeit für einen Kuss wurde.

»Und wie lange soll dieser Kuss gehen?«, fragte Leyla eingeschüchtert. Es würde ihr erster Kuss sein.

»Fünf Sekunden auf den Mund«, antwortete Max, als wäre er es gewohnt, was er aber nicht war. Denn für ihn war es auch der erste Kuss.

Leyla schloss die Augen und spitzte ihre Lippen. Als sie die Wärme von Max' Mund spürte, öffnete sie sie erschrocken und sah Max nah bei ihr. Sie zählte im Kopf bis fünf und trat dann einen Schritt zurück. Sie lächelten sich an und kamen hinter dem Baum hervor als sei nichts geschehen. Davon hatte Mama immer gesprochen. Ein Kuss von einem Jungen war etwas ganz anderes als die Schmatzer, die sie von ihren Eltern bekam.

Beim Abendessen erzählte Leyla ihrer Mutter vom Kuss hinter dem Baum. Ihr Vater kam gerade zur Tür herein und ihre Mama lächelte.

»Unsere Tochter wird langsam groß. Vielleicht wird es Zeit für ein bestimmtes Gespräch.«

»Bitte nicht. Dafür haben wir noch lange Zeit.«

Er lachte verschmitzt und etwas ängstlich, oder war es Stolz? Er hing seine Jacke an der Garderobe auf, legte die Aktentasche auf die Kommode und gesellte sich zu seinen zwei Frauen an den Tisch.

»Was ist geschehen?«, fragte er.

»Sie hat Max geküsst. Fünf Sekunden lang. Wann hast du mich das letzte Mal so lange geküsst?«, erzählte Leylas Mutter und kniff ihrem Mann in die Wange. Er erhob sich erneut, tunkte fast seine Krawatte in die Bratensauce, packte den Kopf seiner Liebsten und küsste sie ganze fünf Sekunden. Leyla lachte. Ihr Papa setzte sich richtig hin und schöpfte sich Reis und Bohnen auf den Teller.

»Sehr lecker. Sehr lecker.«

Leyla und ihre Mutter grinsten einander an. Sie wusste nicht, ob er das Essen oder die Lippen ihrer Mutter meinte. Es war ihr letztes gemeinsames Abendessen.

»Trinkst du den O-Saft aus?«, fragte Oma.

Leyla nickte und schluckte den letzten Bissen Müsli mit dem Orangensaft hinunter.

»Wir sind hier nicht beim Zahnarzt, Mädchen. Bitte spülen.«

Leyla wusste, dass es nicht anständig war, essen und trinken zugleich, aber sie stand unter Zeitdruck. Würde sie den Bus verpassen, käme sie zu spät in die Schule. Und es war ein guter Tag. Sie hatte schön geträumt, der Schultag hielt ihre Lieblingsfächer bereit und in Deutsch mussten sie einen Aufsatz schreiben. Das hieß für Leyla drei Stunden Entspannung. Privat schrieb sie nicht gerne, aber Aufsätze lagen ihr, darin konnte sie sachlich und distanziert bleiben. Es war ihr nur zuwider, so etwas wie ein Tagebuch zu schreiben. Sie wollte ihre alltäglichen Gedanken nicht festhalten. Dazu kam, dass sie es selbst als nicht spannend betrachtete.

Dero verschlief. Als er aufwachte und aus dem Zimmer stolperte, lag in der Wohnung eine Rauchwolke. Er hustete und huschte ins Bad. Es war eklig, doch es fiel ihm gar nicht mehr auf. Überall lagen Haare, Zahnpaste klebte am Wasserhahn und Lippenstift am Spiegel. Er wischte ihn mit einem Handtuch sauber, um sich darin sehen zu können. Er drehte das Wasser in der Dusche auf und ließ das kalte Wasser über seinen Körper rieseln. Er hätte dem Vermieter schon lange sagen sollen, dass die Dusche nicht mehr richtig funktionierte, aber es war ihm nicht recht, dass Herr Meier den Zustand der Wohnung sehen würde. Deshalb duschte er seit Wochen lieber in der Garderobe der Schule oder nach dem Fußballtraining auf dem Sportplatz.

Nach dem Duschen putzte er sich die Zähne und ging zurück in sein Zimmer, um sich zu bekleiden. Auf seine Klamotten gab er acht. Niemand musste bemerken, wie es bei ihnen Zuhause war. Er hatte auch nie Besuch. Er wusste, Kleider machen Leute, und er hatte einen Schein zu wahren.

Als er aus der Wohnung lief, lag seine Mutter auf der Couch. Sie hatte sich wohl nur für Zigaretten bewegt und schlief wieder ein. Dero war es recht, sie hätte ihm den ganzen Tag versauen können.

Es klingelte zur dritten Stunde als Dero das Schulhaus betrat. Er hatte zwei Stunden Deutsch verpasst. Nun hätte er noch eine Stunde Zeit den Aufsatz fertigzukriegen. Phil hatte ihm die Themenauswahl via SMS geschickt. Keines gefiel ihm. Er lief in die

Klasse und schnurstracks zu seinem Platz. Herr Mender legte ihm ohne ein Wort leere Blätter vor die Nase und ein weiteres mit den Themen darauf. Sterbehilfe: ja oder nein? – Wer andern eine Grube gräbt … – Liebe auf den ersten Blick – Geiz ist geil. Dero schüttelte den Kopf. *Typisch Herr Mender*, dachte er. Er zupfte einen Kugelschreiber aus der Schultasche und kritzelte seinen Namen in die rechte Ecke des ersten Blattes.

Nach zehn Minuten starrte er noch immer auf die leeren Blätter. Als er seinen Blick erhob, schaute er direkt in Leylas Augen. Ihm war nie aufgefallen, dass sie in Deutsch gegenüber von ihm saß. Er konnte nicht erkennen, ob sie ihm ein Lächeln zuwarf oder ob es Mitleid war. Vielleicht beides. Ohne es zu beachten senkte er den Blick wieder auf das Papier. Da durchfuhr ihn ein Geistesblitz. Das konnte man nun glauben oder nicht, aber er schrieb alle Blätter voll. In einer halben Stunde schaffte er es, sich eine supergute Note abzuholen. Für Herrn Mender war das nichts Neues. Er war der Einzige, der ein Talent in Sandero sah. Er hätte ihm gerne ab und an eine gescheuert, für sein asoziales Verhalten und sein ständiges Zuspätkommen, aber er lieferte ab. Es war ihm also nicht vergönnt, ihn zu rügen. Jedenfalls nicht so, dass es etwas gebracht hätte.

Nachdem Herr Mender alle Aufsätze eingesammelt hatte, schlurfte Dero geschafft aus dem Schulzimmer und lief die Treppen hoch, um sich einen guten Platz in der Französischstunde zu sichern. In manchen Stunden hatten sie feste Plätze und in anderen änderte es sich täglich. Dero hatte einen Stuhl gefunden, der von Frau Antoné, der Französischlehrerin, nie aufgerufen wurde. Er war nicht versteckt, aber anscheinend nicht in ihrem Blickfeld. Darüber hinaus förderte sie die Mädchen. Einige nannten sie Feministin oder Lesbe. Dero hätte in beiden Fällen nichts dagegen. Solange sie ihn in Ruhe ließ. Französisch würde er sowieso nie brauchen. Er mochte keine Fremdsprachen. Sie waren nicht logisch für ihn mit all den Ausnahmen und dem Auswendiglernen.

Nach und nach füllte sich das Schulzimmer. Leyla war hinter

Sharon und Marina kaum zu sehen, aber Dero erinnerte sich plötzlich, dass er etwas von ihr erwarten müsste. Warum hatte sie nichts zu seinem Zettel gesagt? Hat sie ihn noch nicht gesehen? Oder ignorierte sie ihn? Hat sie seinetwegen in der Deutschstunde gelächelt? Nein. Nein. Sie wäre auf jeden Fall auf ihn zugekommen. Außer – und daran wollte er nicht denken – sie hätte kein Interesse. Er versuchte ihren Blick zu erwischen, aber sie war damit beschäftigt ihre Schulsachen auf den Tisch zu packen. Nun spitzte sie ihren Bleistift.

»Meine Güte, Mädchen, wie kann man dabei so in Gedanken sein?«, fragte er sich selbst.

»Schau zu mir. Schau her.«

»Was? Wohin soll ich schauen?«, fragte Phil und Dero bemerkte, dass er die Worte nicht nur gedacht hatte. Phil versuchte, Deros Augen zu folgen, aber der wusste, wie er ablenken konnte.

»Kennst du diese Franky?«

»Logisch, Bruder. Die ist heiß. Was ist mit ihr? Soll ich euch vorstellen?«, reagierte Phil angeberisch.

»Nein, nein. Sie hat sich gestern selbst vorgestellt.«

»Meine Fresse. Die musst du knallen. Wirklich, Bruder. Die kennt keine Grenzen«, prollt er weiter.

»Nein, egal. Lassen wir es. Nicht wichtig. Scheiß auf die Frauen.«

Dero bemerkte, dass diese Ablenkung nichts gebracht hatte. Er hatte seinen Kodex gebrochen, nicht mehr über Frauen zu reden. Dero war sich selbst lästig. Phil würde nun nicht mehr aufhören. Er hatte diese Tür geöffnet, und so leicht würde sie sich nicht wieder schließen lassen.

»Halt mich auf dem Laufenden, Alter.«

Damit war das Thema endgültig für Dero beendet. Was machte Leyla nur mit ihm? Er hätte sich kaum aus der Situation retten können. Und er hatte nicht nachgedacht. Sie schaffte es, dass er nicht nachdachte. Das hieß nichts Gutes, nicht für Dero.

Leyla bemerkte die ganze Zeit, dass Dero sie anstarrte. Sie konnte es sich nicht erklären, aber sie wurde nervös. So nervös, dass sie all ihre Bleistifte spitzte, obwohl sie mit Kugelschreiber schrieb. Er hatte was gesagt und sie dachte im ersten Moment, er hätte es zu ihr gesagt. Aber sie ignorierte es, und als sie Dero mit Phil reden sah und Phil laut von irgendeiner Tussi sprach, verflog für Leyla der Zauber, den sie gestern mit Dero aufgebaut hatte. Sie empfand sich als naiv. Wieso würde sich ein Typ wie Dero für sie interessieren? Was hatte sie sich dabei gedacht? Sie lag mit ihren Träumereien ja nicht falsch, aber damals wusste sie das nicht.

Madame Antoné schloss die Tür hinter sich und begrüßte ihre Schüler auf Französisch.

Sie war braungebrannt und sah unglaublich gut aus. Dass sie ab und an Liebesbriefe von Schülern bekam, gehörte für sie dazu. Frau Antoné war über 1,70 m groß und schlank. Dass sie als Jugendliche eine kurze Zeit Model war, war daher nicht verwunderlich. Ihre langen braunen Haare und der südländische Teint machten sie aus. Dass sie sich für den Lehrberuf entschied, lag an ihrem Vater. Der war in Frankreich selbst Lehrer und wollte, dass seine Tochter einen richtigen Beruf erlernte. Als der Vater mehr Einfluss übernahm und die Mutter begreifen musste, dass ihre Tochter nicht für den Modelberuf geeignet war, fing Madeleine Antoné an Französisch und Italienisch zu studieren und machte nebenher die Lehramtsausbildung. Sie liebte ihren Beruf. Die Arbeit mit Jugendlichen hielt sie selbst jung, und es war stets in ihrem Sinn auf dem Laufenden zu sein und das Kind in ihr nicht sterben zu lassen.

Doch Madeleine Antoné spielt in dieser Geschichte nicht nur die Rolle der hübschen, sympathischen Lehrerin, sondern sie war für Leyla viel wichtiger. Privat durfte Leyla sie Madeleine nennen, denn sie war die Exfreundin ihres Vaters und eine gute Freundin ihrer Mutter. Es erschien Madeleine sinnvoll für die ehemalige Liebe in die Deutschschweiz zu ziehen, denn wie das Schicksal es wollte, durfte sie eine Unterstützung und Vertrauensperson für Leyla werden. Madeleine spürte, dass dies eine wichtige Rolle war. Es war jedoch nicht ihre Absicht gewesen, Leylas Lehrerin zu sein

– dies hätte viele Probleme auslösen können –, aber die beiden hatten gelernt, die Situation gut zu meistern und das Private vom Klassenzimmer zu trennen.

Leylas Mitschüler waren nicht die Hellsten, was Französisch betraf. Frau Antoné war zum fünften Mal beim Thema, des prépositions‹ angelangt und niemand begriff die Regeln dafür. Für Leyla aber keine Schwierigkeit. Sie liebte Sprachen und besonders Französisch. Es störte sie nicht, stundenlang zuhause dafür zu büffeln und ihren Wortschatz jede Woche zu erweitern. Sie stopfte sich gerne den Kopf mit all den Vokabeln und Ausnahmen voll. Dann gab es weniger Platz für anderes. Auch wenn sie Fremdsprachen für ihren Berufswunsch nicht unbedingt brauchte. Leyla wollte Literaturkritikerin werden. Bücher lesen und darüber sprechen, das war ein Hobby, das sie zum Beruf machen wollte.

»Alors, et maintenant vous écrivez un texte avec beaucoup de prépositions. C‘est plus practique.« Ein Stöhnen ging durch die Klasse und Phil schnauzte: »Wir kommen gerade von einem dreistündigen Aufsatz. Schreiben nervt!«

Madame Antoné lächelte ihn an: »Je ne comprends pas. En français, s‘il vous plaît.«

Phil verdrehte die Augen und gab sich geschlagen. Jeder holte ein leeres Blatt Papier hervor und begann zu kritzeln. Dero blickte immer wieder zu Leyla. Sie war so konzentriert. Und sah dabei unglaublich süß aus. Er musste herausfinden, ob sie den Zettel gelesen hatte. Er wusste nur nicht, wie er das anstellen sollte. Er wollte keinen weiteren Schritt machen, es war an ihr den nächsten zu tun. Aber vielleicht hatte sie den Zettel nicht gesehen, dachte er sich. Er versuchte sich auf den Text zu konzentrieren, aber die Gedanken lenkten ihn ab.

Es läutete zum Mittagessen und Frau Antoné sammelte die Texte ein. Sie würde sie bis zum nächsten Tag korrigieren, versprach sie und entließ dabei die Klasse. Alle stürmten nach draußen, nur Sharon klebte an ihrem Handy.

»No, I can't go. No. I'm busy. Please let it be. What? Noo. No way. Yeah, maybe …«, quasselte sie mit einem ihrer ehemaligen Freunde aus Santa Barbara. Sie nutzte jede Möglichkeit und jeden Ferien- und Feiertag, um ihre Leute zu besuchen. Leyla fürchtete, sie bald wieder an die Amerikaner zu verlieren. Sharon legte auf, als sie an der Gruppe von Sebastian vorbeiliefen. Die beiden schauten sich an und Sharon blickflirtete offensichtlich.

»I gotta get him, girls«, sagte sie zu Leyla und Marina.

»Then go and get him«, forderte Marina sie auf.

»No chance, wenn er mit dieser anderen zusammen ist.«

»Sind sie vielleicht gar nicht. Wer weiß das bei dem Typen schon genau«, sagte Leyla.

»Wer weiß das schon bei irgendeinem Typen«, fügte sie hinzu, als sie plötzlich Dero mit einem Mädchen sprechen sah. Marina folgte ihrem Blick und entdeckte die zwei. Sie waren sich nahe, das konnte man sehen.

»War ja klar«, sagte sie.

»Was?«

»Das ist Franky, die hat mit jedem was.«

»Phil und Dero haben vorhin über sie gesprochen. Ich glaube nicht, dass er sich auf sie einlassen würde«, sprach Leyla unsicher aus.

»Da könntest du dich täuschen. Die wären das perfekte Paar. Besonders, habt ihr Dero im letzten Jahr schon mal mit einer Frau reden sehen?«, fragte Marina.

»No, definitely never«, mischte sich Sharon ein.

»Don't look so sad, honey. Er ist a bad one.«

Leyla erschrak, dass Sharon ihren Ausdruck richtig interpretierte.

»Ich will nichts von ihm«, redete sie sich heraus.

»Was? Oh mein Gott, du hast an ihn gedacht!«

»Nein, hab ich nicht.«

»Ach, komm schon. Ich hab doch gestern gesehen, wie ihr euch angeschaut habt. Aber Sharon hat recht, der Typ hätte dich nie im Leben verdient.«

Marina hatte sich ihre Meinung gebildet. Dies lag vielleicht daran, dass sie es bei ihm versucht hatte und Dero sie arrogant hatte abblitzen lassen.

Die Mädels kamen in der Mensa an und holten sich einen Salat, um sich damit an ihren Stammplatz zu setzen und die Mittagspause schlau zu nutzen. Leyla konnte es nicht auf sich sitzen lassen, dass ihre Freundinnen meinten, dass sie sich für Dero interessierte.

»Ich steh auf ganz andere Typen«, sagte sie und trank einen Schluck Wasser.

»Und die wären? Seit diesem Max hab ich nie was gehört, dass du mit einem Typen was hattest«, interessierte sich Marina.

»Es war auch keiner mehr so toll wie er«, seufzte Leyla.

»Quatsch, der war ein Arschloch. Und all die Jungs, die ich dir vorgestellt habe, hast du nicht gemocht. Und das waren viele.«

»Das waren alles Typen für dich Mari«, entgegnete sie.

»That's true. Was will sie von einem, der mit dir was hatte.«

»Ich hatte nicht mit allen was.«

»Aber mit fast allen«, lachte Leyla.

»Es tut mir ja leid, dass alle auf Marina stehen«, frohlockte Marina und hob ihre Arme siegreich in die Luft. Die drei prusteten los und damit war das Thema zu Ende. Nun ja, bis Dero mit Franky die Mensa betrat. Jeder in der Mensa betrachtete die beiden. Die Jungs grinsten hämisch und die Mädchen kicherten. Leyla schaute sich um und redete sich ein, dass es nichts zu bedeuten hatte, wie sehr es sie störte. Max, Max, Max, erinnere dich an Max, sagte sie sich selbst. Erinnere dich, wie sehr er dich verletzt hat. Mit Dero wäre es nicht anders gekommen. Er ist kein Guter, er ist kein Guter, er ist kein Guter. Langsam begann sie es zu glauben und konzentrierte sich auf ihren Blattsalat mit Gurken und Tomaten.

Dero wusste nicht, warum er sich darauf einließ. Er fühlte sich schon länger einsam, aber der Schwur, dass er die Mädchen aus der Schule nicht anrühren wollte, hatte bis jetzt dominiert. Aber der Sex mit Franky war großartig gewesen. Phil hatte ihm klar gemacht, dass es bei ihr an der Übung lag. Aber es ging ihm nicht nur um das Körperliche. Er fand sie interessant, dass hatte er sich durch die Zustimmung zum gemeinsamen Mittagessen bewiesen. Dazu kam, dass Leyla anscheinend kein Interesse hegte. Was wollte er auf eine schlaue, hübsche Frau warten, die er nach seinem Empfinden nicht verdiente? Und für eine Beziehung war er nicht bereit, nicht bereit dafür zu kämpfen, nicht bereit dazu, damit in der Schule aufzutauchen. Dass das Auftreten mit Franky aber soviel Tratsch auslösen würde, ließ ihn glauben, dass es ein Fehler war.

»Mein Güte, wie die alle starren. Doofe Hühner, sind nur neidisch, dass ich mit dem bestaussehenden Typen zu Mittag esse«, flüsterte Franky Dero zu.

»Grins nicht auch noch so. Ich hätte das nicht tun sollen.«

»Danke. Wirklich, vielen Dank«, sagte sie trotzig.

»Ist doch wahr, ich will nicht, dass wir das Hauptthema sind. Es wird sowieso nichts mit uns«, gab er sich kühl.

»Wow, Junge. Ich bin ja an Respektloses gewöhnt, aber wenn du so ungern vor mir sitzt, dann geh. Das muss ich mir echt nicht antun«, zischte Franky.

Dero entschied sich dagegen und schüttelte versöhnlich den Kopf. War aber auch zu leicht, Franky lächelte schon wieder.

»Wieso schaust zu immer wieder zu dieser Marina?«, fragte Franky plötzlich.

Dero verstand nicht.

»Mach ich nicht.«

»Die geht mit dir in die Klasse, nicht?«

»Ja.«

Franky schaute verdutzt zu den drei Mädels und nahm sie unter die Lupe. Marina kannte sie von den vielen Partys, an denen sie beide auftauchten. Die Amerikanerin war hübsch, dass hatte sie schon am ersten Schultag bemerkt. Und die Dritte kannte sie nicht. Sie war wunderschön, dachte sich Franky, aber merkte, dass das gut versteckt wurde.

»Und warum starrst du Shannon an?«, fragte sie weiter.

»Sharon. Die heißt Sharon. Lass es gut sein. Ich starre nicht. Ich war in Gedanken«, verbesserte er sie und war heilfroh, dass sie keine Ahnung hatte, warum er die drei Mädels beobachtete.

»Woran hast du gedacht?«, ging Franky Dero auf die Nerven.

»Kannst du nie still sein?«, fragte er frech.

»Hahaha. Doch, aber deine Gedanken interessieren mich. Hatten sie mit dem letzten Abend zu tun?«, zwinkerte sie ihm zu.

Diesen Spielzug musste er gut überlegen. Entweder würde er ihr damit das Maul stopfen können oder sie würde sich Hoffnungen machen. Ein Versuch konnte nicht schaden.

»Du hast keine Ahnung, was ich mit dir anstellen würde, wenn wir allein in der Mensa sitzen würden.«

In Frankys Augen blitzte es und sie wurde unruhig. Dero wusste, wenn er es richtig anstellte, würde sie ihm gleich auf die Toilette folgen.

Er schluckte den letzten Bissen Sandwich hinunter und nahm die Colaflasche, stand auf und lächelte Franky auffordernd zu.

»Du bist unmöglich«, zischte sie, stand auf, nahm das Tablett und bewegte sich Richtung Abgabestelle. Dero stellte sich zwischen den Eingang und die Treppe, die zu den Toiletten hinunterführte. Als Franky auf ihn zukam, nahm er mit sicheren Schritten eine Stufe nach der anderen. Als sie nach der Treppe um die Ecke bogen, konnte sie niemand mehr sehen. Franky presste ihre Hüften in Deros Schoß und küsste seinen Hals. Verführerisch flüsterte sie ihm ins Ohr: »Ich habe eine bessere Idee.«

Sie holte einen Schlüssel hervor und Dero erkannte, dass er für den Proberaum für Musiker war. Davon gab es mehrere, aber man musste beim Sekretariat einen Schlüssel holen. Er lachte.

»Das ist der Vorteil, wenn man seit Jahren Klavier spielt«, erklärte Franky, als sie den kleinen Proberaum mit dem riesen Klavier darin öffnete. Als sie drinnen waren, schloß Franky die Jalousien.

»Mit wie vielen Typen warst du hier drinnen?«, fragte Dero unsicher.

»Ist das wichtig?«, fragte sie und ging auf Dero zu bis sich ihre Nasenspitzen berührten. Franky legte ihre Hand behutsam an seinen Hosenbund. Sie öffnete den Reißverschluss und schaute Dero dabei tief in die Augen. Sie kamen ihr leer vor, aber ihre Wolllust war so groß, dass sie es ignorierte. Sie schlüpfte mit ihrer Hand in seine Boxershorts und spürte sein Verlangen. Das durchbrach seine Selbstbeherrschung und er packte Franky, schob sie aufs Klavier. Als hätte sie es darauf angelegt, war ihre Kleiderwahl am Morgen auf einen Minirock gefallen. Er hob ihn an, küsste ihr dabei voller Begehren den Hals und die Brüste hinab. Sie öffnete den Hosenknopf und streifte ihm die Hose samt Shorts über den Hintern. Sie fielen herab zu seinen Füßen. Es war alles geplant. Das checkte Dero schnell, als Franky aus der Hintertasche des Rocks ein Kondom hervorklaubte. Sie stülpte es ihm über und ließ sich auf dem Klavier aufstöhnend von ihm nehmen.

Es dauerte höchstens zehn Minuten. Franky lächelte bestätigt und ließ Dero sich in Ruhe anziehen. Er wollte hinaus. Hinaus aus diesem Zimmerchen, und am liebsten wäre er nach Hause gegangen. Es war zu viel. So etwas durfte ihm nicht noch einmal passieren. Franky verhielt sich, als wäre sie es gewohnt, und schubste Dero aus dem Musikraum. Niemand war im Untergeschoss, deshalb schlurfte er zum Klo. Franky schloss hinter ihm die Tür zu und er hörte noch, bevor er auf der Toilette verschwand, wie sie auf dem Klavier spielte. Er grinste. Sie war gut.

Auf der Toilette wusch er sich das Gesicht und betrachtete sich. Er sah den alten Dero, der solche Spielchen mit mehreren Frauen gleichzeitig spielte und dabei nie erwischt wurde. Er erinnerte sich daran, dass sich die meisten danach in ihn verliebten und er sie deshalb enttäuschen musste. Alle sprachen nie wieder ein Wort mit ihm und ihm war das recht. Keine dieser Frauen war noch in der Schule, sie hatten alle abgeschlossen. Wahrscheinlich studierten sie Psychologie oder Jura, waren glücklich in einer Beziehung und dachten keine Sekunde mehr an ihre Quickies mit Sandero Mansaro und wie er nüchtern ihr Herz brach. Doch er war der mit dem schlechten Gewissen. Nicht den Frauen gegenüber, die waren ihm egal, sondern seinem Leben. Er wusste, dass es so nicht weiter gehen konnte.

Er wischte sich das Wasser aus dem Gesicht und begab sich in die Realität. Kurz vor der Treppe hörte er Schritte, Leyla kam herunter. Er konnte es an ihren Schuhen erkennen. Er blieb stehen, lauschte Frankys Klavierspiel und setzte einen beiläufigen Blick auf. Leyla bemerkte ihn und versuchte, unauffällig an ihm vorbeizugehen.

»Hey«, sagte er, ohne nachzudenken.

Sie war erstaunt, man konnte es ihr ansehen.

»Hey«, gab sie zurück.

Sie strich eine Haarsträhne hinters Ohr, obwohl ihre Haare perfekt saßen.

»Heute kein Jeansjäckchen?«, fragte er.

Sie war verdattert, blieb stehen und antwortete: »Nein, heute nicht.«

Er wurde nicht schlau aus der Sache. Bedeutete ihr Verhalten, dass sie den Zettel gesehen hatte oder nicht?

Das musste ein Zeichen für sein Interesse sein, dachte sich Leyla. Wieso würde er sich daran erinnern, dass sie gestern ihre Jeansjacke trug? Ihr Herz pochte wie verrückt, als sie in der Mädchentoilette verschwand. Er hatte sie begrüßt, wollte ein Gespräch beginnen und sie wusste nichts Besseres als weiterzugehen. Was hätte sie sagen sollen? Wäre sie ein Genie in Konversationsführung, wäre sie wohl schon lange kein Single mehr. Ihr Wortschatz war nicht zu verachten, aber das barg auch Probleme. Sie konnte nicht ihre literarische Sprache benutzen, wenn sie mit Gleichaltrigen sprach, deshalb sagte sie öfter gar nichts. Wie gerade bei Dero. In dieser Situation hätte sie gerne eine pfiffige Antwort parat gehabt. Sie blickte in den Spiegel, als die Tür aufgestoßen wurde. Es war Franky. Leyla lächelte sie freundlich an. Franky nickte ihr zu und verschwand in einer der WC-Kabinen. Etwas hielt Leyla davon ab, aus der Tür zu treten, also nahm sie ihren Kulturbeutel aus der Schultasche und tuschte ihre Wimpern nach, legte etwas Lipgloss auf und versuchte dabei so langsam wie möglich zu sein. Franky brauchte nicht lange und stand in kürzester Zeit neben Leyla vor den Lavabos.

»Meine Haare sehen schlimm aus«, sagte sie zu sich, doch Leyla entgegnete: »Nein, überhaupt nicht. Ich würde alles dafür tun solche Locken zu haben.«

»Das sagst du jetzt. Sobald du sie hättest, würdest du sie am liebsten loswerden.«

Leyla räusperte sich lächelnd.

»Kann ich mir deine Wimperntusche ausleihen?«, fragte Franky und hatte sie schon in der Hand.

»Nur zu. Sie ist aber fast leer.«

»Macht nichts, aber die Lehrer sollen mir nicht anmerken, dass ich nicht nur Klavier gespielt habe.« Sie zwinkerte Leyla verschwörerisch zu und stieß die Tür auf.

»Schönen Tag noch …« Sie pausierte.

»Leyla. Ich heiße Leyla.«

»Tschüss Leyla. Ich geh davon aus, dass du meinen Namen kennst.«

Sie verschwand aus der Tür.

»Tschüss Franky«, sagte Leyla zu ihrem Spiegelbild und war dabei so arrogant, wie sie es von Franky gesehen hatte. Was sie damit gemeint hatte, dass sie nicht nur Klavier gespielt hatte?

»Wusstet ihr, dass Franky Klavier spielt?«, fragte Leyla, als sie zurück bei ihren Freundinnen war.

»Ja, sie hat sogar einen wichtigen Wettbewerb gewonnen und

hätte mit einem Orchester auf Tour gehen können. Wieso auch immer das nicht funktionierte«, klärte Marina die Unwissenden auf.

»Wieso auch immer du das wieder weißt«, sagte Leyla.

»Schätzchen, ich weiß alles, was hier abgeht. Ich bin Gossip Girl aus unserer Schule.«

»Yeah, I'm sure about that«, grinste Sharon.

»Wenn du alles weißt, was kann man nebst Klavierspielen noch in den Musikräumen tun?«

Ihre beiden Freundinnen prusteten los.

»Ach, du bist echt süß. Was würde eine Franky in einem schalldichten Raum noch tun?«, fragte Marina aufklärend.

»Iiih, nicht euer Ernst!«

»Doch, honey. It's obviously a sex room.«

»Und wenn ich raten müsste, wer vor ihr von unten kam, tat es Franky mit Dero da unten.«

»Das kann nicht sein. Er war auf der Toilette«, wollte sich Leyla beruhigen.

»Klar, ich würde mich danach auch erst auf dem Klo waschen wollen, wenn ich mit der gefickt hätte«, lästerte Marina.

»Es gibt auch schönere Ausdrücke dafür, Marina.«

Marina verdrehte die Augen und Sharon schien von Sebastian und dem Musikraum zu träumen. Leyla hingegen starrte aus dem Fenster, vor dem Dero gerade durchlief. Sah so ein Mensch aus, der gerade Sex hatte? Nein, machte sie sich klar. Die Vorstellung war zu eklig. Und wenn die andern beiden recht hatten, würde sie nie wieder einen Schlüssel mieten, um in dem Musikzimmer in Ruhe zu lernen.

»There's not even a tiny cloud in the sky but we're blinded by the precious sunlight. We are so blinded that we just feel the cold that's coming from our hearts. Because we refuse to see reality and how good life actually is to us. Let go and open your eyes. You will see so much more than you thought you already knew.«

Bald war die dritte Woche des neuen Schuljahres vorbei und jeder der Klasse G4b sehnte sich nach den nächsten Ferien. Es würde noch lange dauern und so einiges würde dieses letzte Semester bringen. Bis November musste eine schriftliche Arbeit über ein beliebiges Thema geschrieben werden, danach waren die zehn Bücher – oder, mit den fremdsprachigen, vierzehn – zum Lesen bereit. Die Sportferien im Februar mussten genutzt werden, um für Geschichte, Mathematik, Biologie und für die Freifächer Spanisch, Italienisch oder Latein zu lernen. Ein sattes Programm, aber es motivierte, denn es hieß: Dies war ihr letztes Schuljahr. Das letzte Jahr mit dieser Pausenklingel, das letzte Jahr mit Sportprüfungen oder Blitztests in Mathe oder Bio. Leyla machte sich weniger um das Lesen Sorgen, sondern Biologie und Latein verursachten bei ihr Krämpfe. Sie bereute, diese Fächer nicht längst abgewählt zu haben, aber für die Vormatur hatte sie sich für Geographie entschieden. Und das bedeutete wohl oder übel, die anderen Fächer nicht abwählen zu können und sie abschließen zu müssen. Leyla hatte sich alles aufgeschrieben. Ihre Agenda war voll mit Plänen, die die Schule betrafen. Weder in der Agenda noch in ihrem Leben gab es Platz für Privates. Marina und Sharon hatten sich damit abgefunden. Und ihre Großeltern waren stolz auf ihre fleißige Enkelin.

Die Nachmittagsstunden schienen nicht vorüberzugehen. Wer hatte sich auch ausgedacht, Biologie und Latein hintereinander zu legen, und das am Nachmittag? Leyla versuchte, sich auf den Stoff zu konzentrieren, aber jedes Mal wenn sie den Faden verlor, weil sie nicht kapierte, was die Lehrerin verzapfte, kritzelte sie in ihrer Agenda herum. Sie musste sich die Lernziele selbst beibringen. Das wurde ihr schnell klar. Sie zerbrach sich den Kopf auf welchen Tag sie dies schieben sollte.

»Schnallst du das mit dieser Photosynthese?«, flüsterte Marina, die in jeder Stunde neben ihr saß.

»Nein, keinen Plan«, antwortete Leyla und sah im Augenwinkel, dass auch Sharon den Kopf schüttelte. Aber das tat sie meistens. Auch wenn sie etwas begriff.

»Was frage ich euch? Die eine kritzelt ihren Weekplanner voll und die andere feilt sich die Nägel«, seufzte Mari laut.

»Haben Sie etwas, dass Sie mit uns allen teilen wollen, Marina?«, fragte Frau Klemmer und schob ihre übergroße Gleitsichtbrille zurecht. Nun war es an Marina, den Kopf zu schütteln. Frau Klemmer hatte die drei genau durchschaut. Sie saßen bei ihr im Unterricht in der letzten Reihe und schrieben in den Prüfungen nie über eine Vier hinaus. Sie hatte es aufgeben, ihnen in Biologie zu helfen. Wäre es nach ihr gegangen, hätte sie den Lehrerberuf längst aufgeben und würde nun in der Forschung arbeiten. Das wusste sie und ihre Schüler leider auch.

Dero liebte Biologie, Chemie, Physik und Mathematik. Er konnte logisch denken, aber nicht auswendiglernen. Er mochte, wenn jemand perfekt Spanisch oder Französisch sprechen konnte. Aber ihm wollten all die Ausnahmen nicht im Gedächtnis hängenbleiben. Er brauchte Logik, er brauchte etwas, woran er sich festhalten konnte und das sich nicht veränderte. In Biologie ging es darum. Sie erklärte die Natur, die Umwelt, und wusste man es einmal, wusste man es immer und konnte darauf aufbauen. Dieses Fach bescherte ihm die besten Noten, außer Sport natürlich. Nichts befreite ihn mehr von seinen Gedanken als Sport.

Das war aber nicht sein ganzes Leben so. Klar, hatte er früher mit den andern Kindern auf der Straße Fußball gespielt. Auch wenn er sich kaum daran erinnern konnte, wusste er, dass er als Siebenjähriger mit seinem Vater öfter im Park war, wo ein Basketballkorb aufgestellt war, und gemeinsam warfen sie einen teuren Spalding-Ball ins Netz. Als sein Vater sieben Jahre später auszog, verschwand die Lust am Basketball und allen andern Sportarten mit ihm. Dero wurde faul, gab sich den Phasen seiner Mutter hin und versuchte alles zu sein, außer er selbst.

»Du musst raus. Du musst etwas finden, wobei du den Druck auf deinen Schultern loswerden kannst. Hast du daran gedacht, Karate zu machen oder vielleicht Volleyball zu spielen?«, riet ihm der Schulpsychologe.

Dero war damals 16 und hatte einen Mitschüler verkloppt, der seine Mutter eine Schlampe nannte. Wie es zu diesem Vorfall kam, war unwichtig, da der Junge nur einen Spruch riss, um Dero aus der Reserve zu locken. Das hatte er geschafft, aber sich dabei eine gebrochene Nase eingeheimst. Es war kein Wunder, dass die Lehrer Dero danach zum Schulpsychologen schickten. Seine Mutter war damit nicht einverstanden, und auch er sah keinen Sinn darin. Aber das Risiko, von der Schule zu fliegen, wollte er nicht eingehen. Für drei Monate besuchte er jede Woche den Psychologen, der ihn anscheinend besser verstand, als er sich selbst. Dero nahm es nicht ernst. Meistens saß er auf dem Sofa im Büro des Seelenklempners und ließ ihn Fragen stellen ohne darauf befriedigend zu antworten.

Dero hätte es nicht zugegeben, aber mit diesem Vorschlag bei der zweitletzten Sitzung drang Dr. Schwarz zu ihm durch. In dem Moment wurde Dero klar, dass er nicht auffallen wollte. Er wollte es nicht darauf ankommen lassen, nochmals einen Psychologen aufsuchen zu müssen. Er wollte das selbst hinkriegen. Doch dafür musste er sich ändern, das war ihm bewusst. Und wie vorausgesehen ließ man ihn in Ruhe. Er brauchte eine Ablenkung, die er in Sport, hauptsächlich Fußball, und Mädchen fand. Es waren die darauf folgenden Monate, in welchen er verstummte.

Bei jeder Zeugnisbesprechung wurde Dero nahe gelegt, sich mehr im Plenum zu integrieren.

»Sie haben viel auf dem Kasten, das kann man anhand der Prüfungsnoten sehen. Aber später im Berufsleben ist es genauso wichtig sich mündlich einzubringen. Verstehen Sie, Sandero?«, hörte er von der Klassenlehrerin Madame Antoné jedes Semester.

Sie war die Einzige, die ihn in seiner alten Klasse bereits in Französisch unterrichtet hatte. Bei diesen Besprechungen wurde ihm bewusst, wie scharf er sie fand. Er stellte sich vor, wie sie ihren Dutt öffnen und ihr langes, braunes Haar mit einem verführerischen Blick über die Schultern werfen würde. Wie sie ihre weiße Bluse um einen Knopf öffnen und ihm einen Blick auf ihre prallen, festen Brüste gewähren würde. Es lag nicht in seiner Macht, diese Gedanken zur Seite zu schieben und dem zuzuhören, was sie ihm eigentlich sagen wollte. Er versuchte, seine Augen zu verbergen, in denen seine Lust abzulesen war. Dero musste grinsen, wenn sie ihr Jäckchen zurechtrückte, weil sie die sexuelle Spannung spürte. Nicht auf Gegenseitigkeit, aber er ahnte, dass sie ihn längst durchschaut hatte. Sobald ihr Geschwafel für sie an Reiz verlor, wurde das Gespräch beendet und alles lief genauso ab wie vorher.

Was niemand wusste war, dass Dero viele Gedanken mit sich trug, aber gewisse blieben ihm verborgen. Gedanken über die Zukunft. Er glaubte nicht daran, dass es für ihn eine geben würde. Also warum sich den Kopf darüber zerbrechen?

»Haben sie etwas, das sie mit uns allen teilen wollen, Marina?«

Dero blickte zu den drei kichernden Mädchen. Manchmal vergaß er, dass Leyla ein typisches Mädchen war. Ein kicherndes, modebewusstes Mädchen, das den Kopf mit ihren Freundinnen zusammensteckte und dabei alle andern ausschloss. Solche Mädchen konnte er nicht ausstehen. Und in dem Moment, als er sich zu Phil zurückdrehen wollte, sah er in Leylas Augen einen Ausdruck, der ihn den ganzen Tag begleiten sollte. Er kam nicht umhin, sie einmal mehr unter die Lupe zu nehmen. Was hatte sie an sich, das ihn so faszinierte? Es machte ihm Angst, dass er es nicht auf den ersten Blick erfassen konnte. Wie sie ihre Beine kreuzte und mit dem linken Fuß an der rechten Wade kratzte. Wie sie auf dem Stuhl hin und her rutschte. Als wollte sie verbergen, dass sie nervös war. Hartnäckig schrieb sie in ihr Büchlein und löste ihren Blick nicht davon los, blinzelte erschreckend wenig und ließ sich von Mari nicht zu einem weiteren Getuschel anstiften. Er glaubte zu wissen, dass sie ihre Welt wieder verlassen hatte. Sie befand sich an einem anderen Ort, so kam es ihm vor. Deshalb war es ihm nicht unangenehm, sie zu beobachten. Sie würde es nicht bemerken. Wie gerne hätte er gewusst, was sie schrieb. Wohin sie verschwand. Und ob sie ihn jemals dahin mitnehmen würde.

Phil boxte Dero von der Seite an.

»Hast du gerade ein neues Opfer gefunden?«

Dero rieb sich die Schulter und riss seinen Blick von Leyla los.

»Die lässt keinen an sich ran. Ich hab es probiert«, faselte Phil vor sich hin.

Dero wusste, dass er von Marina sprach. Klar, sie war schön anzusehen, aber solche Dinger hatte er früher zum Frühstück verspeist. Anders konnte er es nicht ausdrücken. Er wagte nochmals einen Blick zu den Mädels und erhaschte dabei Maris Blick. Ihre Augen verrieten ihm, dass sie nur darauf wartete, von ihm geknackt zu werden. Wie einfältig. Er drehte sich zu Frau Klemmer und fuhr mit seinen Notizen fort. Das Ganze mit dieser Photosynthese war eine Wiederholung für ihn, aber er würde seine alten Arbeitsblätter im Chaos namens Zuhause sowieso nicht mehr finden. Jede fünf Minuten checkte er seine Uhr, wie lange er noch dasitzen musste. Viel zu lange. Er war sogar in Versuchung, mit Phil ein Gespräch zu beginnen. Aber das wäre in zwei Tagen bereits der zweite Fehler. Er musste seine Prinzipien beibehalten, sonst würde Phil seinen Respekt verlieren und doofe Fragen stellen. Das wäre kaum auszuhalten und er müsste Phil die Freundschaft kündigen. Und diese Freundschaft war die erste seit langem.

Wenn man es Freundschaft nennen konnte. Sie trieben gemeinsam Sport. Das war ihr Ding. Und es sollte auch das Einzige bleiben, was die beiden verband. Trotzdem war Dero froh, als er vor einem Jahr das Schuljahr wiederholen musste und zu Phil in die Klasse kam, dass er bereits jemanden kannte. Sonst wäre er von Anfang an der einsame Sonderling gewesen, und das hätte zu viel Aufmerksamkeit mit sich gebracht. Das war toll an Phil. Er musste immer im Mittelpunkt stehen, lenkte die Aufmerksamkeit auf sich. Perfekt für Dero, um in seinem Schatten zu verschwinden. Obwohl er Phil haushoch überlegen war. Doch das verdrängten sie beide, im Sport, und auch, wenn es um Frauen ging.

Irgendetwas hatte sich verändert seit den Sommerferien. So kam es Leyla vor. Sie fühlte sich nicht allein. Dieses Gefühl machte keinen Sinn, denn seit die Schule wieder begonnen hatte, hatte sie sich öfters zurückgezogen und jede Verabredung mit Mari oder Sharon abgesagt. Auch zuhause verschwand sie meist sofort im Zimmer und ging nur fürs Abendessen oder einen guten Film nach unten.

Es machte sie nervös. Aber diese Unruhe kannte sie und wusste, wie sie damit umzugehen hatte. Ein Arzt hatte ihr einst gesagt, sie hätte ein Kinderherz. Und dass sie deshalb alles Neue anders aufnahm und ihr Körper wie ein Kleinkind reagierte, das zum ersten Mal einen roten Ballon sah. Es waren die Momente, in welchen Leyla mit ihrem Körper sprach. Ihm erklärte, warum er so reagierte. Aber diesmal war es anders. Sie konnte keine logische Erklärung finden. Genauso unlogisch wie als Siebzehnjährige ein

Kinderherz zu haben. Manchmal dachte sie, dass ihr Arzt seit dem Tod ihrer Eltern Dinge erfand, um sie psychisch zu beruhigen. In diesem Fall funktionierte es. In vielen anderen nicht.

Als es zur Pause klingelte, hatte sie ihre Ruhe wieder gefunden und verließ erleichtert mit Mari und Sharon das Schulzimmer.

»Ich werde das nie kapieren. Ich glaube, ich schmeiße die Schule hin und werde Prinzessin«, lachte Marina.

»Princesses sind anständige Mädchen.«

»Und bei anständig bist du mit deinen letzten Liebhabern vorbeigerast«, machten sich Leyla und Sharon lustig über Maris Aussage.

»Ihr seid gemein. Soll das heißen auf mich wartet kein Prinz?«

»There are no Prince Charmings around here, honey.«

»Und warum küsse ich mich dann bei all den Fröschen durch?«, fragte sie belustigt.

»Das verstehen wir auch nicht.« Auf einmal war Sharons Blick von den zwei anderen gelöst.

»Wer Sharons Prinz ist, wissen wir jetzt«, grinste Leyla ihre Freundin an und zeigte mit dem Finger auf Sebastian, der gerade aus dem Sekretariat lief. Leyla verstand Sharon nicht. Sie konnte anscheinend nicht dasselbe in Sebastian sehen. Sharon konnte sich auf nichts anderes mehr konzentrieren, als auf diesen übergroßen, muskulösen Jungen, der von weitem Bad-Boy-Attitüden versprühte. Was war mit den Jungs heutzutage los? Die hatten nur Frauen, Sex und Fußball im Kopf, machten sich keine Gedanken über Gefühle und stellten Spaß über alles. Leyla starrte mit Sharon zu Sebastian. Sie bemühte sich, ihn mit ihren Augen zu betrachten. Doch es kamen ihr nur gemeine Klischees in den Sinn, die Typen wie Sebastian definierten.

»Hört ihr bitte auf diesen Muskelprotz mit euren Blicken zu fressen«, beschwerte sich die ignorierte Marina.

»Tun wir doch gar nicht.«

»Oh yes, I do«, lächelte Sharon verführerisch.

Und zu dritt endete die Pause in einem Lachanfall. Der sofort verebbte, als der Lateinlehrer sein erstes Wort der Stunde aussprach.

Noch eine Stunde, dann konnte sie nach Hause gehen. Nur noch 45 Minuten Latein ignorieren, dann wäre der Tag vorüber.

Als Leyla auffiel, dass Dero direkt vor ihr saß, war sie beschäftigt damit, seinen Nacken zu betrachten. Seine Schultern waren breit, aber er hatte den perfekten Hals dazu. Als hätte er überaus viele Muskeln, die seinen Kopf hielten. Sie entdeckte ein kleines Muttermal in Herzform und lächelte in sich hinein. Sie würde es vor andern nicht zugeben, aber dieser Typ erweckte etwas in ihr, dass sie schon lange tief hinter einer Mauer vergraben hatte. Sie war überzeugt davon, dass weder er noch sonst wer je davon erfahren würde. Sein kleines Herz am Hals wurde zu ihrem Geheimnis. Ein Geheimnis, das wahrscheinlich nicht mal er kannte. Sie hätte es am liebsten berührt. Wäre am liebsten seinen Hals entlang gefahren, ganz sanft, sodass sein ganzer Körper mit einer Gänsehaut überdeckt werden würde.

Der Gedanke, dass Franky mit ihren falschen Fingernägeln am Mittag vielleicht diesen Hals berühren durfte und über das Muttermal gekratzt hatte, ließ Leyla kurz trocken schlucken. Sie war nicht eifersüchtig. Sie wollte nur nicht, dass irgendjemand ihr Geheimnis entdeckte oder anfasste. Sein Herz sollte allein ihr gehören. Doch sie dachte, dass dies nie passieren würde. Typen wie Dero konnten mit Frauen wie Leyla nicht umgehen. Es würde nicht funktionieren. Das war Leyla bewusst. Aber sie war eine Träumerin und in ihren Träumen der letzten Tage war Dero an ihrer Seite. Vielleicht fühlte sie sich deswegen nicht einsam. Weil er sie durch ihre Gedanken begleitete. Vielleicht reichte das für sie bereits, um glücklich zu werden.

Das ging ihr zu weit. Solche Gedanken hatte sie vor langer Zeit verbannt. Es war kurz vor Ende der Stunde, als sie es sich aus dem Körper schüttelte. Zuerst schüttelte sie den Kopf, danach ihre

Schultern. Es zuckte durch ihre Beine und sie rüttelte mit ihren Armen über den Tisch. Zu fest, sodass sich ihre ganze Stiftebox über den Tisch entleerte. Es machte nur kurz »rumps« und niemand kriegte es mit. Bis auf ihre Tischnachbarin Mari, die sich ein Grinsen nicht verkneifen konnte, weil sie solche Anfälle von Leyla kannte. Einer ihrer Stifte rollte davon, über den Rand und fiel vom Tisch. Mit einem Ruck drehte sich Dero um, blickte Leyla in die Augen und bückte sich, um den Stift für sie aufzuheben. Es war kaum Platz, sich zwischen seinem Stuhl und ihrem Tisch dem Boden entgegenzustrecken. So wenig, dass er sich beim Hochkommen den Kopf an der Tischplatte anschlug.

»Ooh«, entfuhr es Leyla.

Dero machte keinen Mucks. Er wurde vom Ende des Tisches überrascht, aber er hatte bereits schlimmeren Schmerz ertragen müssen. Schmerz, wie der darauffolgende. Mit der einen Hand hielt er sich instinktiv den Kopf, die andere bewegte sich mit dem Stift darin eigenständig in Leylas Nähe. Leyla schaute nicht richtig hin, sah erschrocken aus und versuchte mit ihren Lippen ein »Danke« zu formen, als sich ihre Finger berührten. Und genau da befanden sie sich in einem der bekanntesten Klischees. Es blitzte zwischen den beiden. Es fehlte nur der Donner, um es mit der Natur zu erklären, welch Gewitter diese Berührung auslöste. Leyla schreckte zurück. Kühl bedankte sie sich bei Dero und fixierte dabei Marina. Die hatte nichts geschnallt. Sie hatte das Feuerwerk verpasst und grinste vor sich hin. Genau was Leyla jetzt brauchte. Sie flüsterte ihr etwas Belangloses ins Ohr, kicherte und ließ Dero allein in seiner Trance. Es verging keine Sekunde bis er sich fing und sich wieder dem Unterricht zuwendete. Da schoss es ihm durch den Kopf. Vielleicht war es der harte Schlag des Tisches, wahrscheinlich aber seine selbsterfundene Erkenntnis: Ihre Reaktion war für ihn die Antwort auf sein Briefchen. Sie wollte nichts von ihm wissen.

Die Stunde war vorüber. Dero packte sein Zeug zusammen und ergriff die Flucht. Die Lust, auf den Sportplatz zu gehen, war verflogen, und er machte sich auf den Weg nach Hause. Phil rief ihm hinterher, doch Dero ignorierte ihn. Phil zuckte mit den Achseln und schloss sich den anderen Jungs und ihrem Fußball an. Er machte sich Gedanken um seinen Freund. Aber er hatte gelernt, dass es gewisse Dinge gab, die man bei Dero nicht verstehen musste. Und es war ihm lieber so. Er hatte von anderen gehört, dass Dero früher in psychologischer Behandlung war. Es war ein Gerücht, aber er glaubte es. Und keinesfalls wollte er Deros zukünftigen Psychologen spielen. Sie waren Männer. Männer redeten nicht über Gefühlsdinge. Das war die erste Regel in Phils Freundeskreis und er lebte gut damit.

Als Dero am Bahnhof ankam, stand Franky bereits auf dem Perron. Er wollte nicht wissen, wie sie es schaffte, früher dort zu sein als er. Vielleicht hatte sie früher aus und wartete auf ihn. Er hoffte es nicht, ging auf sie zu und küsste sie in aller Öffentlichkeit auf den Mund. Es war seine Art zu sagen, dass es okay war, gemeinsam nach Hause zu fahren. Er würde auch nicht zu sich nach Hause gehen. Franky war vom Kuss sichtlich überrascht und wusste nicht, ob es ihr gefiel oder nicht. Dero würde sich gefühlsmäßig nicht auf sie einlassen, das war ihr klar. Aber wenn er ihre Nähe öffentlich machte, befürchtete sie, dass ihre Gefühle mitspielen wollten. Und das durfte nicht passieren. Sie wollte etwas sagen, wollte ihr Verhältnis definieren, aber sein Blick sprach Bände und sie biss sich auf die Lippen. Sie würde sich darauf einlassen, bis es zu viel wurde. Bis dahin musste sie nicht wissen, was in seinem Kopf vorging. Und das lag ohne Worte auch in Deros Interesse.

Fehler Nummer Drei. Dero ballte die Hände zu Fäusten.

»Sandero, Sie sind mir ein Rätsel«, lächelte Franky ihn verschwörerisch an und hakte sich bei ihm unter, als ihr Zug einfuhr. *Da bist du nicht die Einzige*, dachte er sich und versuchte, seinen Kopf wieder auszuschalten.

Auf der Fahrt gaben sie keinen Ton von sich. Dasselbe auf dem Heimweg. Als wäre es klar, dass Dero zu ihr nach Hause ging. Franky versuchte, seine Hand zu nehmen, doch er zog sie weg. Ohne sich beschämt zu fühlen, nahm sie das Zeichen an und ließ ihn in Ruhe. Er würde sie zuhause anfassen. Das waren die Berührungen, die sie sich von ihm wünschte. Wie bereits im Musikraum würde er sie so nehmen, wie sie es mochte.

Frankys Eltern waren zuhause. Sie schlichen sich an ihnen vorbei und verschwanden in Frankys Zimmer.

»Begrüßt du deine Eltern nicht, wenn du nach Hause kommst?«, fragte Dero.

»Nicht, wenn ich jemanden dabei vorstellen müsste«, sagte sie trocken.

»Und sie lassen dich in Ruhe?«, bohrte er weiter.

Er wollte vermeiden, dass sie jemand im Zimmer überraschen würde.

»Vergiss die zwei. Die sind zu beschäftigt um mitzukriegen, wer zur Tür reinkommt. Wie du vielleicht weißt, habe ich vier Geschwister«, erklärte sie und Dero schüttelte den Kopf.

»Nein, das wusste ich nicht.«

»Ist auch nicht interessant«, lenkte sie ab und machte sich ruckartig an seiner Hose zu schaffen. Die Frau war nicht aufzuhalten, lachte Dero in sich hinein. Ihm war es recht und er packte sie an den Hüften, zog sie zu sich und ließ alles andere vom Tag in Vergessenheit geraten.

»Ich habe das Feuerwerk auch gesehen«, sagte Leyla zu sich selbst, als sie vor ihren Matheaufgaben saß.

Erst in ihren eigenen vier Wänden konnte sie der Trance nicht mehr ausweichen. In ihrer Hand hielt sie den Stift, den Dero für sie vom Boden aufgehoben hatte. Sie hätte am liebsten mit ihm geredet. Sie war ihm gefolgt, aber er hatte einen Schritt drauf, mit dem sie nicht mithalten konnte. Und von weitem sah sie den Grund seiner Eile. Franky. In ihrem Bauch brannte es, als sie sah, wie er diese Tussi küsste. Aber warum war sie überrascht? Auf dem Nachhauseweg, der ihr länger vorkam als sonst, versuchte sie sich mit Worten zu beruhigen, die ihre Gefühle überdecken sollten. *Du hast dich geirrt. Da ist nichts zwischen euch beiden. Er passt perfekt zu Franky. Du hast dich geirrt. Kein Typ wie er würde sich in dich verlieben.* Als sie zuhause ankam, waren die Worte verinnerlicht und ihr Leben konnte wieder weitergehen. Doch in jeder ruhigen Sekunde entschwand sie erneut in Träumereien, die von Dero dominiert wurden. Sie wurde nicht schlau aus sich selbst. Warum hatte sie nie Interesse an ihm und nun konnte sie sich einen Tag, an dem sie ihn nicht sah, nicht vorstellen? Leyla versuchte, sich auf ihre Hausaufgaben zu konzentrieren. Sie hatte keine Zeit sich zu verlieben. Sie hatte keine Zeit sich selbst dabei zu verlieren.

Dero spielte mit dem Gedanken bei Franky zu bleiben. Sich in ihrem Zimmer zu verstecken und nicht in das Loch, das er Zuhause nannte, zurückzugehen. Aber als sein Bauch anfing zu knurren, konnte Franky nur Chips und Cola organisieren. Und kurz darauf wurde sie zum Abendessen gerufen, an dem Dero keinesfalls teilnehmen wollte. Er entschied sich, aus dem Haus zu schleichen, ohne eine Notiz für sein Verschwinden zu schreiben, und sich auf dem Heimweg einen Döner zu besorgen. Seine Mutter hatte bestimmt nichts Essbares im Kühlschrank. Auf leisen Sohlen ging er durch die Gänge des Hauses zur Tür und erhaschte dabei einen Blick auf das Familienessen. Wie lächerlich, dachte er sich. Ein Theater, so zu tun als wäre man eine glückliche, unbesorgte Familie, aber nicht mal mitkriegen, dass ein fremder Typ durchs Haus schlich. Er grinste, doch sein Herz schlug etwas schneller. *Wie bei einem kleinen Kind*, dachte er, *als würde ich so etwas zum ersten Mal sehen*. Gesehen hatte er es einst, aber bis jetzt noch nie erlebt.

Vor seiner Wohnungstür war er so mit seinem Essen und dem Schlüssel beschäftigt, dass er die Veränderung nicht spürte. Nach längerem Jonglieren bei dem Versuch, das Schlüsselloch zu treffen und dabei nicht den Fussabtreter vollzusauen, trat er ein. Damit hatte Dero nicht gerechnet. Es blendete ihn. Die Wohnung war sauber und aufgeräumt. Dero kaute den letzten Bissen Döner, der mehr Brot als Fleisch war, und schmiss die von Sauce durchtränkte Alufolie in den Mülleimer. Diese Phase war ihm bekannt. Aber er war überrascht, wie sorgfältig seine Mutter dieses Mal gewesen war. Er konnte keine Staubflocke entdecken und in jedem Zimmer duftete es nach Lavendel und Zitrone. Irgendein Gemisch, das nicht zusammen passte. Wahrscheinlich Putzmittel und Duftspray.

Er schlenderte ins Wohnzimmer und erschrak.

»Oh mann. Was tun Sie hier?«, fragte er energisch.

In seinem Wohnzimmer stand eine ältere Dame in einem weißen Gewand, die mehr nach Krankenschwester aussah als nach dem, was sie eigentlich war. Die Putzfrau. Sie lächelte schüchtern.

Ein hoffnungsloser Versuch seines Vaters, ihm etwas Gutes zu tun. Meistens wurde sie von seiner Mutter gehässig verscheucht, aber die war offensichtlich nicht zuhause. Vielleicht einer neuer Trick seines Dads. So lange zu warten, bis seine Mutter das Haus verließ. Dieses Mal hätte er wochenlang warten müssen. In solchen Momenten wusste Dero nicht, wie er reagieren, geschweige denn fühlen sollte. Er konnte es nicht ausstehen, wenn sein Vater sich ohne Vorwarnung in sein Leben einmischte. Aber wo würden er und seine Mutter sein, wenn er es nicht täte?

»Mehr Putzen«, begrüsste Greta Dero mit einem starren Blick.

»Was?«, fragte der zurück.

»Sie müssen mehr putzen. Es sah aus wie in einem Mülleimer«, erklärte sie.

Dero nickte.

»Wo ist meine Mutter?«, fragte er, obwohl er es nicht wissen wollte.

»Herr Mansaro ist mit ihr unterwegs.«

Dero verstand nur Bahnhof. Dementsprechend starrte er die Putzfrau an.

»Meine Mutter ist mit meinem Vater unterwegs?«, fragte er nach.

»Wenn Herr Mansaro Ihr Vater ist, dann ja«, sagte sie und schaute Dero fragend an, so als wäre er nicht ganz dicht.

Im Eiltempo ließ er Greta im Wohnzimmer allein und durchwühlte sein Zimmer nach einem kleinen Zettel, auf dem die Nummer seines Vaters notiert war. Er hatte ihn zerknüllt und irgendwo hingeschmissen. Da fiel ihm auf, dass Greta bereits in seinem Zimmer gewesen sein musste. Er stürmte zurück zu ihr.

»Haben Sie die Telefonnummer von Herrn Mansaro?«, fragte er und fühlte sich komisch dabei, seinen eigenen Nachnamen auszusprechen.

»Die haben Sie nicht?«, fragte sie verblüfft zurück.

»Nein. Kann ich sie kriegen?«

Greta kramte in ihrer Kitteltasche, zog eine Visitenkarte hervor und streckte sie Dero hin.

»Komische Familie …«, flüsterte sie.

»Das können Sie laut sagen«, konterte Dero zynisch und tippte die Nummer in sein Handy.

»Wo ist Mama?«

»Hallo erstmal.«

Dero verdrehte die Augen. Warum plötzlich so förmlich? Das letzte Mal, als Dero mit seinem Vater sprach, schrien sie sich an und verabschiedeten sich ohne Worte. Damals dachte Dero, dass er ihn nie wieder sehen oder hören würde. Aber man konnte der Familie nicht einfach den Rücken kehren. Besonders nicht, wenn sie es nicht zulässt.

»Hallo. Wo ist Mama?«, wiederholte er.

»In der Klinik«, antwortete der Vater mit Mitleid im Ton.

Sie schwiegen für einen Moment.

»Sandero, sie muss für eine Weile dort bleiben. Du kannst gerne zu uns kommen, damit du nicht allein in der Wohnung bleiben musst«, erklärte sein Vater.

Es versetzte Dero einen Stich. Er hatte gehofft, seine Mutter müsse nicht mehr in die Klinik. Er wusste, dass dies eine Illusion war, aber sie hatte sich so gut gehalten. Eine Lüge, vor der er sich nicht mehr verstecken konnte.

»Sand…«, begann sein Vater auf Englisch.

»Niemand nennt mich Säänd«, korrigierte er.

»Dero, das Angebot steht.«

»Nein, danke. Ich bin alt genug, um mich selbst zu kümmern. Wie du vielleicht vergessen hast, tu ich das seit Jahren«, zischte Dero.

»Wenn ich an eure Wohnung denke, hast du das gut im Griff«, gab sein Vater sarkastisch zurück.

Dero schwieg.

»Okay. Ich schicke Greta einmal in der Woche vorbei, damit sie den Haushalt auf Vordermann bringt. Geld kriegst du sowieso. Wenn du was brauchst, melde dich«, gab sich sein Vater geschlagen.

Dero rutschte beinahe ein »Danke« heraus. Stattdessen gab er ein Grunzen von sich und legte auf.

Er hörte Greta zusammenpacken. Als sie ein »Auf Wiedersehen« durch die Zimmer schrie, lag Dero erschöpft auf seinem frischgemachten Bett. Da blieb er liegen, bis ihn sein Wecker am nächsten Morgen weckte.

»Your face and your name is haunting me. I want you to leave my thoughts because it seems like I'm not in yours and I can't let you be that present in my head while I'm not in yours.

Get out. You don't deserve all this attention of mine while others are trying to get it. Why am I so drawn to you? You claimed to have these feelings and thoughts since you met me but it seems once again that actions speak louder than words. Act or leave.«

Leyla war ein Stadtmädchen. Als ihre Eltern noch lebten, hatten sie eine wunderschöne, kleine Attikawohnung am Rande der Altstadt. Sie kannte es nicht, mit Freunden draußen auf der Straße zu spielen oder Baumhäuser im Wald zu bauen. Mit drei Jahren sah sie das erste Mal andere Kinder in ihrem Alter, die mit ihr in die Kinderkrippe mussten. Erstaunlich war, dass sie keine Anflüge des bekannten Einzelkindverhaltens hatte.

Als sie in die Schule kam, fand sie auf Anhieb Freunde, mit denen sie auf dem Schulareal bleiben konnte und Spiele erfand. Nicht nur ihr Freund Max, den sie seit dem Kindergarten kannte, auch die meisten andern kamen aus gutem Hause. Leylas Eltern waren nicht reich. Sie hatten nur Glück und setzten ihre Prioritäten dementsprechend. Doch Leylas Freunden fiel nicht auf, dass sie keine Markenklamotten trug oder jahrelang mit demselben Fahrrad durch die Gassen fuhr. Sie war ein geselliges Kind, auch als Jugendliche, und wenn sie mit ihren Eltern auf eine Kunstausstellung oder zu einem Abendessen in ein edles Restaurant in der

Stadt ging, wusste sie sich zu benehmen. Sie war nicht ruhig, aber sie hatte die Gabe, dass man nicht böse auf sie sein konnte oder sie zum Schweigen bringen wollte.

Das erschwerte ihr das Landleben. Auch wenn sie es liebte, den Duft von nassen Wiesen und altem Holz zu riechen, wenn sie am Morgen aufstand, oder wenn der Nebel über die Felder zog und dem ganzen Dorf eine mystische Note verlieh. Sie vermisste das Gehupe der Autos oder das Gelächter der Betrunkenen, die durch die Gassen zogen. Genau jetzt hätte sie die Anonymität gebraucht. Das Verschwinden in der Menschenmenge der Stadt.

Wenn sie durch das Dorf lief, in dem sie mit ihren Großeltern lebte, sah sie dieselben Gesichter mit demselben Gesichtsausdruck. Sie schauten sie an und sprachen mit ihrem Blick jedes Mal »mein Beileid« aus, wenn sich ihre Wege kreuzten. Sie würden nie was sagen. Es war nur Dorfgetratsche. Und das war Leyla gerade recht. Trotzdem wurde ihr so in Erinnerung gerufen, warum sie in diesem Kaff wohnte.

Leyla hatte gut geschlafen. Ihre Großmutter brachte ihr abends um neun Uhr eine warme Milch mit Honig, tätschelte ihr den Kopf. Es war ihre Art zu sagen, dass sie sich langsam schlafen legen sollte. Es löste bei Leyla jedes Mal ein Grinsen aus. Um neun Uhr ins Bett zu gehen kam früher nie in Frage. Aber auf dem Lande war die Nachtruhe bereits um acht. Eine Zeit, zu welcher sie früher mit ihren Eltern zu Abend aß.

Jedenfalls lag Leyla um halb elf wach im Bett und genoss ihre Gutenachtlektüre. Shakespeare.

Als sie am nächsten Morgen von ihrem Wecker wach wurde, lag das kleine gelbe Büchlein aufgeschlagen neben ihr. Das konnte sie nicht ausstehen. Denn es bedeutete, dass sie die letzten Seiten im Halbschlaf gelesen und nun wahrscheinlich den Faden verloren hatte.

Hellwach stand sie auf, huschte ins Badezimmer und ließ sich die letzte Müdigkeit vom kalten Wasser in der Dusche wegspülen. Dabei überlegte sie, welches Outfit für den Tag gut wäre. Sie entschied sich für eine weiße Bluse mit goldenen Knöpfen und Nieten an den Schultern, die pastellgrüne Hose, und dazu musste sie unbedingt das Jeansjäckchen bei Oma holen. Sie hastete mit nassen Haaren die Treppe hinunter, überrannte fast ihren Großvater und begann mit ihm zu lachen.

»Was denn so stürmisch, meine Kleine?«, fragte er liebevoll.

Leyla drückte ihm einen Schmatzer auf die Wange, um ihm einen guten Morgen zu wünschen, ging jedoch ohne Worte zu Großmutter ins Esszimmer. Diese war gerade dabei, den Tisch fürs Frühstück zu decken, als Leyla wie ein Wirbelwind drauflos schwatzte.

»Liebes, ich verstehe kein Wort. Warum bist du so aufgedreht?«

»Ich bin nicht aufgedreht«, lachte Leyla. »Ich suche mein Jeansjäckchen. Ich würde es heute gerne tragen.«

Erst da fiel es ihr auf. Sie war gut gelaunt. So richtig. Aus tiefem Innern. Sie musste irgendwas Schönes geträumt haben.

»Es hängt in der Waschküche. Und apropos, wer ist Dero?«, fragte sie aus dem Nichts. Leyla stockte der Atem. Es war als hätte ein rosafarbener Elefant das Esszimmer durchquert.

»Schätzchen, du wirst ja ganz bleich. Hat das was mit diesem Dero zu tun?«, fragte ihre Großmutter genauer.

Woher kannte sie diesen Namen? Sie ging auf Leyla zu und stupste sie an.

»Atmest du noch?«, lächelte sie verschmitzt.

»Das muss ja ein toller Junge sein, wenn sein Name allein dir deinen Atem raubt.«

»Oma, woher … Wieso … Ach, hä?«, versuchte Leyla irgendeine Erklärung zu erhalten.

Ihre Großmutter verschwand in der Küche und nuschelte etwas. Leyla ging ihr nach und schaute zu, wie sie nach etwas in der Notizenschatulle suchte, die sie für Kassenbelege und Einkaufslisten benutzte. Leyla kam es vor als vergingen Minuten, bis ihre Großmutter einen Zettel rauszog und erfreut gluckste.

»Ah, da ist es ja!«

Sie streckte ihr das gefaltete Papier hin. Ihre Großmutter schwatzte weiter: »Ihr jungen Menschen schreibt euch noch Briefchen, das ist wirklich romantisch. Aber früher standen da andere Dinge. Nicht einfach Telefonnummern.«

Jetzt packte Leyla die Neugier. Telefonnummer? Sie faltete den Zettel auseinander. Es erschien eine wunderschöne Schrift und sie blinzelte mehrmals, um zu glauben, was da stand: *Melde dich, wenn du willst. 0041 78 365 22 ** Dero*

»Wo hast du den gefunden?«, fragte Leyla abwesend.

Ihre Großmutter grinste.

»Der hat in deinem Jäckchen gesteckt. Hast du ihn dort nicht hingetan?«

»Nein.«

Leyla wusste nicht, wie ihr geschah. Dero hatte ihr einen Zettel in die Jacke geschmuggelt. Warum? Wann? Fragen über Fragen häuften sich in ihren Gedanken. Vielleicht wollte sie jemand auf die Schippe nehmen, jemand wie Marina. Trotzdem kam sie nicht von der Hoffnung weg, dass es Dero selbst war. Dero, der ihr in der letzten Woche öfter einen Blick zugeworfen hatte. Dero, der sonst mit keinem sprach, aber mit ihr schon. Dero, der was mit Franky am Laufen hatte. Nein, es musste ein Scherz sein. Leylas Herz schlug ihr bis zum Hals. In nicht ganz zwei Stunden würde sie mit ihm in einem Klassenzimmer sitzen. Wie sollte sie sich ihm gegenüber bloß verhalten? Die Idee, ihn darauf anzusprechen, verwarf sie sofort. Sie könnte ihm eine SMS schreiben. Aber das schien ihr irgendwie billig. Besonders, weil sie nicht wusste, was sie schreiben sollte. Genauso wenig wusste sie, wie und wann er ihr den Zettel untergeschoben hatte. Vielleicht wollte er jetzt nicht mehr, dass sie sich meldete. Schließlich war eine andere Frau am Zug.

Sie versuchte sich mit dem bereitstehenden Frühstück abzulenken. Doch sie kriegte keinen Bissen hinunter. Sogar der Orangensaft blieb ihr im Hals stecken. Dero hatte mit diesem Briefchen eine Lawine ausgelöst. Und er hatte keine Ahnung davon.

Dero stand im Wohnzimmer, das ihm sauberer vorkam als am Vorabend. Greta war wirklich sehr gründlich. Nie hätte man geglaubt, dass vor zwei Tagen seine Mutter hier noch im Müll rumlag und sich eine Mordserie nach der anderen reinzog. Dero hatte nie verstanden, was seine Mutter daran spannend fand. Nach zwei, drei Folgen *CSI* begann es ihn bereits zu langweilen. Doch sie fieberte bei jeder Mordaufklärung euphorisch mit.

Er war allein. Er hatte sturmfrei. Bei diesem Gedanken überkam ihn ein schlechtes Gewissen. Er hatte bei der Versorgung seiner Mutter versagt und seinem Vater die Verantwortung überlassen, sie im letzten Moment in die Klinik zu bringen. Da landete sie jedes Mal nach einer depressiven Phase. Dero kannte es langsam. Zuerst kam eine Manie, eine Euphorie, die sich nicht eindämmen ließ, und danach der Fall. Jedes Mal und mit unerbittlicher Sicherheit kam der Fall. Und bis es dazu kam, war Dero meist bereits so überspannt und teilnahmslos, dass er die Einweisung in die Klinik ignorierte. Ihm kam es vor, als hätte er seine Mutter im Stich gelassen. Ein weiteres Mal, wie jedes Mal. Doch das schlechte Gewissen kam hauptsächlich von der Erleichterung, dass er sich nun nicht mehr kümmern musste. Jetzt waren die Profis dran. Er lief ins Badezimmer, schaute in den streifenfreien Spiegel und atmete tief durch. Er war kurz davor, die Schule für heute sausen zu lassen. Aber er spürte, dass er rausmusste. Schnell zog er sich an, verließ das Haus, ging zurück, holte seinen Fußball und machte sich auf den Weg in die Schule. Phil würde mit ihm nach der Schule bestimmt auf dem Sportplatz bleiben und ihm Bälle zuspielen.

Je näher Leyla der Schule kam, umso nervöser wurde sie. Sie hatte sich noch immer keinen Plan zurechtgelegt, wie sie sich Dero gegenüber verhalten sollte. Sie versuchte sich zu beruhigen, indem sie sich das Bild von ihm und Franky vor Augen hielt. Es funktionierte. Bis sie ihn vor der Schulhaustür entdeckte. Er sah verdammt sexy aus, wie er da stand mit dem Ball unterm Arm. Sie stellte sich vor, wie er auf sie warten würde. Wie er nur vor der Tür stehenbleiben würde, um mit ihr hindurchzugehen. Dabei grinste sie in sich hinein. Es kam ihr unwirklich vor. Niemals würde dieser gut aussehende, sportliche Typ auf sie warten. Sie war zwei Meter von ihm entfernt, hatte ihren Mund für ein

»Hallo« geöffnet, als Phil die Tür von ihnen aufstieß und Dero mit einem Handklatsch begrüßte.

»Hey Leyla«, sagte Phil zu ihr und sie nickte den beiden zu.

Phil hakte sich bei Dero unter und zog ihn von der Tür weg.

»Du glaubst nicht, was gestern passiert ist …«, hörte Leyla Phil sagen, dann war sie außer Hörweite und schlüpfte durch den zugehenden Spalt der Schulhaustüre. Sie fasste sich an ihren schüttelnden Kopf. Entweder hatte sie ein mieses Timing oder das Schicksal wollte ihr einen Wink geben, dass sie besser die Finger von Dero lassen sollte.

»Du wirkst irgendwie verwirrt, meine Liebe«, sagte Marina, nachdem sie sich an ihrem Spind getroffen hatten, um die nötigen Schulbücher für die erste Stunde in die Taschen zu stecken. Sie hatten kein Wort gewechselt, bis auf die Begrüßung und eine Umarmung. Sie behielt ihre Anziehung zu Dero für sich. Dies war ihr vor Marina am wichtigsten. Sie hatte gelernt, ihre Laune zu überspielen. Nur war das bei Marina schwieriger als bei andern. Denn Mari war eine Beobachterin. Sie achtete auf Gesichtsausdrücke, die man mit Gedanken nicht steuern konnte. Es war beinahe ein Hobby von ihr und die einzige Zeit, in der sie still sein konnte. Manchmal saß Marina an einer Bushaltestelle oder in der Mensa am Tisch und starrte ihr Umfeld an. Wenn sie ihre Observierung abgeschlossen hatte, wusste sie jedoch einige Kommentare dazu abzugeben. Leyla war überzeugt, dass Mari bei ihren Annahmen meistens richtig lag. Sie kannte Marinas Menschenkenntnis, und eigentlich hätte es ein Grund sein müssen, sich von ihr fernzuhalten. Aber im Gegenteil: Es war etwas, das Leyla an ihr schätzte. Sie fühlte sich von ihr verstanden. Und auch, wenn sie sich manchmal nackt vorkam und Marina kein Blatt vor den Mund nahm, war ihr dies lieber, als wenn sie allein dastehen würde. Das wollte sie keinesfalls. Allein sein.

Sie lächelte ihre Freundin an. Irgendwann würde sie ihr davon erzählen. Von den komischen Momenten mit Dero, von dem Brief, den er ihr zugesteckt hatte, und von den Gefühlen, die sie nicht zuordnen konnte. Aber es war zu früh um diesen Vorfällen Beachtung zu schenken.

»Wie geht es dir?«, fragte Marina nochmals.

»Gut, danke. Dir?«, antwortete Leyla.

»Wunderbar. Hast du die Attacke vor ein paar Tagen also gut überstanden?«, ließ Mari nicht locker.

Ach, daher wehte der Wind, dachte Leyla und legte Marina ihren Arm um die Schulter.

»Ja, keine Sorge. Mir geht es gut. Du weißt ja, wie das ist. Das geht schnell wieder vorbei«, antwortete sie und war beruhigt, dass Mari die Sache mit Dero nicht durchschaut hatte. Vielleicht konnte sie sich genauso wenig wie Leyla vorstellen, dass Dero etwas von ihr wollte.

Leyla fasste einen Entschluss. Sie musste mit Dero sprechen. Sie würde auf ihn zugehen und ihn direkt damit konfrontieren. Es war die einzige Möglichkeit von ihm loszukommen, bevor sie sich ganz ihren romantischen Vorstellungen auslieferte.

Den Arm um Mari gelegt, schlurften sie gemeinsam ins Klassenzimmer und ließen den Tag mit Mathematik beginnen.

Dero blickte zurück zur Schulhaustür. Phil hatte echt ein übles Timing. Er hatte das Gefühl, dass Leyla etwas sagen wollte. Aber nachdem Phil »Hallo« zu ihr gesagt hatte, war sie bereits aus seinem Blickfeld geflüchtet.

Er hörte Phil nicht zu. Der laberte von einem Traumtor, einem

Ball, den er profimäßig versenkte. Dero sah nur, wie Leyla langsam auf ihn zuging. Er stellte sich vor, wie sie nur seinetwegen so elegant einen Fuß vor den andern setzte. Wie sie nur seinetwegen zur Schule kommen würde und wie sie irgendwann gemeinsam nach Hause gingen. Er setzte sein Pokerface auf, als sie immer näher kam. Doch er spürte, wie sich innerlich ein Gefühl dagegen sträubte, Leyla etwas vorzumachen. Er fand sie wunderschön. Diese Leichtigkeit, die er in ihr entdeckte, ließ ihn erstarren. Warum hatte er das Gefühl, dass er diese Leichtigkeit übernehmen würde? Dass alles einfacher wäre, wenn sie an seiner Seite stünde.

Als Dero und Phil wenige Minuten zu spät in die Klasse kamen, lächelte Leyla ihm ins Gesicht. Dero erschrak. Sein Blut pumpte durch die Venen und viel zu spät bemerkte er, dass er seinen gleichgültigen Blick abgelegt hatte und sie mit offenen Augen anlächelte.

Die andern hatten es nicht geschnallt, aber in dem Moment verschwanden sie alle. Das Schulzimmer war leer bis auf den Stuhl, auf dem Leyla saß, und Dero. Die Wände begannen sich zu drehen und die Morgensonne verschwand hinter vorher nicht vorhandenen Wolken. Es blitzte helles Licht und donnerte fröhliche Sinfonien. In diesem Moment konnte nichts Negatives den Zauber zerstören, der zwischen den beiden hin und her sprang.

Leyla wollte aufstehen, sich in seine Nähe begeben, aber etwas hielt sie fest. Dero konnte sich nicht bewegen. Ihr Blick hielt ihn gefangen. Er fühlte, wie sie auf ihn zugehen, wie er seine Arme um sie legen und sie nie wieder loslassen würde. Er fühlte sich nicht wie Sandero, der kaltherzige, vom Vater verlassene Typ mit der geisteskranken Mutter und der Unfähigkeit, jemanden an sich ranzulassen. Nein, er war seit Leylas Lächeln nur Dero, der an keiner anderen Seite stehen wollte als an Leylas.

Plötzlich wurde ihm klar, dass ihm das Angst machen sollte. Und somit tat es das. Er schüttelte es ab. Schaute in die Klasse und ein Gesicht ums andere erschien wieder auf der Bildfläche und

Leyla verschwand dabei. Die Sonne schien ihm ins Gesicht und er war zurück in seinem Leben gelandet. *Was in Gottes Namen war das?*, fragte er sich. Er setzte sich hin, zog seine Schulsachen aus der Tasche und versuchte zu vergessen, was er gesehen hatte.

Zwanzig Minuten später, als sie den Stoff für die Abschlussprüfung durchgingen, genehmigte er sich einen Blick zu Leyla. Ihr Blick war auf den Lehrer fixiert, ihr Lächeln nicht ehrlich, das erkannte er sofort. Er hatte ihren Moment zerstört. Das schlechte Gewissen, ihr seine Aufmerksamkeit entrissen zu haben, brachte ihn zum Nachdenken. Er würde die Finger von ihr lassen müssen. Egal, was sie dabei dachte. Er war nicht gut für sie. Sie würde mit ihm nicht glücklich werden. Sie war ein fröhliches Mädchen, strahlte von innen. Niemals würde er riskieren, dass sie dies durch ihn verlieren könnte. Er musste sich fernhalten. Sein Leben würde sie in die Tiefe stürzen und das wollte er nicht verantworten.

Dero wusste nicht, dass dieses Strahlen nur für ihn sichtbar war. Er kannte Leylas Vergangenheit nicht. Er ahnte nicht, dass er das Gegenteil von dem bewirken konnte, das ihm solche Angst mache. Aber zu ihrem Glück wusste dies auch Leyla nicht.

Etwas hatte sich bei Leyla verändert. Sie konnte nicht einschätzen, wie sehr es ihr sonstiges Leben behindern würde, aber sie wusste, dass sie nichts dagegen tun konnte. Es gab kein Heilmittel für das, was sie sich eingefangen hatte. Auch wenn sie es nicht oft erlebte, oder, besser gesagt, seit Max nie wieder, konnte sie sich daran erinnern, dass man diesen Gefühlen ausgeliefert war, sobald man sie einmal zuließ. Sie hätte es gern verhindert. Aber in dem Moment, als Dero ins Klassenzimmer trat, legte sie ihre Schüchternheit ab und wollte ihm zu verstehen geben, dass sie den Zettel gefunden hatte. Doch was sie sah, war größer als der Zettel, größer als alles, was sie je mit einem Jungen erlebt hatte. Es raubte ihr den Atem. Und sie wusste, es gab nun kein Zurück mehr. Was sie in Deros Augen erkannte, hätte sie aus der Bahn werfen können.

Was Leyla jedoch spürte war eine Stärke, die sie nicht kannte. Am liebsten hätte sie ihre Erkenntnis lauthals rausgeschrien. So, dass die ganze Welt von ihrem Glück erfahren würde. Aber die Realität bremste sie. Sie versuchte, zu ihrem rationalen Denken zurückzukehren, und das konnte sie gut. Die andern in der Klasse würden nicht verstehen, was sie gesehen hatte. Die ganze Welt würde es nicht kapieren. Sie setzte ihr Alltagslächeln auf und warnte sich davor, Dero anzuschauen. Wenn sie es wusste, dann hatte er es auch gemerkt, dachte sie sich. Und sie konnte sich nicht vorstellen, dass er gut damit umgehen konnte. Sie sah die Trauer in seinen Augen, die ihr nur allzu bekannt war. Sie sah all die Schmerzen, die sie selbst in ihrem Herzen versteckte. Sie sah sich selbst in ihm, und wenn er es auch fühlte, auch sah, dann würde sie vorsichtig sein müssen.

Sharon hatte am Morgen bereits geschrieben, dass sie schwänzen würde. Deshalb mussten sich Marina und Leyla eine Ausrede für die Lehrer ausdenken. Typisch, dass das Sharon nicht selbst übernahm. Jedes Mal, wenn Sharon die Schule ausfallen ließ, wollten sie böse Dinge, wie Hämorriden oder Dünnpfiff angeben, aber dies endete immer in einem Lachanfall und der Entscheidung, dass es lieber Menstruationsbeschwerden oder Migräne sein sollte. Zu zweit machten sie sich mittags auf den Weg zur Mensa. Sebastian und seine Kumpels standen davor und starrten zu ihnen.

»Wo habt ihr die Amerikanerin gelassen?«, fragte einer der Jungs, als sie an ihnen vorbeilaufen wollten.

Sebastian zischte ihm ein »Halt die Klappe« zu und wich Leylas Grinsen aus. Marina blieb vor ihnen stehen und fragte: »Wer will das wissen?«

Sie waren beide überrascht, als Sebastian vor sie hintrat, über das ganze Gesicht strahlte und sagte: »Ich.«

Marina wusste nicht, was sie darauf sagen sollte. Leyla stellte sich vor Sebastian und lächelte verschmitzt.

»Sie ist krank. Soll ich ihr was ausrichten?«, fragte sie.

Sebastian schüttelte den Kopf.

»Schon okay. Ich kann sie selbst fragen. Wann ist sie wieder da?«

»Keine Ahnung. Nächste Woche wahrscheinlich.«

Mit diesen Worten nahm Leyla Marina an der Hand und zog sie in die Mensa. Diese war verdattert.

»Das war komisch, nicht?«

»Was meinst du?«, fragte Leyla.

»Ich kenne keinen Typen, der so offenkundig sein Interesse preisgibt.«

»Vielleicht will er nur was wissen.«

»Ja, ihre Körbchengröße«, lachte Mari und hatte sich wieder gefangen.

»Was ist eigentlich mit diesen Männern los? Zuerst Dero, der mit dir spricht, und jetzt Sebastian, der nach Sharon fragt.« Leyla zuckten die Augenlider. Dero. Hatte Marina doch was bemerkt?

»Seit wann haben die den Mut, uns Frauen anzusprechen?«, dachte Mari laut nach.

Leyla begann zu lachen.

»Die haben den Mut, weil sie nichts von uns wollen. Ist ja nicht so, als würden wir sie einschüchtern. Das tust nur du den Männern an«, grinste sie neckisch, hakte sich bei Mari unter und zog sie zum Salatbuffet.

Marina streckte ihrer Freundin die Zunge raus. Als sie sich dem Maissalat zuwandte, war Sebastian wieder vergessen.

Es störte ihn. Dero stand nicht weit von Leyla und Marina entfernt, als die Jungs die beiden ansprachen. Aber zu weit, um zu verstehen, worüber sie redeten. Es störte ihn, dass sie lächelte, während sie wenige Zentimeter vor Sebastian stand. Aber es machte ihm viel mehr aus, dass es ihn störte. Er kannte Sebastian nicht wirklich. Sie hatten einmal gegen seine Jungs Fußball gespielt, aber Sebastian war zu schlecht, um aufzufallen. Und es ging ihm auch nicht um Sebastian selbst. Da hätte jeder Typ stehen können und es hätte ihn genervt. Natürlich war es schlimmer, dass es solch ein Schönling war, aber Leyla würde niemals auf den stehen. Oder doch? Er schüttelte die Gedanken von sich ab und wandte sich Franky zu, die sich angeschlichen hatte und mit ihm zur Mensa lief. Er wusste nicht, was er tat, aber er empfand Franky als gute Ablenkung. Ihr gegenüber würde er niemals Gefühle entwickeln. Und genau das brauchte er jetzt. Dazu kam, dass sie Leyla fernhalten würde. Er sah ihren Blick, als er mit Franky einen Tisch suchte. Sie hörte auf zu essen und versuchte, ihr Starren zu verstecken. Aber er hatte es gesehen. Leider gefiel es ihm. Sollte sie ruhig dasselbe empfinden wie er, als er sie mit Sebastian sah. Er schüttelte den Kopf und grinste. Er konnte es nicht abstreiten, sie machte ihn verrückt.

Leyla war endlich so abgelenkt, dass sie es schaffte, nicht an Dero, an sein Briefchen und an das Gewitter am Morgen im Schulzimmer zu denken. Endlich hatte Mari erreicht, dass sie sich anderen Themen widmete. Sie sprachen über die Abschlussprüfungen, über die Pläne nach ihrem Abschluss, welche Mari bereits gefestigt hatte und Leyla noch vor sich hinschob. Wollte sie gleich mit dem Germanistikstudium anfangen oder lieber noch ein Jahr Auszeit nehmen, arbeiten gehen oder die Welt erkunden? Leyla war froh, dass sie diese Entscheidungen nicht heute treffen musste.

Sie redeten über Sharon und was Sebastian wohl von ihr wollte. Und zwischendurch kam jemand aus der Klasse, erzählte dies und das und verschwand dann wieder. Doch dann musste Dero mit dieser Franky in die Mensa laufen. Und die ganze Arbeit, nicht an ihn zu denken, wurde auf einen Schlag zunichte gemacht. Sie war sich sicher, dass sie sich alles nur eingebildet hatte. Sie strich sich die Schläfen glatt und rief sich all die Argumente ins Gedächtnis, die dagegen sprachen, dass er jemals etwas von ihr wollen würde. Es war bereits das zweite Mal, dass die zwei öffentlich zusammen zu Mittag aßen. Dazu kam, dass sie gestern am Bahnhof gesehen hatte, wie er Franky auf den Mund küsste. Er war vergeben. Und das Briefchen verlor die Bedeutung.

Keinen Bissen brachte sie mehr hinunter, deshalb beschloss Leyla sich was Süßes zu holen und das Brötchen, dass sie zum Salat gekriegt hatte, steckte sie in ihre Schultasche. Vielleicht würde der Hunger zurückkehren, sobald Dero aus ihrem Blickfeld verschwand. Der setzte sich nämlich direkt an den Tisch vor ihrem. Sie versuchte nicht hinzuschauen, denn jedes Mal, wenn sie es tat, ruhte sein Blick bereits auf ihr. Der Drang sich wegzubewegen wurde dadurch verstärkt. Sie stand auf und kramte ihren Geldbeutel aus der Tasche. Dabei fiel ihr die Semmel heraus und unter Deros Stuhl. Dieser kriegte alles mit, bückte sich und schnappte sich das entflohene Brötchen. Leyla rückte ihren Stuhl unter den Tisch und ging auf Dero zu. Dieser streckte ihr die Semmel hin. Mit einem leisen »Danke« nahm sie es an und legte es bei Mari aufs Tablett. Danach machte sie sich so schnell wie möglich davon und konzentrierte sich darauf, welchen Schokoriegel sie kaufen wollte.

Ihr stieg ein Duft in die Nase, der ihr vertraut war und doch so fremd, dass sie ihn nicht zuordnen konnte. In ihrer Bauchgegend begann es zu kribbeln.

»Minor sind die Besten«, sagte die männliche Stimme, die zu dem Duft gehörte, der ihr die Sinne raubte.

»Stimmt«, erwiderte sie und schnappte sich ein Minor in der roten Aluverpackung.

»Aber die Grünen schmecken noch besser«, lachte er.

Leyla schüttelte den Kopf und versuchte ihm und ihrer Nervosität auszuweichen. Dero nahm sich einen grün verpackten und stellte sich hinter ihr an der Kasse an. Als sie ihren Riegel der Verkäuferin zeigte, legte er die Hand auf die Münzen in ihrer.

»Der geht auf mich«, sagte er zu der tippenden Dame hinter der Kasse.

Leyla reagierte zu langsam. Sie starrte zu seiner Berührung hin und konnte sich nicht davon loseisen. Seine Hände waren wunderschön, dachte sie. Männlich, aber nicht verbraucht. Perfekte Nagellänge für einen Typen, nicht zu kurz, dass es abgekaut aussah, aber auch nicht zu lang. Es waren die Hände eines Sportlers. Da zog er die Hand wieder weg. Sein Blick verfinsterte sich. Hatte sie etwas Falsches gesagt? Sie hatte doch keinen Mucks gemacht. Sie versuchte seinen Blick einzufangen, indem sie sich bedankte. Er blieb stumm, nickte und überholte sie. Leyla war nicht überrascht, schließlich wäre es seiner Freundin wohl nicht recht, wenn er mit einer anderen Frau sprach. Wäre Dero ihr Freund, dachte sie, würde sie jedes weibliche Wesen verprügeln, das ihn anschaute. Sie erschauderte. Bei Max war sie nie eifersüchtig. Sie dachte bis jetzt, dass sie Eifersucht nicht empfinden konnte, und nun spürte sie diesen Kloß im Hals bei einem Typen, der nicht einmal an ihrer Seite stand.

Als Leyla sich zu Mari setzte und ihr Geld zurück in den Beutel steckte, hörten sie Franky.

»Wo willst du hin?«

Dero antwortete ihr nicht, schnappte sich seinen Rucksack und eilte davon. Franky blieb sitzen und löffelte weiter ihren Quark.

»Hast du den Riegel geklaut?«, fragte Marina aus dem Nichts.

»Was?« Leyla verstand nicht auf Anhieb, wovon ihre Freundin sprach.

»Du bist mit Geld gegangen und damit und der Schokolade zurückgekommen«, erklärte Mari ihre Frage.

Unglaublich, was Mari alles bemerkte. Wie machte sie das bloß? Sie hatte ihre Augen überall. Leyla konnte ihr die Wahrheit nicht sagen. Noch nicht. Irgendwann.

»Hahaha. Worauf du alles achtest. Aber nein, mein Moralapostel, ich hatte noch was in der Hosentasche«, lenkte Leyla ab.

Mit ihren Gedanken waren die beiden bereits an einem andern Ort. Marina kramte ihr Französischbuch hervor und strich über die Seiten, ohne sich ein Wort darin merken zu können. Und Leyla beobachtete Franky von hinten. Sie hatte braune, lange Locken, die ihr sanft über den Rücken strichen. Immer wieder fasste sie mit ihren manikürten Nägeln in ihre Haarpracht und legte sie zurück um ihren Hals. Ihr Rücken war kerzengerade, als hätte sie jahrelang Ballett getanzt. Wahrscheinlich kam es vom Klavierspielen.

Wie sie allein da saß und ihren Quark schlürfte. Als wäre es ihr egal, dass sie keine Freundinnen hatte, oder jedenfalls nicht an der Schule.

Leyla war gerne allein, aber nicht, wenn viele Leute um sie herumschwirrten. Sie sah in Franky eine starke Frau, die sich nichts sagen ließ, sich nichts aus den Worten anderer machte und ihr Leben einfach durchzog. Sie fing an, sie zu beneiden. Und dass sich Dero ein Mädchen wie sie auswählte, verwunderte sie nicht. Sie passten perfekt zusammen, dachte sie in Wehmut. Was würde sie dafür geben, wenn er so von ihr denken würde.

Am liebsten würde er sich dafür schlagen. Was war ihm in den Sinn gekommen, ihr zu folgen und sie sogar noch anzusprechen. Dero biss in sein Minor. Auch die Schokolade konnte ihn nicht beruhigen. Hatte Schokolade nicht den positiven Nebeneffekt, dass dabei Glückshormone ausgeschüttet wurden? Bei ihm wollte dies nicht funktionieren. Da könnte er momentan tonnenweise in sich reinstopfen. Er wollte sich fernhalten, wollte sie in Ruhe lassen und nicht in Gefahr bringen, sich ihm auszuliefern. Er dachte nach. Sie war nicht aus dem Konzept zu bringen. Sie hatten kaum ein Wort gewechselt und sie blieb ruhig. Normalerweis begannen die Mädchen zu stottern, oder laberten doofen Quatsch, um ihn zu beeindrucken. Leyla blieb einfach still. Dero war sich sicher, je länger er darüber grübelte, dass sie nichts für ihn empfand. Er musste sich in den Zeichen geirrt haben. Oder es war sein verwirrendes Gefühl, dass er auf sie übertrug.

Jedenfalls wollte er weg. Nicht zurück zu Franky, nicht bei Leyla bleiben. Ja nicht mehr Tratsch heraufbeschwören. Das war das Wichtigste. Er entschied nach Hause zu gehen. Das würde das Beste für alle sein. Er würde es mit Übelkeit erklären. Ganz gelogen wäre das nicht. Es war ihm schlecht. Aber das lag nicht an falschem Essen oder einer Grippe. Er warf den angebissenen Riegel in den Mülleimer und machte sich auf, seine restlichen Schulsachen aus dem Spind zu holen.

Als Dero die Schulhaustreppe hinauf lief, kam ihm Frau Antoné entgegen. Sie lächelte und begrüßte ihn.

»Wir sehen uns ja gleich. Ich hoffe, du hast deine Aufgaben gemacht.«

Das hatte ihm noch gefehlt. Sie hätte ihn nicht sehen dürfen. Er wusste, dass er zu gesund aussah, um seine Ausrede überzeugend klingen zu lassen. Normalerweise hätte er sich nichts daraus gemacht, aber es war ein komischer Tag. Irgendwie konnte er nicht weg. Auch wenn er Französisch nicht ausstehen konnte, gab es in der Stunde etwas, das ihn dabehielt. Und er wusste wahrscheinlich selbst nicht, dass es sich dabei um Leyla handelte.

»Sandero, was ist mit Ihnen los?«, fragte Frau Antoné, als er gedankenverloren vor ihr auf der Treppe stehenblieb.

»Sie sehen kränklich aus«, fuhr sie fort.

»Mir ist übel. Ich wollte nach Hause gehen«, ergriff er die Chance.

»Kommen Sie doch kurz in mein Büro. Dann können wir darüber sprechen«, sagte sie und lief zurück die Treppe hoch. Dero ihr nach.

Das Lehrerzimmer war toller ausgestattet als man dachte. Ein großer Gemeinschaftsraum mit Mikrowelle, Kaffeemaschine und einem großen Tisch und einer Sofaecke. Rechts und links des Raumes waren zwei Türen, die zu den Büros führten. Frau Antoné schritt direkt auf die rechte Tür zu, öffnete sie und versicherte sich, dass keiner der Sprachlehrer anwesend war. Das Büro war leer, also nickte sie Dero zu und er folgte ihr zu ihrem Schreibtisch. Sie schnappte sich einen Stuhl, der am Arbeitsplatz eines Kollegen von ihr stand, und signalisierte Dero, dass er sich setzen sollte. Irgendwie eingeschüchtert setzte er sich ihr gegenüber hin und versuchte, ihr nicht in die Augen zu schauen. Jetzt war ihm wirklich übel. Die ganze Zeit überlegte er sich eine plausible Geschichte, warum er nach Hause musste, aber sein Kopf setzte aus und er hoffte, sie würde den Hauptteil des Gesprächs übernehmen.

»Ich habe das von Ihrer Mutter gehört«, begann Frau Antoné bestimmt, aber mit ihrer vertrauensvollsten Stimme. Dero blickte auf, seine Pupillen wurden kleiner und erfassten den Blick seiner Lehrerin.

»Von wem?«, fragte er als Erstes.

»Ihr Vater hat bei der Schulleitung angerufen. Er sagte, Sie leben allein in ihrer Wohnung«, erklärte sie offen.

»Warum tut er das? Das geht Sie alle nichts an«, fauchte Dero wie eine eingeschüchterte Katze.

»Er macht sich Sorgen, und solche Informationen sind wichtig, falls sich etwas an Ihrem Verhalten verändern würde.«

»Und hat es das?«, fragte er schnippisch.

»Sandero, Sie wissen, dass ich als Ihre Vertrauenslehrerin für Sie da bin. Wenn Ihnen etwas über den Kopf wächst, können wir gemeinsam eine Lösung finden«, bot sie an, obwohl sie wusste, dass Dero das Angebot nicht annehmen würde. Er nickte teilnahmslos und wich ihrem Blick aus. Er brauchte sie nicht. Und auch seinen Vater nicht, der sich ein weiteres Mal versuchte, bei ihm einzumischen.

»Kann ich jetzt nach Hause gehen?«, fragte er.

»Wenn es Ihnen wirklich schlecht geht, halte ich Sie nicht auf«, verabschiedete sich Frau Antoné und gab ihm zu verstehen, dass er aufstehen durfte.

Tausend Gedanken schwirrten Dero durch den Kopf, als er seinen Rucksack aufhob, aus dem Lehrerzimmer trat und zu seinem Spind schlenderte. Er schloss den Schulschrank auf und sah die Französischbücher. Bei dem Gedanken, wie überrascht Frau Antoné dreingucken würde, packte er sie und entschied endgültig, den Nachmittag zu bleiben. Er hatte sich am Morgen nur dazu aufraffen können, weil er nach der Schule Sport treiben wollte, und das würde er nicht mehr tun können, wenn er nach Hause ginge.

Als er in die Klasse trat, lächelte ihm Frau Antoné siegesbewusst zu. Doch ein bestimmtes Lächeln war ihm viel wichtiger. Leyla. Sie beobachtete jede seiner Bewegungen genau, und als er ihr mit seinem Blick klarmachte, dass er es bemerkte, schreckte sie komischerweise nicht zurück. Es gab kein Entweichen, aber er musste zurückgrinsen. Für diese Sekunde vergaß er die Strapazen, die Frau Antoné vor wenigen Minuten bei ihm ausgelöst hatte. Er vergaß seine Mutter, seinen Vater und alle anderen Dinge, die ihn am Boden der Realität hielten. Für einen kurzen Moment gab er sich erneut dem Fliegen auf anderen Wolken hin.

»So what's worse? A broken heart or a broken life? Can't really decide. Both make you want to run but you can't escape either one. Wishing to find peace but it seems so far away. Is there a day of release, a day of salvation? Hiding your broken life is like living in a body with two souls and hiding a broken heart is like living with half a heart because another person took a part with them. Life... funny story.«

Als es zum letzten Mal des Schultags für die Klasse von Leyla klingelte, waren alle gemütlich unterwegs. Es war Freitag und Wochenende angesagt. Während sich die einen auf den Nachhauseweg machten, blieben Leyla und Mari auf dem Schulhof. Sie mussten den Plan fürs Wochenende durchgehen. Marina versuchte, Leyla dazu zu überreden, samstags bei ihr zu übernachten und die Stadt unsicher zu machen. Es war das Wochenende, an dem eine Party die Tür schon für Sechzehnjährige öffnete. Meistens war ihr ganzer Jahrgang auf dieser Party und Leyla hatte es in anderthalb Jahren geschafft, dort nie aufzutauchen. Ihre Großeltern wären sowieso nicht leicht zu überzeugen gewesen und nach einem solchen Weekend hörte man meist neue Gerüchte über Mitschüler, die auf dieser Party miteinander knutschten oder stritten. Oft war Marina darin verwickelt, die, seit sie 16 war, keinen dieser Samstage verpasste.

»Komm schon Leyla. Wir sind nicht immer so jung. Und du hast mir letztes Mal bereits versprochen diesmal mitzugehen«, flehte Marina.

»Wann habe ich das denn versprochen?«, stellte Leyla die Ehrlichkeit von Mari in Frage und grinste.

»Okay, versprochen hast du es nicht. Aber das musst du erlebt haben. Es sind alle da«, fuhr Mari fort.

Marina klingelte bei der schwänzenden Sharon durch. Und erzählte ihr von ihrem Plan.

»Du kommst doch, oder?«, fragte sie und schaltete ihr Hand auf Lautsprecher um.

Sharon zögerte.

»I don't know. Wenn Leyla mitkommt, bin ich dabei.«

Mari schaute augenzwinkernd zu Leyla.

In dem Moment kamen Phil und Dero um die Ecke, gekleidet, um auf dem Sportplatz Fußball zu spielen. Phil sagte zu Marina beim Vorbeigehen: »Du schuldest mir noch einen Tanz, den du morgen einlösen kannst.«

»Träum weiter«, antwortete Marina und bemerkte dabei den Blick von Dero, der auf Leyla lag.

»Dero, sieht man dich auch mal dort? Oder hast du bereits mit deiner neuen Flamme ein Date?«, fragte sie rotzfrech.

Man merkte Dero an, wie es ihn aus dem Konzept brachte, dass er von Mari direkt angesprochen wurde. Das tat sie normalerweise auch nicht, aber sie wollte Phil eindeutig zeigen, dass er sie null interessierte.

»Äh, nein. Keine Ahnung«, sagte er und gab Phil ein Zeichen, auf den Sportplatz zu gehen.

»Wir werden sehen, ob ich nicht plötzlich hinter dir tanze und du mir nicht mehr widerstehen kannst«, reizte Phil Marina weiter.

»Gib dir bloß keine Mühe«, widersprach sie ihm und drehte sich Leyla zu.

Phil lachte den Mädels ein letztes Mal zu und joggte dann Dero hinterher, der bereits losgelaufen war.

Sharon war noch am Telefon und zwischen Phil und Maris Worten hörte man sie immer wieder lachen. Da wandte sich Mari ihr wieder zu.

»Sharon, bitte, bitte, bitte. Jemand muss mich vor Phil dem Ekelpaket beschützen.«

»You know my condition now. Talk to Leyla«, gab Sharon zurück.

Mit diesen Worten legte sie auf. Marina schüttelte den Kopf und bemerkte, dass Leyla den zwei Jungs hinterherstarrte.

»Er kommt bestimmt auch.«

»Wer?«

»Na, Dero. Das würde dich freuen, oder?«, fragte Marina und hielt ihre Augen auf Leyla gerichtet, um ja keine Reaktion zu verpassen. Leyla fühlte sich ertappt, versuchte aber, den Schein zu wahren. Sie konnte Mari noch nicht erklären, welch Glückseligkeit sie übermannen würde, wenn sie Dero am Wochenende sehen könnte.

Fast ein ganzes Jahr hatte sie ihn kaum wahrgenommen und nun konnte sie es sich nicht vorstellen, ihn nicht ansehen zu können – und das zwei Tage lang nicht. Was, wenn er wirklich auf der Party sein würde? Was, wenn er Franky dabeihatte? Wenn er da wäre, würde er sie wieder so ansehen, wie vorher in der Klasse? Sie versuchte, die Gedanken abzuschütteln. Mari spürte, dass Leyla sich entschloss, mitzugehen.

»Leyla, jetzt ist es beschlossene Sache. Wir gehen alle drei. Keine Widerrede«, befahl sie und ihre Freude war nicht zu ignorieren. Sofort wählte sie nochmals Sharons Nummer, und während sie mit ihr telefonierte, liefen die beiden langsam Richtung Bahnhof.

Es würde ein gutes Wochenende werden und Leyla empfand es langsam genauso. Bereits die Hoffnung, dass Dero auf der Party sein könnte, gab ihr ein gutes Gefühl. Sie wollte ihn sehen, egal wie er zu ihr stand. Sie blickte zurück zum Sportplatz und entschied, ihren Freundinnen den Gefallen zu tun und sich mit ihnen auf der Party zu amüsieren. Ein Grinsen machte sich auf ihrem Gesicht breit.

Als sie zu Hause ankam, steuerte sie direkt ins Wohnzimmer, wo ihre Großmutter auf ihrem Sessel saß und stickte. Überrascht blickte sie auf und begrüßte ihre Enkelin.

»Du freust dich wohl auf das Wochenende, so wie du grinst.« Leyla setzte sich aufs Sofa und legte ihre Schultasche auf den Boden.

»Mari hat mich eingeladen, bei ihr zu übernachten.«

»Heute?«

»Nein, morgen. Sharon kommt auch«, bat Leyla um Großmutters Erlaubnis.

Sie machte sich keine Gedanken, dass sie nein sagen könnte. Schließlich war es Monate her, seit sie das letzte Mal auswärts schlafen wollte.

»Was habt ihr drei denn vor?«, fragte ihre Großmutter, die sich wieder ihrem Sticken widmete.

»Nichts Spezielles. Eine Pyjamaparty, nur wir Mädels.«

Leyla erwähnte die Party nicht. Das würde ihre Chance nur verkleinern.

»Nur zu. Solche Verabredungen tun Freundschaften gut. Aber lass mir bitte die Nummer von Marinas Mutter hier, damit ich euch erreichen kann.«

»Oma, ich habe sowieso mein Handy dabei. Du kannst mich auch anrufen«, lächelte Leyla sie an.

»Trotzdem. Man kann nie wissen, ob dieses Ding wirklich funktioniert«, zweifelte ihre Oma.

»Ich kenne die Nummer nicht, aber ich klebe dir die Telefonnummer von Mari und Sharon an den Kühlschrank. Jemand von uns wird erreichbar sein«, versuchte Leyla einen Kompromiss zu finden, ohne dass Maris Mutter miteinbezogen werden musste.

»Na gut. Und heute Abend? Hast du Lust auf Lachs?«, fragte sie. Damit war das Thema Übernachtung bei Mari erledigt.

Während Leyla aufstand und ihren Rucksack aufhob, bejahte sie, ging am Arbeitszimmer von Großvater vorbei und zog sich nach einer Umarmung zur Begrüßung in ihr Zimmer zurück. Sie wollte alle Hausaufgaben für nächste Woche erledigen, damit sie samstags und sonntags nichts mehr zu tun hatte.

Früher mit ihren Eltern gab es freitags nicht explizit kein Fleisch zum Abendessen. Oder jedenfalls fiel es Leyla nicht auf. Doch ihre Großmutter pflegte gewisse religiöse Gepflogenheiten. Sie ging nicht jeden Sonntag zur Kirche, aber seit dem Tod ihrer Tochter versuchte sie, Gott näher zu sein. Sie sprach jeden Abend vor dem Zubettgehen zu ihrer Tochter, bat sie darum, auf Leyla weiterhin aufzupassen, und sagte ihr, wie sehr sie sie liebte und vermisste. Es war ihr Ritual, um ihre Tochter auch nach ihrem Tod zu spüren, daran zu glauben, dass sie irgendwo da oben rumschwirrte und darauf achtete, dass keiner von ihnen ihr bald nachkommen würde.

Obwohl Dero wusste, dass er ein sauberes, ruhiges Zuhause antreffen würde, zog er es hinaus, nach Hause zu gehen. Bis 19 Uhr blieb er mit Phil auf dem Sportplatz und ging erst, als der Hausmeister sie bat, den Platz zu räumen, denn er wollte Feierabend machen. Er kannte die Jungs und wusste, sie respektierten ihn. Ab und an hatte er ihnen nach der Schule einen Ball zugespielt oder mehr Zeit gelassen. Dero mochte den Hausmeister. Und bei männlichen Erwachsenen war das eine Ausnahme. Aber er erkannte in ihm einen Spielgenossen. Seine Pässe waren stark, er musste früher selbst Fußball gespielt haben, aber darüber redeten sie nie und Dero wollte das nicht verändern.

Phil versuchte, seinen Kumpel dazu zu überreden, ein Partywochenende durchzuziehen. Sie sahen sich außerhalb der Schule nur zum Sport, aber manchmal schaffte es Phil, ihn auf Partys mitzuschleifen. Bei diesen blieb Dero meist an der Seite stehen und ging früh nach Hause.

Früher in seiner alten Klasse war es gang und gäbe, dass die Meisten das Wochenende zusammen verbrachten. Irgendwo stieg immer eine Hausfete, oder man traf sich in einer Bar. Damals mochte Dero die Partys, aber seither hatte er seine damaligen

Kumpels kaum mehr gehört. Entweder waren sie im Ausland, in einem Sprachaufenthalt oder studierten bereits, was ihre freie Zeit begrenzte. Dero war zu Anfang enttäuscht, aber er war von seinem Umfeld nichts anderes gewohnt. Mit den Frauen schloss er in dem Moment ab, als sie ihn am letzten Schultag ein letztes Mal auf die Wangen küssten und ihn baten, sich zu melden. Er tat es nie. Sie sollten sich keine Hoffnungen machen und nach der ein oder anderen bösen SMS gab auch die Hartnäckigste auf.

»Komm schon, Alter. Lass uns gemeinsam die heißen Schnitten abchecken«, kitzelte Phil ihn während sie zum Bahnhof liefen.

Dero schwieg. Es gab für ihn nur ein Argument samstags im Club aufzutauchen, aber dieses wollte er Phil nicht verraten. Er überlegte es sich tatsächlich. Leyla in einem Ausgehfummel zu sehen oder sie beim Tanzen zu beobachten, war verlockend. Trotzdem hatte er keinen Bock, Phils Aufreißtouren mitzumachen.

»Ich denk darüber nach. Wir hören uns, okay?«, sagte er und beschleunigte seine Schritte.

»Ich ruf dich an. Stell dich auf ein tolles Wochenende ein!«, rief Phil ihm nach.

Deros Zug fuhr ein, als er die Treppe zum Gleis hochrannte. Er schaffte es und war froh, dass er ein Viererabteil für sich allein hatte. Er lächelte plötzlich. Er würde mitgehen, er wollte es sich nicht nehmen lassen, Leyla anzutreffen. Dafür war bereits zu viel passiert.

Gerade schloss er die Tür zur Wohnung auf, als sein Handy vibrierte. Er ignorierte es zunächst, schmiss seinen Rucksack neben seine Zimmertür und warf den Ball hinein. Sogleich machte er sich auf, den Kühlschrank zu öffnen und merkte, dass weder seine Mutter einkaufen war, bevor sie eingeliefert wurde, noch dass er selber Vorräte angeschafft hatte. Er zog sein Handy hervor und sah den Anruf in Abwesenheit von Franky. Dero hatte sich bereits an ihre Anrufe gewöhnt. Wahrscheinlich war sie allein zuhause und suchte nach seiner Gesellschaft. Ihm war es egal, er wählte die Nummer des Pizzakuriers und bestellte sich eine große Calzone. Es war seine Leibspeise und das Gericht, das seine Mutter am besten zubereiten konnte. In guten Zeiten überraschte sie ihn öfter mit speziellen Zutaten, und als er noch klein war, fand er manchmal sogar Gummibärchen oder zerlaufene Schokolade in ihrer zugedeckten Pizza.

Es verging keine halbe Stunde, da läutete es bereits an der Tür. Deros Magen knurrte und er war überrascht, dass der Kurier so schnell war. Normalerweise konnte er über eine Stunde auf sein Abendessen warten, wenn er was bestellte. Der Rucksack lag bei der Tür, er griff hinein und fischte sein Portemonnaie hinaus. Als er sah, wie wenig Geld er für den Monat zur Verfügung hatte, dachte er sich, dass er das Rezept seiner Mutter für Calzone endlich lernen sollte. So käme es günstiger. Und kochen mochte er. Mehr das Essen danach, aber es machte ihm Spaß zu experimentieren und alles in die Töpfe zu hauen, was die Küchenschränke hergaben.

Dero drückte den Türöffner, damit der Pizzabote zur Wohnung hochkam. Er hielt die Tür offen und versuchte, den Duft frischen Pizzateigs zu erhaschen. Doch stattdessen stieg ihm eine rosige Parfumwolke in die Nase. Er bemerkte, dass die Schritte sich weiblich anhörten, und da kam auch schon Franky die Treppe hoch.

Sie grinste übers ganze Gesicht. Bei Dero war es das letzte, was hätte zu finden sein können. Er machte einen Schritt zurück in die Wohnung und Franky lehnte sich an den Türrahmen.

»Willst mich nicht hinein bitten?«, fragte sie verführerisch.

»Was tust du hier?«, fragte er stattdessen.

»Du hast nicht auf meinen Anruf reagiert. Und voilà, hier bin ich.«

»Wenn ich nicht da gewesen wäre?«, fragte er.

»Bist du aber«, sagte sie und schlich sich ohne Deros Einverständnis in die Wohnung.

»Wow. Schöne Wohnung«, inspizierte sie alles und blieb im Gang stehen.

Dero schloss die Tür, er war perplex. Woher wusste sie, wo er wohnte? Was wollte sie hier? Und plötzlich war er einfach froh, dass seine Mutter nicht da war. Er hätte Franky niemals in die Wohnung gelassen, wenn sie hier gewesen wäre. Und trotzdem fühlte er sich, als wäre sie zu tief eingedrungen. Sie hatte kein Recht hier zu sein und sie sollte schleunigst wieder gehen.

»Ich habe keine Zeit. Du brauchst deine Jacke gar nicht erst auszuziehen«, wollte er es verhindern, dass sie es sich gemütlich machte.

»Komm schon, Dero. Ich bin neugierig, wie du lebst und ich habe auch eine Überraschung für dich dabei«, sagte sie augenzwinkernd und zog Handschellen aus ihrer Handtasche. Sie ging auf Dero zu und schwenkte die Handschellen mit Plüsch hin und her.

»Komm schon, danach kann ich ja wieder abzischen, wenn du das willst«, sagte sie und stellte sich auf ihre Zehenspitzen, um mit Dero auf Augenhöhe zu sein. Dero grinste. Als könnte er dazu nein sagen. Er nahm ihr die Handschellen aus der Hand, drehte sie um und musste gar nichts sagen, denn sie hatte schon ihre Arme hinter dem Rücken verschränkt. Er verschloss die Handschellen um ihre Handgelenke und stieß sie in sein Zimmer.

Dero wurde nicht schlau aus diesem Mädchen. Sie ließ mit sich spielen, ließ alles mit sich tun und hatte sogar Freude daran. Doch wie sie nun erschöpft neben ihm lag und in Gedanken versunken war, machte er sich Sorgen. Sie war nett, sie war aufgeschlossen und wusste, was sie wollte. Sie wäre eine tolle Freundin. Es begann ihn zu interessieren, warum sie sich auf bedeutungslosen Sex einließ. Sie war ihm zu jung, um zu behaupten, dass sie ihre Sexualität ausleben wollte. Und doch wollte er nicht weiter darüber nachdenken. Er stand auf und schlurfte in die Küche, um ihnen beiden ein Glas Wasser zu holen.

In dem Moment klingelte es an der Tür. Das musste die Calzone sein. Deros Magen knurrte.

Wenige Minuten später waren Franky und Dero angezogen und aßen gemeinsam die Calzone. Franky war bis auf ihre Unterwäsche noch immer nackt. Und Dero konnte sich nichts Besseres vorstellen, als nach diesen prickelnden Minuten mit einer halbnackten Frau Calzone zu essen. Er fühlte sich wohl und zum erste Mal versuchte er, sich ihretwillen zu öffnen. Etwas aus seinem Leben zu erzählen, das sie wissen durfte. Er entschwand mit ihr in eine andere Welt, in der sonst niemand existierte. Für einen Moment vergaß er, dass es Franky war, die vor ihm saß.

Er gab sich alle Mühe, ihr Fragen zu stellen, doch zu seiner Überraschung antwortete sie nur kurz und konzentrierte sich mehr auf das Essen als auf ihn.

»Du musst dich nicht so anstrengen«, sagte sie kauend.

»Wir müssen uns nicht besser kennenlernen. Ich weiß, was wir hier tun. Und es bringt nichts, Emotionen mitzubringen«, fuhr sie fort und schaute Dero dabei in die Augen.

»Okay«, war das Einzige, was er rausbrachte.

Er war so perplex, dass er den Rest der Calzone über kein Wort mehr sagte. Franky wurde zu einem Rätsel, aber er war sich nicht sicher, ob er es lösen wollte.

Als Franky ihm zum Abschied einen Kuss auf die Wange drückte und aus der Tür verschwand, überkam Dero eine Müdigkeit, die er lange verdrängte. Schnell ging er in sein Zimmer, zog seine Trainingshosen und ein T-Shirt an und setzte sich vor den Fernseher. Auf jedem Sender spielten diese Krimiserien oder irgendein kitschiger Liebesfilm. Er entschied sich für *Criminal Minds*, die Sendung mit den einzigen Fällen, die er nicht gleich durchschaute, und breitete die Sofadecke über seine Beine aus. Wenige Minuten später schlief er tief und fest. Als er um drei Uhr morgens mit Rückenschmerzen aufwachte, lief die Wiederholung der Episode, die er begonnen hatte. Er schaltete den Fernseher aus und verschwand in seinem Zimmer. Streifte die Jogginghose ab und legte sich ins Bett. Es roch nach Franky.

Drriiing. Drriiiing. Dero versuchte die Türglocke, die ihn weckte, zu ignorieren. Drrriiing. Wer störte ihn bitte an einem Samstag? Zu Anfang hoffte er, dass die Person, die ihn mit der Klingel terrorisierte, irgendwann aufgeben würde. Aber beim zehnten Mal warf er wütend die Decke von sich und ging schnaubend zum Küchenfenster. Als er auf die Straße zur Tür ins Treppenhaus schaute, winkte ihm sein Vater zu. Dero wurde auf einen Schlag übel. Er schmeckte die Calzone vom Vorabend und hasste sich dafür, dass er vergessen hatte, die Zähne zu putzen. Dero wusste, dass er seinen Vater nicht draußen stehenlassen konnte. Aber so wütend wie er sofort wurde, würde es kein guter Start in den Tag werden. Was wollte sein Vater hier? Wie lange hatte er nicht mehr vorbeigeschaut? Plötzlich überkam ihn eine Angst. Was wenn seiner Mutter etwas in der Klinik geschehen war? Oder schlimmer, sie aus der Klinik abgehauen ist? Schnellen Schrittes ging er zur Tür und drückte den Summer, um seinem Vater zu öffnen. Er nahm sich Zeit, jedenfalls kam es Dero so vor, als hätte sein Vater zehn Minuten gebraucht, um in den zweiten Stock zu kommen.

»Hallo Dero. Wie geht es dir?«, war seine erste Frage.

»Gut. Was tust du hier?«, fragte er nervös.

»Ich wollte nur vorbeischauen und nach dem Rechten sehen. Wenn du nicht bei uns wohnen möchtest, will ich sichergehen, dass alles in Ordnung ist«, sagte sein Vater und schob Dero zur Seite, um in die Wohnung zu gelangen.

»Alles wunderbar«, antwortete er in einem sarkastischen Ton. Weniger, weil er es nicht ernst meinte, sondern weil sein Vater ihnen beiden ein Verhältnis vorgaukelte, dass sie nicht hatten. Er ging nicht darauf ein.

»Greta hat das super hingekriegt.«

Sein Vater streifte durch die Wohnung und entdeckte den Pappkarton der Calzone.

»Du solltest nicht nur Fast-Food essen. Komm heute bei uns vorbei. Betty kocht ihre leckere Paella.«

»Ich bin allergisch auf Meeresfrüchte. Und Reis. Und Hühnchen. Und Gemüse«, lehnte er schnippisch ab.

Sein Vater verdrehte die Augen, holte seinen Geldbeutel heraus und streckte Dero ein paar Scheine hin.

»Dann kauf dir etwas zu essen, worauf du nicht allergisch bist und das trotzdem gesünder ist als Pizza.«

Dero ignorierte die ausgestreckte Hand mit dem Geld darin und lief ins Badezimmer.

»Ich würde dir ja gerne etwas zu trinken anbieten, aber ich bin verabredet. Du kannst also nicht bleiben«, versuchte er seinen Vater rauszuschmeißen.

Dero hörte Schritte und dann die Stimme seines Vaters aus seinem Zimmer.

»Eine Verabredung mit deiner Freundin?«

Dero spürte, dass hinter dieser Frage mehr stecken musste und kam schnurstracks aus dem Bad. Sein Vater stand da und hob die Kondomverpackung, die Dero nach Frankys Besuch vergessen hatte, auf. Er schaute Dero fragend an.

»Ich habe keine Freundin«, sagte Dero und riss seinem Vater den Abfall aus der Hand.

»Na, wenigstens schützt du dich«, giftete er.

Sie wussten beide, dass gleich ein riesen Streit ausbrechen würde.

Dero würde ihn beschimpfen und ihm an den Kopf werfen, dass ihn sein Leben nichts anging. Sein Vater wüsste keine andere Möglichkeit, als die Schuld seinem Sohn zuzuschreiben. Er würde sich verteidigen, aber mit Mitteln, mit Argumenten, die bei Dero keinen Zweck hatten, wenn er sie aussprach. Sie würden sich in Rage reden und dem Anderen nicht zuhören. Sie wussten es und deshalb schwiegen sie. Dero schnaubte auf, doch sein Vater ergriff die Flucht. Als er aus der Tür schritt waren seine letzten Worte: »Du wirst es nicht tun, aber ich sage es trotzdem: Geh deine Mutter besuchen, sie vermisst dich. Sie braucht dich.«

Dero knallte die Tür hinter ihm zu und lauschte, ob er wirklich verschwand. Er tat es und Dero ging zurück ins Bett.

Viel zu früh erwachte Leyla aus einem schönen Traum. Sie versuchte in die Fantasiewelt ihrer Träume zurückzukehren, schloss die Augen und hielt sich die Bilder in Erinnerung. Doch die Sonne strahlte durch die alten Holzrolladen. Ihr Schlaf war vorbei und damit auch ihr Traum. Sie blieb eine Weile liegen, suhlte sich in den Gefühlen, die sie aus dem Schlaf mitnahm. Bis die Bilder langsam verschwanden, bis sie nur noch wusste, dass Dero darin aufgetaucht war. Sie hörte Gemurmel auf dem Gang vor ihrem Zimmer. Ihre Großeltern waren Frühaufsteher und Leyla eigentlich auch. Aber an diesem Morgen hätte sie gerne länger geschlafen, um dann umso schneller nach dem Aufstehen zu Marina fahren zu können. Sie überlegte sich einen Plan für den Tag – was sie alles mitnehmen musste, was sie alles erledigen musste, bevor die Party steigen konnte. Ihre Hausaufgaben hatte sie am Vorabend erledigt und ihr Zimmer war tipptopp aufgeräumt. Vielleicht würde sie noch in die Stadt fahren, um sich ein paar Ausgehklamotten zuzulegen. Denn auch, wenn Mari genug für sie beide in ihrem Schrank hatte, war Leyla das meiste zu sexy. Nicht, dass sie sich nicht gerne rausputzte oder ihre vorteilhaften Zonen ins Szene setzte, aber sie wollte keinesfalls als eine zweite Marina durchgehen. Von ihrem Vorhaben überzeugt, schlüpfte sie in ihre Hausschuhe und öffnete ihre Zimmertür. Wo vorher ihre Großeltern gemurmelt hatten, war jetzt niemand mehr zu sehen. Sie blickte kurz ins Badezimmer, und als sie sah, dass auch dieses Zimmer leer war, bürstete sie sich kurz die Haare und ging danach in die Küche. Auch leer. Wo sind die nur hingegangen? Sie horchte durch die Gänge, doch kein Mucks war zu hören. Leyla ging zurück in die Küche und wollte gerade den Kühlschrank öffnen, um Milch und Fruchtsaft herauszunehmen, als sie einen Zettel daran kleben sah:

Wir sind kurz bei Müllers. Gleich zurück. deine Oma, dein Opa.

Kurz bei Müllers hieß öfter, dass sie stundenlang wegblieben. Normalerweise verabredeten sie sich zu Kaffee und Kuchen, was schließlich in ein endloses Kartenspielen ausartete. Leyla frühstückte, ging zurück in ihr Zimmer und zog sich gemütliche Klamotten an. Sie hasste es, in den Umkleidekabinen viel ausziehen zu müssen. Die waren viel zu eng und meistens sahen die Kleider anders aus, als dann zuhause vor dem Spiegel. Marina hatte sich angewöhnt, die Klamotten gleich zu bezahlen und erst zuhause anzuprobieren, und wenn ihr etwas nicht gefiel, brachte sie es in den nächsten Tagen zurück und holte sich andere. Wie viele Gutscheine in ihrem Portemonnaie stecken mussten, konnte nicht mal mehr sie selbst zählen. Aber diese Methode fand Leyla gar nicht so schlecht. Wenn sie das Geld dafür hätte.

Als sie mit ihrer Sporttasche das Haus verließ, waren die Großeltern noch immer nicht zurück. Sie beschloss, bei den Müllers vorbeizugehen und sich zu verabschieden. Sie waren wenige Minuten vom Busbahnhof entfernt und Leyla hatte genug Zeit eingeplant, um ein wenig Zeit mit den Großeltern und ihren Freunden zu verbringen. Die Müllers freuten sich immer über ihren Besuch. Sie hatten keine eigenen Enkel. Ihre beiden Söhne waren Workaholics und nicht imstande, eine längere Beziehung einzugehen. Der eine musste sogar jedes halbe Jahr das Land wechseln. Leyla hatte nie verstanden, als was er arbeitete, aber die Müllers waren stolz auf den Erfolg, auch wenn sie nicht verstanden, warum beide Söhne keine Frauen fanden, die den Lebensstil mitmachten und ihnen endlich ein paar Enkel schenken würden. Der ältere war bereits fast 50. Bei ihm mussten sie wohl die Hoffnung aufgeben.

Sie klingelte zwei Mal bis sich von den Alten jemand aufraffte, um die Tür zu öffnen. Leyla hörte den Schlüssel umdrehen, und als Frau Müller vor ihr stand, hatte diese ein freundliches Lächeln aufgesetzt.

»Liebes, wie schön, dass du vorbeischaust. Wir verlieren gerade haushoch gegen deine Großeltern«, sagte sie und ließ Leyla hinein.

»Hast du gefrühstückt? Ich kann dir ein paar Eier und Toast machen. Wir haben genug«, rief sie aus der Küche, als Leyla ihre Großeltern und Herrn Müller begrüßte.

»Nein, danke. Ich wollte nur kurz Adieu sagen«, rief Leyla zurück.

»Wo gehst du denn hin, Liebste?«, fragte Frau Müller, als sie mit einem Glas Saft ins Wohnzimmer trat, wo der Esstisch zu einem Kartenspielfeld umgemodelt worden war.

»Ich übernachte heute bei einer Freundin«, erklärte Leyla und nahm dankend das Glas von Frau Müller entgegen.

»Stimmt. Hast du deine Zahnbürste eingepackt?«, fragte ihre Großmutter, den Blick fest auf ihre Karten gerichtet.

»Yep«, sagte Leyla und blieb stehen.

»Setz dich neben meinen Mann, er könnte deine Hilfe gebrauchen«, lächelte Frau Müller ihren Mann an.

»Haha. Du bist die mit den falschen Karten«, entgegnete dieser gereizt.

Leyla hatte das Gefühl, zu stören.

»Ich wollte mich nur kurz verabschieden. Wir sehen uns morgen. Ich habe mein Handy dabei und die Nummer von Mari klebt am Kühlschrank«, sagte sie und leerte das Saftglas in einem Zug.

»Willst du nicht noch bleiben?«, fragte Frau Müller, die sich auch wieder auf ihre Karten stürzte.

»Nein, nein. Meine Freundin wartet, aber danke.«

Sie lief um den Tisch und umarmte ihren Großvater und dasselbe tat sie bei ihrer Großmutter.

»Danke, für den Saft, Frau Müller. Ich wünsche viel Glück beim Spiel«, lächelte sie.

»Du weißt, wie du rauskommst?«, fragte Frau Müller zum Abschied.

Leyla nickte und ließ die vier ihr Spiel weiterspielen. Beim Rausgehen hörte sie Frau Müller zu ihrer Großmutter sagen: »Wirklich ein tolles Mädchen habt ihr da. Genau wie ihre Mutter.

Unglaublich, wie anständig und freundlich sie ist. Und das mit ihrem Schicksal.«

Leyla stach es ins Herz. Sie sah den Blick ihrer Großmutter genau vor sich. Wie sie voller Stolz und Trauer nicken würde.

Es war bereits neun Uhr abends, als Dero aufwachte. Er hatte den ganzen Tag verschlafen. Als hätte er den Schlaf von zwei Monaten nachgeholt. Obwohl es sich anfühlte, als hätte er in letzter Zeit nichts anderes getan als geschlafen. Er schnappte sich sein Handy, das neben dem Bett auf dem Boden lag. Zehn neue Nachrichten und drei verpasste Anrufe. Alle von Phil, außer einer Nachricht von Franky, die er sofort löschte. Dero schüttelte den Kopf. Er verstand diese Frau nicht. Er versuchte sich zu öffnen und sie wimmelte ihn ab und nun suchte sie wieder Kontakt. Er sollte die Finger von ihr lassen. Er war überzeugt, dass sie nur Spielchen spielte oder schlimmer: Sie erhoffte sich mit ihrer Art und ihren Worten, dass er um sie kämpfen würde. Dass er ihr beweisen würde, dass er sie mochte. Und irgendwie tat er das auch, aber wohl nicht so, wie sie es sich wünschen würde.

Dero verdrängte die Gedanken an seinen Vater und ihre Diskussion und wählte die Nummer von Phil. Er musste hinaus und vielleicht würde die Party ihn von seinem Leben ablenken.

Sie verabredeten sich für elf Uhr vor dem Club. Bis dahin hatte er Zeit zu duschen, zu essen und sich auf die Party einzustimmen. Er suchte nach Bier oder Härterem. Aber Greta musste auf Wunsch seines Vaters alles entsorgt haben. Als wäre seine Mutter alkoholsüchtig. Was sie nicht war, aber er war nicht überrascht, dass sein Vater den Unterschied nicht kannte. Die einzige Gefahr, die mit Alkohol entstand, war dass sie sich Tabletten damit runterspülte, um dem Ganzen ein Ende zu setzen. Aber dazu war seine Mutter nicht imstande. Daran würde sie in ihren Phasen nicht denken. Dazu kam, dass sie eine Abneigung gegen ihre Tabletten hatte. Würde sie sie nehmen, dann wären die Abstürze kein Risiko. Aber wenn sie sich gut fühlte, wenn sie ihr Hoch hatte, dann kam in ihr das Gefühl auf, dass sie sie nicht mehr brauchte. Fataler Fehler, den man ihr während eines Hochs nicht verständlich machen konnte. Das hatte Dero kapiert.

In der Dusche schob Dero all die Gedanken weg. Er hielt sein Gesicht der Brause entgegen und ließ alles wegwaschen. Als er aus der Dusche trat und das Radio mit Partysound auf höchste Lautstärke aufdrehte, war seine Stimmung genau richtig. Richtig, um die Nacht in einem Club mit seinem Freund Phil zu verbringen.

Leyla starrte in den Spiegel. Sie konnte es selbst nicht glauben, wie gut sie aussah. In der Stadt startete sie ihre Shoppingtour in ihrem Lieblingsgeschäft und war überrascht, als sie beim ersten Anprobieren das perfekte Outfit gefunden hatte. Nun stand sie bei Mari im Zimmer und wartete darauf, dass diese aus dem Bad kam und ihr eine hübsche Frisur zaubern würde.

»Wow, du siehst irgendwie … anders … aus«, sagte Mari überwältigt, als sie mit einem Turban aus Badetuch ins Zimmer kam.

»Was soll das denn heißen?«, fragte Leyla belustigt.

»So nicht nach Leyla. Aber toll«, versuchte Mari, sich zu erklären.

»Heißt das, dass ich sonst nicht gut aussehe?«, fragte sie.

»LEYLA! Du weißt, was ich meine.«

»Klar doch, du Huhn.«

»Soll ich dir das Haar hochstecken, oder lieber einfach Locken?«

»Locken, nicht?«, bestätigte Leyla Maris Vorschlag und drehte sich vom Spiegel weg.

Sie zog den Bürostuhl vor den großen Schrankspiegel und wartete darauf, dass Mari sich an ihre Haare machte.

»Darf ich mir zuerst die Haare föhnen? Du kannst dich ja schon mal im Bad schminken.« Mari wirkte gestresst.

Es war bereits zehn Uhr und sie hatten sich mit Maris alten Schulkameradinnen, die bei Partys mit Mari immer dabei waren, um elf Uhr vor dem Club verabredet. Sie würden die Zeit niemals mehr einhalten können. Nicht, nachdem sie erst um neun Uhr dazu kamen die Pizza zu essen, die sie sich zum Abendessen in den Ofen schoben.

In dem Moment, als Mari den Föhn einschaltete, klingelte es an der Tür. Sharon. Leyla huschte zur Tür und schrie vor Aufregung als sie eine Flasche Café de Paris vor der Nase hatte.

»To start an awesome night, girl«, lachte Sharon und umarmte ihre Freundin.

Schnell gingen sie in die Küche, die noch nicht aufgeräumt war, und holten drei Sektgläser aus dem Schrank.

Immer wenn Maris Mutter nicht zuhause war, fühlte sich Leyla bei Mari, als wäre es auch ihre Wohnung. Sie bewegte sich in Maris vier Wänden, als wären es ihre eigenen. Das war von Anfang an so. Deshalb versuchte sie Besuche zu vermeiden, wenn ihre Mutter da war. Obwohl sie sich gut mit ihr verstand, war die Atmosphäre einfach anders. Sie versuchte, Leyla ein gutes Gefühl des Willkommenseins zu vermitteln, aber Leyla spürte, dass es aus Mitleid geschah.

Maris Mutter hatte ihre Mutter gekannt. Nicht gut, aber sie waren damals im selben Yogakurs. Als Leyla sich mit ihrer Tochter anfreundete, wurde Maris Mutter stets daran erinnert, dass sie glücklich sein sollte für ihre Tochter, die noch eine Mutter hatte. Dieses Glück versuchte sie Mari und Leyla während Leylas Besuchen zu vermitteln, was weder bei Mari noch bei Leyla so ankam, wie sie es sich gewünscht hätte. Leyla konnte es sich manchmal nicht erklären, was bei anderen Leuten im Kopf vorging, wenn sie von ihrem Schicksal wussten. Sie hatte ihr Leben nach all den Turbulenzen endlich im Griff und die Trauer verebbte. Das war bei einigen Bekannten eindeutig nicht der Fall. Und manchmal, nur manchmal, hatte Leyla ein schlechtes Gewissen, dass sie all diese Menschen an ein trauriges Ereignis erinnerte. Sie wünschte, es wäre nicht so, aber sie wusste auch, dass es nicht ihre Schuld war. Das musste sie sich bei jedem mitleidigen Blick in Erinnerung rufen.

Der Korken knallte und die Gläser wurden bis zum Rand aufgefüllt. Während Sharon und Leyla anstießen, gesellte sich Mari endlich mit trockenen Haaren und vollständig bekleidet zu ihnen. Naja, vollständig wäre bei ihr sehr großzügig ausgedrückt. Aber sie sah gut aus. Wie man Mari kannte. Die drei stießen auf einen erlebnisreichen Abend an und die Stimmung hätte nicht besser sein können. Sie lachten, tratschten und vergaßen die Zeit. Als sie um elf Uhr das Haus verließen, konnte man meinen, sie wären als Charlie's Angels unterwegs. Leyla als Lucy Liu, nur weniger asiatisch, Sharon als Cameron Diaz, die Blondine unter ihnen, und die Rolle von Drew Barrymore wurde von Marina übernommen. Nicht aufgrund des Aussehens, sondern weil sie sich immer die Bad Boys aussuchte. Zu dritt waren sie unbesiegbar, so fühlten sie sich jedenfalls.

Auf dem Weg zum Club spürten sie, dass es ein großartiger Abend werden konnte, aber sie hatten keine Ahnung, was alles geschehen würde.

Als sie sich später zu zweit auf den Weg nach Hause machten, schüttelten sie ungläubig die Köpfe. Dieser Abend würde unvergesslich bleiben.

»Seeing you fills my head with thoughts. It feels like my head might explode. You make me question everything but you don't give me any answers. You make me wonder if you even realize all the complicated emotions you stir up inside me. One look, one hug, one hello was enough to confuse me.«

Die Musik dröhnte in seinen Ohren.

»Hey shorty, it's your birthday. We gonna party like it's your birthday. We gonna sip bacardi like it's your birthday …« Sein Herzschlag folgte dem Beat. Dero stand am Rand der Tanzfläche und beobachtete die Leute.

Alle bewegten sich zur Musik und die, die nicht tanzten, knutschten mit irgendjemand Fremdem herum. Das war so gar nicht seine Welt, aber er hätte sich auch keinen besseren Ort vorstellen können, als hier zu sein. Phil schwankte auf ihn zu. Bereits als sie sich vor dem Club kurz nach elf trafen, war Phil in bester Stimmung, und das lag hauptsächlich an den Bieren, die er zuvor getrunken hatte.

»Hey Bruder, hast du die Schnitte gesehen, die sich von mir antanzen ließ?«, schrie er Dero ins Ohr.

»Ja«, sagte er in normaler Lautstärke und mehr zu sich selbst.

Phils Frauengeschichten interessierten ihn null. Aber dieses Mädel, das sich darauf einließ, dass Phil sie von hinten bezirzte, war nicht einmal so schlecht. Es war ihm nur zuwider, dass sie sich auf eine solch billige Anmache einließ. Dero war bewusst, dass Phil anders gestrickt war und nicht gelernt hatte, dass die tollen Frauen lieber anders Aufmerksamkeit gewannen.

»Komm, sie hat bestimmt eine Freundin, die mit dir tanzt«, klotzte Phil weiter.

»Ist schon gut. Geh du nur. Ich hol mir ein Bier«, sagte Dero, um dem Tanz und Phil zu entkommen.

Es war erst eine Stunde vergangen und der Club bereits rappelvoll. Der ganze Jahrgang war anwesend und viele mehr, die Dero noch nie in seinem Leben gesehen hatte. Er bestellte ein Bier an der Bar und lehnte sich danach mit dem Rücken dagegen. Von seinen ehemaligen Freunden kam niemand mehr her. Sie waren wie er selbst bereits 18 oder älter und hielten sich nun nur noch in Clubs für Volljährige auf.

Er lachte, als er Phil mit dem Mädchen rumknutschen sah. Als sich Phils Blick von dem Mädchen löste und durch den Raum schweifte. Er musste jemanden entdeckt haben. Dero folgte seinem Blick, dann verlor er Phil aus den Augen. Das Mädel blieb auf der Tanzfläche zurück. Sie musste gemerkt haben, dass aus ihr und Phil kein Traumpaar werden würde. Die Enttäuschung stand ihr ins Gesicht geschrieben. Doch keine Sekunde verging, als sie sich zusammen raufte und wieder drauflos tanzte. Und schon stand der nächste Typ hinter ihr. Unglaublich, dachte sich Dero und schüttelte den Kopf. Dann entdeckte er Phil. Er konnte nicht sehen, mit wem er sich unterhielt. Es standen zu viele Menschen dazwischen. Er stand mit dem Rücken zu Dero, halb in der Tür, die zur Eingangshalle führte. Dero ging einen Schritt in Phils Richtung. Die Menschenmenge löste sich auf und gewährte ihm einen Blick auf die kommenden Gäste. Leyla. Sein Atem stockte. Er blieb wie angewurzelt stehen und blendete alles andere aus. Er konnte seinen Augen kaum glauben, wie gut sie aussah. Sie trug dunkle Hosen, die kurz vor ihrem Bauchnabel aufhörten. Ein weißes Hemd steckte im Hosenbund und eine silberne Kette ließ ihr Dekolleté strahlen. Ihre vollen Haare hingen ihr gelockt über die Schultern und ihr Lächeln war das Schönste, was sie trug.

»Dero ist hier!« Mari klang überrascht.

»Where?«, schrie Sharon, was noch gar nicht nötig war. Die Musik drang zwar durch die Tür, aber für ein Gespräch in normaler Lautstärke reichte es.

»Er ist gekommen«, redete Mari weiter.

Sie waren Phil endlich losgeworden. Der konnte sich kaum einkriegen, als die drei kurz in den Tanzsaal schauten und danach ihre Jacken abgeben wollten. Leyla hatte ihr Jäckchen um den Arm gelegt und lächelte in den Raum. Der Café de Paris hatte es in sich und nach dem zweiten Gläschen spürte sie ihn bereits in der Bauchgegend. Sie hörte nicht zu, was Phil von sich gab, aber es war klar, dass er den Tanz mit Mari einforderte. Der Song wechselte. Phil drehte sich zur tanzenden Menge und schrie: »Das ist mein Lieblingssong! Yeaaah.« Damit verschwand er, und die drei Mädels machten sich auf den Weg zur Garderobe, als Mari Deros Blick erhaschte. Sie blieb stehen, doch ihre zwei Freundinnen hatten sich schon weggedreht.

»Hey, wartet auf mich«, rief Marina ihnen hinterher und versuchte sie schnellen Schrittes einzuholen.

»Ich glaube, er wollte uns hallo sagen.«

»Who?«

»Dero. Gosh, seid ihr schon so betrunken?«, sagte sie leicht angestrengt.

»Du hast dich bestimmt verguckt. Dero würde nie auf eine solche Party kommen. Oder uns hallo sagen«, versuchte Leyla ihren Puls zu beruhigen.

»Da irrst du dich aber gewaltig, meine Liebe. Er war jedenfalls schon öfter hier als du«, entgegnete Mari und legte ihre Jacke auf den Tresen der Garderobe.

Mari wusste es nicht, aber Leyla versuchte verzweifelt, ihre steigende Nervosität zu ignorieren.

»Are you in love with him?«

»In wen?«, fragte Leyla ertappt.

»Nicht du. Mari!«, schüttelte Sharon den Kopf und kniff Marina in die Seite.

»Ich? Niemals. Ich steh nicht so auf ruhige Typen. Der wäre eher was für Leyla, nicht wahr?«, lächelte Mari verschmitzt und zwickte Leyla in Schulter.

»Habt ihr vergessen, dass er mit Franky zusammen ist?«

»Woher weißt du das? Ich habe sie jedenfalls nicht neben ihm gesehen.«

»Sie müssen ja nicht jeden Abend zusammen verbringen, oder?«

Eigentlich wollte Leyla ein Gespräch über Dero unterbinden, aber sie war nicht mehr zu bremsen. Sie musste ihre Gedanken endlich loswerden.

»Warum interessiert dich das?«, fragte Mari zu Recht.

»Honey, are you in love with Dero?« Sharons Augen weiteten sich.

»Nein!«

»Doch.«

»Nein.«

»Doch. Und wenn du noch einmal nein sagst, ist das der beste Beweis. Wow. Schätzchen, wann ist das denn passiert?«, fragte Mari und ließ Leyla kaum zu Atem kommen.

Vielleicht war es der Alkohol, vielleicht der richtige Zeitpunkt. Leyla weihte ihre Freundinnen ein. Sie gaben ihre Jacken ab und steckten dann auf einem Sofa in der Eingangshalle die Köpfe zusammen. Leyla begann beim Fußballspiel.

»Ich wusste doch, dass da was lief!«, schrie Mari auf und Sharon zischte ihr zu: »Lass sie erzählen!«

Doch Leyla wurde stumm.

»Warum erzähle ich euch das? Er ist mit einer anderen zusammen. Ich habe mich geirrt.«

»Vielleicht wäre das besser so. Dieser Typ ist undurchschaubar«, seufzte Mari.

»No way. Maybe he's scared of his feelings for you and tries to avoid them with this stupid Franky«, entgegnete Sharon.

Leyla schüttelte den Kopf.

»Lasst uns reingehen und vergessen, was ich gesagt habe. Es wird nie was daraus werden. Ich würde das gar nicht wollen.«

»Und wie du es wollen würdest. Warum habe ich das nicht früher geschnallt?«, fragte sich Mari selbst.

Leyla stand auf und streckte ihren Freundinnen die Hände hin.

»Kommt, lasst uns tanzen gehen.«

Die zwei wussten, dass sie nicht weiter nachhaken sollten, also zogen sie sich an Leylas Händen hoch und liefen im Takt zur Musik Richtung Tanzsaal. Sobald sie über die Schwelle traten, vergaßen sie das Gespräch und tanzten wie die Wilden. Man sah Leyla an, dass sie ihre Gedanken wegtanzen wollte. Es funktionierte.

Wie kam er darauf, auf die drei zuzugehen? Er hätte ja doch nicht hallo sagen können. Warum also den Schritt auf sie zu wagen? Dero hatte in Maris Blick gesehen, dass sie ihn sah und dass sie sein Vorhaben glaubte zu durchschauen. Sie war schlau. Aber er würde ihr nicht Recht geben.

Nachdem die Mädels zurück in die Eingangshalle gegangen waren, hatte er sie lange nicht gesehen. Am liebsten wäre er die drei suchen gegangen, doch dann erschienen sie auf der Tanzfläche. Er war beruhigt. Sie war noch da.

Er versuchte sich von den drei tanzenden Mädels fernzuhalten, obschon sein Blick immer auf Leyla ruhte. Er hatte sich ein Plätzchen neben dem DJ-Pult ausgesucht, an dem sie ihn nicht entdecken würden. Doch damit hatte auch Phil Mühe, ihn zu finden. Es verging eine halbe Stunde, bis Dero sich bewegte. Er trat einen Schritt aus der Ecke hervor, ließ den Blick von Leyla wegschweifen und schaute sich in der Menge nach Phil um. Er entschied auf die Toilette zu gehen – nicht, weil er musste, sondern weil er das Gefühl hatte, etwas tun zu müssen, damit er nicht verrückt wurde. Die Gedanken und seine Blicke drehten sich nur um Leyla. Er stellte sich vor, wie er sie ansprechen würde, wie sie ihre Haare hinter das Ohr streichen würde und dabei verlegen lächelte. Er stellte sich vor, wie sie zu einer Tanzaufforderung ja sagen und er aus dem Nichts zum Profitänzer werden würde, der er in Realität nicht war. Es war schwierig, aus diesen Tagträumen zu entfliehen, wenn Leyla nur wenige Meter von ihm entfernt war. Deshalb zog er zügig gen Toilette im Eingangsbereich.

Er wusch sich zweimal die Hände, stellte sich vor den großen Spiegel, strich sein Haar zurecht und hatte trotzdem das Gefühl, dass die Zeit nicht vorbeiging. Er könnte nach Hause gehen, dachte er beim Händetrocknen. Aber er wusste, dass er es nicht tun würde. Er könnte sich betrinken, doch dabei würde er das Vertrauen in seine Verschwiegenheit verlieren. Er wollte es nicht riskieren, Leyla in seine Träume blicken zu lassen. Die Jungs in der Toilette begannen ihn komisch anzuschauen, weil er bereits so lange darin verweilte. Er lief wieder nach draußen, als er Franky beim Türsteher entdeckte. *Nicht das auch noch*, dachte er und achtete nicht darauf, wohin er lief. Er wollte nur weg. Doch es gab einen Knall – nicht einen, den alle hören konnte, sondern nur er und Leyla, die direkt vor ihm stand und ihm in die Augen schaute.

»Hey«, sagte sie verlegen, als wäre dieses Wort das schwerste, das sie je aussprechen musste.

»Hey«, gab er kalt zurück.

»Bist du doch auch gekommen?«, fragte sie lächelnd und doch zurückhaltend.

»Ja«, antwortete er knapp.

So hatte er sich das Aufeinandertreffen nicht vorgestellt. Besonders sich selbst nicht, aber er konnte den Anblick von Franky nicht vergessen. Sie würde ihm alles ruinieren, das spürte er. Und da hörte er auch bereits seinen Namen. Er ignorierte es und versuchte sich in einem Lächeln Leyla gegenüber. Diese blickte umher, als würde sie einen Fluchtweg suchen. Jetzt grinste er. Sie war nervöser über die Tatsache, dass Franky da war und nach ihm rief, als er. Er drehte sich den Lauten von Franky zu. Diese kam im Schnelltempo auf ihn zu und entdeckte Leyla erst, als sie sich bereits bei Dero eingehakt hatte.

»Oh, hallo. Entschuldigt, habe ich bei irgendwas gestört?«, grinste Franky Dero an.

»Nein«, blieb er wortkarg.

»Ich muss auf die Toilette. Schönen Abend, Dero«, sagte Leyla und lief davon.

»Leyla, warte«, hörte sie, als sie die Tür zur Damentoilette aufstieß.

Reflexartig blickte sie dem Ruf entgegen und sah Dero, der auf sie zulief. Ihre Beine begannen zu zittern. Im Hintergrund sah Leyla, dass Franky allein dastand und darauf wartete, dass Dero zurückkam. Dero blieb vor Leyla stehen und sie spürte seinen Atem auf dem Gesicht. Es raubte ihr fast den eigenen.

»Ja?«, sagte sie hoffnungsvoll.

Sandero Mansaro hatte nach ihr gerufen. Sie hatte es sich anders vorgestellt, wie seine Begrüßung ausfallen würde, als vor der Damentoilette und mit einer anderen auf ihn wartenden Frau. Aber sie nahm, was sie kriegen konnte. Dero blickte ihr ernst in die Augen und sagte: »Vertrau mir, so ist es besser für dich.«

Und dann drehte er sich um, ging zu Franky, legte den Arm um ihren Nacken und lief davon. Leyla blieb wie angewurzelt stehen. *Was war das denn?*, fragte sie sich und versuchte Deros Worte einzuordnen. Was war besser? Besonders, was war besser für sie? Ihm vertrauen? Worin denn? Hatte er sie abblitzen lassen, ohne dass sie je was zusammen hatten? Aber das hätte er auch, wenn er mit Franky davongelaufen wäre. Warum musste er sie nochmals rufen? Warum war es ihm so wichtig, ihr zu sagen, was er eben sagte? Sie verstand es nicht, und als ihre Blase sich meldete, verschwand sie in der Toilette und kam lange nicht heraus. Sie zermarterte sich den Kopf darüber, was passiert war, als sie wieder ihren Namen hörte. Doch diesmal war es Sharon.

»Leyla, Leyla. Where are you? You have to see that. Leyla!«

Leyla wollte von Sharon nicht hören, dass Dero mit Franky am Knutschen war oder dass Franky den Tanz bekam, den sie sich sehnlichst gewünscht hatte. Vielleicht war es wirklich besser so. Aber damit wusste sie, was sie meinte, und noch immer nicht, was es für ihn bedeutete. Vielleicht fand er, dass Franky besser zu ihm passte. Das dachte sie nämlich auch.

»Leyla …«

Nun stand Sharon direkt vor ihrer Kabine.

»… I know you're in there. Ich kann deine Schuhe sehen. What's wrong? Are you sick?«, fragte sie mit einer besorgten Stimme.

Leyla wollte sich nichts anmerken lassen, also schloss sie die Tür des Klos auf und trat hinaus.

»You look great«, bemerkte Sharon überrascht.

»Warum auch nicht?«, lachte Leyla sie an. »Was muss ich sehen?«, fragte sie.

»Mari … Oh, I can't tell you. You gotta see it to believe it«, packte Sharon erneut die Euphorie. Leyla wusch sich die Hände und wurde von Sharon zurück in den Tanzsaal gezogen. Da sah sie das Weltwunder. Mari tanzte mit Phil. Sie prusteten los, als sie Phils Hand auf Marinas Hintern sahen. Sharon tänzelte auf die zwei zu und Leyla lief ihr hinterher, ihr Lachen hinter verschlossener Hand versteckt.

Es war ein verrückter Abend. Leyla gab sich der Musik hin und fing an, mit Sharon neben Mari und Phil zu tanzen. Es war keine Musik, die sie sich zuhause anhören würde, aber der gute alte Hip-Hop mit den neumodischen Elektropassagen ließ sie die Tanzhüfte schwingen. Irgendwann schaffte es Mari, sich von Phil zu lösen, und man konnte in ihrem Gesicht sehen, dass sie nach ihrem Empfinden gerade einen großen Fehler begangen hatte. Leyla grinste sie an und schwenkte ihren Kopf zur Bar, um damit zu sagen, dass sie was trinken sollten. Mari war dabei und sie ließen Phil bei Sharon. Bei der versuchte er es auch, aber sie ließ ihn herrlich abblitzen, weil ihre Tanzmoves zu viel Platz einnahmen, um ihr näher zu kommen.

Sie bestellten sich je einen Prosecco, das einzige Getränk, das sie als Siebzehnjährige trinken durften, weil sie Bier nicht mochten und für das harte Zeug 18 hätten sein müssen.

»Franky ist hier«, platzte es aus Leyla heraus.

»Was, wo?«, interessierte sich Mari sofort dafür.

»Nicht hier, hier. Vorher vor der Toilette habe ich sie mit Dero gesehen«, erklärte sie und ließ dabei das Detail aus, dass er währenddessen mit ihr vor der Toilette gestanden hatte.

»Ach, das tut mir leid, Schatzi.«

»Egal, ich wusste es ja. Ich weiß nicht, was ich mir erhofft habe.«

»Du hast davon geträumt, dass aus dem Bad Boy ein guter Mann wird, er dich auf einem weißen Pferd am Strand heiratet und ihr kleine Leylas und Deros kriegt«, lachte Mari, um ihre Freundin aufzuheitern.

Es funktionierte. Das Ganze hörte sich für Leyla so absurd an, dass sie die Realität besser verkraften konnte. Trotzdem nahm sie einen großen, letzten Schluck vom Prosecco und bestellte sich einen weiteren.

»Die geht in unsre Schule, nicht?«, fragte Franky, als Dero und sie die Treppen zur Chillout-Lounge hochliefen.

»Wer?«, war seine Gegenfrage.

»Die Kleine vor der Toilette, in die du verliebt bist«, lachte sie.

Dero blieb erschrocken stehen.

»Ich bin nicht in sie verliebt.«

»Na, mach dir nur selbst was vor«, sagte Franky, und damit war das Thema für sie durch, so hoffte Dero jedenfalls.

Doch als sie sich auf einem der Sofas ausbreiteten und Franky ihre Beine über Deros legte, begann sie erneut: »Dero, das sieht sogar ein Blinder. Und sie auch in dich, einfach dass du es weißt.«

Deros Herz setzte einen Schlag aus.

»Quatsch. Du weißt, wie ich bin«, wehrte er sich.

»Genau, deshalb. Schau, ich bin dir nicht böse. Wir haben Spaß, aber wenn du lieber die Kleine flachlegen willst, nur zu«, fuhr Franky fort und tat so, als wäre es ihr gleichgültig.

»Erstens will ich sie nicht flachlegen, zweitens bin ich ja hier mit dir und nicht unten bei ihr …«

»Wo du jetzt aber lieber sein würdest. Aber weil du es nicht zugeben kannst, versteckst du dich bei mir«, sagte sie und zog ihre Beine zurück.

Dero hielt sie fest und schaute ihr tief in die Augen.

»Denk, was du willst, aber tu nicht so, als würdest du mich besser kennen, als ich mich selbst.«

Dero sagte die Worte, aber in seinen Augen stand die Wahrheit. Sein Verstand glaubte an seine Worte, aber sein Herz, ja, das wehrte sich.

»Na, dann, küss mich. Sie steht nämlich gerade in der Tür. Dann kannst du euch beiden beweisen, dass aus euch nichts wird«, log sie.

Dero drehte sich ruckartig zur Tür der Lounge und stieß Franky von sich weg. Da lachte Franky los.

»Ihr Männer seid so durchschaubar«, sagte sie, stand auf und verließ den Raum ohne einen Blick zurück.

»Franky … warte«, rief er ihr nach, doch sie war bereits verschwunden.

Die andern in der Lounge blickten ihn mitleidig an. Er grinste zurück. Er wurde nicht verlassen, falls sie das denken sollten.

Dero machte sich auf die Suche nach Phil. Für ihn war der Abend gelaufen und er wollte nach Hause. Er fragte sich, warum er gekommen war. Was hatte er sich erhofft? Die Sache mit Leyla sollte bereits vorbei sein. Er hoffte, dass er sie abgeschreckt hatte, damit sie aufhörte, ihn mit ihren Blicken zu erweichen. Aber das Ganze mit Franky war nun auch gelaufen. Dero fühlte sich allein. Wäre alles nicht so gelaufen, wäre Franky mit ihm nach Hause gekommen, dann hätte er Leyla besser vergessen können. Aber nun musste er seinen Kumpel suchen, damit er sich wenigstens nicht ganz so allein fühlte. Obwohl das in Phils Anwesenheit trotzdem ab und an der Fall war.

Er entdeckte ihn mit Sharon und Mari auf der Tanzfläche. Leyla war nirgends zu sehen. Schnellen Schrittes ging er durch die Menge zu ihnen und zog Mari am T-Shirt: »Wo ist Leyla?«

Er bereute die Frage sofort, nachdem er sie gestellt hatte. Maris Gesicht verzog sich zum größten Grinsen, das er je an ihr gesehen hatte, und sie lallte: »Isch hab keiiiiine Ahnung. Bestimmt sucht sie dich und diese Schlampe Frääankiii.«

Dabei klang Frankys Name etwas zu amerkanisch. Ihn beschlich ein komisches Gefühl und er wusste keine andere Lösung, als Sharon zu fragen. Doch die wurde just in dem Moment von einem Typen angetanzt, der ihr ausdrücklich gefiel. So wie sie dreinschaute, konnte sie seine Frage auch nicht beantworten. Er gab Phil das Zeichen, dass er nach draußen gehen würde. Der nickte und konzentrierte sich wieder darauf, Mari nochmals zu einem gemeinsamen Tänzchen zu bewegen. Das würde er bestimmt schaffen, wenn sie soviel Alkohol intus hatte, wie Dero vermutete.

Auf der Toilette war sie nicht, da hatte er als Erstes nachgeschaut. Bei der Garderobe stand auch niemand, der ihr annähernd ähnlich sah. Dero versuchte es in der Lounge, aber da waren nur Pärchen, die die Finger nicht voneinander lassen konnten. Und ein Security-Typ stand daneben, damit die Lounge nicht in einen Sexraum umgewandelt wurde. Wo steckte Leyla bloß? Er war kurz vor dem Aufgeben, als er zurück in den Tanzsaal wollte und Leyla vor der Garderobe sah. Sie nahm gerade ihre Jacke entgegen. Er ging auf sie zu und fragte: »Wo willst du hin?«

Sie blickte zu ihm hoch und er sah wie ihre Augen glänzten.

»Ich geh nach Hause«, sagte sie konzentriert.

Zu konzentriert, denn er roch den Prosecco aus ihrem Mund.

»Allein?«, hakte er nach.

»Die andern wollen noch bleiben. Aber ich kann nicht mehr«, sagte sie in leichter Verzweiflung.

»Du gehst nicht allein nach Hause«, schlug er einen Befehlston an.

Leyla schwankte an ihm vorbei und zog ihre Jacke an. Ohne ihn zu beachten, lief sie weg.

»Leyla, warte!«, versuchte er einen letzten Anlauf.

Sie drehte sich zum ihm um.
»Schon wieder?«
Er konnte sich ein leichtes Lächeln nicht verkneifen. Sie sah so süß aus, wenn sie versuchte, gemein zu klingen. Dero dachte nicht weiter nach, ging zur Garderobe und ließ sich seine Jacke geben. Als er sie anzog und Richtung Ausgang lief, war Leyla bereits aus der Eingangstür. Er rannte ihr hinterher und entdeckte sie an der Straße. Sie sah aus, als wüsste sie gar nicht, wohin sie musste.

Das waren zwei Prosecco zu viel, das wurde Leyla in dem Moment klar, als ihr bei der kleinsten Tanzbewegung die Puste ausging. Sie überlegte nicht weiter, dass sie nicht ohne Mari gehen konnte, sondern ging in eine Richtung, wo sie die Garderobe vermutete. Als sie vor dem DJ-Pult stand, wurde ihr bewusst, dass es die falsche war. Sie ging zurück und wollte sich die Jacke geben lassen, als Dero vor ihr stand. Augenblicklich war sie wieder nüchtern. Das musste das Adrenalin sein. Wie gerne hätte sie sich in seine Arme geschmiegt und den restlichen Abend vergessen. Aber er hatte ihr verständlich gemacht, dass er mit Franky zusammen war und nicht mit ihr. Also lief sie davon.

Wortlos standen sie an der Straße. Dero traute sich nicht, etwas zu sagen. Und Leyla war ganz in die Gedanken vertieft, was ihr nächster Schritt sein sollte. Sollte sie sich ein Taxi rufen und zu ihr nach Hause gehen oder doch lieber nochmals hinein in den Club und sich die Schlüssel von Mari geben lassen? Sie seufzte. Und erschrak zu Tode als Dero plötzlich ihre Hand nahm. Er drückte fest zu und sie gab den Druck zurück und ließ seine Finger zwischen ihre gleiten.
»Komm, wir gehen nach Hause«, sagte er leise und mehr zu sich selbst.
Leyla wusste nicht, was geschah, aber hielt mit Deros Schritten mit. Seine Worte hallten in ihrem Kopf nach.
»Komm, wir gehen nach Hause.«
Sie wiederholten sich ständig, sie schlichen sich in den Takt

ihrer Schritte. Als wäre es das normalste der Welt, mit ihm nach Hause zu gehen.

Als Dero an der nächsten Straßenecke ein Taxi entdeckte, zog er Leyla mit und wartete auf das Nicken des Taxifahrers. Er öffnete mit der freien Hand die Tür und ließ Leyla hineinplumpsen. Danach stieg er ein, noch immer hielten sie sich an den Händen. Ein Handy begann zu klingeln und Leyla fischte in ihrem Täschchen herum. In letzter Sekunde erwischte sie den Anruf.

»Ich bin im Taxi«, erklärte sie wohl auf die Frage, wo sie war.

»Nein. Mit Dero.«

»Keine Ahnung. Zu ihm.«

»Ja. Okay. Bis dann.«

Sie legte auf und lächelte Dero von der Seite an: »Das war Marina.«

Damit hatte er gerechnet und er drückte Leylas Hand noch fester. Sie sagten kein Wort, bis sie ausstiegen und Dero Leylas Hand losließ, um zu bezahlen. Er stieg aus und hielt ihr die Tür offen, damit sie hinauskriechen konnte. Sie war wackelig auf den Beinen, deshalb griff er sofort wieder ihre Hand. Woher dieses Bedürfnis kam, konnte er sich nicht erklären und er wusste, dass das auch nicht nötig war.

Leyla fühlte sich wie im falschen Film. Wie kam es, dass sie nach wenigen Blicken, nach kurzen, gemeinsamen Momenten jetzt an der Seite dieses Jungen stand? Sie schaute verstohlen zu ihren verschlungenen Händen und konnte es nicht glauben. Hatte sie irgendetwas nicht mitgekriegt? Hatte er sie nicht heute Abend wegen einer anderen abserviert? Und warum nahm er sie nun nach Hause? Er wollte doch nicht etwa? Nein. Sie strich den Gedanken sofort aus ihrem Kopf. Sie würde es jedenfalls nicht zulassen. Aber als er sie behutsam in seine Wohnung hineingehen ließ, wusste sie, dass sie sich keine Sorgen darum machen musste. Dero nahm ihr das Täschchen ab und legte es auf eine Anrichte im Gang. Ihr fiel auf, wie sauber es in der Wohnung war. Sie verhielt sich leise, damit die Eltern nicht erwachten. Sie hatten bis jetzt noch kein Wort gewechselt und sie merkte, dass sie keine Ahnung hatte, wer dieser Junge war. Sie wusste nicht, ob es Eltern gab, die sie aufwecken konnten.

»Sind deine Eltern nicht hier?«, fragte sie.

»Nein, keine Sorge. Mein Vater wohnt schon lange nicht mehr hier und meine Mutter. Naja, lassen wir das«, wandte er sich von der Frage ab.

Er war alleine hier? Jetzt überraschte es Leyla umso mehr, dass es so sauber war. Als hätte er ihre Gedanken gelesen, fügte er an: »Mein Vater zahlt mir wenigstens eine Putzfrau.«

Leyla hielt sich den Mund zu. Sie befürchtete, dass sie vor ihm keinen Gedanken geheim halten konnte. Dero lächelte.

Leyla in seiner Wohnung zu sehen, wie sie überrascht umher blickte und es nicht zu glauben schien, dass sie war, wo sie war, beruhigte ihn. Es fühlte sich richtig für ihn an, obwohl er die meiste Zeit im Taxi seine Taten überdachte. Er fühlte sich, als hätte er den liebsten Menschen entführt. Das würde ein Nachspiel haben, das war ihm bewusst, aber er wollte den Moment genießen. Sich nicht mehr vor seinem Verlangen, sie an sich ranzulassen, abhalten. Es fühlte sich zu gut an, um schlecht zu sein. Während sie im Gang stehen blieb und die Information verdaute, dass sie allein waren, ging er in die Küche und stellte zwei Gläser Wasser bereit. Sie würde etwas trinken wollen. Dero sah ihren Augen an, dass sie langsam wieder nüchtern wurde. Er hatte sie auch nicht als Trinkerin eingestuft. Er befürchtete sogar, dass er durch seinen abblitzenden Satz vor der Toilette dafür verantwortlich war, dass sie einen zu viel über den Durst getrunken hatte. Und wohin brachte ihn sein Korb? Ihm wurde klar, dass er etwa zehn seiner Kodexe gebrochen hatte. Während das Wasser aus dem Hahn lief, kamen ihm allein drei in den Sinn. Gefühle zuzulassen. Ein Mädchen, das er wirklich mochte, mit nach Hause zu bringen. Sich von Leyla fernzuhalten. Es wären ihm noch weitere in den Sinn gekommen, wenn Leyla nicht schüchtern im Türrahmen gestanden und ihn beobachtet hätte.

»Willst du?«, streckte er ihr das Glas hin.

»Ja, danke«, nahm sie es entgegen und trank einen kleinen Schluck.

Nach einem zweiten Schluck nahm Dero ihr das Glas wieder ab und stellte seines mit auf den Küchentisch. Sie blieb im Türrahmen stehen. Er stellte sich vor sie, fuhr mit dem rechten Daumen über seine Lippen und zart mit der linken Hand an ihren Fingern entlang. Sie zuckte zusammen und schaute ihm direkt in die Augen. Da war es wieder, dieses Blitzen und Donnern, wie damals im Schulzimmer. Die Wohnung löste sich auf, die Dunkelheit der Nacht wurde mit Licht durchflutet. Dero sah nur Leyla. Und Leyla sah nur Dero. Sie verharrten und trauten sich nicht, sich zu bewegen. Diesmal sollte der Zauber nicht durchbrochen werden, diesmal gab es niemanden, der sie aufhalten konnte.

Dero fuhr langsam ihren Arm entlang bis hoch zur Schulter, mit so viel Respekt, als hätte er Angst, dass sie durch eine falsche Bewegung zerbrechen könnte. Er legte seine Hand in ihren Nacken und knetete sanft ihren Hals, bis sie ihren Kopf in seine Hand legte. Es war ihre Art, ihm zu zeigen, dass er richtig lag, dass sie seine Berührungen wünschte, dass sie sich nichts sehnlicher wünschte als diesen Moment. Er zog sie näher zu sich ran und sie ließ es geschehen. Leyla befand sich nicht in dieser Welt, sie war nüchtern und noch nie näher bei sich selbst, noch nie jemand anderem so nahe, aber trotzdem in einer Trance, die unbeschreiblich war. Ihr linker Arm war taub von Deros Berührung. Ihre rechte Hand legte sie auf seine Brust, spürte pochend seinen Herzschlag und ihr Herz begann zu rasen, genau wie seins. Und sie schlugen gemeinsam im Takt.

Der erste Vogel zwitscherte, als Dero seinen Kopf langsam nach vorne beugte. Leyla blickte ihm in die Augen und hieß es gut, was er vorhatte. Sie schmeckte bereits seine Lippen, sog seinen Duft tief in jede Zelle ihres Körpers. Sie schloss die Augen und wollte es geschehen lassen. Bis nichts passierte. Als sie ihre Augen langsam wieder öffnete, war Dero wie festgefroren. Seine Nasenspitze berührte fast die ihre und doch bewegte er sich nicht. Sie nahm reflexartig die Hand von seiner Brust und er erzählte mit seinen Augen, seiner Seele, tausend Geschichten, die ihn davon abhielten, einen Schritt weiter in ihre Richtung zu kommen. Leyla wusste nicht, woher ihr Verständnis kam, aber als seine Hand von ihrem Hals wich, nahm sie sie und drückte sie fest. Um ihm zu zeigen, dass es okay war. Dass sie ihn verstand. Er schob sie aus dem Türrahmen und führte sie an seiner Hand ins Wohnzimmer. Setzte sich auf die Doppelcouch und zog Leyla zu sich. Nicht allzu nahe zu sich, sondern so, dass er sie betrachten konnte. Wieder überwältigte ihn, wie schön sie war. Wie ihre Haare die Locken verloren und trotzdem schwungvoll um ihren Hals zwirbelten. Wie sie aufrecht vor ihm saß und interessiert ihre verkeilten Hände begutachtete, als wäre es spannender als alle Filme im Fernsehen zusammen. Er fand keine Erklärung, sondern hatte das Gefühl, dass er Leben betrachtete. Und ab diesem Moment bedeutete Leyla für Dero Leben. Noch nie hatte er so etwas Intensives gespürt. Und er wusste, dass kein Entzug, keine Droge der Welt diese Realität zerstören konnte. Es war der Beginn von Leyla und Deros Geschichte. Wie alles begann.

»I woke up all confused after kissing you in my dream. Your touch and your kiss even makes me tremble in my dreams. Imagining you holding my hand already confuses me. Talking to you and sitting next you fills me up. It fears me because I know you're the one and I don't know what will happen if this dream ever came true.«

Leyla schreckte hoch. Sie hatte tief geschlafen, als das Klingeln ihres Handys sie aus dem Schlaf riss. Sie hob ab, während sie verwirrt umherschaute. Wo war sie?

»Liebes, wie war euer Mädelsabend? Habt ihr gute Filme geschaut?«, fragte ihre Großmutter am Telefon.

»Ja, großartige Filme«, schmunzelte Leyla und konnte sich in dem Moment, als sie begriff, wo sie war und weshalb, ein Grinsen nicht verkneifen.

»Wann kommst du denn nach Hause? Wir würden zum Abendessen einen leckeren Braten machen«, fuhr ihre Großmutter fort, die keine Ahnung hatte, dass sie nicht in Maris Bett lag.

»Ich glaube schon, dass ich zum Abendessen zurück bin. Oma, ich muss auflegen, die Toilette wurde frei, das muss ich ausnutzen«, versuchte sie das Telefonat zu beenden.

»Um 18 Uhr, okay? Wenn du willst, kannst du Mari gerne mitbringen«, sagte ihre Oma zum Abschied, bevor Leyla sich verabschiedete und auflegte. Oh mann, dachte Leyla. An Marina hatte sie nicht gedacht. Sie musste sie unbedingt darüber informieren, dass sie gut geschlafen hatte und noch alle Nieren besaß. Schnell tippte sie die Nummer ein, die sie als Einzige auswendig kannte, und wartete, bis am anderen Ende jemand abhob.

»Hallo?«, begrüßte sie eine rauchige, verschlafene Stimme.

»Hey Mari!«

»Nicht so laut. Wie spät ist es?«

»Keine Ahnung. Ich wollte dir nur Bescheid geben, dass es mir gut geht und dass du herzlich zum Abendessen bei meinen Großeltern eingeladen bist«, sagte Leyla fröhlich und zu laut.

»Kann ich dich später zurückrufen, wenn ich nicht das Gefühl habe, dass mein Kopf platzt?«

»Tu das. Ich bin sowieso noch bei Dero«, frohlockte Leyla weiter.

»Oh mein Gott, stimmt ja. Du liegst ja gar nicht neben mir!«, war Mari plötzlich hellwach.

»Hahaha. Nein, warum sollte ich dich sonst anrufen?«, machte sie sich über ihre Freundin lustig.

»Wann bei deinen Großeltern? Wollen wir zusammen hin? Kommst du noch zu mir? Ich muss alles erfahren, verstanden?«, sagte Mari etwas fitter und doch heiser.

Leyla bejahte und versprach, bald bei Marina aufzutauchen. Doch nun musste sie sich zuerst um etwas anderes kümmern. Dero.

Auf Zehenspitzen ging sie als Erstes ins Bad. Leyla wollte Dero nicht an ihrem ersten gemeinsamen Morgen bereits mit der zerzausten Version von ihr erschrecken. Sie blickte in den Spiegel und ihr fielen ihre Mundwinkel auf, die sich verdächtig zu ihren Ohren zogen. Sie gab sich den Gedanken der letzten Nacht hin. Wie sie stundenlang im Wohnzimmer auf der Couch gesessen hatten und irgendwann bereits die Sonne aufging. Wie Dero plötzlich die Stille durchbrochen hatte und sich tausendmal dafür entschuldigte, dass er sie entführt hatte, und wie sie ihm versuchte zu erklären, dass das in Ordnung war, dass sie das Gefühl hatte, zu träumen, und wie er bei diesen Worten grinste und bestätigte, dass es irgendwie unwirklich war. Sie hätte am liebsten hunderte

Fragen gestellt, hätte am liebsten gewusst, weshalb er offensichtliches Interesse an ihr zeigte und wie es weiter gehen sollte. Doch sie traute sich nicht. Sie wollte ihn nicht überfordern und sie hatte Angst, dass er seine Meinung wieder ändern würde.

Leyla betrachtete ihr Spiegelbild und wurde nervös. Was, wenn er aus dem Traum erwachte und nicht mehr dasselbe empfand? Was, wenn er nur betrunken war und sie sich das alles eingebildet hatte? Sie versuchte, seine Worte in Erinnerung zu rufen und schlau daraus zu werden. Leyla drehte den Wasserhahn auf und spritzte sich das kühle Wasser ins Gesicht. Das half. Aber trotzdem war da noch ein fahler Beigeschmack, dass ihr Leben nie so lief, wie sie es sich wünschte. Warum sollte es diesmal anders sein?

Nachdem sie ihre Haare gebändigt hatte und sich frischer fühlte, kam sie aus dem Bad und wollte nach Dero Ausschau halten. Doch er war weder in der Küche noch im Wohnzimmer. Wahrscheinlich schlief er im anderen Zimmer. Die Tür zum zweiten Schlafzimmer war angelehnt. Sie öffnete sie leise und entdeckte Dero auf dem Rücken liegend und gleichmäßig atmend auf dem Bett. Der Anblick ließ sie erstarren. Diese Ruhe, die er ausstrahlte, war für sie nichts Neues, aber ihr wurde in dem Moment klar, dass sie sich gegen ihre Gefühle für ihn nicht mehr wehren konnte. Es überkam sie eine Angst, die sie in ihrer Position verharren ließ. Das konnte nicht gut gehen, sagte sie sich immer wieder in Gedanken. So schön konnte das Leben nicht sein. Dero drehte sich auf die Seite und Leyla geriet in Panik. Sie musste hinaus. Hinaus aus dieser Wohnung. Hinaus aus diesem Traum, der niemals wahr werden könnte. Sie verließ das Zimmer, sammelte all ihre Sachen zusammen und drehte so leise wie möglich den Schlüssel der Haustür, um hindurchzuschlüpfen und alles hinter sich zu lassen, das sie verletzen könnte.

Aufgelöst kam Leyla bei Mari an und klingelte Sturm. Am Busbahnhof wurde ihr die Uhrzeit bewusst. Es war bereits Mittag, als die schlaftrunkene Marina ihr die Tür öffnete.

»Was ist denn mit dir passiert?«, fragte Mari, als sich Leyla auf ihr Bett warf und ihr Gesicht in einem Kissen vergrub.

»Nichts«, schluchzte sie trocken.

»Wie nichts? Er hat nicht versucht, dich flachzulegen?«, machte sich Mari lustig.

»MARI! Nein!«

Entsetzt schaute Leyla ihre Freundin an. Was dachte sie von ihr? Dass sie sich so leicht rumkriegen ließ? Nein. Dero würde so etwas nicht von ihr verlangen, das wusste sie von Anfang an und das war auch der Grund, warum sie ohne zu Zögern mit ihm nach Hause gegangen war.

»Na, warum bist du denn so … mmh … komisch drauf?«, begann Mari, sich Sorgen zu machen.

»Ich bin da einfach weg.«

»Wie, du bist einfach weg?«

»Na, ich hab mich rausgeschlichen.«

»Wieso das denn?«

»Mari. Ich mag ihn.«

»Ja, das weiß ich. Deshalb verstehe ich dich auch nicht.«

»Er wäre bestimmt aufgewacht und hätte bemerkt, dass es ein großer Fehler war.«

»Was war ein Fehler?«

»Meine Güte, Mari, bist du immer noch betrunken?«

Leyla setzte sich auf den Bettrand und ließ den Kopf in die Hände fallen.

»Ich bin so doof«, seufzte sie.

Marina ging vor ihr in die Hocke und nahm ihr die Hände vom Gesicht.

»Schatzi, das bist du wirklich«, versuchte sie, Leyla zum Lächeln zu bringen.

Aber die schaute sie nur trotzig an.

»Und was soll ich jetzt tun?«

»Am besten du schreibst ihm ’ne SMS. Du hast doch seine Nummer, nicht?«

»Scheiße. Nein. Die liegt zuhause.«

»Warum zuhause?«

»Egal. Erzähl ich dir ein anderes Mal.«

Leyla blieb auf dem Bettrand sitzen, bis Mari sich für ein Abendessen bei Leylas Großeltern tauglich gemacht hatte. Immer wieder ging sie die Szene der letzten Nacht durch und kam auf keinen Nenner, was sie tun sollte. Am liebsten hätte sie den Moment bei ihm eingefroren. Ihn in ein Glas gesteckt, wo er für immer eingelegt wäre. Niemals mehr hinauskäme und ewig für sie ersichtlich gewesen wäre.

Dero spürte, dass etwas nicht stimmte. Als er aufwachte, hing er dem Traum der letzten Nacht nach. In diesem Zustand, als er nicht ganz wach war, aber auch nicht mehr schlief, war er so glücklich wie lange nicht mehr. Er hatte das Gefühl, dass sich etwas in ihm geändert hatte. Er konnte es nur nicht zuordnen. Doch dann hörte er nichts. Genau, absolute Stille. Er raffte sich auf und hoffte, dass die Stille bedeutete, dass Leyla friedlich schlief. Wie eine Katze schlich er sich in sein Zimmer. Er hatte im Bett seiner Mutter geschlafen, das von ihr an guten Tagen genutzt wurde. Greta hatte das Bettzeug gewechselt, somit war es die perfekte Lösung, nicht zu forsch bei Leyla vorzugehen. Es wäre zu früh für sie gewesen, im gleichen Bett zu schlafen, das musste sie nicht sagen, das wusste er.

Da lag sie, ganz friedlich wie ein Engel schlief sie in seinem Bett in der Fötusstellung. Plötzlich begann sie tiefer zu atmen, kein Schnarchen, aber ein kleines Grunzen erschrak Dero bis in die Eingeweide. Was hatte er getan? Ihm wurde bewusst, dass das der Anfang sein konnte, der Anfang einer komplizierten, anstrengenden Beziehung, die er doch eigentlich gar nicht wollte. Er wollte das nicht. Er wollte diesen Engel, der viel zu unschuldig für sein Leben war, nicht in seine Tiefen ziehen. Dero zweifelte. Er war nicht gut genug. Er wusste, dass der nächtliche Traum keine Realität werden würde. Aber wie sollte er nun einen Schritt zurück machen können? Sie hatte auf der Couch bereits zu tief in seine

Seele gesehen. Das würde er nicht mehr rückgängig machen können. Er würde sie verletzen müssen, um sie vor ihm zu retten. Genau. Er musste sie wegstoßen, egal wie schwer es für ihn werden würde.

Er wollte sich den Moment einprägen, einfrieren in seinen Gedanken, ihn in ein Glas stecken, wo er für immer eingelegt wäre. Niemals mehr hinauskäme und ewig für ihn ersichtlich gewesen wäre. Damit er diese Nacht nicht vergessen würde, aber sich immer in Erinnerung rufen konnte, dass die Distanz notwendig für ihr Glück war.

Als Leylas Handy zu klingeln begann, schnellte er zurück ins Zimmer seiner Mutter, legte sich aufs Bett und atmete regelmäßig. Es war eine Kurzschlussreaktion, aber hätte er vor ihr gestanden, hätte er die letzte Nacht in ihren Augen gesehen, dann wäre alles wieder verloren gewesen. Und er durfte sich keinesfalls jemals wieder in ihr verlieren.

Dero hörte, wie sie durch die Wohnung lief und er konnte ihre Anwesenheit im Zimmer spüren. Einfach atmen, einfach atmen, sagte er sich und irgendwann hörte er die Tür ins Schloss fallen. Sie war weg. Und sein Herz brannte. Sie ist gegangen. Das war doch, was er wollte? Warum tat es dann weh, dass sie ihm die Entscheidung abgenommen hatte? Schnurstracks stand er auf, zog sich ein T-Shirt über und rannte aus der Tür auf die Straße. Doch sie war bereits verschwunden. Geknickt ging er zurück. Dero dachte, es sei das Ende, doch es war erst der Anfang.

Nach dem Abendessen verkrochen sich Mari und Leyla in ihr Zimmer. Mari riss sich zusammen, aber ihr Kater wurde gegen Abend noch schlimmer. Trotzdem führte sie bei Tisch das Gespräch an und spielte gut mit, dass Leyla die Nacht über bei ihr zuhause gewesen war. Sie erzählte davon, was für Filme sie geschaut hatten, und brachte Leylas Großvater zum Lachen, als sie die Schauspieler aus den Filmen nachäffte, die sie nicht geschaut hatten, aber die Mari auswendig kannte. Leylas Großmutter zwinkerte Leyla zu. Es hieß, dass sie Marina mochte. Sie würde sie nicht 24 Stunden am Tag aushalten, aber für ein Abendessen war sie die perfekte Unterhaltung. Leyla war froh, dass Mari da war. Sie konnte sich kaum konzentrieren und ihre Gedanken funkten immer wieder dazwischen. Die Entscheidung, ob sie Dero schreiben sollte, was das Ganze für sie bedeutete, hatte sie noch nicht getroffen. Es war ein Durcheinander von Wiesos und Weshalbs.

Leyla schloss die Tür hinter ihnen zu und legte sich an Maris Seite ins Bett.

»Wo hast du die Nummer?«, fragte Mari müde.

»Soll ich ihm wirklich schreiben?«, zweifelte Leyla.

»Klar!«, raffte sich Mari auf und schaute ihrer Freundin in die Augen.

»Was ist los, Leyla? Er hat dir doch eindeutig gezeigt, dass er auch etwas für dich empfindet. Warum hast du Angst?«

»Das ist kompliziert«, wich Leyla aus.

»Ja, scheint so. Aber ich verstehe es nicht.«

Damit legte Mari ihren Kopf wieder an Leylas und atmete auf. Sie suchte nach Leylas Hand und drückte sie fest, als sie sie fand. Leyla drückte zurück, schloss ihre Augen und versuchte, für einen kurzen Moment an nichts zu denken. Nur daran, dass sie glücklich sein konnte, eine solche Freundin wie Marina zu haben. Wie würde es ihr gehen ohne sie? Sie konnte es sich nicht vorstellen.

Kurz bevor die beiden einnickten, beschloss Mari, sich auf den Weg nach Hause zu machen. Draußen war es bereits dunkel und am nächsten Tag war Schule angesagt. Sie verabschiedete sich von Leylas Großeltern, drückte Leyla fest an sich und schlüpfte durch die Tür. Bevor sie durch das Gartentor ging, schrie sie zurück: »Schreib ihm!«

Leyla blieb an der Tür stehen und lächelte in die Dunkelheit. Sie bewunderte Mari, dass sie das Angebot ihres Großvaters ablehnte, sie an den Bahnhof zu fahren. Mari hatte vor nichts Angst. Etwas, was Leyla von sich selbst nicht behaupten konnte.

Nachdem sie ihren Großeltern eine gute Nacht gewünscht hatte, putzte sie sich die Zähne, schlüpfte in ihren Pyjama und legte sich mit ihrem Handy und Deros Nummer ins Bett. Der Gedanke, dass er sich melden könnte, wurde durch einen weiteren gekreuzt, dass er ihre Nummer nicht besaß. Sie beschloss ihm zu schreiben. Es wäre zu komisch, ihn am nächsten Tag in der Schule zu sehen und auf eine ungeklärte Situation zu treffen. Doch was sollte sie ihm schreiben? Dass es ihr leid tat, dass sie verschwunden war, oder sollte sie so tun, als wäre alles normal und sie würde sich nur nach seinem Wohlbefinden erkundigen? Sie tippte auf die Tasten, löschte die entstandenen Worte wieder und tippte erneut. Leyla wurde so müde, dass sie irgendwann den Bildschirm verschwommen sah. Bevor sie die SMS abschicken konnte, schlief sie ein. Und die SMS blieb in ihrem Postausgang hängen.

Es war tief in der Nacht als Dero nach Hause kam. Sein Kopf war durchtränkt mit den Geschehnissen der letzten Nacht. Er hatte nicht zuhause bleiben und dem Ganzen mehr Gewicht geben können, als es gut für Leyla und ihn war. Spontan entschied er sich, seine Mutter zu besuchen. Er wusste nicht, weshalb er sich imstande dazu sah, aber er wollte sich ablenken. Den ganzen Nachmittag saß er mit ihr im Besuchsraum, der am Tag von allen Patienten genutzt wurde. Als sie ihn sah, huschte ihr ein Lächeln übers Gesicht. Es war ihr gesundes Lächeln, das erkannte Dero sofort. Sie drückte ihren Sohn fest an sich. Sie saß am größten Tisch im Raum und spielte mit zwei Herren in ihrem Alter und einer jungen Frau Karten.

»Willst du lieber in mein Zimmer, damit wir reden können?«, fragte sie ihn wie eine richtige Mutter, wie seine Mutter, die verstand, in welche Situationen sie ihren Sohn bringen konnte, und sich dabei ein schlechtes Gewissen machte. Dero verneinte, begrüßte die Runde und setzte sich neben einen der Herren. Er war zu sehr in Gedanken bei Leyla, als dass er sich einem Gespräch mit seiner Mutter hätte aussetzen können. Die Gruppe stand vor einer neuen Runde und als die Karten verteilt wurden, legte der Mann neben ihm Dero auch einen Stapel hin. Dero erkannte das Spiel sofort. Es war »König oder Vollidiot«. Die junge Frau am Tisch wollte gerade die Regeln erklären, als Dero die Karten aufhob.

»Jetzt bist du der Vollidiot. Du hast die Karten zu früh aufgehoben«, sagte sie lächelnd. Dero bemerkte, dass sie nervös war, dass er mit ihnen am Tisch saß.

Dero war ein guter Spieler und rückte vom Vollidiot nach wenigen Spielen zum König auf. So blieb es für mehrere Runden. Immer wieder verzog sich ein Spieler oder ein anderer kam hinzu. Nur die junge Frau, seine Mutter und er blieben, bis zum Abendessen gerufen wurde. Sie waren die lauteste Truppe im Raum und Dero fühlte sich sichtlich wohl. Seine Mutter grinste ihm bei jedem Sieg zu, und wenn sie der Vollidiot war, hielt sie beim Kartentausch kurz seine Hand fest. Von den Problemen, die sie vor wenigen Tagen gehabt hatten, konnte man nichts mehr spüren.

Dero wurde vom Pflegepersonal eingeladen, mit seiner Mutter zu essen. Er nahm dankend an und begleitete sie in den Esssaal. Der Raum wirkte steril, und obwohl viele Patienten bereits an den Tischen saßen, war es ruhig. Seine Mutter wusste genau, wo sie sitzen sollten, und nach wenigen Minuten stand das Essen auf dem Tisch. Es gab Riz Casimir. Nicht unbedingt Deros Lieblingsspeise, aber hatte den ganzen Tag noch nichts gegessen. Er schlang die Mahlzeit in kürzester Zeit herunter.

»Es isst dir niemand was weg, Schätzchen«, lächelte seine Mutter. Sie begab sich auf die Erziehungsschiene und Dero genoss es. Er musste innerlich grinsen, weil kein Kind darüber erfreut wäre, Regeln und Grenzen vorgesetzt zu bekommen, aber für ihn war diese Rollenverteilung eine Ausnahme. Und es bedeutete, dass seine Mutter auf einem guten Weg war. Dass Dero seine Sorgen einstellen konnte.

Nach dem Abendessen dauerte es nicht mehr lange, bis Dero sich verabschiedete. Auch wenn sie nicht viel Zeit zu zweit hatten, war es ein guter Tag für beide. Er brachte seine Mutter auf ihr Zimmer und ging dann zurück in den Besuchsraum, um seine Jeansjacke zu holen. Er war froh und hatte sich die Jacke um den Arm gelegt, als er aus dem Haus ging. Es wurde allmählich frisch, und Dero hatte eine gute halbe Stunde bis nach Hause. Als er aus der Eingangstür der Klinik schritt, stand die junge Frau vom Spieltisch davor und zog an ihrer Zigarette. Er grinste ihr zu und wollte weiter laufen. Doch sie stoppte sein Vorhaben.

»Sie hat immer von dir geredet. Schön, dass du sie besucht hast.« Dero blickte in ihre stahlblauen Augen, die ihm zuvor nicht aufgefallen waren. Zu seiner Überraschung antwortete er ehrlich.

»Es hat aber eine Weile gedauert, bis ich kommen konnte.«

Sie drückte ihre Zigarette aus und während sie bereits die nächste aus dem Päckchen klaubte, ging sie einen Schritt auf ihn zu und bot ihm auch eine an.

»Nein, danke. Ich rauche nicht«, lehnte er ab.

»Habe ich mir gedacht. Du siehst viel zu sportlich aus«, lächelte sie.

Dero konnte nicht abschätzen, wie alt sie war. Aber sie konnte nicht viele Jahre älter sein als er. Nun streckte sie ihm die Hand entgegen.

»Ich bin Lucy. Eigentlich Luzia, aber so nennt mich zum Glück niemand.«

»Dero, eigentlich Sandero, aber außer meinem Vater und meiner Lehrer nennt mich keiner so.«

Sie hatte einen starken Händedruck und Dero fragte sich, warum sie in dieser Klinik Zuhause war.

»Panikattacken von der üblen Sorte«, erklärte sie, als hätte sie seine Gedanken gelesen.

»Oh«, war sein Kommentar dazu.

»Das ist hier normal, dass man zuerst seinen Namen sagt und dann die Krankheit. Obwohl ich nicht sicher bin, ob ich mich krank nennen kann«, fuhr sie fort und nahm einen tiefen Zug ihrer Zigarette.

»Wie lange bist du schon hier?«, fragte Dero interessiert.

»Zwei Wochen. Zum achten Mal seit sieben Jahren. Aber ich werde bald wieder in den Alltag entlassen«, klärte sie ihn auf.

Dero kannte sich nicht mit Panikattacken aus und Lucy sah für ihn so normal aus.

»Ich sollte langsam los«, zog er sich aus dem Gespräch. Es wurde spät.

»Klar. Komm doch wieder vorbei. Vielleicht bin ich dann noch da und wir können nochmals Karten mit deiner Mutter spielen.«

»Ja, wieso nicht«, verabschiedete er sich und winkte ihr beim Weggehen zu.

Er dachte den ganzen Heimweg an Lucy. Sie war eine interessante Frau. Irgendwie schräg, aber nett. Aber das Bedürfnis, sie nochmals zu treffen, existierte nicht. Vielleicht, weil er hoffte, dass seine Mutter bald wieder zuhause sein würde.

Als er die Tür zur Wohnung aufschloss, kam sie ihm so leer vor. Er strich durch die Zimmer. Als er das seiner Mutter betrat und das ungemachte Bett sah, kam ihm Leyla in den Sinn. Dero bekam den Drang, ihr zu schreiben. Er kramte sein Handy aus der Hosentasche und wollte eine SMS eintippen, als es zu vibrieren begann. Normalerweise hob er bei fremden Nummern nicht ab, aber er hatte das Gefühl, dass es ein Anruf war, den er abnehmen wollte. Als Leylas Stimme ihn begrüßte, blieb für eine Millisekunde sein Herz stehen.

Leyla konnte sich nicht erklären, was sie da tat. Sie hatte bereits geschlafen und schreckte mitten in der Nacht auf. Sie wusste, jetzt oder nie. Schlaftrunken wählte sie Deros Nummer. Es verging kein zweites Klingeln, da hatte er schon abgehoben und sie war auf einen Schlag hellwach.

»Sandero Mansaro?«, ließ er ihr Herz kurz aussetzen.

»Meldest du dich immer mit vollem Namen?«, versuchte sie humorvoll zu wirken.

»Nur, wenn ich die Nummer nicht kenne«, antwortete er müde.

Sie bereute angerufen zu haben. Was hatte sie ihm zu erzählen? Was würde dieses Telefonat rechtfertigen? Doch sie probierte, sich aus der Schlinge zu ziehen.

»Kann es sein, dass ich mein Haargummi bei dir liegengelassen habe?«

»Habe nichts gesehen, aber ich kann gerne in meinem Zimmer nachschauen, wenn es dir wichtig ist«, antwortete er belustigt.

Leyla schlug sich mit der Handfläche an den Kopf. Klar hatte er diese billige Ausrede durchschaut. Sie war aber auch zu dämlich, dachte sie sich.

»Schon okay. Ich rufe eigentlich wegen was anderem an …«, begann sie.

»Ja?«

Er gab ihr Zeit, die richtigen Buchstaben zu Worten zusammenzufügen.

»Ich … ich wollte mich entschuldigen, dass ich einfach abgehauen bin. Du warst echt lieb, wie du dich um mich gekümmert hast. Aber ich wollte dir nicht weiter zur Last fallen.«

»Das hättest du nicht.«

»Es hätte nicht heißen sollen, dass ich nicht gerne geblieben wäre«, rutschte es Leyla heraus.

Es war spät in der Nacht, ihr Kopf und ihr Mundwerk waren zu müde, um zusammenzuarbeiten. Sie wollte ein Ende finden, doch plötzlich änderte sich die Stimmung am anderen Ende der Leitung.

»Ich war heute bei meiner Mutter in der Klinik.«

»Deine Mutter ist in einer Klinik? Was ist denn passiert?«

»Ach, klar. Du weißt das gar nicht. Habe ich das letzte Nacht nicht erzählt?«

»Nein. Das muss dir entgangen sein«, lächelte Leyla in die Ohrmuschel.

Sie hatte jegliches Zeitgefühl verloren. Sie mussten bereits Stunden am Telefon sein und endlich hatte sie das Gefühl, etwas von Dero zu erfahren. Das erste Mal erzählte er von seinem Leben. Zu Anfang war es nicht spannend. Er erwähnte, dass er seinen Fußball nicht vergessen dürfte, so kamen sie auf das Thema Sport und darin war er stark. Er erzählte von seinen jetzigen Aktivitäten und dass er früher gerne Basketball gespielt hatte. Danach kamen sie auf das Thema Ballett und dadurch zu der klassischen Musik, die Leylas Opa hörte. Das führte wiederum zu Großmutters Kochkünsten und zu Deros Mutter, die nur zwei, drei Gerichte kochen konnte.

»Sind deine Eltern schon lange geschieden?«

»Seit circa zehn Jahren oder so. Aber war wohl auch besser so. Er hat es nicht mehr ausgehalten.«

»Oh. Das war sicher nicht einfach.«

»Egal. Was ist mit deinen Eltern, sind die noch zusammen?«

»Ich denke schon.«

»Wieso weißt du das nicht?«, fragte er verdutzt.

»Sie leben nicht mehr«, wurde Leyla leiser und wollte sofort das Thema wechseln.

»Scheiße. Tut mir leid«, rutschte es Dero heraus.

»Schon okay. Ich habe ja meine Großeltern.«

Leyla wurde allmählich wieder müde. Doch sie wollte den Anruf nicht beenden. Sie wollte nicht mit diesem letzten Thema einschlafen.

»Themawechsel?«, fragte Dero, als hätte er ihren Blick gesehen.

»Ja«, sagte sie knapp.

»Wollen wir morgen zusammen Mittag essen?«

Leyla lächelte. Sie wusste, dass es Dero Überwindung gekostet haben musste, diese Frage zu stellen.

»Wenn du willst, sehr gerne«, gab sie zur Antwort.

»Gut. Dann reden wir doch dann weiter. Ein bisschen Schlaf würde uns beiden gut tun«, sagte er bestätigt.

Sie schliefen kurz darauf ein. In derselben Sekunde. Und trafen sich in dieser Nacht in ihren Träumen.

»Isn't it the»how« that always keeps haunting us?
How did we get this close?
How do you always make me laugh?
How do you electrify me by only looking at me?
How can you turn me upside down by putting your arm around me?
How long can I hold on to this?
How did I fall in love with you?
How did you become the one?
How am I going to tell you?…«

Normalerweise ging es bei Leyla schnell, dass sie sich am Morgen für die Schule bereit machte. Doch dieser Morgen war anders. Sie war unglaublich müde. Wie lange hatte sie geschlafen? Vier, fünf Stunden? Jedenfalls zu wenig, um konzentriert überlegen zu können, was sie anziehen sollte, um Dero zu gefallen. Und das war wieder was vollkommen Neues. Noch nie gab sie sich für einen Typen Mühe, hübsch auszusehen. Damals bei Max war es kein Thema, da er sie bereits als Kind kannte, und als sie zusammenkamen, gab es keinen Grund viel auf modische Veränderungen zu geben. Sie fühlte sich von ihm geliebt, ja, das tat sie. Sie wusste, dass er, egal was sie trug, verliebt in sie war. Naja, bis er es nicht mehr war.

Aber bei Dero war es anders. Sie würde mit ihm zu Mittag essen. Sie wollte hübsch dabei aussehen, nicht kleckern und beim Hinsetzen und Aufstehen elegant aussehen. Dafür brauchte sie die richtigen Klamotten. Nur gab ihr Schrank nicht das her, was sie sich wünschte. Wie gerne hätte sie in diesem Moment vor Maris Kleidern gestanden.

Was wohl ihre Lieblingsfarbe war? Er hatte sich das dritte Shirt über- und wieder ausgezogen. Die Hosen waren schnell gewählt. Es waren seine liebsten und er trug sie nicht oft, damit sie schön blieben. Dunkelblaue Jeans, die etwas verwaschen waren, und er wusste von einer seiner Ehemaligen, dass er darin einen tollen Hintern hatte. Nicht dass er diese Bestätigung brauchte, aber es verstärkte die Tatsache, dass es seine Lieblingshose war und bleiben würde. Aber das Shirt-Problem war damit nicht aus der Welt. Grün? Nein, zu grasig. Blau? Nein, das hatte Löcher. Weiß mit Schriftzug? Davon hatte er viele, aber das mit dem V-Ausschnitt kam ihm falsch vor, das mit der Frau darauf fand er unpassend und die Restlichen probierte er gar nicht erst. Schwarz? War das nicht zu dunkel? Dero schaute auf sein Handy. Er hatte noch fünf Minuten Zeit, sich zu entscheiden, danach musste er los, um den Zug in die Schule zu erwischen.

Dero entschied sich für das olivgrüne T-Shirt, das seine braunen Augen zur Geltung brachte.

Leyla konnte sich ein Grinsen kaum verkneifen und als es auch in Deros Mundwinkeln zu zucken begann, grölten die beiden los. Sie standen auf dem Schulhof. Es hatte bereits einmal zur Stunde geklingelt, aber erst beim zweiten Mal musste man in der Klasse sitzen. Etwas, woran Leyla und Dero nicht dachten, als sie sich entgegenliefen und bereits den Zufall bemerkten. Nicht darauf reagieren, sagte Leyla sich selbst. Doch es war zu lustig, um es zu ignorieren. Sie trugen Partnerlook. Gleiche Farbe der Jeans, nur anders geschnitten. Olivgrünes Shirt, weil es auch ihre Augen brauner scheinen ließ. Und zur Krönung hatte sie sich für ihre schwarze Umhängetasche entschieden und er trug seinen alltäglichen schwarzen Rucksack lässig über der rechten Schulter.

»Das ist nicht wahr, oder?«, lachte Dero und kriegte sich kaum ein.

»Wir wurden über Nacht zu Zwillingen«, doppelte Leyla nach und wischte sich die Lachtränen aus den Augen.

Das zweite Klingeln.

»Shit, wir sollten reingehen«, kam Dero als Erstes.

»Wir können doch nicht im Partnerlook zu spät in der Klasse auftauchen? Die schnallen das …«

»Was?«, grinste Dero Leyla an.

Diese errötete. Das Ganze war bereits zu vertraut, als dass sie ihre Worte mehrmals überdachte. Sie sprudelten aus ihr heraus.

»Ich könnte mein Sportshirt anziehen, wenn dir das lieber ist«, schlug Dero vor.

Aber das fand Leyla lächerlich.

»Ich gehe hinein und du wartest und kommst dann nach. Bei dir sind es die Lehrer gewohnt, dass du zu spät kommst«, war Leylas Vorschlag, der mit einem frechen Kniff von Dero in den Arm quittiert wurde. Sie dachten nach, bis Dero entschlossen sagte: »Lass uns den Tag freinehmen. Lass uns irgendwas tun, das nicht mit Schule und der Realität zu tun hat.«

»Woran denkst du?«, fragte Leyla verträumt zurück.

Der Lachanfall war vorüber, der Spaß hatte aufgehört. Leyla hatte den Wunsch, mit Dero allein zu sein. Sie hatte noch nie geschwänzt. Das hatte auch seine Gründe, aber plötzlich fühlte sie sich stark und rebellisch. Sie wollte etwas tun, was sie noch nie getan hatte, und das mit Dero.

Dero nahm Leyla an der Hand und zog sie vom Schulareal. Sie hatten keine Ahnung, wohin sie gehen wollten, sie wussten nur, dass es egal war, solange sie nicht im Schulzimmer sitzen und die Energie zwischen ihnen überspielen mussten. Kaum waren sie auf der Straße, die direkt zum Bahnhof führte, rannte Dero los. Leyla lachte und versuchte ihn einzuholen. Leyla war schnell, Dero schneller, aber er verlangsamte, damit kein zu großer Abstand entstand. Er wollte sie in der Nähe haben. Als Leyla seine Geschwindigkeitsreduktion bemerkte, legte sie einen Spurt hin und zog an Dero vorbei. Nun begann dieser zu lachen und sprang hinterher. Gemeinsam und außer Atem kamen sie am Bahnhof an und stiegen in den einfahrenden Zug ein. Er fuhr Richtung Stadt, und das war für ihren planlosen Ausflug eine gute, erste Station.

Schweratmend saß Leyla Dero gegenüber und fühlte sich großartig.

»Du hast echt ein Tempo drauf«, sagte er lächelnd.

»Du aber auch«, zwinkerte sie ihm zu.

Leylas Handy vibrierte. Eine Nachricht von Marina. *Wo steckst du? Geht's dir gut?* Leylas Gewissen wollte zurückschreiben. Aber sie fühlte sich frei, losgelöst von jeglichen Entschuldigungen und Verpflichtungen. Also schaltete sie ihr Handy aus und steckte es in ihre Schultasche.

»Wir sollten die Taschen am Bahnhof in ein Schließfach stecken, damit wir vergessen können, wo wir eigentlich sein sollten«, schlug sie vor.

»Gute Idee, und dann schauen wir mal, wie weit wir kommen«, lächelte Dero und sie spürte das Abenteuer, das ihnen bevorstand. Das waren die Momente, die man nie vergaß. Davon musste ihre Mutter damals erzählt haben.

»Lass dir nie die Flügel rauben. Sie sind da, um dir die größten Abenteuer zu bescheren. Und das möchtest du um keinen Preis verpassen … Das werden die Momente, die du nie vergessen wirst«, hatte sie ihr bereits im Kindesalter gesagt. Leyla huschte ein Lächeln übers Gesicht. Sie schüttelte ihren Kopf, um all die Gedanken an etwas anderes als die momentane Realität loszuwerden. Dero hatte den Kopf in den Nacken gelegt und schloss die Augen. Er atmete tief durch und Leyla wusste, dass er dasselbe versuchte wie sie. Für einen Moment vergaß sie ihre Hemmungen und legte ihre Hand auf sein angewinkeltes Knie. Ohne die Augen zu öffnen, nahm er ihre Hand und drückte sie fest.

»Wie wäre es mit Neuchâtel? Oder lieber Luzern?«, fragte Dero, während sie vor der großen Anzeigetafel standen und die Abfahrtszeiten betrachteten. Die Taschen hatten sie in den Schließfächern am Hauptbahnhof verstaut und behielten nur ihre Geldbörsen und die Handys für Notfälle bei sich.

»Wie weit kommen wir mit unserem Geld?«

»Mach dir darüber keine Gedanken, dann könnten wir auch nach Paris fahren. Sieh nur, der nächsten Zug dahin würde in einer Stunde fahren«, erwiderte er und drückte Leyla an sich. Nur kurz, um ihre Nähe zu spüren. Leyla erschauderte. Jede Berührung fuhr durch ihren ganzen Körper und sie konnte nicht genug von diesem Gefühl kriegen. Sie antwortete nicht auf seinen Vorschlag. Aber es war ihnen beiden klar, dass sie nicht nach Paris fahren würden. Das wäre zu klischeehaft gewesen. Also entschieden sie sich für Lugano im Tessin. Sie hatten zehn Minuten, bevor der Zug losfahren würde. Schnell lösten sie ihre Tickets, wobei Leylas ganzes Taschengeld für die Woche draufging.

»Mach dir keine Gedanken, die Verpflegung geht auf mich«, erwähnte Dero nochmals, als er Leylas zweifelndes Gesicht sah. Sie sagte ihm nicht, dass sie nun der Rest der Woche von Wasser und Brot leben musste. Aber das durfte ihren Trip nicht ruinieren. Dafür war sie zu glücklich. Auf einmal spürte sie, dass dies wahr war. Sie war glücklich. Aber so richtig. Sie musste es sich nicht vorspielen. Leyla spürte das erste Mal seit langem reine Glückseligkeit. Sie schaute zu Dero, der auf dem Touchscreen rumdrückte, um sein Ticket zu wählen. Er wirkte so groß und stark. Und sie fühlte sich so sicher. Mit ihm würde sie bis ans Ende der Welt gehen. Sie kicherte.

»Was? Was ist so lustig?«, fragte er.

»Meine Gedanken«, antwortete sie.

»Einen Penny dafür«, gab er zurück und blickte ihr demonstrativ in die Augen.

Leyla drückte mit der Hand auf seiner Wange seinen Blick zurück auf den Ticketautomaten.

»Beeil dich, wir haben nur noch fünf Minuten.«

»Keine Bange, das schaffen wir locker«, beruhigte er sie und ließ den Automaten seine Noten fressen.

Kurz darauf saßen sie im Zug Richtung Lugano. Leyla zückte nun doch ihr Handy hervor, schaltete es nochmals ein, um Marina eine SMS zu schreiben. Die würde sonst die Krise bekommen. Und so war es, sobald ihr Handy Empfang hatte. Zehn SMS und mehrere Anrufe. Alle von Marina. Alle handelten davon, dass sie sich Sorgen machte und ihr drohte, ihre Großeltern anzurufen. *Oh, Gott, NEIN*, dachte Leyla und tippte schnell eine Antwort. *Lass dir was einfallen, wie bei Sharon, ich erklär dir alles morgen! Und wehe du rufst meine Großeltern an!* Das würde sie hoffentlich beruhigen. Es verging keine Minute, da kam eine Antwort: *Du bist bei Dero, right? Der ist nämlich auch nicht hier. Sharon sagt take care but enjoy ;) Ich sage PASS AUF!* Schnell verstaute Leyla ihr Handy wieder in der Hosentasche. Als sie aufschaute, merkte sie, dass Dero sie die ganze Zeit beobachtet haben musste.

»Weißt du eigentlich, wie oft ihr Frauen euren Gesichtsausdruck ändert?«

Leyla fühlte sich ertappt, doch Dero sprach weiter.

»Irgendwo habe ich mal so etwas gelesen, dass Frauen zum Beispiel bei einem Gespräch versuchen empathisch zu wirken, indem sie je nachdem, was der Gesprächspartner erzählt, den passenden Gesichtsausdruck aufsetzen. Und Männer verharren im selben neutralen Modus.«

»Vielleicht wird euch deshalb vorgeworfen, dass ihr alle gefühlskalt seid.«

»Das kommt von Frauen. Wir haben Gefühle, wir wissen sie nur für uns zu behalten«, widersprach Dero.

»Das heißt, egal was ich erzähle, es löst was bei dir aus?«, neckte Leyla.

»Bei dir sowieso«, rutschte es Dero heraus.

Sofort wechselte er das Thema.

»Was verpassen wir eigentlich in der Schule?«, fragte er.

Leyla ging darauf ein. Sie schämte sich für ihre vorherige Frage und mit der Antwort konnte sie noch weniger umgehen.

»Keine Prüfungen jedenfalls …« verstummte Leyla.

»Shiit …«, entfuhr es ihr.

»Was? Was ist los? Doch eine Prüfung? Bitte nicht in Französisch. Die Nachprüfungen sind höllisch«, erschreckte Dero.

»Nein, nein. Aber um Französisch geht es trotzdem. Madeleine wird Marina niemals ihre Ausrede für mich glauben.«

»Madeleine?«, blickte Dero Leyla fragend an.

»Äh … Frau Antoné«, berichtigte sie.

Dero konnte nicht von ihrem Verhältnis wissen und überhaupt tat das niemand außer Marina und Sharon.

»Madeleine?«, fragte er nochmals.

Als wäre es außergewöhnlich, dass man die Lehrer beim Vornamen nannte. Aber es war ihre Reaktion, weshalb er nachhakte.

»Sie … Naja, wie soll ich sagen. Sie hätte meine Mutter werden können«, versuchte Leyla es verquer zu erklären.

»Hä? Wollte sie dich adoptieren?«

»Nein, nein. Nicht so. Sie ist die Ex meines Vaters. Und später eine der besten Freundinnen meiner Mutter«, legte sie die Geschichte auf den Tisch.

»Wow, deine Mutter hat Frau Antoné den Freund ausgespannt und wurde trotzdem ihre Freundin?«, fasste er das Ganze zusammen.

»So einfach ist es nicht. Sie hat ihn ihr nicht ausgespannt …«

Und dann tat Leyla etwas, was sie nie zuvor getan hatte. Sie erzählte Leyla Dero die Geschichte. Die Geschichte ihrer Eltern.

Es war eine kalte Winternacht, als der zwanzigjährige Praktikant des Tagblatts der Stadt in einer Bar im Niederdorf Zuflucht suchte. Er versuchte, die Kälte abzuschütteln, zog sich den Schal vom Hals und klaubte die Handschuhe von den Händen, als er sich in der Bar umsah, für die sie sich entschieden hatte. Hier würde alles gut kommen, da war er sich sicher. Er wählte sich ein ruhiges Eckchen aus und tippte auf die Tasten, als er von der Bedienung auf die Getränkewahl angesprochen wurde.

»Ich nehme ein Glas Rotwein. Was habt ihr offen?«, fragte er zurück, ohne die Barkeeperin wahrzunehmen.

»Ich weiß, was Sie mögen«, gab sie keck als Antwort.

Da schaute er auf und blickte in die haselnussbraunen Augen, die sein Herz für eine Sekunde aussetzen ließen.

»Wieso?«, war das Einzige, was er über die Lippen brachte.

Sie lächelte und verschwand hinter dem Tresen. Er schüttelte den Kopf. Er hatte extra den Geschäftsapéro sausen lassen. Das hier war wichtiger. Und plötzlich stand ein Glas Rotwein vor seiner Nase. Die Kellnerin nirgends zu entdecken. Die Bar war leer. Er war der einzige Gast. Woher kannte Madeleine diesen Ort? Er fühlte sich wohl, wusste aber nicht, wieso. Vielleicht waren es die weinroten Sessel oder die exotischen Holztische. Vielleicht war es aber auch das Lächeln der Kellnerin, oder weil es überall gemütlicher war, als draußen auf der Straße, wo die kalten Böen um die Häuser zogen und die Jacken dicker hätten sein müssen und die Schuhe wasserdicht.

Er hätte mit seinen Arbeitskollegen Kontakte knüpfen können, den Chefredakteur davon überzeugen, ihn nach dem Praktikum fest anzustellen. Stattdessen wartete er auf seine Liebste. Weil sie mit ihm reden wollte. Sie hatten sich lange nicht gesehen. Sie hatte viel um die Ohren mit ihren Modeljobs und dem angefangenen Studium als Lehrerin. Und er? Ja, er kämpfte gegen viele andere um die besten Reportagen, gegen die Müdigkeit, weil es für Schlaf keine Zeit gab in einem Praktikum, und dass er seit drei Monaten kein einziges Wochenende für sich hatte, setzte dem Ganzen das Krönchen auf. Sie wollte reden. Er wusste, dass er auch um sie kämpfen musste. Aber er konnte sich ein Leben ohne sie nicht vorstellen, das musste sie auch sehen. Er liebte sie, das musste reichen. Das würde er ihr beweisen. In dieser Bar, an diesem Abend. Es würde alles gut kommen.

»Die Kellnerin war deine Mutter, oder?«
»Woher weißt du das?«

»Die Geschichte ist interessant, versteh mich nicht falsch. Aber wie du es erzählst, verrätst du alles«, lachte Dero.

»Soll ich weiter erzählen?«

»Unbedingt. Ich würde nie eine Geschichte mit Happy End verschmähen wollen«, grinste er frech.

Leyla zögerte. Doch fuhr dann fort.

Da saß sie nun. Hatte ihn nicht einmal zur Begrüßung geküsst. Plötzlich wurde es in der Bar kälter als draußen.

»Ich kann nicht mehr«, sagte sie.

»Was kannst du nicht mehr?«, fragte er und fühlte sich wie der hinterletzte Volltrottel.

»Ich bin nicht hier hergekommen, um allein in einer Stadt, in einem Land zu sein, und mit einem Typen zusammen, der nie da ist. Du liebst mich nicht mehr. Das war mir bereits klar, als ich zu dir gezogen bin. Aber der Einzige, der das nicht geschnallt hat, bist du!«, brach es aus Madeleine heraus.

»So ein Quatsch. Ich liebe dich, das weiß ich doch. Es ist nur gerade viel los«, versuchte er ihren Worten entgegenzuwirken. Sein schlechtes Gewissen war ihm anzusehen.

Sie hatten sich anderthalb Jahre zuvor während seines Frankreichaufenthalts kennengelernt. Sie war die einzige Einheimische in dem kleinen Kaff, in dem seine Gastfamilie wohnte, die Deutsch sprach. Weil sie an eine deutsche Schule ging. Eine Idee ihres Vaters, damit sie bessere Voraussetzungen als Lehrerin hatte. Was sie damals aber nicht war. Was sie nie werden wollte.

Sie wollte Model werden. Und als dieser hübsche, junge Schweizer aus Zürich voller Elan von seinen Träumen und Zielen erzählte, wusste sie, dass sie mit ihm ihre Träume erfüllen konnte. In einem anderen Land, weg von ihrem Vater, an der Seite dieses jungen Mannes. Sie waren beide 18 und bereit, für die Liebe alles zu riskieren.

»Und dann ist sie einfach mitgegangen?«, fragte Dero überrascht.

»Ja«, antwortete Leyla verträumt.

»Das hätte ich Frau Antoné gar nicht zugetraut … Aber warum wurde sie doch Lehrerin, wenn sie es nicht wollte?«

»Sie sagte einst, dass sie es unbewusst immer wollte, aber sich dagegen wehrte, weil es der Traum ihres Vaters war. Sie war rebellisch, würde man sagen«, erklärte sie ihm.

»Wie ging es weiter? Wo haben sie gewohnt? Warum tut man so was mit 18? Ich meine, dein Vater war genauso alt wie ich jetzt. Wer will sich da fest binden?«, schoss es aus ihm heraus. Leyla versuchte sich nicht anmerken zu lassen, dass seine Worte sie verletzten. Sie saß mit einem Typen im Zug, schwänzte die Schule, was sie nie tat, und er konnte sich anscheinend nichts mit ihr vorstellen. Obwohl sie selbst noch nicht wusste, was sie von Dero wollte. Sie schluckte leer und antwortete dann auf seine Frage.

»Er zog bereits mit 16 von zuhause weg. Hatte immer Probleme mit seinen Eltern. Sie finanzierten zwar seine Wohnung, aber mit 21 brach er den Kontakt und den Geldfluss ab. Ich habe meine Großeltern erst bei der Beerdigung kennengelernt«, rutschte es ihr heraus.

Sie fing an, an ihren Fingernägeln zu knabbern. Sie wollte ihn nicht erschrecken, wollte nicht, dass er zu viel von ihr wusste und nichts mehr mit ihr zu tun haben wollte. Leyla war dankbar, als er nur auf einen Teil ihrer Aussage einging.

»Das heißt, sie konnte bei ihm wohnen … Hat's bestimmt nicht einfacher gemacht«, zweifelte er an dem Kurzentschluss, den ihr Vater vor Jahren traf.

Da saßen sie und machten Schluss. Egal, was er vorschlug, Madeleine war nicht umzustimmen. Es ging soweit, dass er sie anflehte und von der Bardame einen mitleidigen Blick kassierte. Konnte ein

Mann seinen Stolz noch tiefer schlucken? Ab einem gewissen Punkt musste er ihr recht geben. Würde, dann wäre. Und dieses würde war nicht. Den Druck, den sie sich auflasteten, indem sie ihre Familie für ihn verließ und ein Leben ohne Freunde und Bekannte außer ihm führte, saß ihnen im Nacken und ließ sie nicht frei fliegen. Sie mussten von 0 auf 100 und ihre Liebe reichte dafür nicht aus.

»Ich kann bei der ehemaligen Mitbewohnerin von Sara unterkommen. Sie zieht da gerade aus … Darum musst du dir also keine Gedanken machen.«

»Du hast bereits alles organisiert? Du wusstest, was heute Abend passieren würde?«, fragte er entgeistert.

Er konnte nicht glauben, dass sie sich gestern mitten in der Nacht an ihn kuschelte, als er halbwegs schlief, und bereits davon wusste, dass es das letzte Mal sein würde.

»Georg, lass uns nicht im Streit auseinandergehen. Du weißt genau wie ich, dass es das Richtige ist, was wir hier tun.«

Damit stand sie auf, nahm den Mantel von ihrer Stuhllehne, wickelte sich den Schal um den Hals und lief auf die Kellnerin zu, umarmte sie, blickte zurück zu ihm und sagte zur Bedienung: »Wir hören uns später, Amanda.«

»Du verarschst mich! Ich hatte Recht mit der Kellnerin? Das ist ja echt asozial. Lädt ihn in eine Bar ein, wo niemand anderes da ist, außer eine Freundin von ihr.«

»Es war keine Freundin. Noch nicht. Amanda studierte Philosophie und wohnte seit einem Jahr mit Sara in einer Wohnung in der Stadt«, klärte Leyla auf.

»Du machst Witze, oder? Das hast du aus irgendeinem Film …«

Leyla schüttelte lachend den Kopf.

»Warum sollte ich das erfinden? Du hörst die Geschichte zum ersten Mal. Du kannst dir nicht vorstellen, wie oft ich sie mir anhören musste, als ich klein war. Jeden Abend, wenn mein Papa mich ins Bett brachte, war dies die Gutenachtgeschichte«, tauchte sie in Erinnerungen und vergaß für einen Augenblick, dass sie nicht in ihrem Bett lag und ihr Vater sie zudeckte, sondern dass sie mit Dero im Zug saß und ihr Vater die Geschichte nie wieder erzählen würde.

Ihr Blick war verträumt. Dero traute sich kaum, etwas zu sagen.

»Hört sich wie ein Märchen an«, flüsterte er.

Leyla lächelte.

»Du kennst das Ende noch nicht.«

»Na, dann schieß los. Jetzt bin ich gespannt«, forderte er aufrichtig.

In dem Moment als die Bartür sich schloss, fing er an zu schluchzen.

»Stopp! Nein. Nein. Nein. Das würde ein Mann nicht tun. Da musst du was durcheinander gebracht haben«, schüttelte Dero den Kopf.

»Hör doch zu. Ich tische dir kein Märchen auf«, grinste Leyla und fuhr fort.

Amanda, die Kellnerin kam auf ihn zu, tätschelte vorsichtig seine Schulter und sagte: »Hast du einen Schluck Wein probiert? Der kann Seelen heilen.«

Überrascht schaute er zu ihr hoch. Sie lächelte, und schlagartig verstummten die Schluchzer und die Tränen verzagten auf der Strecke zum Kinn.

»Ich bin Georg«, stellte er sich vor.

»Amanda.«

Er streckte ihr die Hand hin.

»Tut mir leid, was du da miterleben musstest. Irgendwie peinlich …«, erklärte er die Situation.

»Nein, gar nicht. Es ist nicht leicht, einen Menschen gehen zu lassen. Man erkennt den Sinn darin meist erst später.«

Es waren keine großen Worte, aber sie stellten sich als ihre gemeinsame Wahrheit heraus.

»Du bist also die neue Mitbewohnerin meiner Ex«, lächelte er gekünstelt. »Willst du ein Glas Wein mit mir trinken? Geht auf mich.«

Amanda grinste den zerzausten Georg an, ging los und setzte sich mit einem zweiten Glas Rotwein ihm gegenüber. Da, wo vorher noch Madeleine saß.

Leyla verstummte. Dero blickte sie fragend an.

»Das ist das Ende?«

Leyla kicherte.

»Ja, den Rest kannst du dir denken.«

»Ähm, nein. Da gibt es viel zu viele offene Fragen.«

»Und die wären?«

Dero räusperte sich und schoss los: »Haben sie sich an diesem Abend verliebt? Konnte Amanda noch mit Madeleine zusammenwohnen? Und wie kam es, dass sie alle drei miteinander befreundet blieben?«

Leyla atmete drei Mal tief durch.

»Nun, so genau kann ich mich nicht erinnern, meist war ich bei dem Teil bereits eingeschlafen.«

Sie meinte es ernst, aber Dero begann schallend an zu lachen.

»Leyla, du hast den wichtigsten Teil jedes Mal verpennt? Du konntest ohne Happy End einschlafen?«

Irgendwie war Leylas Lächeln plötzlich traurig.

»Was? Hab ich etwas Falsches gesagt?«

»Nein, aber wenn ich am nächsten Morgen nach dem Happy End gefragt habe, gab mir mein Papa immer dieselbe Antwort: Doch du kennst es – du bist unser Happy End.«

Die Energie füllte den Raum. Beide blieben stumm und die Welt stand still. Dero sah den Schmerz in Leylas Augen. Er wusste, wie sie sich fühlen musste. Er wusste, dass sie bereute, die Geschichte erzählt zu haben. Dero konnte in ihren Augen entdecken, was bei ihr alles hochkam und wie die Mauern zwischen ihnen emporschossen. Er streckte die Hand aus und legte sie auf ihr Knie. Leyla blinzelte eine Träne weg und versuchte sich in einem Lächeln. Sie scheiterte kläglich. Dabei zog Dero seine Hand zurück.

»Ich geh kurz auf die Toilette«, sagte Leyla und verschwand.

Dero saß allein im Zugabteil und konnte nicht ausbrechen. Am liebsten hätte er einen Baseballschläger in der Hand gehabt und würde ein paar Bälle schlagen. Dero fühlte sich eingepfercht. Leyla hatte etwas mit ihm geteilt und Dero spürte, dass es nun wie Blei auf seinen Schultern lag. Sie konnte nicht mehr zurücknehmen, dass sie ihn hatte in sich schauen lassen. Am liebsten hätte er es nicht gesehen. Denn was er am meisten empfand, war Verständnis, war ein Wohlwollen ihr gegenüber. Er hätte nicht zugegeben, dass das Liebe war. Dass er sich in dem Moment, auf dieser Fahrt, in diesem Zug in sie verliebte. Und dass dieses Gefühl ihm große Angst machte.

»Hör auf! Hör damit auf«, sagte Leyla, während sie sich auf der Zugtoilette im Spiegel betrachtete. Es ruckelte und sie musste sich mit beiden Händen am Waschbecken festhalten. Sie starrte in ihr Spiegelbild.

»Was haben wir uns geschworen, was Gefühle betrifft? Tief, tief vergraben …«, flüsterte sie.

Sie hatte Glück gehabt, die Tränen blieben verborgen. Sie hätte ihr Schminkzeug nicht dabeigehabt. Er hätte es bemerkt, wenn er das nicht sowieso tat. Sanft fuhr sie mit dem Zeigefinger über ihre Augenlieder, atmete mehrmals tief durch und versuchte dabei, den Klogeruch zu ignorieren. Gestärkt und mit dicken Mauern um sich herum machte sie sich auf den Weg zurück zu Dero.

Als sie lächelnd bei ihm ankam, standen zwei Flaschen Mineralwasser auf dem kleinen Tischchen ihres Abteils.

»Der Typ mit der Minibar kam vorbei. Ich dachte, du könntest etwas Wasser vertragen«, lächelte er.

Leyla strahlte ihm ehrlich entgegen.

»Danke vielmals.«

In einem Zug leerte sie die halbe Flasche. Die Geschichte hatte ihr Energie geraubt. Das Wasser floss durch ihren Körper und in Kombination mit Deros Lächeln lud sich ihre Batterie innerhalb von Sekunden wieder auf.

»Wo sind wir eigentlich?«, fragte sie, während sie aus dem Fenster schaute.

»Ich glaube, es sind noch zwei Stationen.«

»Wow, das ging aber schnell«, klang sie überrascht.

»Mit spannenden Geschichten vergeht die Zeit wie im Flug«, zwinkerte Dero ihr zu.

Er wollte nicht nochmals darauf zurückkommen, aber er wollte auch nicht, dass es totgeschwiegen wurde. Es hatte bei ihnen etwas ausgelöst, etwas, dass sie vergessen wollten, und wenn sie darüber schwiegen, würde eine noch größere Sache daraus gemacht werden. Dero wusste, wie er ein heikles Thema mit Humor ins Gute drehen konnte. Leyla lächelte. Sie stufte Dero zwar nicht als witzig ein, aber es war sein Humor, der sie rettete. Und dafür war sie dankbar.

Als sie aus dem Zug ausstiegen, brannte ihnen die Sonne ins Gesicht. Dero versuchte, sich zu orientieren. Irgendwo musste angegeben sein, welche Seite zur Stadt führte. Schließlich liefen sie den anderen Reisegästen nach und kamen am rechten Ort heraus. Bereits vor dem Eingang des Bahnhofs sah man die Stadt von oben.

Sie blieben stehen und genossen den Anblick. Es fühlte sich für sie wie Italien an, als wären sie am schönsten Urlaubsort gelandet.

»Willst du mit dem Bus hinunter oder sollen wir laufen?«, fragte Dero.

»Lass uns hinunterspazieren«, schlug Leyla vor.

»Das war auch meine Präferenz.«

»Präferenz? Wow, jetzt gibst du aber mit deinem Wortschatz an«, lachte Leyla.

Dero grinste frech und bot Leyla ohne weitere Worte den Arm zum Einhaken an. Leyla folgte dem Angebot und gemeinsam nahmen sie die erste Treppe gen Stadt.

»Everytime I see your smile, you turn me upside down. Looking into your eyes makes me want to run into your arms. Hearing your voice makes me dream. Being next to you makes me want to pull you closer and kiss your lips. The more I try to get away from you, the more I get these feelings. You make me laugh and giggle. What's happening?«

»Und was nun?«, fragte Leyla und blickte umher. Sie standen mitten im Städtchen von Lugano. Um sie liefen die Menschen in Slow Motion mit ihren Einkaufstaschen herum. Es war zu warm, um zu shoppen.

»Wenn ich mich richtig erinnere, gibt es einen kleinen Park am See. Wollen wir da hin?«, schlug Dero vor. »Oder hast du Hunger? Wollen wir zuerst was essen?«

»Geht schon. See hört sich gut an.«

Dero machte den Anschein, als würde er Leylas Hand nehmen wollen. Aber vom Runterlaufen war ihm so warm geworden, dass er sich dagegen entschied. Er wollte nicht, dass Leyla merkte, dass er schwitzte. Aber es war nicht zu verstecken. Leyla ging es genauso. Es kam ihnen vor, als wären sie in den Tropen gelandet. Kaum fassbar, dass es in ihrem nordischen Ländchen so heiß sein konnte. Schleppend machten sie sich auf den Weg zum Wasser. Dero schritt voran. Als wüsste er genau, welcher Weg der schnellste war.

Es vergingen keine zehn Minuten, bis sie vor dem Eingang des Parks standen.

»Du warst schon mal hier?«, fragte Leyla verwundert.

»Das ist Jahre her. Wir waren in Magliaso, einem kleinen Kaff in der Nähe, auf Klassenfahrt. Aber Lugano blieb mir nicht in bester Erinnerung …«

»Wieso?«, fragte Leyla und holte die Schritte von Dero auf, der bereits in den Park hinein lief.

»Lange Geschichte«, tat Dero es ab.

»Komm schon, erzähl sie mir. Ich habe dich die ganze Zugfahrt mit einer langen Geschichte beschäftigt«, lächelte sie.

Dero grinste: »Sooo lang ist meine Geschichte nun auch nicht …«

Leyla stellte sich vor Dero und stemmte die Hände in die Hüften. Dero lachte auf, schlang den Arm um Leyla und zog sie weiter in den Park. Er tat es, als wäre es normal, Leyla in seine Arme zu schließen, doch Leyla spürte nichts von Normalität, sie fühlte ein Wohlbefinden, dass sie längst verloren geglaubt hatte. Sie stellte sich die Gedanken der Menschen vor, die ihnen im Park entgegen kamen. Was mussten die denken? Dass sie ein Paar waren? Leyla gefiel diese Vorstellung und sie konzentrierte sich auf die Worte von Dero.

»Also, du kennst bestimmt diese typischen Klassenfahrten. Pärchen aus der Klasse, die sich darauf freuten und dann die ganze Woche stritten. Jungs, die Wetten abschlossen, wer mit welchem Mädchen am Ende knutschten konnte, und Mädels, die sich zu ihren Favoriten in der Nacht ins Bett schlichen. Wobei das einzig Prickelnde daran war, dass man von den Lehrern erwischt wurde.«

Leyla nickte. Sie hätte eine Klassenfahrt nicht besser beschreiben können.

»Und du warst einer der Favoriten, der dann auch das Mädchen küsste, über das er eine Wette abschloss«, riet Leyla.

»Nicht ganz. Die Zicken aus meiner damaligen Klasse interessierten mich nicht. Du kannst dir vorstellen, dass keiner der Jungs irgendeine dieser Tussen rumkriegte.«

Er verriet Leyla nicht, dass eine dieser Tussen jahrelang eine seiner Affären war. Niemals würde er das jemandem erzählen. Er hatte keinen Kontakt mehr zu ihr und deshalb empfand er es als unnötig, diese Information mitzuteilen.

»Okay. Dann lag eine bei dir im Bett, die du nicht dahaben wolltest«, lockte sie in aus der Reserve.

»Ja, okay, eine hat es versucht. Aber ich wurde von einem Lehrer gerettet, der ins Zimmer platzte, als fünf der Weiber vor unseren Betten standen.«

»Ach, da hast du aber Glück gehabt«, lachte Leyla.

Ihr wurde bewusst, wie wenig sie Dero einschätzen konnte. Sie hatte das Gefühl, ihn zu kennen, aber sie konnte ihn trotzdem nicht einordnen. Das fing damals an, als er in ihre Klasse kam, und das Ganze mit Franky war ihr noch immer ein Rätsel. Aber sie würde ihn nicht auf sie ansprechen. Das würde zu weit gehen, dachte sie sich, egal wie sehr sie sich für diese Geschichte interessierte.

Dero fuhr mit seiner Klassenfahrtgeschichte fort.

»Kannst du dich an Myspace erinnern?«

»Ja, hab ich aber nie gehabt.«

»Nun, ich schon. Dadurch geriet ich an jemand, der in Lugano wohnte.«

»Eine heiße Schnitte«, korrigierte ihn Leyla.

Dero zögerte und fuhr fort: »Eine üble Lügnerin, würde ich sie nennen. Wir wollten uns während der Lagerwoche treffen. Doch anstatt ihr tauchte ihr Freund mit seinen Kumpels im Park auf.«

»Oh, oh. Ich ahne es«, lachte Leyla auf.

»Es war das erste und einzige Mal, dass ich in eine Schlägerei geriet. Zum Glück waren meine Jungs aus der Klasse in der Nähe. Aber es endete damit, dass unsere Lehrer uns aufschnappten und wir nach einer Stunde in Lugano wieder im Bus zurück ins Lagerhaus mussten. Du kannst dir nicht vorstellen, was für einen Stress ich wegen dieser dummen Nuss bekam.«

Leyla konnte sich ein Lachen nicht verkneifen.

»Das war nicht witzig.«

»Tut mir leid, aber das war so vorhersehbar. Frauen sind Miststücke. Hast du jemals wieder von ihr gehört?«

»Sie hat mir geschrieben, aber ich hab die Mail nicht gelesen und gleich gelöscht. Und damit auch mein Interesse an Mädchen«, sagte Dero leicht zornig.

Leyla schluckte schwer. Er hielt sie in seinen Armen, während sie weiterhin tiefer in den Park liefen, und erwähnte zum zweiten Mal an einem Tag, dass er keinen Platz für eine Frau in seinem Leben hatte. Was taten sie also hier? Und die größere Frage, die sie sich stellte: Wie konnte sie seine Meinung ändern?

Er hatte das Gefühl, dass es ihr unangenehm war, ihm so nahe zu sein. Dero wusste nicht, ob er sie loslassen sollte oder was sagen musste. Die Stimmung schwankte und er konnte sich nicht erklären, warum. Es verwirrte ihn, dass sie zuerst lachte und in der nächsten Sekunde stumm wie ein Fisch wurde. Vielleicht fand sie es nicht gut, dass er sich prügelte, oder vielleicht störte es sie, dass der Ort ihn an eine andere Frau erinnerte. Er hätte sich schlagen können, dass er die Geschichte erzählt hatte. Aber Leyla hatte diese Schwingungen an sich, dass er ihr am liebsten alles erzählen würde. Er musste sich besser bremsen lernen. Das war die einzige Lösung, dass sie sich mit ihm wohlfühlen würde. Da war er sich sicher.

Sie kamen an eine Kreuzung der Parkwege. Rechts von ihnen lag der See und links war ein Restaurant. Leyla schälte sich aus den Armen von Dero und lief schnellen Schrittes auf einen kleinen Stand zu. Erst als Dero näher kam, sah er die vielen Bücher und die kleine Kaffeemaschine neben der ein Typ stand und die Bücher in den Holzregalen ordnete. Leyla war bereits in ein Buch vertieft, als er bei ihr ankam.

»Willst du einen Kaffee?«, fragte er.

»Was? Entschuldige, ich bin nur überrascht«, bemerkte sie Dero neben sich.

»Wovon denn?«, fragte er.

»Dieses Buch ist überall vergriffen. Mein Großvater hat alles probiert, um es für mich aufzutreiben, aber keine Chance«, bestaunte sie weiterhin das ledergebundene Ding.

»Dann kauf ich es dir«, schlug Dero vor.

»Die Bücher sind nicht zum Verkauf«, grummelte der Typ bei der Kaffeemaschine.

Leyla seufzte.

»Ist schon gut. Man kann nicht alles haben.«

Dero drehte sich zu dem Typen hin.

»Und was wäre, wenn ich dir zwei Kaffees abkaufe und dir viel zu viel dafür bezahlen würde? Soviel, dass du für einen Moment in Richtung See schaust?« Leyla konnte ihren Augen nicht glauben, als sie die Zwanziger-Note in Deros Hand sah. Selbst der Kaffeetyp wusste nicht, wie ihm geschah. Doch Dero hatte gewonnen. Der Verkäufer ließ ihnen zwei Kaffees heraus, nahm Deros Geld, gab ihm die Becher in die Hand und wandte sich zum See. Er murmelte so etwas wie »Ausnahmsweise«. Da waren Leyla und Dero schon weg und in Leylas Hand das Buch. Sie begannen zu rennen und verschütteten dabei den halben Kaffee.

Sie fühlten sich wie zwei Diebe auf der Flucht, und als sie die Geschwindigkeit herunter fuhren, waren sie am anderen Ende des Parks angelangt. Sie lachten sich schlapp. Und setzten sich erschöpft auf eine kleine Mauer am Seeufer.

Leyla hielt das Buch in der Hand und fuhr sanft mit der anderen über den Umschlag.

»Worum geht es in dem Buch?«, fragte Dero.

»Ich weiß es nicht, mein Großvater wollte es mir nie erzählen. Er sagte, man müsse es wegen der Sprache lesen, nicht wegen der Geschichte. Deshalb suchte er nach dieser bestimmten Übersetzung …«

Sie blieb still. Dann schaute sie zu Dero, der den Blick auf den See gerichtet hielt, und sagte leise: »Danke.«

Sie legte ihre Hand auf sein Bein. Sanft verkeilte Dero seine Finger mit den ihrigen.

So saßen sie da, den Blick stets gen See gerichtet. Es brauchte keine Worte, es brauchte keine Erklärung. Es war, wie es war. Und für diesen Moment existierten nur sie beide. Nichts würde sich ihnen in den Weg stellen, so fühlte es sich für sie an. Für diesen Moment schenkten sie einander ihr vollstes Vertrauen. Und keiner wollte daraus ausbrechen. Leyla vergaß ihre Zweifel, dass sie sich Keinem öffnen konnte, dass der Schmerz, der tief in ihrer Seele saß und nie ganz heilte, eine Ruhe fand. Dero legte seine Probleme zuhause zur Seite, ließ zu, dass eine Frau nah bei ihm war, ohne dass er nur an das Eine dachte. Da war mehr, das wussten sie beide. Und für das erste Mal seit einer langen Zeit machte es ihnen keine Angst.

Ihre Bäuche fingen an zu grummeln. Sie hatten die Zeit völlig vergessen und dabei auch das Essen.

»Wollen wir durch die Stadt flanieren und irgendwas zu essen suchen?«, fragte Dero.

Leyla nickte und zog ihre Hand weg. Ziemlich schnell waren sie aus dem Park raus und machten sich auf den Weg zurück ins Städtchen. Gleich beim See war ein Burger King und sie hatten keine Lust länger zu suchen, also holten sie sich zwei Burger und aßen sie, während sie weiter am See entlang liefen. Die Sonne brannte in ihre Gesichter und sie verlangsamten ihre Schritte, damit ihnen nicht zu heiß wurde. Zu Anfang aßen sie, dann kam das Schweigen.

Ein Mann mit einem Chihuahua lief ihnen über den Weg. Er hielt ihn erst in der Hand, und als der Weg an einem Stück Wiese, das die Promenade künstlich aufwerten sollte, vorbeiführte, warf er den Kleinen auf die Wiese und rief: »Fai cacca.«

Leyla und Dero waren so überrascht, dass sie begannen loszulachen. Sie konnten nicht anders, die Situation war zu komisch. Der Mann mit dem Chihuahua bekam es nicht mit, und als Leyla einen Blick über die Schulter warf, sah sie, dass der Hund wirklich gehorchte. Das brachte sie noch mehr zum Lachen.

»Unglaublich, wie die Menschen mit ihren Hunden umgehen«, sagte Dero plötzlich nüchtern.

»Mmh …«, bestätigte Leyla.

»Bist du eher der Hund- oder der Katzentyp?«, fragte sie, als sie sich beruhigt hatte.

»Schwierig. Hund, denke ich. Und du?«

Leyla überlegte und antwortete dann: »Kommt auf den Hund an. Nein, okay. Katzen. Ja, Katzen. Die haben ihren eigenen Kopf und man muss nicht die ganze Zeit mit ihnen spazieren gehen, sondern kann sie einfach rauslassen. Deine Lieblingsfarbe?«, lenkte sie das Gespräch weiter.

»Lieblingsfarbe? Warum ist das spannend?«

»Ist doch egal. So ein Fragespiel ist lustig«, wartete Leyla auf seine Antwort.

»Okay, los. Ich entscheide mich für Grün«, machte er mit.

»Meine ist Violett. Nein, Blau. Oder so ein Mischmasch.«

»Eine einfache Antwort kommt für dich nicht in Frage, was?«, lachte Dero.

»Haha. Weiter geht's: Lieblingsessen?«

»Calzone.«

»Was ist das?«

»So eine zugedeckte Pizza. Echt lecker. Meine Mutter macht sie besser, als jede Pizzeria im Land. Deine Leibspeise?«, kam er auf sie zurück.

»Früher waren es die Älplermakkaroni meiner Großmutter, aber heutzutage würde ich zu Pizza tendieren.«

Ihnen brannte eine Frage auf der Zunge, doch sie wussten beide, dass es nicht Zeit war sie zu stellen. Also machten sie weiter:

»Lieblingszahnpasta?«

»Was?«, lachte Leyla. »Kann man eine Lieblingszahnpasta haben?«

»Ja, meine ist Colgate, die schäumt so richtig«, lachte Dero über seine eigene Antwort.

»Okay, ich benutze meistens Elmex.«

»Sag jetzt aber nicht, dass du die orange am Morgen und die blaue am Abend benutzt«, scherzte Dero.

»Doch. Tu ich. So habe ich das gelernt«, antwortete Leyla gespielt ernst und zwinkerte Dero von der Seite zu.

»Du bist so ein Huhn«, lachte er und zog sie an ihren Schultern zu sich.

»Tzz. Aber guter Input. Lieblingstier?«

»Löwe, die sind so königlich.«

»Typisch Mann«, neckte Leyla.

Dero ignorierte die Provokation und fragte nach ihrem Lieblingstier.

»Elefanten. Die haben eine dicke Haut und einen großen Familiensinn.«

Leyla verstand sich nicht. Sie hatten Spaß, waren locker drauf, wie schafften sie es Dinge zu sagen, die zu dramatischeren Fragen führen würden, die sie wieder ignorieren mussten, aber von da an im Raum standen?

»Ist schon gut. Wir werden irgendwann an die harten Themen rangehen, aber ich bin genauso wenig dazu bereit wie du«, sagte Dero aus dem Nichts.

Leyla schaute ihn verdattert an. Sie hatte das Gefühl gehabt, dass er ein starker, direkter Typ war, aber irgendwie auch verschlossen, ein wenig wie sie. Aber dieser Satz hatte sie überrascht. Eine Peinlichkeit auszusprechen bedarf Selbstbewusstsein, eine Selbstsicherheit, die sie nicht besaß.

Seine Worte lösten eine Ruhe in ihr aus. Sie war nicht bereit, ihn in sich hineinsehen zu lassen, das ließ sie bei niemandem zu, aber sie war genauso wenig imstande, sich mit seinem Seelenschmerz auseinanderzusetzen. Unbewusst war ihr klar, dass tief in ihm einige Geheimnisse schlummerten, mit denen man umgehen können musste. Und er hatte eigentlich Angst vor ihr. Er war kurz davor etwas zu erzählen, die Worte, die er aussprach, waren die Ablenkung für ihn selbst.

Dero versuchte sich an seinen Schwur zu erinnern. *Tu ihr das nicht an*, sagte er sich immer wieder. *Tu ihr das niemals an …* Er musste ihr nicht sagen, dass er nicht vorhatte, je über die ungefragten Dinge zu reden. Denn auch, wenn sie wusste, dass seine Mutter in der Klinik war, und er wusste, dass ihre Eltern gestorben waren, blieben die Gefühle darüber vor dem anderen verborgen. Sie kannten die Fakten des anderen, aber nicht, was sie aus ihnen machten.

»Lieblingssport?«, fragte Leyla als Angebot den ursprünglichen Gesprächsfaden wieder aufzunehmen.

»Das ist mal ne schwierige Frage …«

»Meiner ist …«, sie zögerte und sprach dann weiter: »Rennen.«

»Rennen«, antwortete er zeitgleich.

Sie lächelte: »Das überrascht mich …«

»Wieso?«

»Na, ich hätte auf Fußball oder so was getippt.«

»Mannschaftssport ist okay. Aber beim Rennen, da …«

»Da hat man Zeit für sich und muss trotzdem nicht denken«, beendete sie seinen Satz.

»Genau«, schmunzelte Dero. »Jetzt habe ich eine für dich: Lieblingslied?«

»Puuh, das ist schwierig. Krieg ich Bedenkzeit? Du kannst mir ja deins verraten.«

»Warte, ich mach's noch besser. Sag mir den peinlichsten Song, der dir gefällt.«

»Haha, das ist gut. Lass mich überlegen. Ja, doch: › Someone's Watching Over Me‹ von Hilary Duff.«

»Kenne ich nicht. Geht das in Richtung Britney Spears, Christina Aguilera?«

»Ja, nur irgendwie christlicher«, versuchte Leyla zu erklären.

»Hahaha, christlicher? Das ist nach ›Baby One More Time‹ und ›Dirrty‹ auch nicht schwierig.«

»Mich überrascht, dass du Lieder von Britney und Xtina kennst«, neckte Leyla.

»Ach, komm schon. Die kennt man einfach. Man kam ja kaum dran vorbei.«

»Sag bloß nicht, eines dieser Lieder ist dein peinlichster Lieblingssong«, prustete Leyla los.

»Nein! Spinnst du? Aber was ich, glaube ich, vor Jungs nie sagen dürfte ist, dass Enriques ›Hero‹ mir gefällt.«

»Das ist nicht dein Ernst?«, fragte Leyla nach, bevor sie nochmals einen Lachanfall startete.

»Wehe, du erzählst das jemandem. Es ist das Lieblingslied meiner Mutter und es erinnert mich an ihre guten Zeiten …«

»Ach so, ja doch, das verstehe ich. Und hey, keine Sorge meine Lippen bleiben versiegelt«, lächelte sie.

Mit dieser Art wollte sie vermeiden, ihm das Gefühl zu geben, dass sie über seine Mutter reden mussten. Sie genoss ihre gemeinsame Fröhlichkeit. Es ließ sie vergessen, dass sie eigentlich in der Schule sitzen mussten. Als sie auf die Uhr ihres Handys sah, bemerkte sie erst, wie spät es bereits war.

»Rat mal, welche Uhrzeit wir haben«, sagte sie zu Dero.

»Keine Ahnung, so drei Uhr oder so?«, riet er.

»Vier! Es ist vier Uhr«, überraschte sie ihn.

»Ich muss unbedingt meine Großeltern anrufen, dass ich nicht zum Abendessen nach Hause komme.«

»Wieso das denn? Willst du noch mit mir essen gehen?«, fragte Dero verschmitzt.

»Nein, Dussel. Aber auch wenn wir uns jetzt in den Zug nach Hause setzen würden, was wir nicht tun, da wir mindestens eine Stunde vom Bahnhof entfernt sind, hätten wir noch drei Stunden Fahrt vor uns. Und bis zu mir nach Hause, in das elende Kaff, dauert's noch länger. Und da meine Großeltern pünktlich um halb sieben zu Abend essen …«, redete sie sich in Rage.

»Cool down, Leyla. Ruf sie an, ist ja nicht so schlimm. Am besten du sagst gleich, dass du bei Marina bleibst und auch da übernachtest …«, riskierte er einen Vorschlag.

»Was? Wieso sollte ich zu Marina gehen?« Leyla war gestresst und nicht von Begriff.

»Leyla.«

Dero blieb stehen und fasste sie an den Schultern.

»Du gehst nicht zu Marina. Du kommst zu mir«, schlug er vor.

Leyla schaute ihn mit großen Augen an.

»Aber … was? Nein, morgen müssen wir doch wieder zur Schule«, versuchte sie, das Angebot abzulehnen.

»Dann lass uns nochmals einen Tag schwänzen. Bleiben wir hier, schlafen in einem Hotel. Und mach dir keine Gedanken ums Geld. Das geht auf mich«, gab Dero nicht auf.

»Nein, Dero. Das geht nicht. Stell dir vor. Ich habe wegen heute bereits ein schlechtes Gewissen. Da kann ich nicht nochmals schwänzen«

»Ach, was ist schon dabei. Niemand ist nur einen Tag krank. Das merkt keiner. Leyla, willst du wirklich, dass diese Zeit hier und jetzt zu Ende geht?«

»Nein, aber …«

»Kein aber. Komm, lass uns verrückt sein«, packte Dero die Euphorie. »Wir brauchen kein Hotel. Es ist so warm, wir können auch hier auf den Bänken schlafen. Was denkst du?«

Und damit ging er einen Schritt zu forsch voran. Leyla schottete sich ab.

Sie hörte Sirenen. Doch da mussten Sirenen sein, die Deros Stimme übertönten. Anders konnte sie sich das Gefühl, das sich in ihr ausbreitete, nicht erklären. Ihr Blick wurde leer. Sie lief davon. Deros Stimme schallte ihr nach, aber sie konnte nicht stehen bleiben. Es war zu viel, zu viel, zu viel. *Reiß dich zusammen*, sagte sie sich. Ihr Herzschlag beschleunigte, genau wie ihre Schritte. Ihre Beine trugen sie fort. Doch Dero war schneller.

»Was ist los, Leyla?«, fragte er, als er sie an der Hand zum Stillstand brachte.

Sie schaute auf Deros Finger, die sich zwischen ihre schoben.

»Ich muss hier weg«, flüsterte sie.

»Erst, wenn du mir sagst, was ich falsch gemacht habe.«

Seine Augen ruhten auf ihr, aber seine Stimme war fordernd.

»Lass es gut sein, Dero«, beschwichtigte sie ihn.

»Nein. Willst du nicht hier bleiben? Geht es dir wirklich um die Schule? Das glaube ich einfach nicht …«

Er verstand nichts, ihrer Meinung nach.

»Ich bin nicht so wie du«, fuhr sie ihn an.

»Was soll das denn heißen?«

Seine Augen verdunkelten sich.

»Ich bin nicht so lockerflockig. Ich kann nicht schwänzen, wie es mir gefällt. Jeden Tag so leben, wie es mir passt. Ich kann die Spielchen nicht spielen, die du bei Frauen abziehst. Ich bin nicht eine von denen, die du nach einem schönen Tag in ein Hotel locken kannst. Ich bin nicht lockerflockig«, wiederholte sie und fuchtelte dabei mit ihren Armen herum.

»Aha. Darum geht es dir. Du meinst, ich will dich ins Bett kriegen. Schätzchen, wäre ich auf das aus gewesen, hätte ich das bereits in der Nacht bei mir zuhause durchgezogen. Aber kannst du dich erinnern, dass du allein im Bett geschlafen hast? Ich bin vielleicht ein Arschloch, aber ich hätte nicht gedacht, dass du das von mir denkst«

»Nenn mich nicht Schätzchen«, gab Leyla im Flüsterton zurück.

Sie merkte, dass Dero dabei war, wütend zu werden. Und das verwunderte sie. Er hatte keinen Grund dafür, oder doch?

Dero ließ Leylas Hand fallen und lief los, Richtung Bahnhof.

»Komm, bringen wir dich nach Hause«, sagte er lässig, als wäre ihm alles egal.

Was hatte er sich dabei gedacht, so gefühlsbetont zu werden? Am liebsten hätte er sich geohrfeigt. Und warum machten ihn ihre Worte so wütend? Jeder hätte dasselbe sagen können, er hätte nicht so reagiert. Aber bei ihr war es anders. Das machte ihn noch wütender. Er musste sie loswerden. Und in ihm kam der Gedanke auf, dass dies sowieso gerade geschah.

»Dero, warte! Was ist passiert?«

Leyla holte ihn ein und zerrte an seinem Arm, bis er stehen

blieb und sie entnervt anschaute. Aber ihre Augen glänzten schöner als die Sonne und doch traurig. Sie blickte ihn fragend an, aber er brachte kein Wort heraus. Ihr Blick wechselte von traurig zu verwundert und dann hochnäsig, aber ihre Augen erzählten etwas anderes. Er wusste nicht, wie ihm geschah. In dem Moment wusste er, dass er sie nicht anlügen konnte. Er würde sie vor ihm retten müssen, aber er ahnte, dass sie sich nicht retten lassen wollte. Ihre Körperhaltung ließ sie zerbrechlich erscheinen, aber in ihren Augen sah er die Stärke. Die Gewissheit, dass sie ihn nicht gehen lassen würde.

»Leyla, schau uns an. Wir verbringen wenige Stunden miteinander und fangen an zu streiten. Und worüber? Über Bilder, die wir uns voneinander gemacht haben, ohne wirklich hinzusehen«, sagte er, überrascht von seinen eigenen Worten.

»Dann lass uns die Probleme aussprechen und versuchen, dabei objektiv zu bleiben …«, schlug Leyla vor.

Dero nickte und gab ihr das Zeichen, dass sie beginnen sollte. Sie nahm ihren Mut zusammen, jetzt oder nie, dachte sie. Lieber ein Ende mit Qual, als eine Qual ohne Ende.

»Ich habe noch nie die Schule geschwänzt …«

»Ach, hör doch auf …«

»Lass mich ausreden. Ich habe noch nie die Schule geschwänzt. Und besonders nicht für einen Typen. Aber für dich schon …«

Dero war perplex. Mit so etwas hatte er nicht gerechnet.

»Jetzt du«, sagte sie mit einem leichten Lächeln auf den Lippen.

»Ähm … mmh … Das ist schwieriger, als gedacht …«, begann er.

Das Lächeln auf Leylas Gesicht verschwand. Sie sah geknickt aus. Und lief davon. Dero blieb stehen, atmete mehrmals tief durch.

Sie war auf der Höhe der Wiese, an der sie vor kurzer Zeit über einen Chihuahua gelacht hatten, als sie Deros schnelle Schritte hinter sich hörte. Sie spürte die entschlossene Energie – die war nicht zu ignorieren. Leyla wusste nur nicht, was sie bedeutete.

Plötzlich packte er sie am Handgelenk, drehte sie zu sich und küsste sie auf den Mund. Sie wollte einen Schritt zurück machen, doch schon lagen seine Hände um ihren Hals und er zog sie näher an sich ran. Ihr wurde heiß und kalt zugleich, ihr ganzer Körper war übersät mit Gänsehaut und sie hatte keine Chance, sie küsste ihn zurück. Mit einer Leidenschaft, die sein Herz zum Schlagen brachte. Seine Hände zitterten in ihrem Nacken. Noch nie hatte er so etwas gefühlt. Sie gingen in diesem Kuss auf, lösten sich in kleinste Moleküle und vereinten sich durch ihre Lippen. Seine Zunge suchte ihre, liebkoste sie mit einer Zärtlichkeit, die ihr ein Gefühl des vollkommenen Glücks bescherte. Sie taumelte, er hielt sie fest. Keiner der beiden konnte sich loslösen. Es war der schönste, erste Kuss, den man sich vorstellen konnte. Hollywoodreif. Etwas, woran sie sich in traurigen Zeiten erinnern konnten, um das Vertrauen ins Glück nicht zu verlieren. Alles Gedanken, die sie sich dabei nicht machten, die aber unausgesprochen mitschwangen.

Die ganze Welt um sie herum verschwand für diese Minuten. Als sich ihre Lippen voneinander lösten, hallte das Wohlgefühl nach. Dero lächelte. Leyla schüttelte verlegen den Kopf. Sie konnte nicht glauben, was gerade geschehen war. Sie nahm Dero an der Hand und lief los. Richtung Bahnhof.

»Du willst wirklich nach Hause gehen?«, fragte Dero verwirrt.

»Ja, so wird uns dieser Tag für immer mit diesem Kuss in Erinnerung bleiben. Solche Momente darf man nicht übertreiben und in die Länge ziehen«, erwiderte sie.

»Du liest zu viel Shakespeare«, lachte er, ließ sich aber mitreißen.

Am Bahnhof angekommen fuhr auch gleich ein Zug ein, der sie nach Hause bringen würde. Den ganzen Weg ließen sie sich nicht los, und nachdem sie sich ein Viererabteil gesucht hatten, setzten sie sich nebeneinander hin. Leyla war erschöpft. Behutsam legte sie ihren Kopf an Deros Schulter, der ihre Beine anhob und sie auf seine legte. Leyla blickte umher, um zu sehen, ob andere sie beobachteten. Sie war normalerweise in der Öffentlichkeit nicht auffallend und besonders nicht mit einem Mann. Wenn sie bei anderen so etwas sah, fragte sie sich, woher sie den Mut besaßen, ihre Gefühle so offenkundig zur Schau zu stellen. Selber empfand sie es jedoch als unangenehm. Jedes Mal, wenn Max sie vor anderen küssen wollte, schämte sie sich. Irgendwann schnallte es der zuneigungssuchende Max und ließ sie in Ruhe. Obwohl sie dadurch nie als Paar eingestuft wurden, war es ihr lieber, als wenn sich die Leute Sätze wie »Sucht euch doch ein Zimmer« gedacht hätten.

Die anfängliche Unsicherheit, sich nahe zu sein, verwischte Dero mit einem sanften Lächeln. Leyla fühlte sich wohl und es war ihr egal, was die anderen dachten. Obwohl er neben ihr saß, waren ihre Gedanken von ihm durchtränkt. Sie versuchte, sich jedes Merkmal seines Gesichtes einzuprägen. Für die Stunden, in denen er nicht neben ihr war. Seine Grübchen, wenn er lächelte, seine kleine, spitze Nase, die unter seinen haselnussbraunen Augen saß, und seine schwungvollen Lippen, die sie am liebsten auf ihren spüren wollte. Er war wunderschön. Wieso war ihr das nicht früher aufgefallen? Wie viele Schulstunden hatten sie im selben Klassenzimmer verbracht, ohne einander auch nur eines Blickes zu würdigen? Wie oft hatte sie seine Stimme gehört und kein Kribbeln in der Bauchgegend verspürt? Ein Jahr lang lebten sie aneinander vorbei und nun konnte sich Leyla nicht mehr vorstellen, ohne ihn zu sein.

»It's hard to find a definition for what we are. All I know is it's complicated. I blush as soon as I hear your name. I get lost in thoughts about you. I get confused when I look into your eyes. How can something so imperfect as us seem so perfect? I need to wake up and get back to reality. But maybe I'll stick to the snooze button for a little longer.«

»Ich kann es nicht fassen, dass du die Schule hast ausfallen lassen. DU hast geschwänzt? DU?«, schrie Marina beinahe.

Es war Mittwoch vor Schulbeginn. Leyla hatte Marina am Bahnhof getroffen und sie liefen gemeinsam zum Schulhaus.

»Psst, nicht so laut. Vielleicht ist irgendein Lehrer in der Nähe.«

Marina schüttelte fassungslos den Kopf.

»Du hast beide Tage bei Dero verbracht?«

»Nicht ganz. Am Montag waren wir in Lugano. Aber ja, danach bei ihm«, schwelgte Leyla. Sie würden sich heute in der Schule sehen. Obwohl sie die letzte Nacht zuhause verbracht hatte, vermisste sie ihn bereits schrecklich. Sie hätte Tage, Wochen, Jahre so weitermachen können.

»Haben mir deine Großeltern geglaubt?«, löcherte ihre beste Freundin sie mit weiteren Fragen. Leyla gab brav Antwort, wenn auch gedanklich abwesend.

»Sie wissen nichts. Ich habe ihnen gesagt, dass du Liebeskummer hast und ich bei dir bleiben würde nach der Schule.«

»Das haben sie geschluckt? Dafür habe ich mich doch zu fröhlich angehört, als Oma Elisa mich angerufen hat.«

Leyla lachte.

»Mari, sogar meine Großeltern wissen, wie oft das bei dir vorkommen kann.«

Mari zwickte Leyla in den Arm.

»Das ist fies. Aber ich habe auch nicht das Glück, dass ein Typ wie Dero auf mich abfährt und mich zum Schwänzen bringt, mich nach Lugano verschleppt und dann bei sich zuhause weitere Sterne vom Himmel holt«, begann Marina mit ihr zu träumen.

Nachdem sie schweigend weitergelaufen waren, durchbrach Mari die Stille.

»Bist du in ihn verliebt?«

Sie blieb stehen und verlieh der Frage noch mehr Wichtigkeit.

»Ich denke schon, ja. Wenn man das bereits Verliebtsein nennen kann«, antwortete Leyla.

»Habt ihr darüber gesprochen, wie es weiter geht? Seid ihr zusammen?«

»Mari, keine Ahnung. Nein, darüber haben wir nicht gesprochen. Es schien nicht wichtig«, fügte sie an.

Langsam liefen sie weiter.

»Oh mann, bin ich gespannt auf Sharons Gesicht, wenn sie davon erfährt. Oh mann, oh mann, die ganze Klasse wird Augen machen«, redete sich Marina in Rage.

»Marina, nein. Das bleibt schön unter uns. Ich hätte es wahrscheinlich nicht mal dir erzählen dürfen.«

»Was? Wieso? Er muss sich doch nicht schämen«, grinste Mari, aber wusste, was Leyla damit meinte.

Dero war nicht der offene Typ. Bis auf die Tatsache, dass Leyla mit ihm die letzten Tage verbrachte, wusste Mari nichts über den Typen, in den sich ihre Freundin Hals über Kopf verliebt hatte.

Beim Schulhaus angekommen hatten sie noch Zeit, um die Materialien für die erste Stunde aus ihrem Schließfach zu holen. Als sie das Schulzimmer zur Mathestunde betraten, wurde Leyla nervös. Sie hatte am Abend zuvor mit Dero telefoniert, sie schwebten noch in ihrer gemeinsamen Welt. Aber die Schule, der Alltag war etwas anderes. Sie bemerkte, dass die Möglichkeit bestand, dass er sie ignorieren würde. Sie konnte nicht einschätzen, ob sie das stören würde oder ob sie froh wäre. Denn ehrlich gesagt, wollte auch sie nicht, dass die ganze Klasse von ihrem Glück wusste. Leyla schlug sich mit der Handfläche an den Kopf. Warum hatte sie das nicht zuvor mit ihm geklärt? Das hätte einiges vereinfacht.

Sie setzte sich an ihren Platz und packte die Stifte und Bücher auf den Tisch, als sie zur Tür blickte. Ihr Herz blieb stehen. Dero grinste ihr aus dem Türrahmen zu und winkte sie zu sich. Leyla schaute umher, ob es jemand außer ihr mitgekriegt hatte. Doch alle, die im Zimmer saßen, waren damit beschäftigt die Hausaufgaben abzuschreiben oder quatschten mit ihren Freunden.

»Ich geh kurz auf die Toilette«, sagte sie zu Marina, die neben ihr saß und mit linearen Gleichungen beschäftigt war.

»Okay«, murmelte sie abwesend.

Er hatte eine Minute in der Tür gestanden, bis sie ihn bemerkte. Fasziniert beobachtete er, wie sie ihre Stifte ordentlich auf dem Tisch drapierte. Danach das Schulheft direkt vor sich hin und das Mathebuch daneben. Sie war unauffällig in ihren Taten und doch konnte er seinen Blick nicht von ihr lösen. Vielleicht, weil er einen kleinen Einblick von ihr erhalten hatte. Er hatte das Gefühl, dass er noch nie jemanden so gut gekannt hatte wie sie. Obwohl sie über so vieles nicht sprachen, hätte er mehrere Charakterzüge beschreiben können, die sie ausmachten, die sie aber zu verstecken versuchte. Und was sie am meisten zu verstecken versuchte, war ihre Schönheit. Gott, war sie schön, dachte er sich, als er ihre Gesichtszüge unter die Lupe nahm. Irgendwann hob sie ihren Blick und entdeckte ihn. Die Nervosität stieg in ihm auf. Er wollte mit ihr allein sein. Alle andern hatten kein Recht, diesen Moment mit ihnen zu teilen, er sollte nur ihnen beiden gehören.

»Hey«, sagte sie schüchtern, als sie vor ihm stand.

»Komm mit«, sagte Dero und lief in eine versteckte Ecke, wo sich die Schließfächer der Erstklässler befanden. Er küsste sie. Einfach so. Als wäre es normal, dass sie sich küssten. Das war die letzten zwei Tage so, aber in der Schule war es neu. Dero konnte nicht anders, als sie weitere Male auf den Mund zu küssen. Sie schmeckte so lecker. Genau wie bei ihm zuhause, genau wie in Lugano oder im Zug nach Hause. Er hätte nicht damit aufhören wollen, sie zu küssen.

»Wie geht es dir?«, fragte er nach dem fünften sanften Kuss.

»Jetzt gut, dir?«, grinste sie zurück.

»Geht mir genauso.«

Schweigend blieben sie voreinander stehen, als es zur Stunde läutete.

»Wie geht es nun weiter?«, fragte sie.

»Wir müssen wohl oder übel in die Klasse zurück«, lächelte er.

»Nein, ich meine, mit uns«, erwiderte sie und war dabei genauso überrascht wie Dero.

»Wie soll es denn deiner Meinung nach weiter gehen?«

Er stemmte die Hände in die Hüften.

»Ich hätte nicht gedacht, dass du der Typ für Gegenfragen bist«, lachte Leyla und musste dabei an Sharon denken. »Typical men«, würde sie sagen. Dafür dass sie gerade »the talk« hatten, waren sie beide entspannt und amüsiert. Es lag wohl daran, dass sie wussten, wie es weiter gehen sollte. Aber es auszusprechen war was anderes.

»Lass uns in der Mittagspause darüber sprechen, okay? Ich denke, dafür brauchen wir mehr Zeit.«

In seinen Worten schwang eine Ernsthaftigkeit mit, die Leyla erschreckte. Zweifel stiegen in ihr auf und sie spürte einen kleinen Klumpen in ihrem Hals, der ihr bis zur Mittagspause die Stimme verschlagen würde. Mehr Zeit? Brauchte er mehr Zeit, um sie abzuservieren? Sie stieß ein kleines »okay« hervor und tat den ersten Schritt zum Schulzimmer zurück. Dero zog sie nochmals zurück, hielt sie an den Schultern fest und küsste sie. Leyla konnte es nicht zuordnen, riss sich los und schnellte in die Klasse. Sie war wütend, irgendwie verwirrt, irgendwie überfordert. Die beste Voraussetzung, um den Schultag zu beginnen.

Während der ersten Stunden versuchte Dero, Blickkontakt aufzunehmen, doch Leyla ignorierte ihn gekonnt. Ein komisches Gefühl braute sich in seinem Magen zusammen. Sie hatte ihn nicht zurückgeküsst. Aber er verstand nicht, was er falsch gemacht hatte. Er wollte ihr nicht zwischen Tür und Angel seine ernsten Absichten erläutern. Und im Laufe des Morgens wurde er unsicher, ob er wirklich diese Absichten anstrebte. Es würde nicht einfach werden mit ihm. Er empfand sich nicht als gutes Fester-Freund-Material. Vielleicht war es besser, das Ganze zu vergessen. Die gemeinsamen Tage in guter Erinnerung zu halten und es dabei gut sein zu lassen. Nein, nein, nein, schrie sein Herz. Dass sein Verstand sein Verhalten nicht anführte, war ihm neu. Der Verstand übertönte meist sein Bauchgefühl und das hatte ihn vor vielem beschützt. Doch Leyla war er hoffnungslos ausgeliefert. Dass sie ihm gegenüber diese Kälte zeigte, machte es schlimmer. Am liebsten wäre er in der dritten Stunde aufgestanden, hätte mit der Faust auf ihren Tisch gehauen und sie damit zu einer Reaktion gezwungen. Doch schweigend ließ er die Minuten an sich vorbeiziehen.

Dero stellte sich demonstrativ vor die Tür, als es zur Mittagspause klingelte. Leyla ließ sich Zeit. Langsam steckte sie jeden Stift einzeln in ihr Etui, blätterte die Bücher nochmals durch, bevor sie sie in die Tasche räumte. Sie spürte die Nähe von Dero, sie wusste, dass sich das Gespräch nicht vermeiden ließ.

Irgendwann stand sie dann direkt vor ihm. Gab ihm mit ihrem Blick das Zeichen, dass sie bereit war. Sie fühlten sich wie bei einem russischen Roulette. Leylas Schutzmechanismus führte dazu, dass sie ein Grinsen unterdrücken musste, weil ihr das alte Lied von Rihanna in den Sinn kam: »*You can see my heart beating. You can see it through my chest. I'm terrified but I'm not leaving, no. I know that I must pass this test. So just pull the trigger.*« Nur, dass sie ihm ansah, dass er sich das erste Mal in einer solchen Situation befand. »*That he's here means he's never lost.*« Doch sie kannte es bereits. Sie wusste, wie es sich anfühlte, abserviert zu werden. Sie kannte diesen Blick, sie hatte ihn schon mal gesehen. An dem Tag, als Max sie verließ und es ihr Herz in tausend Stücke zerriss. Und bei Dero konnte es schlimmer werden. Noch nie kam ihr ein Junge so nah wie er in den letzten Tagen. Sie war zu tief drinnen, das wusste sie in dem Moment, als sie ihm in die Augen sah und sie nichts darin lesen konnte.

»Wo wollen wir hin?«, fragte Leyla kühl.

Dero durchfuhr es. Als er in die Schule kam, hatte er sich gefreut, Leyla wiederzusehen. Auch wenn es nur eine Nacht war, in der sie getrennt waren, hatte er sie vermisst. Doch jetzt sah es aus, als würde er sich an den Gedanken gewöhnen müssen, dass sie nicht bei ihm sein wollte.

»Irgendwo, wo wir ungestört sind?«, fragte er zurück.

»Das wird schwierig. Irgendeine Idee?«, spielte sie den Ball Dero zu.

Sie standen voreinander und wippten hin und her. Niemand war mehr in dieser Etage, alle waren bereits beim Mittagessen. Dass sie beide keinen Hunger hatten, war nicht verwunderlich.

»Wie wäre es dort?«, fragte Leyla und zeigte auf das leere Schulzimmer, in dem sie gerade noch den Kasus gelehrt wurden.

»Ist am schlausten«, antwortete er und ging voraus, an ihr vorbei.

»Ja, bringen wir es hinter uns«, flüsterte Leyla.

»Was?«, fragte Dero.

»Nichts, schon okay«, gab sie zurück und schloss hinter ihnen die Tür.

»Wie hat Marina auf uns reagiert?«, fragte Dero aus dem Nichts.

»Wie kommst du jetzt darauf?«

»Na, wie wärst du sie sonst losgeworden, um jetzt mit mir hier zu sein?«, reizte er sie weiter.

»Wir sind also hier, um über Marina zu sprechen?«, fuhr sie ihn an.

»Nein, lassen wir das. Mich würde eher interessieren, warum du plötzlich so gegen mich steuerst«, versuchte Dero schlau aus der schnaubenden Leyla zu werden.

»Kannst du nicht einfach aussprechen, was du sagen willst, dann kann ich was essen gehen.«

»Ach, so ist das. Sag du doch, was das hier soll«, giftete er zurück.

»Du willst mich abservieren. Worauf wartest du? Soll ich zuerst meine Gefühle für dich auspacken, damit du hochoffiziell auf ihnen rumtrampeln kannst?«

»Ich dich abservieren? Phaaa … Klar, dreh es dir nur zurecht.«

»Das ist kein Zurechtdrehen, das ist Klarheiten aussprechen. Etwas, wovon du anscheinend nichts verstehst.«

Leyla war kurz davor aus dem Zimmer zu laufen.

»Du willst Klarheit? Ich gebe dir die Wahrheit, aber es liegt an dir, ob du damit umgehen kannst. Aber hey, wenn du es willst, hier kommt sie …«, er atmete tief ein und fuhr fort.

»Ich habe Gefühle für dich. Gefühle, die ich noch nie hatte. Und die führen dazu, dass ich keine Sekunde ohne dich sein will. Deine bloße Anwesenheit macht mich verrückt und es ist schwierig, meine Hände von dir zu lassen. Deine Küsse schmecken so gut, dass ich niemals etwas anderes tun möchte, als dich zu küssen, in meinen Armen zu halten, deine Nähe zu spüren. Ich wollte mich nicht verlieben, nie. Aber sagt man nicht, dass es den Menschen passiert, die es am wenigsten wollen? Tja, hier stehe ich und lege einer Frau mein Herz zu Füßen, die es nicht haben will«, schoss es aus ihm heraus.

Er fühlte sich selbst nicht mehr und gleichzeitig nie lebendiger. Seine Worte überraschten nicht nur ihn, sondern auch Leyla stand mit offenem Mund an der Tür und hielt die Türklinke fest in der Hand.

»Was?«, fragte sie verwirrt.

»Ehrlich? Das ist deine Reaktion?«, fragte Dero, ging langsam auf Leyla zu.

»Das ist deine Antwort auf die kitschigste Rede, die ich je gehalten habe und nie wiederholen werde?«

Leyla drehte sich zur Tür und lehnte ihren Kopf dagegen. Als Dero vor ihr stand, zog er mit dem Finger an ihrem Kinn ihr Gesicht in seine Richtung.

»Leyla?«, fragte er schüchtern.

Ihre Knie gaben nach. Ihr Körper vibrierte, ihr Herz drohte aus der Brust zu springen. Wieder schaltete sich ihr Schutzwall ein und sie lächelte.

»Ich denke nicht, dass es die letzte kitschige Rede sein wird.«

»Leyla, bitte«, blieb er ernst und schaute ihr in die Augen.

Dero fühlte sich stark. Das musste der männliche Instinkt sein, wenn es darum ging, um eine Frau zu kämpfen. Er hätte sich eine solche Situation nicht zugetraut. Normalerweise wäre er hart und kalt abgehauen. Aber Leyla war anders und er war anders, wenn sie bei ihm war. Und dieser andere Dero gefiel ihm und er würde ihn nicht mehr hergeben, auch wenn das bedeutete, dass er monogam werden musste. Leyla musste es wert sein, das wurde ihm bewusst, als sie ihre Mauer emporschießen ließ. Dero sah das, doch er sah durch die Mauer hindurch.

Da begann ihre Mauer zu bröckeln. Ihr Blick wurde sanfter, ihre Hände hörten auf zu zittern.

»Du meinst das ernst?«, fragte sie unsicher.

»Ja«, antwortete er.

»Ich meine, weißt du, was du dir da antust?«, fragte sie weiter.

»Ich glaube eher, du bist dir nicht im Klaren, was du dir antun würdest«, gab er zurück.

»Ich bin verkorkst.«

»Ich auch.«

»Ich weiß nicht, ob ich dir das geben kann, was du brauchst.«

»Ich habe nichts, was ich geben kann.«

»Das wäre dann wohl unentschieden«, lächelte sie.

»Dann werden wir sehen, ob wir beide als Sieger oder Verlierer aus dem Ganzen rauskommen«, lächelte er zurück.

Leyla schüttelte den Kopf, als könnte sie nicht fassen, was in diesem Schulzimmer über die Mittagszeit passierte.

»Und was sagen wir den anderen?«, fragte sie.

Endlich kamen sie an den Punkt, über welchen sie von Anfang an sprechen wollten, wenn ihrer beider Unsicherheit nicht dazwischen gekommen wäre.

»Ich weiß es ehrlich gesagt nicht. Ich will nicht, dass sie etwas zerstören«, sagte Dero nachdenklich.

»Ich weiß, was du meinst. Wie wäre es, wenn wir es zu Anfang für uns behalten? Nur bis wir selber wissen, dass sie nichts mehr kaputtmachen können?«

»Das hört sich gut an. Aber das wird schwierig. Schließlich will ich doch das tun …«, neckte er Leyla und küsste sie in den Nacken, verkeilte die Hände mit den ihrigen und zog sie zu sich ran. Sie stieß ihn weg.

»Ja, da muss sich jemand zu beherrschen lernen.«

»Frech. Aber hey, Marina hast du es erzählt, oder?«

Dero nahm die Hände zu sich, was Leyla verunsicherte, ob sie ihm die Wahrheit sagen sollte.

»Versteh mich nicht falsch, ich fände es gut, wenn sie es wüsste. Sie könnte unser Alibi werden«, erklärte er seine Frage.

»Ist das dein Ernst?«

»Ja, wir müssen nur sicher sein, dass sie es nicht weitererzählt«, fuhr er fort.

»Das wird sie nicht, dafür sorge ich«, erwiderte Leyla und zog Dero zu sich zurück.

»Wenn wir so allein sind, dann ist es ja kein Problem, wenn deine Hände nicht von mir lassen können, oder?«

»Oh, wird Madame übermütig?«, lächelte Dero und zog Leylas Gesicht nahe zu sich und flüsterte: »Aber nein, wenn wir allein sind, wirst du dich nicht dagegen wehren können.«

Er küsste sie innigst.

Die Tür wurde aufgerissen. Und mitten im Geschehen stand Frau Antoné. Leyla und Dero schreckten auseinander. Die drei starrten sich für Sekunden an.

»Mad…«, begann Leyla.

Doch Madeleine setzte ihren Lehrerblick auf und sagte streng: »Die Räume sind dazu gedacht, anderes zu lernen. Solltet ihr nicht in der Mensa beim Essen sein?«

Dero blickte von Leyla zu Frau Antoné und versuchte herauszufinden, ob er bei ihren starren Blicken bleiben sollte oder sich besser von den Socken machte. Er entschied sich für das Zweite und schlich an der Französischlehrerin vorbei, die von seiner Nähe zurückwich.

Als Dero verschwunden war, zog Madeleine die Tür zu.

»Leyla, bitte sag mir, dass ich gerade geträumt habe oder halluziniert. Ja, das würde mich jetzt beruhigen«, begann ihre Standpauke.

»Er ist mein Freund«, sagte Leyla zerknirscht.

»Was? Leyla, nein. Nicht Dero. Jeder andere, aber nicht dieser rebellische Trotzkopf.«

»Er ist anders, als du denkst«, verteidigte Leyla Dero.

»Nein, Schätzchen. Er ist anders, als du denkst. Ich kenne solche Typen. Die meinen es nicht ernst. Die spielen nur, und wenn es ihnen langweilig wird, lassen sie dich fallen wie eine heiße Kartoffel …«

»So ist das nicht. Wir haben uns verliebt. Aber Madeleine, bitte. Du darfst das niemandem sagen. Besonders nicht Oma und Opa, bitte«, flehte sie sie an.

Madeleine dachte nach. Und da traf es sie wie einen Schlag.

»Sag nicht, du hast die letzten Tage wegen Sandero gefehlt. Du hast doch nicht geschwänzt, oder?«

Leyla war ertappt und Madeleine kannte sie zu gut, um es nicht zu merken.

»Oh nein, Leyla. Wieso? Wieso dieser Typ? Du hast etwas viel Besseres verdient«, begann sie erneut.

Leyla wurde wütend.

»Du hast keine Ahnung, wer und wie er ist. Und ja, ich habe geschwänzt, und ja, wenn du willst, kannst du mich dafür bestrafen, aber ich finde nicht, dass du das Recht hast, über Dero zu urteilen.« Leyla wollte an Frau Antoné vorbei, die sich demonstrativ vor die Tür stellte.

»Geh zur Seite«, schimpfte Leyla.

»Leyla, ich kann das nicht gutheißen. Du schwänzt bereits die Schule für den. Das bestätigt meine Zweifel. Beende das. Das geht nicht gut aus. Ich will dich nur beschützen ...«

Madeleine versuchte es auf die fürsorgliche Tour.

»Du willst mich beschützen? Das ist nicht nötig, danke.«

Madeleine legte ihre Hand auf Leylas Schulter, um sie zu beruhigen.

»Leyla ... Überleg dir gut, wen du da in dein Leben lässt. Dein Vater hätte gewollt, dass ich dich von solchen Jungs fernhalte«, ging sie einen Schritt zu weit.

Leyla blickte der Exfreundin ihres Vaters kalt in die Augen.

»Wage es nie wieder, Papa zu erwähnen. Du bist nicht meine Mutter, du bist niemand!« Damit schlug sie die Hand von ihrer Schulter und stürzte an Madeleine vorbei.

Zurück blieb eine Französischlehrerin, die wusste, dass sie einen großen Fehler begangen hatte. Sie schaute gen Himmel und flüsterte: »Verzeih mir, Georg. Ich bringe das in Ordnung. Das verspreche ich dir.«

Madeleine wusste selbst nicht, wie sie das meinte. Aber sie wusste, dass sie sich seit Georg und Amandas Tod die Beschützerrolle für Leyla verschrieben hatte. Sie hatte keine Kinder, sie kannte die Regeln nicht, aber wenn sie eine Tochter gehabt hätte, wären es ähnliche Gefühle, wie die, die sie für Leyla empfand. Sie fühlte sich verantwortlich, beschützend und allen voran liebte sie dieses Mädchen. Die Tochter ihres verstorbenen Freundes, ihrer verstorbenen besten Freundin. Sie würde alles dafür tun, dass es Leyla gut ging. Nur wusste sie nicht, was sie tun konnte. Madeleine lief eine Träne die Wange hinab.

»Wärt ihr doch noch hier. Ihr wisst gar nicht, wie sehr ihr fehlt. Wie sehr ihr mir fehlt.«

Kaum den Satz beendet, wurde an die Tür geklopft. Voller Hoffnung, dass es Leyla war, öffnete Madeleine die Tür. Doch davor stand ein Schüler, mit dem sie ein Notengespräch hatte. Genau, deshalb war sie in diesem Zimmer. Schnell wischte sie sich unauffällig die letzte Träne aus dem Gesicht und bat den Schüler hinein. Sie war wieder ganz die Lehrerin.

Leyla stapfte zur Mensa. Anders konnte man ihren Schritt nicht beschreiben. Sie war so wütend. Wütend darauf, dass Madeleine sich einmischte, dass sie Dero so klein machte, dass sie ihren Vater erwähnte. Dass ihre Eltern nicht mehr da waren. Sie hätten Leyla verstanden, sie hätten Dero gemocht. Da war sie sich sicher. Leyla hätte so gerne geweint, aber ihre Augen waren vor langer Zeit vertrocknet. Sie rieb sich im Laufen die Augen, aber nichts geschah. Da sah sie Dero vor der Mensatür stehen. Als sie näher kam, sah sie, wie nervös er war.

»Alles in Ordnung?«, fragte er vorsichtig.

Er sah das Blitzen in ihren Augen.

»Ja, alles gut.«

Sie blieb stehen, blickte jedoch auf den Boden zu seinen Füßen.

»Leyla …«, begann er von Neuem.

»Schon gut. Lass uns besser getrennt da hinein laufen. Sonst können wir es nebst Madeleine gleich der ganzen Schule auf die Nase binden«, sagte sie kühl und schob ihn zur Seite.

Ihre Berührung war nicht mehr sanft und doch fordernd wie vorher, sondern steif und müde. Dero konnte sich nicht helfen und ließ es geschehen. Er ließ Leyla an sich vorbei und wartete paar Minuten, bis er selbst in die Kantine lief. Hunger hatte er keinen, also holte er eine Cola, um zu schauen, dass Leyla bei ihren Freundinnen Zuflucht fand. Als er sie mit Marina lachen sah, schüttelte er traurig den Kopf. Er hätte sie gern zum Lachen gebracht. Er würde jetzt gerne an ihrer Seite sitzen und für sie da sein. Der Gedanke, dass er das vielleicht nie konnte, brach ihm das Herz. Dero klopfte sich mit der Faust auf die Brust. Er wollte diese Gefühle loswerden. Das war die einzige Lösung.

Er lief aus der Mensa und stieß dabei in Franky.

»Hey Großer, lange nicht gesehen. Warst du in den Flitterwochen?«, grinste sie.

»Flitterwochen?«

Dero verstand nicht, was sie meinte.

»Ich hab dich gesehen, wie du mit der Kleinen nach der Party abgehauen bist. Gott, war die betrunken. War wohl ein einfaches Spiel für dich, hä?«, neckte sie Dero, den man besser nicht reizte.

»Halt die Klappe. Nicht jede ist so eine billige Schlampe wie du«, keifte er.

»Autsch. Dero, wenn du mich beleidigen willst, musst du dir was Schlaueres einfallen lassen«, erwiderte sie trocken und ging an ihm vorbei.

Dero packte sie beim Arm.

»Tut mir leid, so war das nicht gemeint.«

»Schon gut. Kann jedem mal passieren.«

Die Frau sprach in Rätsel für Dero.

»Was kann jedem mal passieren?«, fragte er nach.

Bei der Mensatür drehte sich Franky um und lachte.

»Dass man sich verliebt.«

Dero konnte nicht anders, als zu grinsen. Wäre er mit Franky nicht im Bett gewesen, hätte sie seine beste Freundin werden können. Die war echt ein Ding, dachte er sich und spürte ein Grummeln im Magen. Er musste dringend was essen.

Als hätte Marina es geahnt, hatte sie für Leyla bereits ein Sandwich und eine Portion Pommes bereit.

»Du hast ein Glück, dass du mich hast. Waren nämlich die letzten«, lächelte sie ihre Freundin an.

»Danke«, erwiderte Leyla und setzte sich zu ihren Mädels an den Tisch.

Sharon tippte wie gewohnt auf ihrem Handy herum, so konnte Mari ungestört Leyla unter die Lupe nehmen.

»Alles okay bei dir?«

»Ja, ja. Alles okay«, sagte sie und pickte eine Pommes vom Teller.

»Wir reden später?«, fragte Marina weiter.

»Ja, ja«, sagte sie nochmals.

Mari legte die Stirn in Falten, aber ließ es gut sein. Sie kannte Leyla. Sie würde reden, wenn sie bereit war, egal wie sehr Marina wissen wollte, was zwischen Leyla und Dero passiert war.

»Sharon, wir brauchen deine Aufmerksamkeit«, forderte Marina die dritte im Bunde auf.

»What? What happened? Hab ich was zwischen den Zähnen, in den Haaren? Gosh, ist meine Wimperntusche verlaufen?«, fuchtelte sie in ihrem Gesicht herum.

Leyla begann zu lachen.

»Wie könnte es auch anders sein …«

»Wie sie leibt und lebt unsere Ami-Braut«, lachte Mari mit. Sharon wusste es nicht, aber sie war die beste Ablenkung. In jeder prekären Situation war es Sharon, die Leyla locker werden ließ.

»Girls, what's wrong?«

Sharon war verwirrt. Wie so oft.

»Wir wollten wissen, wie es mit Sebastian läuft«, schnitt Mari ein neutrales Thema an. »Leyla hat nämlich verpasst, wie ihr euch gestern näher gekommen seid«, verriet sie die halbe Geschichte.

»Come on. Das war nichts. Der Typ ist mir ein Rätsel.«

»Wieso? Was ist passiert?«, fragte Leyla neugierig.

»Herr Müller war krank, also mussten wir mit Sebastians Klasse in den Sportunterricht …«, begann Mari mit der Geschichte.

»Sag nur, wenn du die Story erzählen willst, dann mach ich hier weiter«, sagte Sharon schnippisch und streckte Mari ihr Handy ins Gesicht.

»Erzähl, Sharon«, entschied Leyla, wer am Zug war.

Leyla hörte nicht richtig zu. Sportunterricht und ein Zusammenstoß beim Fußball, obwohl es in Sharons Fall ein Volleyballspiel war, ließ sie in Erinnerungen an Dero schwelgen. Sie vermisste ihn. So sehr. Das schlechte Gewissen darüber, wie sie sich vor wenigen Minuten ihm gegenüber verhalten hatte, machte sich breit. Sharon war keine ausschweifende Erzählerin. Leyla war froh darüber. Schnell biss sie in ihr Sandwich und stopfte ein letztes Stück Pommes nach. Sie packte alles zusammen und verschwand aus der Mensa. Wo war er hingegangen? Leyla durchforstete ihre Schultasche nach ihrem Handy.

»Darin bin ich nicht«, sagte eine Stimme hinter ihr.

Sie erkannte sie sofort und drehte sich um. Die Freude war ihr ins Gesicht geschrieben. Leyla stürzte auf den sandwichessenden Dero zu und umarmte ihn fest.

»Babe, hier sehen uns doch alle«, lachte er.

Verdutzt schaute sie von seiner Brust zu ihm hoch: »Babe?«

»Sorry, ich lass mir was Besseres einfallen«, lachte er und drückte sie nochmals an sich.

»Tut mir leid, dass ich vorhin so komisch war«, entschuldigte sie sich.

»Alles okay. Was hat sie gesagt?«, fragte er nach Frau Antoné.

»Nichts Wichtiges. Sie fühlt sich für mich verantwortlich … Du kannst dir ja vorstellen wieso.«

»Sie mag mich nicht«, sagte er zusammenhangslos.

»Darum geht es nicht. Sie meint manchmal, dass sie sich als meine Mutter aufspielen muss«, erklärte sie.

»Das verstehe ich sogar«, erwiderte Dero nachdenklich.

»Ich bin aber kein kleines Mädchen mehr. Ich darf knutschen, wo und mit wem ich will.«

»Aye aye, ma'am …«

»Ma'am?«

»Ich sagte doch, ich lasse mir was Besseres einfallen«, lachte Dero.

»Na, dann streng dich ein wenig mehr an«, grinste auch Leyla wieder.

»Hast du gegessen?«, fragte Dero und streckte ihr sein Sandwich hin.

»Ich habe Hunger auf was ganz anderes«, lächelte sie ihn verschmitzt an.

Er verstand, schaute umher, ob niemand in der Nähe war,

schlich mit ihr an der Hand vom Schulareal weg in ein nahegelegenes Wohnquartier. Er drückte sie an die nächste Hauswand und fuhr mit seinen Händen in ihr Haar. Leyla schloss die Augen und atmete tief Deros Geruch ein. Sie küssten sich leidenschaftlich. Sie legte ihre Arme um seinen Hals und ließ ihn sein Becken gegen ihres drücken. Seine Hände fanden den Weg ihren Rücken hinab und verharrten auf ihrem Hintern. Plötzlich zog sich Leyla an seinem Hals hoch und schlang die Beine um seine Hüften. Mit aller Kraft umarmte er sie fester. Hielt sie ganz nah bei sich. Fast hätten sie die Schulglocke überhört.

Als es zum zweiten Mal läutete, rannten sie zurück. Ganz knapp stürmten sie ins Klassenzimmer. Dero eine Minute nach Leyla. Sie hatten es nicht einmal einen Tag geschafft, ohne dass es jemand erfuhr. Sie mussten sich mehr anstrengen. Leylas Lächeln war Marina nicht entgangen.

»Du musst mir echt mal erzählen, was bei euch los ist«, flüsterte sie ihr zu, als Leyla es sich auf ihrem Stuhl bequem machte. Leyla lachte ihre Freundin an.

»Genau dieses Lachen musst du mir erklären, das habe ich bei dir nämlich noch nie gesehen«, intensivierte Mari ihren Wunsch nach Aufklärung.

»Ich bin verliebt … Hochgradig, vollkommen, bedingungslos verliebt«, flüsterte Leyla zurück. Und blickte dabei in Deros Augen.

»This laugh… It just makes my day! It feels like magic, the way you can make me smile and laugh so hard until I have to cry. This laugh… Its strength makes me keep on going no matter what happens. This laugh… It reminds me why I fell in love with you in the first place.«

Dieses Lächeln. Dero konnte diesem Lächeln nicht widerstehen. Wie Leyla da saß und Marina etwas sagte, doch den Blick zu ihm gerichtet hielt. Wie sie die Worte formulierte und er sie nicht verstehen konnte, aber wusste, dass sie sich um ihn drehten. Er hätte am liebsten das Klassenzimmer mit ihr verlassen, am liebsten diese Stadt, dieses Leben. Alles hinter sich gelassen und mit ihr auf einer einsamen Insel bei blauem Himmel und Sonnenschein am Strand gelegen und in den Tag hinein gelebt, als gäbe es nur sie beide.

Wie noch vor 48 Stunden.

Die Fahrt nach Hause war wie im Flug vergangen. Und als sie im Bahnhof ihrer Stadt einfuhren, waren Leylas Lippen taub von Deros Küssen. Sie stiegen aus, gingen zum Schließfach, in dem ihre Schulsachen verstaut waren, und Dero brachte Leyla auf das Perron, wo ihr Zug einfuhr. Er musste einen anderen Zug nehmen und hatte etwas mehr Zeit.

»Ich will nicht nach Hause gehen«, sagte Leyla, als sich die Tür des Zuges öffnete.

Dero hatte kein Wort verstanden.

»Was?«, fragte er und wollte sie zum Abschied ein letztes Mal küssen.

Doch Leyla wich aus und nahm ihn an der Hand. Sie zog Dero vom Zug weg und stellte sich auf ihre Zehenspitzen, um mit ihm auf Augenhöhe zu sein. Dero blickte verwirrt zum abfahrenden Zug und dann zu Leyla. Sie lächelte.

»Ich will nicht nach Hause gehen«, wiederholte sie.

Nun grinste Dero.

»Na, dann los.«

Er legte den Arm um ihre Schultern und nahm sie zu sich nach Hause.

Als sie bei ihm ankamen, dunkelte es langsam. Leyla war überrascht wie zuhause sie sich bereits bei Dero fühlte. Sie streifte die Schuhe im Gang ab, schlenderte ins Wohnzimmer und machte es sich auf dem Sofa bequem.

Dero kam ihr nach, setzte sich neben sie und legte seinen Arm um sie.

»Hast du Hunger? Soll ich dir was kochen?«, fragte er.

Leyla schaute ihn überrascht an.

»Du kannst kochen?«

»Ich kann Spaghetti und Spaghetti. Ach ja und Spaghetti«, blieb er ernst.

Jetzt lachte Leyla lauthals.

»Ja, dann hätte ich gerne Spaghetti.«

Dero stand auf und ging in die Küche.

»Willst du was trinken?«, rief er.

»Ja, gerne. Was hast du?«, schrie sie zurück.

»Wasser und Wasser …«

»Ach ja und Wasser?«, beendete sie seinen Satz.

»Genau«, kam es aus der Küche.

Einen Moment später stand er im Wohnzimmer und streckte ihr ein Glas Wasser entgegen.

»Danke«, nahm sie es und schreckte plötzlich auf.

»Oh mann, ich hätte längst meinen Großeltern Bescheid geben müssen.«

Sie wurde blass. Schnell holte sie ihr Handy aus der Tasche, die im Gang lag, und schaltete es ein. Mehrere Anrufe von Marina und ihren Großeltern und noch mehr Textnachrichten, sogar eine von Sharon, die fragte, ob es ihr besser ging. Leyla brauchte eine Sekunde, um zu realisieren, dass sie Mari beauftragt hatte, allen zu erzählen, dass sie krank war. Schnell wählte sie die Nummer von Zuhause und bereits beim ersten Klingeln nahm ihre Großmutter ab.

»Es tut mir sooo leid, Oma. Ich hatte keinen Akku mehr ... Ja, ich weiß ... Ja, es tut mir echt leid. Nein, das kommt nicht mehr vor. Ja ... Ja ... Ich weiß, ich sollte eine Akkuladegerät immer dabei haben. Nein ... Ja ... Nein ... Achso, hat sie schon? Ja, ich wollte nochmals anrufen, um zu sagen, dass ich bei ihr schlafe. Ihr geht es nicht gut. Ja, mach ich ... Ja, ist gut. Nein, nein, ich leih mir was von ihr. Ja, danke. Ja, euch auch. Tschüss.«

Dero streckte den Kopf ins Wohnzimmer.

»Das hörte sich an, als wäre alles gut«, sagte er.

»Ja, ich muss Mari anrufen. Meine Oma hat sie angerufen und sie hat für mich gelogen.«

»Wow, da hast du eine tolle Freundin. Hätte ich von Marina nicht erwartet«, grinste er frech. Leyla krallte sich das nächste Kissen und schmiss es in Deros Richtung. Verfehlte aber grob. Dero hingegen nahm das Kissen vom Boden auf, schmiss es Leyla entgegen und traf sie am Kopf.

»Poah, das ist unfair. Du bist im Sport viel besser als ich«, lachte Leyla und startete nochmals einen Versuch.

Diesmal traf sie ihn leicht am Bauch. Wieder nahm er das Kissen vom Boden auf, hielt es in die Luft gestreckt und ging langsam und gefährlich auf Leyla zu. Die packte sich das nächste Kissen und versuchte sich zu verteidigen, als Dero den letzten Meter auf sie zustürzte. Leyla legte sich flach auf die Couch und schützte das Gesicht mit ihrem Kissen. Dero lachte.

»Du gibst so leicht auf? Das hätte ich jetzt nicht erwartete.«

Er tat so, als würde er sich wegdrehen, und trat auf der Stelle, damit es sich anhörte, als würde er davonlaufen. Leyla fiel darauf herein und wollte einen Angriff starten, als sie überrascht zurückwich, weil Dero direkt hinter dem Sofa stand und ihren Angriff vorhersah. Die zwei sahen aus wie Kleinkinder, die mit den Armen gegeneinander fuchtelten, wobei niemand einen Treffer landete. Irgendwann schmiss Dero sein Kissen weg und stürzte sich auf Leyla. Er packte sie an den Hüften, ließ sie mit ihrem Kissen auf ihn einschlagen und stieß sie sanft auf die Couch zurück. Dann kam der Siegesschrei, wobei er die Arme in die Luft streckte und auf Leyla sprang. Leyla kriegte sich nicht mehr ein vor Lachen. Hechelte nach Luft, als Dero auf ihr lag. Es war gespielt, denn Dero stützte sich mit den Armen an der Seite ab. Leyla zerrte das Kissen zwischen ihnen hervor und versteckte ihr Gesicht darunter.

Der Atem verlangsamte sich. Dero ließ sich fallen und lastete mit ganzem Gewicht auf Leyla. Diese lugte unter dem Kissen hervor, als Dero es ihr ganz wegzog. Nun war sein Gesicht genau über ihrem. Sie lächelte, versuchte ihren Atem in den Griff zu bekommen. Doch ihr Puls begann zu rasen. Es wurde mucksmäuschenstill. Die Staubpartikel flogen mit den letzten entflohenen Kissenfedern um die Wette zu Boden. Man konnte die Berührung der Federn auf dem Parkett fast hören. Dero drehte sich hinter sie auf das Sofa, schlang seine Arme um Leyla, die den Zauber fast greifen konnte. Ihre Körper waren so nahe beieinander, dass sie jede einzelne Zelle des anderen spürten.

So lag Leyla in seinen langen, starken Armen und ließ sich fallen. Sie nahm seine Hand drückte sie fest an ihren Bauch, ließ ihn dem Herzen lauschen. Lange lagen sie da, auf dem Sofa. Er zog sie näher zu sich, raubte ihr den Atem, aber so, dass sie durch ihn atmete. Sie fühlte sich zum ersten Mal in ihrem Leben ganz. Sein Duft ließ sie ihr reales Ich vergessen. All der Schmerz, all die Ängste wurden durch seinen Herzschlag durchbrochen. Sie kannte es nicht, dass eine Umarmung so viel Wirkung haben konnte. Sie machte sich keine Gedanken, wie ihre Haare riechen mussten, ihr durch den Tag zerzaustes Haar. Sie dachte nicht darüber nach, wie sich ihre Haut anfühlen musste, wann sie das letzte Mal Körpermilch benutzt hatte. Nein. Diese Unsicherheiten verflogen mit jeder weiteren Feder, die sanft auf den Boden glitt. Sie wusste, dass sie von diesem Tag an sicher war, wenn er sie umarmen würde. Dann war sie zuhause. Ihren Kopf schmiegte sie wie eine Katze in seinen Nacken und er küsste ihr Haar, umschlang ihren Unterkörper mit seinen Beinen. Sie schwelgte, sie schwebte, sie wollte, dass es niemals endete.

Als ein plötzliches Klirren in der Küche die Stille durchbrach.

»Shit! Die Spaghetti«, schreckte Dero auf und stand mit einem Ruck auf dem Sofa.

Leyla taumelte, versuchte ohne Dero die Balance zu halten. Was ihr nur schwer gelang. Die Spaghetti. Die Realität. Das war es, was sie zurückbrachte. Zurück in die Welt, in der nicht alles warm und ruhig war. Doch in Leylas Magen knurrte es, und als sie Dero in die Küche nachging, hatte er das Chaos bereits unter Kontrolle. Es hatte den Deckel vom Topf gehauen und etwas Wasser verkochte am Außenrand. Dero streckte ihr einen Faden der Pasta entgegen.

»Probier mal, ob sie gut sind.«

Sie nahm es vorsichtig, mit dem Respekt, dass sie sich daran verbrennen könnte, und ließ die Nudel danach in ihren Mund gleiten.

»Mhmm,« nickte sie.

»Gut?«, fragte er nochmals nach.

»Mhmm.«

»Okay, kannst du da unten das Sieb rausholen?«

Dero nahm den Topf mit den Spaghetti vom Herd und lief um Leyla herum zur Spüle. Die stutzte, als sie das Sieb aus dem Schränkchen zog.

»Da liegen Schuhe drin.«

»Was?«

»Ja, da hinten, hinter den Schüsseln sind Schuhe«, sagte sie amüsiert.

»Männer oder Frauen?«, stellte er eine Gegenfrage.

»Du fragst, ob Männer- oder Frauenschuhe, wenn ich dir sage, dass in eurem Küchenschrank Schuhe liegen? Das ist die Priorität?«

»Ja, was soll ich sonst fragen?«

»Naja, eine Antwort wäre auch eher in meinem Sinne gewesen«, zwinkerte sie ihm zu. Dero ging neben Leyla in die Hocke und lugte in den Schrank, fischte mit der einen Hand einen Schuh heraus und stützte sich mit der anderen am Boden ab.

»Ach, Mama«, seufzte er.

»Warum versteckt deine Mutter Schuhe in Küchenschränken?«, fragte Leyla etwas ernster.

»Nicht unbedingt Schuhe. Manchmal sind es meine Lieblingsshirts oder Hosen, oder mein alter Gameboy oder die Konsolen meiner PS. Sie meint mich damit zu bestrafen«, erklärte Dero, während er weitere seiner langvermissten Schuhe hervorholte.

»Die Bestrafungsmethode kenne ich gar nicht«, Leyla nahm der Situation an Gewicht.

»Hat auch nichts gebracht, wie man sieht …«, lächelte Dero. »Nein, ernsthaft. Sie hatte die Vorstellung, dass sie mir etwas wegnehmen musste, wenn ich etwas falsch machte. Das war ihr Prinzip. Nur habe ich es meist nicht gemerkt, dass etwas fehlte. Außer natürlich die Konsolen. Aber ihre Verstecke waren auch nie kreativ.«

»Ich finde Schuhe hinter Salatschüsseln zu verstecken kreativ.«

»Yep. Wie lange die da wohl bereits liegen«, sagte Dero zu sich selbst.

Und nicht nur diese Frage überlegte er sich, sondern wofür diese Bestrafung gegolten hatte. Als er wieder einmal zu spät nach Hause kam? Als er ihre *CSI*-Folgen für ein Tennisturnier im Fernsehen löschte? Oder als er sie im Stich ließ, weil er darauf hätte achten sollen, dass sie ihre Tabletten nahm? Dero lief es kalt den

Rücken hinab. Nein, in den beginnenden manischen Phasen gab es keine Bestrafungen, und später, wenn sie depressiv wurde, war es für die Pillen sowieso zu spät.

»Wow, die sind perfekt al dente«, lobte Leyla Deros Kochkünste.

»Ich habe eine Spaghettiuhr in mir. Ich kann sie nicht verkochen«, erklärte Dero grinsend.

»Und funktioniert die auch bei Penne oder Makkaroni?«, zog Leyla den Scherz weiter.

»Nein, außer bei Fusilli. Da klappt es auch ganz gut«, antwortete Dero und versuchte dabei ernst zu bleiben.

»Hast du eigentlich italienische Wurzeln?«, fragte Leyla.

»Ein Viertel. Väterlicherseits«, bejahte Dero.

»Warum?«

»Weil nur ein Italiener all die verschiedenen Pasta-Sorten kennt«, lachte Leyla. »Nein, nein. Dein Name hört sich italienisch an«, erklärte Leyla ihre Frage.

»Mein Vater wollte mich Sandro nennen, aber das war meiner Mutter zu langweilig. Das

»e« dazwischen war der Kompromiss, den sie aushandeln konnten.«

»Und hat der Name eine Bedeutung?«, fragte Leyla weiter.

Sie wollte mehr über Sandero erfahren, wollte wissen, warum er so war, wie er war. Nicht dass diese Frage ihr dabei geholfen hätte, aber es war ein Anfang.

»Ich glaube, er kommt von Alexander. Der Große oder auch Abwehrende«, lächelte Dero.

»Das passt ja«, kommentierte Leyla und stopfte sich eine weitere Gabel Spaghetti in den Mund.

»Und was bedeutet Leyla?«, fragte nun Dero.

»Irgendwas mit Nacht. Oder Licht in der Ferne. Papa hat es mir erklärt, aber ich kann mich nicht mehr daran erinnern.«

»Ist das nicht widersprüchlich?«

»Wieso? Vielleicht bin ich ja der Polarstern, der die Seeleute wieder nach Hause führt«, verteidigte Leyla ihren Namen.

»Der hellste Stern von allen, der einen auf den richtigen Weg führt. Schöner Gedanke«, driftete Dero ab.

Leyla lächelte ihn an. Sie fand ihn wunderschön, wenn er irgendwo anders war. Gerne hätte sie seinen Gedanken gelauscht. Sie hatten ein ganzes Jahr aufzuholen. Ein ganzes Jahr, in dem sie nicht aneinander gedacht hatten, aneinander vorbeilebten. Und jetzt standen sie an einer gemeinsamen Kreuzung und Leyla wusste noch nicht, ob sie von nun an denselben Weg einschlagen würden.

Sie aßen schweigend weiter, bis die Teller geleert waren und Leyla aufstand und abräumte.

»Hey, du bist der Gast. Du musst nicht aufräumen«, wollte Dero sie aufhalten.

»Ach, ist doch nicht viel. Und du hast schließlich gekocht«, rief sie aus der Küche.

Dero schnappte sich die zwei Gläser, die auf dem Esstisch standen, und ging zu Leyla in die Küche. Er stellte sie auf die Anrichte und nahm Leyla unter die Lupe, wie sie die Töpfe und Teller abspülte.

»Wir haben eine Abwaschmaschine«, lachte Dero.

»Egal, ich bin es gewohnt«, erwiderte sie und ließ sich nicht stören.

»Ihr habt bei euch keine?«, fragte Dero verblüfft.

»Nein, das Haus meiner Großeltern ist sehr alt. Und meine Oma für eine Abwaschmaschine zu begeistern ist schlicht unmöglich. Sie hat ihr Leben lang von Hand abgewaschen.«

»Aber sie wäscht nicht auch die Kleider von Hand, oder?«, lachte Dero.

»Spinnst du? So altmodisch sind sie auch wieder nicht«, grinste Leyla zurück.

»Hattest du immer ein so gutes Verhältnis zu deinen Großeltern?«

»Wie kommst du darauf, dass es gut ist?«

»Na, so wie du von ihnen sprichst. Irgendwie ehrfürchtig und doch liebevoll … Keine Ahnung, wie ich das beschreiben soll«, dachte Dero laut.

Leyla nahm sich Zeit darüber nachzudenken und sagte: »Als ich klein war, habe ich sie nicht oft gesehen. Nicht, dass der Weg weit gewesen wäre, aber wir waren immer unterwegs. Wenn wir sie besuchten, war ich gerne bei ihnen. Oma backte Kuchen, wenn wir da waren, dann duftete das ganze Haus danach. Das war die Erinnerung, die ich lange mit mir trug. Als ich dann mit 12 zu ihnen ziehen musste, veränderte sich alles. Es gab auch nicht mehr jeden Tag Kuchen. Es ist, als wäre es ein anderes Leben gewesen. Andere Menschen, ein anderer Alltag. Sie sind alles, was mir geblieben ist, und auch wenn es manchmal nicht einfach ist, weil sie … naja, alt sind, bin ich dankbar, dass ich bei ihnen sein darf.«

Dero saß am kleinen Küchentisch, und als Leyla alles abgetrocknet hatte, setzte sie sich zu ihm. Es war eng und kühl in der Küche, aber der perfekte Ort, um über Dinge zu sprechen, die man sonst nicht bespricht.

»Hast du keine anderen Verwandten?«, fragte Dero weiter.

»Nein. Beide meiner Eltern waren Einzelkinder und Papas Eltern habe ich nie richtig kennengelernt. Sie waren schon alt, als sie meinen Vater bekamen, und sie starben ein Jahr, nachdem meine Eltern den Unfall hatten.«

»Wow.«

»Was?«

»Ach, und ich dachte, mein Leben sei schwer.«

»Mein Leben ist nicht schwer. Es ist nur … manchmal nicht so schön«, gab Leyla nachdenklich zu.

Später saßen sie vor dem TV und schauten sich einen Film an. Sie waren ausgelaugt. Es war ein langer und intensiver Tag gewesen. Dero schaute während des Films immer wieder zur Seite, um sich zu vergewissern, dass Leyla wirklich noch da saß. Und das tat sie, jedes Mal. Er konnte es nicht fassen. Vor wenigen Tagen hätte er nicht im Traum daran gedacht, dass dieses Mädchen neben ihm sitzen und sich einen Film anschauen würde. Und er dabei nicht nur an Sex dachte. Das war die Tatsache, die ihn sogar am meisten überraschte. Klar, er fühlte sich zu ihr körperlich hingezogen, aber es war nicht so, dass er ihr die Kleider vom Leib reißen wollte. Sie war etwas, das man sich aufheben wollte.

Dero betrachtete Leyla, wie sie tiefer ins Sofa sank. Sie war müde, das war eindeutig. Plötzlich verschwand er in seiner Lust. In Gedanken nahm er sie in den Arm, würde ihr über den Kopf streichen, sanft den Hals entlang. Sie würde sich zum ihm drehen und ihm in die Augen sehen, so lange bis er sich hinunter beugen würde, um sie zu küssen. Es wäre ein langer, leidenschaftlicher Kuss. Er würde ihm so viel versprechen und alles halten. Leyla würde sich dabei aufsetzen und mit einem Ruck seiner Arme würde sie auf ihm sitzen. Langsam würde er ihr das T-Shirt über den Kopf streifen. Ihren Hals liebkosen, ihr Dekolleté erkunden, dabei würden seine Lippen zittern und ihre Haut wäre übersät mit Gänsehaut. Seine Arme wären um sie geschlungen, immer näher würde er sie zu sich ziehen. Sein T-Shirt wäre als nächstes dran. Ihre Nägel würden sanft über seinen Rücken kratzen, jeden Finger würde er dabei spüren und darum beten, dass sie nicht damit aufhörte. Für eine Sekunde würde er die Fassung verlieren, würde sie von sich fort und auf ihren Platz auf dem Sofa werfen und sich über sie beugen. Er würde ihren Nabel küssen, ihre Brüste, die bereits etwas aus dem BH heraussprangen und nach Aufmerksamkeit lechzten. Er würde seine Küsse auf ihrem ganzen Körper verteilen. Ihre Hände, ihre Arme, ihren Nacken und dann ihre Lippen. Als Letztes wären ihre Lippen dran. Seine Zunge würde sich zwischen sie streichen, würde ihre Zunge massieren, ganz sanft, mit dem Drang nach mehr. In dem Moment, als sie sich mit ihren Händen an seinem Gürtel zu schaffen machte, hörte er seinen Namen. Ganz leise, als wäre die Stimme, die ihn rief, weit weg.

»Dero … Dero. Schläfst du?«, fragte Leyla sanft und strich sich die Müdigkeit aus den Augen.

Sie war wohl auch eingeschlafen, denn im Fernseher lief der Abspann. Sie konnte sich nicht an irgendetwas im Film erinnern, sie hätte nicht einmal die Namen der Hauptfiguren mehr aufzählen können. Leyla hockte sich aufrecht hin, sodass sie Dero beobachten konnte. Er war von ihrem Flüstern nicht aufgewacht. Er träumte, dachte sie sich, denn sein Körper zuckte unruhig. Kaum bemerkbar strich sie ihm über die nackten Arme. Und da schreckte er auf.

»Leyla?«, fragte er, als wüsste er nicht, wo er war.

Aber gleichzeitig war er nicht allzu überrascht, dass sie da war. Leyla verstand seinen Blick nicht. Seine Augen glänzten und erzählten eine Geschichte, die sie nicht kannte. Aus dem Bauch heraus strich sie mit ihrer Handfläche über Deros Schläfen, und bevor sie beim Kinn ankam, setzte er sich senkrecht hin und nahm ihren Kopf in seine Hände. Strich zärtlich mit den Daumen ihre Ohrmuscheln entlang. Sie kam mit ihrem Gesicht näher und er wusste, dass er nicht mehr anders konnte, als seinen Traum wahr zu machen. Er küsste sie. Sie küsste ihn. Und sie verschmolzen dabei.

Noch nie hatte er einen solchen Kuss erlebt. Seine Beine zitterten, seine Hände vergrub er immer tiefer in ihrem Haar. Sanft biss sie ihm ab und zu in die Lippen, es lief ihm kalt den Rücken hinunter. Manchmal küssten sie sich schneller und intensiver, dann wieder langsam und sanft. Doch sie hörten nicht damit auf.

Bis seine Hände sich unter ihr T-Shirt verirrten. Ruckartig bewegte sich Leyla nach hinten. Der Zauber war durchbrochen.

»Entschuldige«, stammelte er leise.

»Nein, mir tut es leid. Ich habe diesen wunderbaren Kuss unterbrochen«, entschuldigte sich Leyla.

»Was für ein Kuss …«, sagte er.

»Ja, du sagst es«, bestätigte sie.

»Wir sollten schlafen gehen. Schließlich müssen wir morgen früh aufstehen.«

»Müssen wir?«, fragte sie und lächelte ihn keck an.

»Du willst nochmals schwänzen?«, fragte er ungläubig.

»Was willst du denn unternehmen?«, fragte er weiter, weil sie nicht antwortete.

»Keine Ahnung. Mir gefällt es hier. Ich will nicht in die Realität zurück.«

Dero verstand, was sie meinte. Er war sich nur nicht sicher, ob es schlau wäre, sie zu einem weiteren Tag schwänzen anzustiften.

»Aber …«, begann er.

»Nein, mach dir keine Gedanken. Es war ja meine Idee«, sagte sie, als hätte sie seine Zweifel gehört.

»Na gut. Willst du den Film nochmals schauen? Ich habe nicht wirklich was davon mitbekommen«, lächelte er.

»Wieso nicht, schlafen kann ich sowieso nicht mehr.«

Leyla zwinkerte und Dero konnte nicht anders, als sie zu sich in den Arm zu ziehen und auf Play zu drücken.

Fünf Minuten später schliefen sie beide ein.

Am nächsten Morgen lag Leyla in Deros Bett. Er musste sie dahin getragen haben, sie konnte sich nämlich nicht daran erinnern, dass sie vom Sofa aufgestanden war. Und sie hatte auch all ihre Klamotten noch an. Sie lächelte. Es war wie früher, wenn sie mit ihren Eltern vor dem Fernseher einschlief. Es war klar, dass sie am nächsten Morgen in ihrem Bett lag und ihren Stoffhasen im Arm hielt. Sie liebte das. Bei dem Gedanken schmerzte ihr Herz. Es gab so vieles, was sie vermisste. All die Rituale, die sie und ihre Eltern gehabt hatten. Sie war 17 Jahre alt und wünschte sich nichts mehr, als dass ihr Vater mit seiner Ukulele in der Hand ins Zimmer stürmen würde und ein Gutenmorgen-Lied trällerte. Falsch und schief. Aber es war die beste Art, geweckt zu werden. Aber sie wusste, dass sie es nie wieder erleben würde. Es würde nie wieder den billigen, ekligen Fruchtsaft geben, den ihre Mutter jeden Morgen auftischte, seit sie denken konnte. Und niemals mehr würden sie ihr zum Abschied einen Kuss auf die Stirn geben. Leyla versuchte, nicht abzudriften. Sie war letzte

Nacht zu glücklich gewesen, um dies durch ihre Erinnerungen zu zerstören.

Da klopfte es an ihrer Tür. An Deros Tür. Der streckte den Kopf zwischen den Spalt und grinste übers ganze Gesicht.

»Willst du frühstücken?«

Leyla strich sich die Müdigkeit aus den Augen und nickte.

»Bin gleich wieder da. Hab dir frische Tücher über die Wanne gelegt«, sagte er und war bereits halb aus der Haustür. Leyla hätte nie gedacht, dass Dero ein Morgenmensch war. Ehrlich gesagt verwirrte es sie. Sonst war sie diejenige, die morgens fit und munter in den Tag startete, während Marina Stunden brauchte, um ansprechbar zu sein. Doch als sie auf die Uhr schaute, wäre sie am liebsten nochmals eingeschlafen. Acht Uhr morgens. Viel zu früh, wenn man bedachte, dass sie sich einen freien Tag nahmen. Sie wollte frischer aussehen, wenn Dero mit dem Frühstück zurück war. Also stand sie auf und schlurfte ins Bad. Sie bewegte sich in der Wohnung, als wäre sie bereits eingezogen. Die Sonnenstrahlen fielen durchs Fenster und Leyla musste sich nochmals die Augen reiben. Sie versuchte, unter der Dusche ihre Gefühle zu ordnen. Das war schwieriger als gedacht. Ihre Glückseligkeit wurde von alltäglicher Traurigkeit dominiert. Und doch war da dieses kleine Gefühl, das sich in ihrem Herz auszubreiten versuchte. Sie stand alleine in der Dusche, ließ sich das Wasser über den Kopf rieseln und fühlte sich geborgen. Die Gewissheit, dass Dero bald wieder da sein würde, dass sie einen weiteren gemeinsamen Tag vor sich hatten, zauberte ihr ein Lächeln aufs Gesicht.

Dero schwebte über den Asphalt. Normalerweise war er nicht so wach frühmorgens. Aber er wollte keine Sekunde länger darauf verzichten, mit Leyla den Tag zu starten. Er war kein Romantiker, war er nie, aber hätte er die Situation beschreiben müssen, hätte er sie mit einem luftigleichten Lied unterlegt. Er konnte sich jedoch nicht zwischen sanften Klavierklängen von Einaudi oder »Happy« von Pharrell Williams entscheiden. All die Menschen, die ihm entgegen kamen, trugen ein Lächeln auf den Lippen. Und komischerweise war er schneller im Supermarkt als je zuvor. Er schnappte sich ein Körbchen und flog durch die Gänge, packte alles ein, was ein Brunch erforderte. Er schnappte sich seinen Lieblingsfruchtsaft, holte Brötchen bei der internen Bäckerei und Milch und Joghurt und Käse aus dem Kühlregal. Er hatte nichts vergessen und ging an die Kasse. Als er seinen Namen hörte. Die junge Frau kam grinsend auf ihn zu und es dauerte einen Moment bis Dero begriff, woher er sie kannte. Es war Lucy aus der Klinik seiner Mutter.

»Oh, wer wird denn hier verwöhnt?«, waren ihre ersten Worte, als sie seinen vollen Korb sah.

»Hey Lucy, wie geht es dir?«, fragte er so neutral wie möglich.

Er hatte keine Zeit für Smalltalk, aber er wollte Lucy auch nicht einfach stehenlassen und arrogant wirken. Obwohl das sein normales Verhalten gewesen wäre. Aber an diesem Tag war alles anders. Lucy erzählte von ihren letzten Tagen in der Klinik, und als sie zusammen aus dem Supermarkt liefen, sagte sie, dass sie sich selbst entlassen hatte.

»Geht das denn einfach so?«, fragte Dero verwundert.

»Sie finden es nicht toll, aber sie können dich auch nicht einsperren, wenn du freiwillig gekommen bist«, erklärte sie.

Sie wirkte anders als vor wenigen Tagen in der Klinik.

»Deine Mutter ist sicher auch bald soweit«, schwafelte sie weiter.

»Ich war überrascht, dass eine starke, aufgeschlossene Frau wie sie da drin ist … Sonst alles Psychos«, lachte Lucy.

Dero hörte eine Verzweiflung in ihren Worten, aber er schob es darauf, dass er kein Fan dieser Klinik war. Aber er wusste genauso, dass es das war, was seine Mutter in diesen Phasen brauchte.

»Ich will dich nicht unterbrechen, aber ich sollte langsam …«, versuchte Dero das Gespräch zum Ende zu bringen.

»Ah, ja klar, da wartet jemand darauf, von dir verwöhnt zu werden«, lächelte sie verständnisvoll.

»Sozusagen. Hat mich gefreut, dich zu sehen. Und auch, dass es dir besser geht«, verabschiedete er sich.

»Hat mich auch gefreut. Und Dero, so heißt du doch, oder? Wenn du einen Menschen hast, der es wert ist, frühmorgens Frühstück einkaufen zu gehen, halte an ihm fest. Es sind diese Menschen, die das Leben lebenswert machen.«

Mit diesen Worten drehte sie sich weg und ließ Dero verblüfft stehen. Was war das denn? Dero schüttelte den Kopf und versuchte, während er ihr hinterher sah, herauszufinden, was anders an ihr war. Irgendetwas hatte sich verändert. Ihre Augen. Ihre Worte sagten das eine, ihre Augen sprachen eine andere Sprache. Aber er kannte sie zu wenig, um es richtig einschätzen zu können.

Auf dem Nachhauseweg war er langsamer. Er hing den Gedanken an Lucy nach. Doch als er vor seiner Wohnung stand und sich in Erinnerung rief, wer darin auf ihn wartete, änderte sich seine Stimmung um 180 Grad.

Er öffnete die Tür und liebte die Tatsache, dass er Leyla in der Wohnung bereits riechen konnte. Er legte die Einkäufe in die Küche und vermutete Leyla im Wohnzimmer. Da saß sie auf dem Sofa und las in einem Buch.

»Ich bin wieder da und ich habe leckere Sachen mitgebracht«, begrüßte er sie vom Türrahmen aus.

Leyla zuckte kurz zusammen und drehte sich zu ihm.

»Hab dich gar nicht gehört«, lächelte sie beschämt.

»Gutes Buch?«, fragte er lachend und war fasziniert von Leyla.

Noch nie hatte er eine Frau in seinem Wohnzimmer lesend vorgefunden, so in die Literaturwelt vertieft, dass sie zusammenzuckte, wenn sie hinausgerissen wurde.

»Hab ich in eurem Bücherregal gefunden. Dieser Gotthelf ist gar nicht schlecht«, sagte sie und streckte ihm das kleine Büchlein hin.

»Ach, das. Komisch irgendwie, andere Sprache, alte Sprache. Das mussten wir in der Schule lesen«, erinnerte sich Dero an *Die schwarze Spinne.*

»Hast du Hunger?«, fragte er, als er ihr das Buch zurückgab.

Sie bejahte und sprang auf. Gemeinsam gingen sie in die Küche und machten das Frühstück bereit. Als Leyla den Fruchtsaft aus der Tüte packte, verschlug es ihr den Atem.

»Alles in Ordnung? Magst du den nicht?«

Doch Leyla nickte, drehte sich dem Kühlschrank zu. Er konnte nicht anders und strich ihr mit der Hand über den Rücken. Eine Träne fand den Weg aus ihren Augen. Schnell wischte sie sie weg. Es war kein Zeichen für ihre Trauer, es war für sie ein Zeichen, dass er den Fruchtsaft gekauft hatte, den sie seit Jahren nicht mehr trank. Den Fruchtsaft, den sie immer mit ihren Eltern zum Frühstück getrunken hatte. In dem Moment wusste sie, dass dieser Tag perfekt werden würde. Denn sie hatte das Gefühl, damit von ihren Eltern das OK bekommen zu haben, dass sie sich mit Dero nicht mehr einsam fühlen musste.

»You move my heart with the tiniest messages. You make me smile on a day where I just want to hide. You've put this spell over me where whenever I think it's gone I still smile about every little thing you do. All I can think about is having your arms around me and the warmth I'd have in my heart would be greater than the heat of the sun. Is there a way out or is there actually a happy ending?«

Marina kribbelte es in den Fingern. Nachdem Leyla ihr offenbart hatte, dass sie sich in den Einzelgänger Dero verliebt hatte, kam auch bereits Herr Maler ins Schulzimmer. Sie hätte Leyla am liebsten auf der Stelle ausgefragt. Deshalb riss sie eine Seite aus ihrem Notizbuch und formulierte ihre Fragen schriftlich. In Großbuchstaben schrieb sie: *WAS IST IN DEN LETZTEN TAGEN PASSIERT?* Zuerst dachte Leyla, dass Mari sich das erste Mal Notizen im Unterricht machte. Dass sie bei Musiktheorie damit beginnen würde, machte sie ein bisschen stutzig. Als sie jedoch in Gedanken war und nicht mitbekam, wieso plötzlich ein Themenwechsel anstand, schaute sie auf Marinas Notizen und lachte lauthals los. Die ganze Klasse drehte sich zu ihr und auch der Lehrer schaute verwundert zu den zwei Mädels.

»Willst du die Klasse nicht an deinem Lachanfall teilhaben lassen? Ich bin mir nämlich nicht sicher, ob es am Tod von Mozart liegt.«

Herr Maler ging langsam auf die beiden zu, während Mari ihr Notizblatt unbemerkt zu verstecken versuchte. Erschrocken blickte Leyla zu Dero. Der wusste, dass es um die Wurst ging.

»Herr Maler, darf ich auf die Toilette?«, lenkte er lautstark die Aufmerksamkeit der Klasse auf sich.

»Konntest du das nicht in der Mittagspause erledigen, die vor fünfzehn Minuten zu Ende ging?«, fragte dieser.

»Tut mir leid. Mein Magen spinnt etwas«, ging Dero einen Schritt weiter.

Die Klasse begann zu grölen und einer der Jungs rief ins Plenum: »Lassen Sie ihn scheißen gehen.«

Dero funkelte den Typen, der kein Freund von ihm war, an. Aber er war ihre Rettung. Niemand interessierte sich mehr für Leylas Lacher und Marina konnte die aufgeschriebene Frage verschwinden lassen.

»Okay, aber mach schnell«, gab der Musiklehrer nach.

Dero stand auf und an der Tür blickte er zu Leyla zurück, die mit ihren Lippen ein »Danke« formte. Er grinste und verschwand aus dem Zimmer. Das war knapp.

Dero schlenderte zur Toilette im selben Stock, schaute sich im Spiegel an und ging danach zurück ins Klassenzimmer.

»Das ging aber flott«, meinte Herr Maler und fuhr mit dem Unterricht fort.

Am Ende der Stunde repetierten sie, um sich für den Rest des Tages aufzulockern, die Songs, die sie seit vier Wochen einübten. Langsam hörten sie sich richtig toll an und gutgelaunt landete jeder nach der Pause bei Frau Klemmer in Biologie. Wobei die meisten Mitschüler die Motivation nach wenigen Minuten wieder verloren. Besonders Leyla konnte nur daran denken, dass bald Sport an der Reihe war. Vor einer Woche begann die Geschichte mit Dero. Ihr wurde bewusst, wie schnell alles ging. Noch vor zwei Wochen hatten sie sich keines Blickes gewürdigt, oder nur, wenn es die Schule erforderte. Aber seit einer Woche befand sie sich in einer Schwebe und sie merkte, dass sie da nicht heraus wollte. Irgendwann zwischen wiederholter Photosynthese und der Ozonschicht kam ihr in den Sinn, dass Dero ihr vor einer Woche den Zettel mit seiner Nummer in die Jacke gesteckt hatte. Bis heute hatte sie ihn nicht darauf angesprochen. Es war nicht mehr nötig. Sie lächelte. Was sich alles ändern konnte innerhalb einer Woche. Ihr ganzes Leben wurde auf den Kopf gestellt. Sie hätte vor Freude wortwörtlich einen Handstand machen können.

Dero freute sich darüber, dass die Doppelstunde Sport mit den Mädchen zusammen stattfand. Normalerweise empfand er es als mühsam. Dann konnte er sich nicht so ausleben, wie er es gerne wollte. Die Mädels würden anfangen zu weinen, wenn ihnen beim Fang eines Volleyballs ein Nagel abbrach. Gut, nicht alle Mädchen, aber Sharon bestimmt. Er grinste bei dem Gedanken in sich hinein. Er mochte Sharon. Sie war pfiffig, irgendwie eigen. Und die Tatsache, dass Leyla mit ihr befreundet war, bestätigte seine Theorien über die aufgeschlossene Amerikanerin. Aber eine Tussi war sie trotzdem und Leyla nach seinem Empfinden nicht. Sie versuchte es ab und zu vorzuspielen, aber das durchschaute Dero. Es war einer ihrer Anpassungsversuche, dachte er sich.

Sie konnten sich in der zweiten Stunde entweder für Fußball oder Beachvolleyball draußen auf dem Platz entscheiden. Bei Dero war es klar: Fußball. Leyla zögerte, schloss sich jedoch der Fußballgruppe an. Marina war von Volleyball nicht abzubringen und Sharon setzte ganz aus und ignorierte den Lehrer, der ihr nicht abnahm, dass sie ihre Tage bekommen hatte. Leyla und Mari lachten sich ins Fäustchen. Als Dero es ihnen nachmachte, fiel Phil Deros Fokussierung auf die Mädels auf.

»Welche hast du dir jetzt geschnappt? Ich hoffe die Amibraut, Mari krieg ich noch herum.« Phil kapierte nichts und Dero war nicht unglücklich darüber.

Leyla wurde in die gegnerische Gruppe von Dero eingeteilt. Manchmal, wenn er den Ball ihrem Team abnahm, stand sie da und schaute ihm verträumt zu, wie er ein Tor schoss. Jede seiner Bewegungen nahm sie unter die Lupe. Wie sein rechter Arm mitschwang, wenn er mit links schoss. Oder wie seine Hüfte sich drehte, wenn er an einem Gegner vorbeirannte. Während dieser Träumereien rollte der Ball vor ihre Füße.

»Leyla, renn«, hörte sie von allen Seiten, doch sie hatte nur Dero im Blick, der im Eiltempo auf sie zu rannte.

Als er bei ihr ankam, blieb er stehen.

»Na los«, lachte er.

»Eins zu eins, nur wir beide. Mal sehen, wer gewinnt«, neckte er Leyla.

»Haha. Als hätte ich eine Chance«, antwortete sie, stupste den Ball mit dem Fuß an und lief damit los. Sie drehte sich und rannte mit aufkommendem Adrenalin zum gegnerischen Tor. Der Ball knapp vor ihr. Sie war schnell. Dero war zwar schneller, aber er war von Leyla abgelenkt und verpasste die Gelegenheit, ihr den Ball abzunehmen. So rannten sie Seite an Seite dem Tor entgegen. Als sie bereits den Fußball ins Tor kicken wollte, legte er seinen rechten Arm um ihre Hüften und schubste sie mit sich auf die Seite. Leyla verlor den Halt und legte sich seitlich auf den Rasen. Damit hatte Dero nicht gerechnet und flog auf sie drauf. Beide auf dem Boden liegend, die halbe Klasse um sie herum, begannen sie lauthals zu lachen.

»Foouuuuul«, schrie Leyla und ihr Team stimmte mit ein.

Es gab ein Elfmeter für Leyla, den sie kläglich verschoss. Das Spiel ging weiter und niemand hatte die Herzschläge der beiden mitgehört. Niemand gab darauf acht, außer einer einzigen Person.

»Du stehst auf Leyla, nicht wahr?«, fragte Phil nach dem Unterricht in der Dusche.

Die anderen Jungs horchten auf.

»Was laberst du da?«, stritt Dero ab.

»Komm schon. Den Ball hättest du ihr locker abgenommen.«

»Na und? Wir waren bereits haushoch am Gewinnen, da darf man der Gegnermannschaft auch mal Gutes tun.«

»Seit wann bist du sozial geworden?«, stichelte Phil seinen Freund.

»Halt die Klappe«, beendete Dero das Thema.

»Leyla. Leyla? Hätte ich nicht erwartet«, machte Phil weiter, aber zu sich selbst.

Dero war froh, dass die anderen Jungs sich raushielten. Klar, ihre Gesichter sprachen Bände, aber keiner traute sich, Dero zu widersprechen. Als sie aus der Garderobe kamen, waren alle Frauengeschichten vergessen und alle waren froh, dass der Schultag zu Ende war.

Marina, Sharon und Leyla machten sich auf den Weg zum Bahnhof. Sharons Zug kam als Erstes, und als Leylas Zug nach Hause einfuhr, hielt Mari sie zurück.

»Du schuldest mir noch eine Geschichte«, forderte sie ihre Freundin auf.

»Kann das nicht bis morgen warten?«

»Nein.«

»Oder ich ruf dich später an.«

»Nein.«

»Mari. Mein Zug.«

»Nein.«

Beide mussten grinsen.

»Na gut. Aber ich hoffe nicht, dass das nun deine Antwort zu allem ist«, ließ sich Leyla breitschlagen.

»Nein«, lachte Mari.

Sie setzten sich auf eine Bank bei den Gleisen und Marina schaute neugierig auf Leylas Lippen.

»Es war traumhaft«, begann diese.

Mari nickte und signalisierte damit, dass sie auf mehr Informationen wartete. Leyla fing von vorne an. Wie sie sich auf dem Schulhof im Partnerlook trafen und entschieden, den Tag anderswo zu verbringen. Ihr erster Kuss und wie sie nicht mehr damit aufhören konnten, weder im Zug noch bei Dero zuhause. Sie erzählte, wie es dazu kam, dass sie nochmals eine Nacht blieb und dass er ihr Frühstück machte.

»Und hat er gemerkt, dass dich der Fruchtsaft mitnahm?«, fragte Mari einfühlsam.

»Nein, Gott sei Dank nicht. Wir haben gefrühstückt. Und er hat die besten Rühreier gemacht, die ich je gegessen habe. Mit Tomaten und Feta-Käse. Wir haben kaum geredet, aber das war gar nicht nötig. Du glaubst nicht, wie anders er ist, als wir ihn kannten. Nicht der arrogante Sportler, der nichts anderes im Kopf hat. Nein, wir haben nach dem Essen über Bücher gesprochen, Filme, die wir mögen oder nicht ausstehen können. Wir haben auf dem Sofa Stunden verbracht, uns Youtube-Videos angeschaut und irgendwie war da immer diese Nähe. Gott, wenn ich jetzt darüber nachdenke, fehlt mir das jetzt schon. Einfach in seinen Armen zu liegen. Aber …«

»Was, aber?«, war Mari überrascht.

»Ich weiß nicht. Was wenn das nicht hinhaut? Was wenn er sich irgendwann dazu entscheidet, dass er doch lieber jemanden wie Franky hat?«

»Ach, papperlapapp. So wie du mir das erzählst, muss es ihm genauso gehen. Du weißt nicht, wie viel ich dafür geben würde, einmal in meinem Leben eine solche Geschichte erzählen zu können«, träumte Mari.

»Mari wir sind 17! Ist ja nicht so, dass man bereits den Mann fürs Leben finden muss.«

»Na, anscheinend hast du das aber«, lächelte sie.

Leyla vertiefte sich in diesen Gedanken. Wäre das logisch? Mit 17 den Richtigen zu finden? Glaubte sie daran, dass es den einen Richtigen gab? Leyla schüttelte den Kopf. Sie wollte nicht zu sehr über alles nachdenken. Denn da war diese kleine Stimme in ihrem Kopf, die dafür sorgte, dass sie sich nicht zu sehr fallen ließ.

»Genieß es einfach, Ley. Du weißt nicht, was morgen geschieht. Und glaube mir, das Ganze hört sich nach einem kitschigen Liebesfilm an und die haben immer ihre Happy Ends.«

»Nein, nein. Die Filme enden nur, wenn es gerade happy ist«, zweifelte Leyla noch immer.

»Leyla, ich weiß, du hast Angst. Du kennst es nicht, glücklich zu sein. Und ich meine, so richtig glücklich. Auch wenn ich deine Wahl etwas komisch finde – weil, nun ja, es ist Dero –, sehe ich in deinen Augen, dass da endlich jemand ist, den du anfängst, in dein Herz zu schließen. Das muss echt was heißen«, lächelte Mari nach ihrer Standpauke.

Doch Leyla hörte ihr nicht mehr zu. Sie war bei Dero. In Gedanken, mit dem Herz. Da war er seit Tagen omnipräsent.

Die Tage vergingen wie im Flug. Als würden sie fliegen. Auch wenn es schwieriger wurde, ihre Zuneigung zu verstecken, hatten sie es geschafft, dass es nach Frau Antoné und Mari noch niemand herausgefunden hatte. Vielleicht ahnte der eine oder andere etwas, aber sicher konnten sie sich nicht sein. Es kam öfter vor, dass sie darauf warteten, dass alle Mitschüler nach Hause gingen, und sie dann gemeinsam in der Bibliothek die Hausaufgaben machten, knutschten oder im kleinen Park neben der Schule quatschten. Phil war dadurch einer derjenigen, der etwas ahnte. Denn seit mehreren Wochen ließ Dero das gemeinsame Fußballspielen nach der Schule sausen. Hätte er mehr Freunde, hätte er sie alle im Stich gelassen. Marina gab Leyla drei Monate. Dann würde sie reklamieren, dass ihre beste Freundin zu wenig Zeit für sie hatte. Und als Bonus lenkte sie Sharon ab.

»Irgendwie kommt mir das bekannt vor«, überlegte Leylas Grossmutter.

»Das nennt man Pubertät, meine Liebste. Da sind die Jungen himmelhoch jauchzend oder zu Tode betrübt«, erklärte ihr Großvater.

»Nein, nein … Das ist was anderes. So fröhlich habe ich sie noch nie gesehen«, dachte sie laut, als Leyla ins Esszimmer kam.

»Wen habt ihr noch nie so fröhlich gesehen?«, fragte Leyla frohlockend.

»Na, dich!«, lachte der Großvater.

»Siehst du, jetzt wird sie rot, unsere Kleine. Hast du uns etwas zu erzählen?«

Doch Leyla schüttelte verlegen den Kopf. Da ging dem Großvater ein Licht auf.

»Du bist verliebt. Diesen Blick kenne ich von deiner Großmutter.«

Nun wurde Leyla noch röter.

»Ach, du liebe Güte, du hast Recht. Dass ich nicht darauf gekommen bin«, lachte die Großmutter.

»Quatsch. Ich bin nicht verliebt. Ich habe nur Hunger«, versuchte Leyla abzulenken.

»Wie heißt denn der Junge, der dir dein Herz gestohlen hat?«, fuhr ihre Oma unbeirrt fort und setzte den Wassertopf auf den Herd.

»Was liest er für Bücher?«, fragte der Großvater.

»Was machen seine Eltern von Beruf?«

»Geht er in deine Klasse?«

Die Fragen ihrer Großeltern überhäuften sich.

»Ich bin nicht verliebt. Glaubt mir doch«, log Leyla verzweifelt.

»Am besten bringst du ihn mal her. Den müssen wir unter die Lupe nehmen«, schlug ihr Großvater vor und faltete seine Zeitung zusammen.

Sie ignorierten Leylas Einwände.

»Ist man mit 17 nicht zu jung für die Liebe?«, fragte er nun seine Frau.

»Wir waren noch jünger, erinnerst du dich nicht?«

»Das war eine andere Zeit«, widersprach ihr Großvater.

»Habt ihr denn vor zu heiraten?«

»OMA! Nein! Und wenn ihr so weitermacht, esse ich in meinem Zimmer«, drohte Leyla.

Ihr Großvater grinste und zwinkerte seiner Frau zu.

»Eindeutig verliebt.«

Dero staunte nicht schlecht. Seit Leyla nach der Schule ab und an zu ihm nach Hause kam und sofort ihre Schulsachen auspackte und ihn dazu aufforderte, es ihr gleichzutun, machte es ihm Spaß die Hausaufgaben zu machen. Früher, als Leyla noch nicht sein

Leben auf den Kopf gestellte hatte, ging er jeden Tag zur Schule ohne irgendetwas getan zu haben. Für Prüfungen lernte er nur im Ernstfall, und dass er nie Hausaufgaben machte, mussten die Lehrer irgendwann hinnehmen. In seinem Kontaktheft waren so viele Einträge, dass er bereits ein zweites füllte. Hätte er nicht die Schulnoten, die die Lehrer überraschten, wäre es nicht nur beim einmaligen Wiederholen des Schuljahres geblieben. Dero war ein schlaues Bürschchen, würde Herr Mender, der Deutschlehrer, sagen und ihn dabei vor der Lehrmannschaft verteidigen. Doch seit Wochen verbesserten sich nicht nur seine Noten, sondern die Lehrer, die ihm gerne einen Eintrag ins Büchlein machten, hatten keine Chance dazu. Dero würde es nicht zugeben, aber es machte ihm Spaß in die überraschten Gesichter der Lehrer zu schauen, wenn er ihnen seine perfekt gemachten Aufgaben präsentierte.

»Was machst du eigentlich nach dem Gymnasium?«, fragte Leyla, während sie vor dem Sofa bei Dero zuhause auf dem Boden saß und die Mathebücher vor sich liegen hatte.

In Mathematik war sie nicht stark, deshalb lernte sie gerne bei Dero, der ihr ohne Probleme jedes »x« lösen konnte.

»Keine Ahnung. Mein Vater würde erwarten, dass ich studieren gehe. Deshalb fällt das mal weg«, lachte Dero.

»Nein, ernsthaft. Was sind deine Pläne?«, fragte Leyla weiter.

»Ich weiß es nicht. Wirklich nicht«, bemerkte Dero.

»Gibt es keinen Beruf, der dich reizt?«

»Fußballprofi?«, antwortete er ironisch.

»Ist es dafür nicht zu spät? Müsste man da nicht bereits in einer wichtigen Mannschaft spielen?«, verstand Leyla die Ironie nicht.

»Wahrscheinlich. Aber es war sowieso ein Witz«, zwinkerte er ihr zu.

»Also, du magst Mathe und Biologie. Das wissen wir bereits. Was magst du sonst noch?«, durchforstete Leyla Deros Interessen.

»Leyla, ich mag gar kein Schulfach. Ich mag die Schule nicht einmal«, versuchte er das Thema zu unterbinden.

Doch Leyla fuhr unbeirrt fort: »In Chemie bist du auch stark.

Vielleicht solltest du Arzt oder so etwas werden. Wäre das nicht was?«

»Bääh. Da muss man doch überirdisch lange in der Uni sitzen, oder?«, begann sich Dero langsam auch Gedanken zu machen.

»Na, dann halt nicht Arzt. Oder du wirst Sportlehrer. Das kann man an der Hochschule machen, nicht?«

»Ernsthaft? Ich sage dir vor wenigen Minuten, dass ich die Schule nicht mag und du denkst an Lehrer?«, lachte Dero wieder los.

Er wollte das Thema nicht ernstnehmen. Das tat er noch nie. Seine Eltern ja, besonders sein Vater. Aber Dero hatte kein Interesse daran, sich jetzt Gedanken über seine Zukunft zu machen. Er fühlte sich zu jung, um sich selbst in zehn Jahren als irgendein Geschäftsmann, Arzt oder sonst was zu sehen. Dero versuchte nur, jeden Tag so zu planen, dass er schnell vorbeiging. Und er wusste auch wieso.

Seine Mutter war früher eine starke Immobilienmaklerin gewesen. Sie investierte in Weiterbildungen und stieg die Karriereleiter schnell hinauf. Sie hatte keine Freunde, keine engen Bindungen zu anderen Menschen. Sie arbeitete nur. Als sie Deros Vater kennenlernte, war sie so impulsiv und überzeugend wie in ihrem Job. Dieser suchte eine neue Maisonette-Wohnung für sich und seine damalige Freundin. Doch nicht seine Ex zog damals mit ein, sondern Deros Mutter. Er war hin und weg von ihrer Kraft und ihrer Art, er verliebte sich Hals über Kopf. Und Deros Mutter ließ sich mitreißen, ohne ihre Karriere dabei zu gefährden. Bereits ein halbes Jahr nachdem Dero auf die Welt gekommen war, begann sie wieder zu arbeiten. Es war das, was sie am besten konnte, das, was sie am liebsten tat. Damit konnte sie jeden Tag schneller hinter sich bringen. Und wofür? Dass sie eines Tages bei einer Besichtigung den millionenschweren Interessenten dazu aufforderte, mit ihr durch die Gänge zu tanzen, weil ihm das ein Gefühl für das Haus ermöglichen könnte. Und als sie im Schlafzimmer ankamen, schmiss sie sich aufs Bett und fragte den verdatterten Kunden, ob er sich nicht vorstellen könnte, dass er hier den besten Sex seines Lebens haben könnte. Es war ihre erste schlimme manische Phase und ihr letzter Arbeitstag bei der Immobilienfirma, bei der sie jahrelang gearbeitet hatte. Dero war damals vier Jahre alt. Kurz darauf überzeugte sein Vater seine Frau, sich von einem Arzt untersuchen zu lassen. Sie konnte es jahrelang unterdrücken, verdrängen. Doch in dem Moment als die Diagnose einer bipolaren Störung gemacht wurde, war Deros Mutter nicht mehr die, die sie einmal war.

Sie stritt sich nur noch mit Deros Vater, der aus Sorge eine Nanny für Dero organisierte. Dero akzeptierte die Nannys, die jedes halbe Jahr wechselten, weil es keine an der Seite seiner Mutter aushielt. Dero liebte seine Mutter, wenn sie nicht in ihrem Bett oder vor dem Fernseher lag und ihm verboten wurde, zu ihr zu gehen. Doch wenn er an seine Kindheit zurückdachte, waren da all die verrückten Ausflüge, die er mit seiner Mutter gemacht hatte. Sie nannte es Versteckenspielen, wenn sie in irgendeinen Zug einstiegen und durch Dörfer und Städte reisten. Lange dachte er, dass es Freunde seiner Mutter in blauen Kleidern waren, die sie wieder nach Hause brachten. Bis er im Alter von zehn Jahren begriff, dass das Polizisten waren und seine Mutter nicht Verstecken spielte, sondern in manischen Phasen abhauen wollte. Zu Anfang, als er das verstand, machte er mit, um seine Mutter zu beschützen. Doch je älter er wurde, umso mehr verstand er, dass dies nicht die Lösung war. Und blieb, wie sein Vater, einfach länger weg. Bis sein Vater ganz wegblieb.

»Was siehst du gerade?«, fragte Leyla und riss Dero damit aus seinen Gedanken.

»Ich war ewig nicht mehr bei meiner Mutter.«

Leyla verstand nicht, wie er von Berufswünschen auf seine Mutter kam, aber erwiderte sanft: »Dann besuch sie mal wieder. Sie vermisst dich bestimmt.«

Dero nickte.

»Würdest du mitkommen wollen?«, fragte er.

Leyla stand der Schock ins Gesicht geschrieben.

»Ähm ... Ich weiß nicht. Willst du das wirklich?«

»Wenn sie nicht ausrastet, dass sie nicht mehr die einzige Frau in meinem Leben ist, dann freut sie sich sicher, noch mehr hübsche, nette Besucher zu haben«, lächelte Dero.

»Noch mehr? Hast du dich gerade selbst als hübsch und nett bezeichnet?«, lachte Leyla.

»Ja. Bist du da anderer Meinung?«

Dero stand vom Sofa auf und stemmte die Hände in die Hüften. Leyla, die auf dem Boden saß, schaute zu ihm hoch.

»Naja, nett vielleicht ... Aber hübsch?«, kicherte sie.

»Du freche Maus, du«, lachte Dero und stürzte sich auf Leyla.

Da lag er nun auf ihr, inmitten von Büchern. Biss ihr in den Nacken, in die Schultern und kitzelte sie mit der freien Hand, wobei die andere sich auf dem Mathebuch abstützte.

»Hey, du machst meine Bücher kaputt«, schrie Leyla belustigt und versuchte, sich unter Dero wegzudrehen. Doch sie hatte keine Chance. Also biss sie ihm in die Oberarme.

Irgendwann blieben sie erschöpft nebeneinander liegen, als Deros Handy in der Hosentasche vibrierte. Er zog es heraus, während Leyla sich in seine Arme kuschelte und mit ihm aufs Display schaute. Eine SMS von Franky. Leylas Herz setzte für einen Moment aus. Sie wusste nicht, dass sie noch Kontakt hatten. Sie wusste nicht einmal sicher, was sie jemals miteinander hatten. Dero redete nicht über andere Frauen. Und bis zu diesem Moment war das Leyla auch recht. Ihre Reaktion war demnach ganz und gar untypisch. Sie riss Dero das Handy aus der Hand, stand mit einem Ruck auf, stellte sich vor den aufsitzenden Dero und begann vorzulesen.

»Ich weiß, ich weiß. Aber es ist nicht nur meine Schuld, dass wir uns seit Wochen nicht mehr gesehen haben. Sonst müssen wir halt den Musikraum nochmals umfunktionieren. Doofer Zwinkersmiley.«

»Ley...«

»Was?«

»Tu das nicht.«

»Was soll ich nicht tun?«

»Rumzicken.«

»Poah, und aus!«

Leyla fand keine Worte mehr, deshalb begann sie ihre Bücher zusammenzuräumen. Dero saß auf ihrem Mathebuch. Sie schubste ihn an und zog es unter ihm hervor. Doch er rührte sich nicht. Er beobachtete die aufgebrachte Leyla. Er verstand genau, was abging. Aber er hatte keine Lust Leyla eine Erklärung zu geben, wenn sie sich so benahm. Sie müsste wissen, was er für sie empfand. Er hatte sie gerade gefragt, ob sie mit zu seiner Mutter kommen wollte. Damit müsste ihr auch klar sein, dass Franky und er nichts mehr am Laufen hatten.

Auffordernd stand Leyla mit ihrem Rucksack vor Dero und gab ihm, nach ihrem Empfinden, eine letzte Chance zur Erklärung.

»Dir ist bewusst, dass ich gehe?«, fragte sie schnaubend.

»Wenn du willst«, antwortete er.

Im Innern brodelte es, doch Leyla setzte ein Lächeln auf.

»Na, dann. Schönen Tag noch.«

Damit ging sie zur Tür, trat hinaus und schloss sie hinter sich. Sie befahl sich, nicht zu weinen, bis sie in ihrem Zimmer auf dem Bett lag. Sie war froh, dass ihre Großeltern wie so oft bei den Müllers waren. So konnte sie in dem Moment, als ihr Kopf auf dem Kissen aufschlug, den Tränen freien Lauf lassen.

Dero schrieb zur selben Zeit Franky.

»Können wir morgen reden? 12:15 vor der Mensa?«

Er zögerte, schickte dann aber die SMS los. Er wusste, dass es nur eine Lösung gab, dass Leyla sich beruhigen würde. Es bestand jedoch das Risiko, dass es schlimmer wurde. Aber nach einem gründlichen Abwägen entschied er, dass es das Risiko wert war. Er hatte keine Lust zu streiten. Nicht über Franky, nicht mit Leyla.

Dero wusste, dass es Leyla nicht gutging. Aber er mochte keine aufbrausenden Frauen. Dero würde ihr alles erklären, wenn sie sich beruhigt hatte.

Als Leyla am nächsten Tag in die Klasse trat, stockte Dero der Atem. Sie sah schrecklich aus. Sie war wunderschön, aber ihre Augen sahen verquollen aus, ihre Haare zerzaust. Ihn packte das schlechte Gewissen, dass er ihr nicht mehr geschrieben hatte. Er hätte ihr von seinen Plänen erzählen sollen, dann würde es ihr nicht so mies gehen. Er konnte es kaum erwarten, Franky zu treffen. Sie hatte zugesagt und für den Musikraum den Schlüssel organisiert. Sie wusste nur nicht, dass er nur mit ihr reden wollte. Doch danach würde sich das Ganze mit Leyla klären. Er war bereit, einen Schritt weiterzugehen. Einen Schritt näher zu einer richtigen Beziehung mit Leyla. Denn das war, was er wollte. Sie sollte nie wieder einen solchen Abend ohne ihn erleben, nie wieder Tränen vergießen müssen, weil er ihr wehgetan hatte. Es war nicht in seinem Sinne ihr jemals wehzutun. Dero war der Überzeugung, dass er dafür verantwortlich war, sie für immer glücklich zu machen. Endlich fühlte er sich dazu imstande.

Marina sah das Ende bereits kommen. In dem Moment, als sie ihre Freundin auf dem Schulhof auftauchen sah. Da dachte sie, dass etwas nicht stimmen konnte. Sie war zu hoch geflogen, da war ein Fall vorprogrammiert. Sie kannte das. Marina war oft gestürzt. Aber sie wusste auch, wie man wieder aufstand. Ihre Aufgabe war es nun, Leyla den Sturz so angenehm wie möglich zu machen. In der großen Pause holte sie ihnen Schokolade vom Kiosk. Blöderweise vergeigte sie es, weil sie Leyla einen Minor-Riegel brachte. Leyla nahm keinen Bissen davon, sondern vergrub ihn tief in ihrer Tasche. Genau wie ihre Gefühle. Leyla kam an den Punkt, an dem sie nicht mehr wütend war aufgrund der SMS von Franky. Sondern deswegen, weil es Dero nichts ausmachte, wenn sie verschwand. Sie ging davon aus, dass sie nicht nur seine Wohnung verlassen hatte, sondern auch sein Leben. Sie versuchte, sich den ganzen Morgen einzureden, dass es eine schöne Zeit war, dass sie dies annehmen und mit erhobenem Haupt durch das Ende schreiten sollte. Dummerweise wurde sie jede Stunde daran erinnert, was sie aufgab. Dann hoffte sie, dass er um sie kämpfen würde. Dass sie alles falsch verstanden hatte. Doch sein ausweichender Blick sprach Bände. Und als er mit Phil in der Mittagspause aus dem Schulzimmer verschwand, musste sie sich eingestehen, dass ihre Hoffnungen nicht erfüllt werden würden.

Sharon und Marina zogen Leyla in die Mensa. Setzten sie auf einen Stuhl an ihrem Stammplatz und Sharon holte für alle drei Sandwiches, während Mari sich neben ihre beste Freundin setzte und ihr sanft über den Arm strich.

»Das geht vorbei, Schatzi. Und wenn du willst, kann ich ihn verprügeln lassen. Ich kenne da Typen …«, versuchte sie Leyla aufzumuntern.

Doch außer einem kleinen Grinsen blieb eine Reaktion aus.

»Ich glaube, ich gehe besser nach Hause«, nuschelte Leyla.

»Meinst du, das hilft? Da bist du allein. In solchen Momenten sollte man nicht allein sein«, widersprach Marina.

Doch Leyla stand auf und nahm ihre Schultasche in die Hand.

»Und was soll ich den Lehrern sagen?«

»Sag ihnen ich hätte notfalls ins Krankenhaus gehen müssen. Verdacht auf gebrochenes Herz«, lächelte sie gekünstelt.

»Ach, Liebe. Das dreht sich alles wieder, glaube mir. Irgendwann kommen sie alle zurück.« Leyla sah Mari an, dass es die Hoffnung war, die aus ihr sprach. Sie schulterte ihre Tasche, gab Marina ein Küsschen auf die Wange und verabschiedete sich, bevor Sharon am Tisch ankam.

Gerade als Leyla am Bahnhof ankam, klingelte ihr Handy. Marina. Sie hob ab.

»Komm sofort zurück. Was hier gerade abgeht … Leyla, ich bitte dich. Du musst zurückkommen!«

»Trying not to get numb. Life always challenges me over and over again. Trying to always see the good part, trying to focus on the times that fill my heart with warmth. Appearing out of the blue and putting that smile on my face. I'm not giving up. I'm not going to leave this place without fighting. There's always something that will make me fight and I just need to keep reminding myself to put one step after the other and I'll get there … wherever it is.«

Sein Blick schweifte von links nach rechts bis Franky die Tür zum Musikraum aufgeschlossen hatte. Sie schlüpften hinein und sogleich warf Franky ihre Tasche auf den Boden und drückte Dero an die Tür.

»Franky, stop. Deshalb bin ich nicht hier«, erklärte er.

»Ach so, weshalb denn?«, fragte sie und küsste dabei seinen Hals.

Dero stieß sie von sich.

»Ernsthaft. Hör mir zu«, sagte er strenger.

Franky blickte ihn konfus an. Und er fand all die richtigen Worte. Erklärte ihr von Anfang an, was Leyla ihm bedeutete und was das für sie beide hieß.

»Ich hätte dich gerne als gute Freundin behalten. Du bist cool drauf … Aber es wäre nicht fair«, packte er es in freundliche Phrasen.

Von Franky kam nur ab und an ein Zischen oder Fauchen. Ihre Augen blitzten auf.

»Du musst mir nichts erklären. Ich habe das auch vorher gecheckt. Dachte nur nicht, dass du zu einem Pantoffelhelden werden würdest«, sagte sie in Ruhe, doch in ihrem Unterton schwang etwas Bedrohliches mit. Dero konnte es nicht zuordnen und versuchte sich einzureden, dass das Gespräch gut lief. Franky war der dritte Mensch, der von Leyla und ihm erfuhr, für fast zwei Monate war das eine tolle Bilanz. Er wusste nur nicht, wie er Franky klarmachen konnte, dass es unter ihnen bleiben musste.

Schnell ging Dero die Treppen in den Esssaal hinauf. Er wollte Leyla klarmachen, dass Franky kein Thema mehr war. Dass sie nicht mehr böse sein musste, nicht mehr seinetwegen traurig zu sein hatte. Oben angekommen suchte er die vollen Tische ab. Er konnte sie nicht entdecken. Sie saß nicht mit Sharon und Mari am Tisch, doch der Stuhl neben Mari war frei. Vielleicht war sie auf der Toilette. In ihm kam die Angst auf, dass sie ihn aus dem Musikzimmer hatte kommen sehen. Die Unruhe in ihm wurde unerträglich, und da tauchte Franky neben ihm auf und hakte sich bei ihm ein. Er riss sich los und schaute sie fragend an.

»Leyla, LEYLA! Wo bist du?«, begann Franky plötzlich zu rufen.

Die ganze Mensa drehte sich zu ihnen um. Dero erfasste Maris Blick. Beide erschraken und schüttelten den Kopf. Mari, um zu sagen, dass Leyla nicht da war, und Dero, weil er ihr zeigen wollte, dass er keine Ahnung hatte, was Franky vorhatte. Alles ging ganz schnell, als Franky weiter in die Menge rief: »Leyla, dein Freund wollte dir mitteilen, dass du dir keine Sorgen mehr machen musst. Ich lasse die Finger von ihm.«

»Bist du bescheuert?«, schrie Dero Franky an.

»Was ist denn? Ach, warte. Sorry, du wolltest ja nicht, dass jemand davon erfährt. Oops. Das ist mir irgendwie entfallen«, lachte sie hämisch und machte rechtsum kehrt.

Gelähmt stand Dero am selben Ort. Die meisten in der Mensa widmeten sich wieder ihrem Essen. Dero verstand die Welt nicht mehr. Was für eine falsche Ratte, diese Franky. Auf einmal kam ihm Leyla in den Sinn. Wo steckte sie bloß? Er schaute zurück zu Marina. Diese winkte ihn schüchtern zu ihnen, dass er sich setzen sollte. Er wollte davon keinen Gebrauch machen, aber als Phil auf ihn zusteuerte, mit dem größten Grinsen, das Dero je an ihm gesehen hat, erkannte er Marinas freien Platz am Tisch als beste Lösung, um einem Gespräch mit Phil über Frauen auszuweichen.

»Wo ist Leyla?«, fragte er, als er sich neben Mari setzte.

»Sie wollte nach Hause …«, begann sie, doch Sharon funkte dazwischen: »Wait. Das ist wahr, was diese Bitch said? Du und Leyla, you're together?«

Dero schaute von Sharon zu Marina und zurück zu Sharon. Mari schaltete sich ein: »Ja, meine Liebe. Aber das war eigentlich ein Geheimnis. Oder, Dero?«

»Damit ist es wohl vorbei«, antwortete er zerknirscht.

»Ist vielleicht besser so«, erwiderte Mari.

»Guys. Please. Kann mich jemand aufklären? Wie habe ich das nicht mitgekriegt?«, begann Sharon erneut.

»Darling, so wie du immer mit dir selber beschäftigt bist, sollte dir das kein Rätsel sein«, lächelte Mari ihre verdatterte Freundin an.

Plötzlich packte jemand Dero von hinten. Intuitiv riss sich Dero los.

»Alter, ich wusste es doch!«, lachte Phil.

»Ich wusste, dass du die Kleine knallst. Ich hab einen Riecher für sowas«, fuhr er fort. Deros Augen blitzten und Mari verstand den Ernst der Lage.

»Phil, dein Gelaber ist grade echt unnötig. Komm später wieder, wenn du nicht mehr so aufgeblasen bist.«

Überrascht konnte Phil darauf nichts erwidern.

»Yeah … Niemand interessiert sich für deine riesen Nase«, legte Sharon einen drauf. Kopfschüttelnd und sprachlos zischte Phil davon.

»Danke«, flüsterte Dero.

»Keine Ursache, du hast jetzt Wichtigeres zu tun«, sagte Mari und schwenkte ihren Kopf Richtung Ausgang der Mensa. In der

Tür stand Leyla. Schnell stand er auf und ging auf sie zu. Als er bei ihr ankam, kamen laute Rufe aus der Jungsecke.

»Küssen, küssen, küssen!«

Er packte Leyla am Arm und zog sie nach draußen. Er schaute kurz zurück und sah noch, wie Sharon ihr Sandwich nach den Jungs warf und Phil am Kopf traf. Die anderen Mitschüler am Tisch begannen zu lachen und auch Dero konnte sich ein Lächeln nicht verkneifen.

Leyla stand verwirrt vor Dero. Es war Zeit für eine Erklärung. Das wusste er. Aber so wie sie da stand und ihn mit traurigen und verwunderten Augen ansah, konnte er nicht anders, als sie zu küssen. Für eine Sekunde machte sie mit und versank in dem Kuss. Sobald sie jedoch die Situation begriff, stieß sie ihn von sich weg.

»Nein, nein, das war das Ende«, sagte sie mit gespielter Kraft.

»Nein, das war erst der Anfang«, lächelte Dero, nahm sie an der Hand und lief mit Leyla in den kleinen Park neben dem Schulhaus.

»Du hast fünf Minuten«, sagte sie und verschränkte die Arme.

»Ich weiß, du willst das nicht hören. Aber ich hatte eine Zeit lang etwas mit Franky. Seit das mit dir begonnen hat, habe ich sie nicht mehr getroffen. Nicht für das. Jedenfalls wollte ich ihr klarmachen, dass sie sich auch nicht mehr melden brauchte. Dafür musste ich ihr aber von uns erzählen. Sonst hätte sie mich nicht in Ruhe gelassen. Nun ja, ich dachte, sie würde es für sich behalten. Wir haben es so lange geschafft, nur für uns zu sein. Aber sie hat es gerade in der Mensa vor allen rausposaunt«, rasselte er die angestauten Worte herunter. Leyla hingegen brachte keines über die Lippen.

Dero legte die Hände auf ihre Arme.

»So hätte es nicht rauskommen sollen. Aber irgendwie bin ich auch froh, dass es jetzt jeder weiß. Wir müssen uns nicht mehr verstecken. Leyla, ich muss nicht mehr so tun, als wärst du mir egal. Endlich können alle sehen, dass ich mich in dich verliebt habe«, gestand Dero.

Doch Leyla blieb stumm.

»Sag was. Ich … ich habe gesagt, dass ich mich in dich verliebt habe«, wiederholte er.

Leyla blickte ihn an. Doch er konnte den Blick nicht deuten.

»Leyla?«

Für einen Moment blieben beide still. Dero wollte nicht aufgeben. Er ahnte, dass Leyla all die Informationen erst verdauen musste, als sie die Stille durchbrach.

»Ich glaube, du hast noch nie so viele Worte hintereinander benutzt.« Dero schaute verdutzt.

»Das ist, was du dazu sagen willst?«

»Ist doch wahr«, sagte Leyla.

Und Dero erkannte die hohe Mauer, die sie über Nacht aufgebaut hatte. Er wünschte sich so sehr, dass er in dem Moment den besten Spitzhammer dabei hätte.

»Leyla, bist du noch da?«, fragte er zärtlich und versuchte sie leicht an sich zu ziehen. Doch Leyla wich zurück.

»Bitte, Leyla. Es tut mir leid«, sagte er und wusste nicht, wofür er sich eigentlich entschuldigte.

»Es waren wunderbare Wochen …«, begann sie.

»Und es können noch viele schöne Wochen mehr werden. Alle Wochen der Welt, wenn du nur etwas sagst«, unterbrach Dero verzweifelt.

Er wollte nichts hören, was nach einem Ende klang. Nicht jetzt.

»Meinst du echt, dass das hier passieren soll?«

»Was?«

»Na, das mit uns. Ich kann mir dich nicht antun«, zweifelte Leyla.

»Mir dich? Du hast keine Ahnung, was du mir antust«, dementierte Dero.

»Siehst du. Du findest es auch keine gute Idee. Also, warum probieren?«

»Weil es keine Zeit vor dir gab, in welcher ich glücklicher war. Mache ich dich denn nicht auch glücklich?«

»Doch schon. Aber Glück allein hilft keinem«, versuchte sie weiter dagegen anzukämpfen.

»Leyla, ganz ehrlich, wenn du so gegen mich bist, sollten wir es vielleicht wirklich lassen. Aber sei dir bewusst, dass ich gekämpft habe. Und das habe ich zuvor noch nie getan ... Es liegt in deiner Hand, was du damit anfangen willst«, beendete Dero seinen Kampf.

Die Mauer zwischen ihnen begann ihn zu erdrücken. Er wollte bereits weglaufen, als Leyla ihn am Arm packte.

»Seit du da bist, fühle ich mich nicht mehr allein. Aber ich wollte mich nicht daran gewöhnen. Denn sie gehen immer.«

Leylas Stimme zitterte.

»Wer geht immer?«

»Menschen, die ich mag.«

Dero verstand, dass dies tiefer ging, als er sich vorstellen konnte. Er nahm sich einen Moment Zeit, die richtigen Worte zu wählen. Doch so weit kam es nicht. Leylas Arme umschlungen seinen Oberkörper. Sie drückte sich so sehr an seinen Körper, dass er kurz keine Luft bekam. Er legte die eine Hand auf ihren Kopf und umarmte mit dem anderen Arm ihren Körper. Sie atmeten gemeinsam. Und es waren keine Worte mehr nötig.

Auf dem Weg zum Biologieunterricht kreuzten Marina und Sharon ihren Weg.

»Welcome to our girlgroup«, begrüßte Sharon Dero.

Er grinste und nahm Leylas Hand. Sie war benommen von all den Geschehnissen des Tages. Sie war froh, dass es nur noch zwei Schulstunden zu überstehen gab und nur noch ein Tag mehr und dann das Wochenende kam.

»Hey, euer Coming-out müssen wir feiern. Seid ihr dabei, am Samstag Party zu machen?«, schlug Mari eifrig vor.

Dero schaute zu Leyla. Sie waren sich beide unsicher. Marina bemerkte es und kehrte es in ein Argument um.

»Bitte, werdet nicht eines dieser Pärchen, die am Wochenende langweilig zuhause vor dem Fernseher kuscheln und ihre Freunde vernachlässigen.« Dabei fixierte sie Leylas Blick.

»Mal sehen«, sagte diese und schlüpfte durch die Tür ins Schulzimmer.

Sie setzten sich an ihre gewohnten Plätze. Dero neben Phil, der noch immer ein paar Brotkrumen im Haar trug.

»Ich wusste, dass die Frauen deinetwegen austicken. Zuerst Franky und jetzt Leyla. Und das im Übergang. Du bist echt mein Held«, versuchte Phil die Stimmung zwischen ihm und Dero aufzulockern.

»Halt die Klappe«, erwiderte Dero und ließ Phils Versuch scheitern.

Und das erste Mal traute sich Phil nicht zu fragen, ob Dero noch für ein Fußballspiel in der Schule bleiben wollte.

»Wollen wir bleiben und die Hausaufgaben zusammen machen? Ich schreib auch nicht alles ab, versprochen«, bat Dero Leyla um mehr gemeinsame Zeit.

»Ich muss nach Hause. Ich bin müde und muss das alles erst einmal verdauen. Du bist mir nicht böse, oder?«

»Nein«, sagte er genickt.

»Aber lass uns später telefonieren, okay?«

Leyla nickte und gab ihm einen Kuss zum Abschied. Mari und Sharon waren bereits losgelaufen und Leyla eilte ihnen nach.

»So, now. I want to hear die ganze Geschichte«, forderte Sharon ihre Freundin auf.

»Nicht heute, okay? War echt ein anstrengender Tag«, sagte Leyla und sah all die gespannten Gesichter ihrer Mitschüler vor sich. Es waren neidische, mitleidige und erfreute Blick darunter. Aber keiner konnte ihr sagen, ob das, was geschah, das Richtige war. War sie nun in einer richtigen Beziehung? War es das, was sie wollte? Sie musste die Gedanken der anderen ausblenden, denn auch wenn sie keine Gedanken lesen konnte, schrien ihr die Blicke des Umfelds viele verschiedene Meinungen entgegen. Leyla war ein Einzelgänger. Klar, da waren Mari und Sharon, aber das waren große Ausnahmen. Aber seelische Dinge hatte sie bereits in jüngeren Jahren allein geregelt. Eigentlich seit sie allein war, seit ihre Eltern nicht mehr da waren und ihr bei Entscheidungen halfen. Sie wünschte, sie könnte die Zeit zurückdrehen. Entscheidungen, wie welche Farbe sie für ihr Zimmer haben wollte, oder ob sie lieber Chicken Nuggets oder einen Cheeseburger in ihrem Happy Meal bei McDonalds wollte, schienen ihr einfacher zu handhaben, als die, die jetzt anstanden. Leyla blendete ihre Freundinnen aus, die noch immer über Dero diskutierten, ob er gut oder schlecht für sie war, und blickte gen Himmel. *Ich hoffe, euer Plan geht auf*, sagte sie in Gedanken.

Es war vier Uhr nachmittags und Dero stand allein in seiner Wohnung. Er hatte keine Ahnung, was er nun tun sollte. Normalerweise kam er erst spät nach Hause, oder Leyla war dabei. Es hatte ihm nie etwas ausgemacht, allein zu sein, aber diesmal war es gezwungenermaßen. Das mochte er nicht. Er schmiss seinen Rucksack zu Boden und hob ihn sogleich wieder auf. Dann tat er etwas, was ihn verwunderte. Er setzte sich mit seinen Schulsachen aufs Sofa und machte sich an die Hausaufgaben. Es waren nicht viele und nach einer Stunde fragte er sich erneut, was er tun sollte. Sein Handy lag im Schulsack. Er kramte es hervor und drückte darauf herum ohne wirklich ein Vorhaben zu haben. Er durchforstete seine Kontakte, blieb bei Leylas Nummer stehen und fragte sich, ob er bereits anrufen konnte. Nein, zu früh. Also scrollte er weiter. Franky. Sofort braute sich in seinem Magen die Wut vom Mittag zusammen. Sie hätte beinahe alles zerstört. Plötzlich kam ihm der Gedanke, dass sie es vielleicht doch geschafft hatte. Leyla wollte nicht bei ihm bleiben und hatte sich seither nicht gemeldet. Vielleicht hat sie sich umentschieden, vielleicht war es ihr zu viel. Er hatte Angst, dass er sie verlieren konnte. Und er bemerkte, dass dies das Letzte war, was er wollte. In dem Moment entschied er sich, dafür zu kämpfen. Seine Ängste, seinen Egoismus ruhen zu lassen. Er entschied, dass Leyla es wert war, gewisse Prinzipien besonders Frauen gegenüber zu ändern. Und schließlich merkte er, dass das unbewusst lange der Fall war. Er wählte eine Nummer, die er auswendig konnte und ließ es klingeln.

Leyla war über die Nummer, die auf ihrem Display erschien verwundert. Sie saß in ihrem Zimmer, hatte die Hausaufgaben durch und wartete darauf, dass ihre Großmutter sie zum Abendessen rief. Sie wollte zu ihrem Großvater ins Arbeitszimmer, das immer mehr zu einem Lesezimmer wurde, seit er pensioniert war. Ein Traumzimmer für sie und ihren Großpapa. Vollgestopft mit Büchern, die sie noch lesen wollte. Bücher, die ihr Großvater gelesen hatte, und manchmal kramte er eines hervor, um es Leyla schmackhaft zu machen. Denn auch wenn ihr Opa älter wurde und einiges vergaß, all die Geschichten konnte er noch auswendig. Manchmal haperte es an den Namen der Protagonisten, aber die Geschichten vergaß er nicht.

Es war lange her, seit sie sich von ihm von den Büchern hatte erzählen lassen. Das wollte sie nachholen, als ihr Handy klingelte.

Sie hob ab und begrüßte Madeleine in einem überraschten Ton. In der Schule wich sie ihr aus. Madeleines Reaktion über sie und Dero saß ihr in den Knochen und sie wollte nicht nochmals dieselbe Diskussion führen. So war es für sie am einfachsten ihrer Französischlehrerin aus dem Weg zu gehen und ihre private Beziehung auf Abstand zu halten. Dass Madeleine dies bemerkte und nicht zulassen wollte, wurde durch den Anruf klar.

»Geht es dir gut?«, fragte sie schüchtern.

Leyla bejahte.

»Gut«, erwiderte Madeleine, schwieg kurz und fuhr dann fort: »Ich war in der Mensa heute Mittag. Aber wenn es dir gut geht, hat es sich wohl zum Positiven gewendet.«

»Ja, das hat es«, antwortete Leyla knapp.

»Leyla, du weißt, egal was passiert, ich bin für dich da«, versuchte sie ihre Beziehung zu Leyla klar zu halten.

»Ich weiß«, sagte sie in einem sanfteren Ton.

Leyla spürte, dass ihr dieser Satz näherging, als sie gedacht hätte. Madeleine war wie Familie für sie. Sie wusste, dass sie immer zu ihr gehen konnte. Sie war einfach da und diese Sicherheit tat ihr gut.

»Madeleine, mach dir keine Sorgen. Ich habe mich wirklich in ihn verliebt. Und er sich in mich. Dero ist ein guter Mensch und das wirst du erkennen«, ließ sie die Vertrautheit zu.

»Kann gut sein. Immerhin macht er seit einigen Wochen Hausaufgaben. Du glaubst nicht, wie überrascht alle im Lehrerzimmer sind. Aber ich konnte ja nicht sagen, dass ich wusste, wieso«, lachte Madeleine erleichtert.

Leyla grinste.

»Du tust ihm gut, das sehe ich jetzt. Ich hatte die Sorge, dass es umgekehrt sein würde. Dass er dich mit seiner schlechten Arbeitsmoral anstecken würde.«

»Du solltest mich besser kennen«, erwiderte Leyla.

»Man macht sich Sorgen um Menschen, die einem wichtig sind.«

»Danke, Madeleine. Tut mir leid, dass ich dich so ausgeschlossen habe.«

»Wollen wir in den Ferien einen Kaffee trinken gehen? So wie früher. In unserem Stammcafé. Oder bist du nicht da?«, schlug Madeleine vor.

Ihr Stammcafé. Leyla war seit Ewigkeiten nicht mehr dort gewesen. Obwohl sie in diesem Café aufgewachsen war. Die Familie traf sich dort mit Madeleine, und als ihre Eltern nicht mehr da waren, nahm Madeleine Leyla trotzdem immer dorthin mit. Um ihre gemeinsamen Erinnerungen nicht zu verlieren. Es war eigentlich eine Bar. Mitten in der Altstadt. Sie war rustikal und orientalisch eingerichtet mit übergroßen Sofas und vielen Kissen, die eine kuschelige Atmosphäre schufen. An den Wochenenden gab es meist unbekannte Musiker, die alternative Singer-Songwriter-Stücke spielten und mit Gitarrenklängen die Gäste zum Bleiben bewegten. Noch dazu gab es den besten Cappuccino der Stadt. Nachmittags – die Zeit, zu der Leyla meist dort war – saßen Studenten mit ihren Laptops an den Tischen, Lerngruppen oder Einzelgänger, die sich in ihre Literatur vertieften.

Leyla sagte zu und fühlte sich ruhig und gut aufgehoben. Sie machte sich viele Gedanken über den vergangenen Tag und war unsicher geworden, ob ihr nicht alles zu viel wurde. Schließlich standen sie kurz vor ihrem Abschluss und sie hatte keine Zeit, sich um etwas anderes als die Schule Gedanken zu machen. Sie hatte Pläne, und die wollte sie nicht wegen eines Mannes vergessen. Doch sie spürte, dass Dero das nicht von ihr verlangen würde. Sie war verliebt und sie wollte sich nicht davon abhalten lassen, es zu probieren. Mit der Unterstützung von Madeleine fühlte sie sich dem gewachsen.

Sie sprang von ihrem Stuhl auf und rannte zu ihrem Großvater, der im Wohnzimmer Zeitung las.

»Opa, welchen Schweizer Autor muss ich unbedingt lesen?«, fragte sie und setzte sich an seine Seite.

Er hob den Kopf und rückte seine Brille zurecht.

»Was ist mit Shakespeare passiert?«, fragte er lächelnd.

»Ich glaube, es ist Zeit für etwas Neues«, antwortete Leyla.

So lange hatte Dero noch nie mit seiner Mutter telefoniert. Sie hatte sich riesig über seinen Anruf gefreut und er hatte ein schlechtes Gewissen, dass er nicht öfter anrief oder sie besuchte. Doch in ihm kam das Gefühl auf, dass es ihr besser ging. Diese Zeit, in der sie sich allein auf sich selbst konzentrieren konnte, war wichtig. Was ihn störte, war mit welcher Freude sie erzählte, dass sein Vater, der ihr Exmann war, sie oft besuchte. Dero merkte, dass sie dabei hoffte, dass sein Verhältnis zu seinem Papa dadurch eine Verbesserung erfahren könnte. Er konnte ihr nicht sagen, dass er ihm nicht verzeihen konnte. Dass er das niemals könnte. Es machte ihn wütend, weil er dachte, dass sein Vater sich nur um seine Mutter kümmerte, um seine Beziehung zu ihm zu kitten. Doch das ließ Dero nicht zu, das würde sein Vater nicht schaffen. Er wollte seine Mutter da heraus halten. Es würde sie zu sehr verletzen. Also schwieg er und ließ sie erzählen. Als sie nach seinem Wohlbefinden fragte, zögerte er. Sie hörte die Verzögerung und hakte nach. Er konnte nicht einschätzen, wie sie reagieren würde, wenn er ihr von Leyla erzählte. Dass er ein solches Glück erfuhr, während sie in einer Klinik saß.

Doch sie hatte ihre Wege, es aus ihm rauszukriegen.

»Leyla? Was für ein schöner Name«, schwärmte seine Mutter. »Du musst sie unbedingt mitnehmen, wenn du mich besuchen kommst. Ich muss doch wissen, welche Frau meinem Sohn das Herz gestohlen hat«, sagte sie in einem leichten Befehlston.

»Sie hat nicht mein Herz gestohlen«, widersprach er.

Seine Mutter lachte auf.

»Ja, ihr Männer merkt das immer zu spät.«

Dero wusste darauf nicht zu antworten.

»Ich würde sie gerne kennenlernen. Tu mir doch den Gefallen und bring das Mädchen mit dem hübschen Namen mit«, wiederholte sie.

Dero steckte in einem Dilemma. Er merkte, dass es seine Mutter glücklich machen würde, wenn sie an seinem Leben teilhaben könnte, und doch wusste er nicht, ob Leyla und er soweit waren, dass er sie in die Klinik mitnehmen konnte. Es war schwieriger, ihr diesen Teil seines Lebens zu zeigen als seiner Mutter ein Mädchen vorzustellen. Er versprach es seiner Mutter nicht, aber sagte, dass er es sich überlegen würde.

Nach dem Telefonat war er müde. Er musste was essen. Dero ging in die Küche und kratzte sich die Resten aus dem Kühlschrank zusammen. Beim Essen fiel ihm auf, dass es bereits sieben Uhr war und sich Leyla noch immer nicht gemeldet hatte. Er stellte das benutzte Geschirr in die Abwaschmaschine und suchte sein Handy im Wohnzimmer. Als er es fand, machte er es sich auf dem Sofa gemütlich und wollte eine SMS eintippen. Da sah er, dass sie dabei war ihm zu schreiben. Er löschte seine ersten Buchstaben und wartete darauf, dass sie ihre Nachricht abschickte.

Es dauerte eine Ewigkeit. Schließlich kam nur ein Emoji. Er lächelte und schickte ihr denselben Smiley zurück. Der, der ein Kussherz schickte. Danach legte er das Handy neben sich, fischte die Fernbedienung des Fernsehers vom Wohnzimmertisch und zappte durch die Kanäle bis er auf eine Doku über das Paarverhalten von Pinguinen stieß. Was für ihn bereits hochgradige

Romantik darstellte. Die einzige Art von Liebesfilm, die er sich je antun würde. Er grinste. So war das also, wenn man verliebt war.

»Now that I've admitted to myself that I'm falling for you, it's getting even harder. I try to keep my distance. I try to keep my guard up. I try not to think about your smile. I try not to let this feeling sneak up on me whenever something reminds me of you. I try to keep all those questions out of my head. I try not to fall for you … But I guess it's too late.«

Noch eine letzte Woche und dann waren zwei Wochen Ferien angesagt. Normalerweise würde es Leyla und ihre Mitschüler freuen, doch diese Ferien machten ersichtlich, wie schnell die Zeit bis zu den Abschlussprüfungen verging. Das war der Grund, warum die ganze Klasse am Samstagabend zu der Party kam, zu der Mari Dero und Leyla überredet hatte. Es fühlte sich an, als wäre es die letzte Nacht, an der man nicht über die baldige Zukunft nachdenken musste. Der Ernst des Lebens hatte noch nicht begonnen. Laut dröhnend schlugen die Bässe Dero, Leyla und ihren Freundinnen entgegen, als sie durch den Eingang zur Garderobe steuerten.

Leyla ließ es sich nicht anmerken, aber sie war aus dem Häuschen, dass sie das erste Mal mit ihrem Freund auf eine Party ging. Bei der Garderobe nahm Dero ihr das Jeansjäckchen aus der Hand und bezahlte für sie beide. Als sie im Tanzsaal ankamen, nahm er ihre Hand und zog sie zur Seite, wenn jemand zu nahe an ihr vorbei wollte. Sie genoss es neben all den gestylten Mädels die Einzige zu sein, der er seine Aufmerksamkeit schenkte. Sharon zwinkerte Leyla zu und hakte sich bei Dero unter.

»Du passt also auf uns auf heute, right?«

Dero lächelte Leyla zu und drückte ihre Hand etwas fester. Leyla erwiderte den Druck und ging einen Schritt weiter auf die Tanzfläche zu. Sie wusste nicht, was mit ihr los war, aber sie hatte Lust zu tanzen. Mari war bereits mitten im Getümmel und bewegte ihre Hüften. Sie winkte ihrem Grüppchen zu, sie sollten sich zu ihr gesellen.

»Let's go«, lachte Sharon und steuerte auf Marina zu.

Dero zog Leyla zurück.

»Ich tanze nicht.«

Sie verstand ihn durch die laute Musik nicht und schaute ihn fragend an.

»ICH TANZE NICHT«, schrie er.

Leyla lachte: »Und was sollen wir nun tun?«

Dero zuckte mit den Achseln.

»Komm schon. Probier es aus. Bei mir ist es auch mehr schlecht als recht«, sagte sie ihm laut ins Ohr.

Er schüttelte zwar den Kopf, ließ sich aber zu ihren Freundinnen ziehen. Mari hatte sich währenddessen einen Typen geangelt, der ihren Tanzschritten kaum nachkam. Bei Reggaeton kam bei ihr die Latina zum Vorschein.

Immer mehr Mitschüler standen oder tanzten um die kleine Gruppe herum. Jeder war guter Laune oder hatte gar etwas über den Durst getrunken. Dero fühlte sich beobachtet. Er stand neben Leyla, die seine Hand nicht losließ, sich jedoch mehr bewegte. Sharon und Mari zwinkerten ihm zu, um zu sagen, dass er auch tanzen sollte. Aber Dero fühlte sich von Minute zu Minute unsicherer. Als würde jeder drehende Blick ihnen gelten. Diese Aufmerksamkeit mochte er nicht und schon gar nicht, wenn die Schulkameraden die Hemmungen verloren und sich ihm näherten. Er ließ Leylas Hand los und packte sie am Arm.

»Ich geh mir was zu trinken holen, willst du auch was?«

Leyla schüttelte den Kopf und wandte sich der tanzenden Sharon zu. Am liebsten wäre er nicht zur Bar gelaufen, sondern direkt zum Ausgang. Aber das konnte er Leyla nicht antun. Sie sah so glücklich aus, wie sie tanzte und ihn dabei lächelnd anschaute, wie sie ihn versuchte zu animieren und ihre Augen strahlten. Er schlängelte sich durch die Menschenmenge und gelang an ein leeres Plätzchen an der Bar.

Als er eine Hand auf seiner Schulter spürte, stellte man ihm gerade das Bier vor die Nase.

»Das geht auf mich, aber machen Sie zwei draus«, schrie die Stimme hinter ihm dem Barkeeper entgegen. Dero hatte bereits beim Druck der Berührung gewusst, dass es Phil war. Irgendwie war er froh darüber, dass sein Kumpel neben ihm stand. Auch wenn er ihn in letzter Zeit weniger mochte, war es ein Gesicht, dass er nicht am liebsten angespuckt hätte. Dero war kein aggressiver Typ, aber diese Aufmerksamkeit von allen nervte ihn. Er hoffte nur, Phil würde keine weiteren Sprüche klopfen. Der Barkeeper zapfte ein weiteres Bier und stellte es den Jungs hin. Phil bezahlte und lehnte sich mit dem Rücken zur Bar. Sie tranken einen Schluck Bier und betrachteten schweigend die Tanzmeute. Bis Phil sich zu ihm drehte.

»Ey Dude, sorry, wenn ich dich doof angemacht habe«, sagte er und seine Augen verrieten Dero, dass er es ehrlich meinte. Dero nickte bloß.

»Nein, ehrlich. Ich weiß, du bist nicht so der Typ, der viel redet, und das müssen wir auch nicht. Aber du fehlst beim Fußball«, fuhr Phil zerknirscht fort.

Dero schmunzelte. Ihm war bewusst, dass Phil keine Leuchte war, was Empathie betraf und öfter einen Spruch zu viel riss. Aber er hatte recht, auch Dero fehlte die Zeit mit ihm beim Sport.

»Schon gut. Lass einfach die Sprüche sein«, ging er auf das Friedensangebot ein und streckte Phil die Hand hin. Der nahm sie freudig entgegen und nahm nochmals einen großen Schluck Bier.

»Aber eins muss ich noch sagen. Du hast einen guten Geschmack«, lachte Phil.

»Ich weiß«, sagte Dero und fixierte seinen Blick auf Leyla.

»Wir könnten doch mal zu viert spielen. Du nimmst Leyla mit und sie kann Marina mitbringen.«

Dero lachte auf.

»Keine Chance. Die ist eine Liga zu hoch für dich«, sagte er und stellte sein leeres Glas Bier auf den Tresen.

»Komm schon. Du könntest mich verkuppeln«, probierte es Phil.

»Du willst verkuppelt werden? Was ist aus deiner Devise geworden, einmal darüber und das war's?«, lachte Dero lauter.

»Wer weiß, Alter. Vielleicht verzaubert sie mich ja auch so wie Leyla dich«, gab er nicht auf.

Dero schüttelte den Kopf.

»Da halte ich mich raus. Sonst bin ich am Ende an einem gebrochenen Herz schuld.«

»Ich breche ihr nicht das Herz.«

»Ich rede auch nicht von ihrem Herz«, zwinkerte Dero seinem Kumpel zu und lief Richtung Tanzfläche. Seine Laune verbesserte sich und er wollte bei Leyla sein. Besonders weil er sah, wie sich zwei protzige Typen von der Schule ihr und Sharon näherten. Er konnte ihre Blicke sehen, sie waren auf Aufriss. Solche Typen durften ruhig wissen, dass Leyla nicht mehr zu haben war. Phil kam ihm schnellen Schrittes nach. Als sie bei den Mädchen ankamen, waren die Jungs bereits an ihrer Seite. Dero stellte sich demonstrativ neben Leyla und nahm ihre Hand, zog sie zu sich und gab ihr einen Kuss. Sie schaute ihn überrascht an und lächelte. Sie verstand. Der eine Typ guckte finster aus der Wäsche und der andere hatte nichts bemerkt, da er nur Augen für Sharon hatte. Leyla zog Dero zu sich herunter.

»Das ist Sebastian. Keine Ahnung, was da läuft, aber ich glaube, Sharon steht auf ihn. Auch wenn sie es nicht zugeben würde.«

Dero hatte Sebastian im ersten Moment nicht erkannt.

»Das geht nicht mehr lange«, bestätigte er Leylas Annahme.

Phil war derweilen neben den zweien und beobachtete Mari und ihren Tanzpartner. Durch mangelndes Interesse an seiner Person verkrümelte sich Sebastians Kamerad.

Dero begann sich langsam mit der Musik und Leyla zu bewegen. Leyla schlang ihre Arme um seinen Körper. Es war kein ruhiger Sound, aber sie tanzten, als würde die schönste Ballade spielen. Zugegeben, weder Dero noch Leyla waren zu anderem Tanzen in der Lage. Denn auch wenn Leyla zwei, drei Schritte mehr konnte, sah es neben Marina aus, als hätte sie einen Besen verschluckt. Deshalb gefiel ihr, dass sie sich in Deros Armen verstecken konnte und sie gemeinsam hin und her wippten.

Leyla wurde durstig, als sie sich nach dem dritten Song aus Deros Armen schälte. Sie signalisierte mit Daumen und kleinem Finger, dass sie an die Bar wollte, als sie umherblickte und schockiert zu Dero zurückschaute.

»Wann ist das passiert?«, fragte sie ihren lachenden Freund.

»Also, beim ersten Song hat es Phil geschafft, den anderen Typ von Mari wegzulocken. Beim zweiten Song habe ich gesehen, dass es Sebastian bereits weiter als Phil geschafft hatte, und ja, jetzt haben die Jungs gewonnen«, erklärte er ausführlich.

Leyla hatte nur die Hälfte verstanden, weil der Song »Make It Clap« von Busta Rhymes die Meute zum Mitklatschen animierte. Leyla starrte von einer Freundin zur anderen. Sie wusste nicht, was sie mehr überraschte: Dass Phil es geschafft hatte, dass Mari ihm ihren Hintern schüttelnd in die Lenden presste, oder dass Sharons Zunge von Sebastian fast verschluckt wurde.

»Lassen wir ihnen den Spaß«, sagte Dero und gewann Leylas Aufmerksamkeit zurück. Die nickte und ließ sich von Dero zur Bar ziehen. Immer wieder mit dem Blick über die Schultern, ob ihre Freundinnen zu diesen Taten nicht doch gezwungen wurden.

»Was ist heute nur los?«, fragte sie, als Dero ihr ein Glas Eistee in die Hand drückte.

»Wir verbreiten die Stimmung. Das ist unsere Energie, Schatz«, rutschte Dero ein Wort raus, dass er bis jetzt nicht in Gebrauch genommen hatte. Nun war Leyla verdattert. Sie hätte am liebsten ihre Frage nochmals gestellt. Wäre es nicht dunkel im Club, hätte sie gesehen, wie rot Deros Gesicht in dem Moment anlief. Sie konnte nicht wissen, dass er dieses Wort noch nie benutzt hatte. Nicht ihr gegenüber, noch einer anderen Frau. In ihren Welten verschwunden, tranken sie aus ihren Gläsern und starrten auf die volle Tanzfläche.

»Die Eiskönigin und der eiserne Ritter. Das perfekte Paar«, kicherten zwei Weiber neben ihnen.

Leyla war schlagartig bei Sinnen. Am liebsten hätte sie sofort ausgeschlagen. Aber ihr Herz setzte einen Schlag aus. Alles zog sich in ihr zusammen. Eiskönigin? So sahen sie die Leute? Ihr wurde schlecht. Das hatte sie davon, dass sie niemanden an sich ranließ, dachte sie. Ihre Gedanken überhäuften sich und sie wollte nur noch hinaus. Aus dem Club und ihrer Haut. Ohne an Dero zu denken, lief sie los Richtung Ausgang. Dero schnappte nach ihrem Arm, doch verfehlte. Er ging ihr nach und holte sie im Gang vor der Garderobe ein.

»War es zu früh?«, fragte er.

Leyla begriff nicht, was er meinte. Da kam ihr in den Sinn, dass er sein »Schatz« bereuen konnte. Vielleicht war sie auch ihm gegenüber eiskalt. Das würde sie ihm nicht antun wollen. Der Druck in ihrem Herzen schoss in den Kopf, doch ihre Augen blieben trocken. Sie schüttelte den Kopf und schaute gen Boden.

»Können wir gehen?«, fragte sie.

»Du willst gehen?«, fragte er verwundert.

»Nur, wenn du mit mir irgendwo hin möchtest«, verstärkten sich ihre Zweifel.

Dero bekam das Gefühl, dass es nicht an ihm lag, dass ihre Laune sich so drastisch geändert hatte.

»Was ist los? Willst du wirklich ohne Sharon und Mari gehen?«

Daran hatte sie keine Sekunde gedacht. Und hätte sich ohrfeigen können.

»Ich schreibe ihnen eine Nachricht«, sagte sie mit gebrochener Stimme und kramte in ihrem Handtäschchen nach dem Handy.

»Ich hole sie. Aber versprich mir, dass du hier bleibst. Hier an Ort und Stelle, okay?«, sagte Dero, drehte sich um und rannte in Trance auf die Tanzfläche zurück. Die Szene kam ihm unwirklich vor. Vor wenigen Minuten sah alles in Licht gehüllt aus, voller Glücksgefühle und Spaß, und nun standen ihm alle im Weg. Die Küsse von Sharon waren süß und romantisch gewesen, doch jetzt hatte das Geknutsche eine aggressive Note. Maris Blick war nicht mehr belustigt und voller spanischem Temperament. Nein, sie sah gequält aus. Dero tippte den beiden gleichzeitig auf die Schultern. Sie blickten Dero an und begriffen sofort. Mari erfasste die Stimme zuerst: »Wo ist Leyla?«

Dero zeigte mit dem Kopf zum Ausgang.

Mari rannte los. So gut man auf einer vollen Tanzfläche rennen konnte. Es war mehr ein Umherschubsen der anderen Tänzer. Sharon und Dero gingen hinterher, auch ihre Eile wurde von der Menschenmenge gebremst.

Sie kamen bei Leyla an. Mari stand bereits vor ihr, sodass Dero ihr Gesicht nicht sehen konnte. Sharon zwängte sich zwischen Mari und Leyla.

»Honey, what's wrong?«, fragte sie einfühlsam.

»Bin ich so kalt?«, fragte Leyla, ohne dass die anderen den Kontext verstanden.

Leyla blickte Dero tief in die Augen.

»Sag, bin ich so kalt?«

Sie war außer Kontrolle und niemand der drei verstand auch nur ein Wort. Dero verschlug es die Sprache. Ihm wurde schlecht. Was hatte er nur getan, fragte er sich.

»Fang mal von vorne an«, sagte Mari ruhig und nickte dabei Dero zu.

Es hätte ihn beruhigen sollen, aber die Situation überforderte ihn.

»Da waren diese Tussen von der Schule. Sie sagten, ich sei die Eiskönigin«, ging Leyla auf Maris Aufforderung ein.

Sharon begann schallend an zu lachen.

»Come on honey, let it go.«

Mari musste sich ein Lachen verkneifen. Außer Dero hatten alle auf Anhieb die Anspielung auf *Frozen*, den Disney-Film, begriffen.

»Welche Tussen?«, fragte Mari weiter.

»Und warum schert dich das?«

»Vielleicht haben sie recht.«

»Ach, Quatsch. Nur weil du nicht bei jedem Getratsche dabei bist, heißt das nicht, dass du kaltherzig bist«, versuchte Mari ihre Freundin zu beruhigen.

»Yes. And for the record: Dann wärst du eher Anna«, spielte Sharon das Ganze mit Humor herunter.

Leyla huschte ein Lächeln übers Gesicht. Mari schaute zu Dero und bemerkte, wie bleich er war.

»Sharon, ich glaube unsere Anwesenheit ist hier nicht mehr nötig.« Sie blickte wieder zu Leyla.

»Und du hörst sofort damit auf, dir was von Fremden sagen zu lassen. Stell dir vor, ich würde auf deren Kack etwas geben«, fuhr sie fort.

Leylas Herz hatte den Rhythmus wieder gefunden und sie traute sich, Dero anzuschauen. Der hingegen sah gar nicht gut aus. Es tat ihr so leid. Sie war ihm einfach davongerannt. Er hatte nicht mitbekommen, was über sie gesagt wurde.

»Sorry guys, aber ich muss meine Lippen wieder etwas anderem zuwenden«, verabschiedete sich Sharon, lachte und zog Mari mit sich.

»Ich nicht«, schrie diese zurück und zwinkerte Leyla zu.

Leyla grinste ihren Freundinnen nach und nahm dann Deros Hände in ihre.

»Entschuldige«, begann sie.

»Kannst du mir das nochmals erklären?«, fragte er trocken und fixierte seinen Blick auf ihre Hände.

»Vorhin standen neben uns zwei von der Schule und haben uns Eiskönigin und eisernen Ritter genannt«, sagte sie langsam, um ihn mit ihren Worten nicht zu erschrecken.

»Deshalb wolltest du gehen?«, fragte er halb erleichtert.

»Ich kann es nicht ab, wenn man über mich spricht. Über uns«, gab Leyla zu.

»Ich doch auch nicht. Aber damit mussten wir rechnen. Deshalb haben wir es doch geheim gehalten, oder?«

»Ja, aber ich habe mir keine Gedanken darüber gemacht, WAS sie sagen würden«, gab sie zu bedenken.

»Lass die doch reden. Und, ganz ehrlich, Eiskönigin und eiserner Ritter hört sich für mich positiv an«, sagte er nüchtern.

Dero erfasste ihren Blick. Die Wärme überkam sie beide. Deshalb standen sie hier. Deshalb waren sie zu dieser Party gekommen. Zusammen. Weil sie ein Paar waren. Weil sie das wollten. Weil sie unsterblich ineinander verliebt waren. In diesem Augenblick wussten sie, dass sie es nur gemeinsam schafften, wenn sie diese Beziehung verteidigen wollten. Der Mut fand zu ihnen zurück. In diesem Gang, neben der Garderobe, in einem Club voller junger Leute, die von ihrer Liebe nichts mitbekamen. Und die es alle nichts anging. Für einen kurzen Aussetzer hatte Leyla das vergessen. Aber nun spürte sie es wieder. Dass sie nicht mehr allein war.

»Aber abgesehen davon, ich wäre lieber Olaf«, lachte Dero, als sie zurück in den Tanzsaal liefen.

Leylas Mund stand offen.

»Ohne Witz. Du hast *Frozen* gesehen?«

»Geh jetzt bloß nicht davon aus, dass ich alle Disney-Filme mit dir anschaue. *Frozen* war ein Versehen«, dementierte Dero.

»Keine Angst, Olaf. Werde ich nicht«, lachte Leyla und zog Dero auf die Tanzfläche, wo sich ihre Freundinnen Sebastian und

Phil hingaben. Alle sahen happy und entspannt aus. Die Stimmung war auf einem Höhepunkt und als Leyla das nächste Mal auf die Uhr sah, war es drei Uhr in der Nacht. Es war Zeit, nach Hause zu gehen. Hieß es nicht, man solle gehen, wenn es am schönsten ist? Sie gab ihren Mädels ein Zeichen und zu sechst standen sie an der Garderobe an.

Dero konnte Leyla nicht aus den Augen lassen, hielt sie die ganze Zeit fest und flüsterte ihr ins Ohr.

»Willst du nicht doch bei mir übernachten?«

Entschuldigend schüttelte sie den Kopf.

»Tut mir leid, aber ich hab mit den Mädels abgemacht, dass wir alle bei Mari übernachten und am nächsten Morgen einen Brunch veranstalten.«

»Dann kannst du doch von mir aus zum Brunch«, versuchte es Dero nochmals.

Leyla lächelte ihn an.

»Ein anderes Mal, okay? Wir haben noch viele Nächte vor uns, oder?«

Dero gab sich geschlagen und ließ Leyla in ihr Jäckchen schlüpfen, das er von der Garderobiere entgegen genommen hatte.

Vor dem Ausgang blieben sie stehen, um sich von den Jungs zu verabschieden. Sharon drückte Sebastian einen dicken Schmatzer auf die Wange und versprach, ihm zurückzuschreiben, wenn er ihr eine Nachricht schickte. Mari scherzte mit Phil herum, als wären sie seit Ewigkeiten beste Freunde. Man sah Phil an, dass er enttäuscht war, dass sie ihn offensichtlich in die Friendzone steckte. Aber so war Mari. Sie stand nicht auf Jungs, die sie mit einem Fingerschnipp haben konnte. Immerhin hatte er es geschafft, nicht mehr von ihr ignoriert zu werden. Leyla und Dero waren ineinander verschlungen und erst als Mari in Aufbruchsstimmung geriet, lösten sie sich voneinander.

»Let's go girls«, schritt Sharon voran und ihre Freundinnen hinterher.

Sebastian hatte sich bereits von allen verabschiedet und ging in eine andere Richtung, während Dero mit Phil stehenblieb und den Mädels hinterherschaute.

»Wollen wir einen Kebab essen gehen?«, fragte Phil und Dero nickte.

Er hatte es nicht eilig, nach Hause zu gehen. Da würde ihm nur auffallen, dass Leyla nicht neben ihm lag.

»Hey Mari«, schrie Phil nochmals, »wenn du heute Nacht nicht schlafen kannst, tut es mir leid, dann bist du in meinen Träumen beschäftigt.«

Mari zeigte ihm lachend den Vogel und Dero prustete darauf los: »Alter, einen abgedroscheneren Spruch hättest du nicht bringen können.« Er schubste seinen Freund in Richtung Dönerstand um die Ecke und kriegte sich kaum mehr ein.

»So kriegst du sie nie herum«, stichelte er gegen Phil.

Doch der nahm es cool.

»Du wirst sehen. Sie ist auch nur eine Frau.«

»Was hast du denn mit dem angestellt?«, fragte Leyla nach Phils Anmachspruch.

»Eigentlich ist er nicht so übel, wie wir immer dachten«, verteidigte ihn Marina.

»Wow, solche Sprüche funktionieren bei dir. You like him«, mischte Sharon mit.

»Haha. Who likes hier who, honey?«, gab Mari zurück und spielte damit auf Sebastian an.

»He's not with that other girl like we thought«, wich Sharon aus.

»Ach, ach, ach … Was für eine Nacht«, begann Mari rumzuhüpfen und hörte nicht damit auf, bis sie beim Bahnhof ankamen, wo ihr Nachtzug sie nach Hause brachte. Leyla und Sharon tauschten wissende Blicke aus und liefen hinter Mari her.

Als sie bei Marina zuhause ankamen, waren sie putzmunter. Sie hatten die ganze Zugfahrt herumgewitzelt, den Abend reinszeniert. Naja, Mari versuchte mit der Armlehne vorzumachen, wie Sharon beim Küssen aussah. Nicht wahrheitsgetreu. Aber sie lachten sich die Bäuche krumm und jeder im selben Wagen musste denken, dass sie betrunken waren. Niemand hätte ihnen geglaubt, dass das die Glückshormone waren. Dass sie vollkommen nüchtern geblieben waren.

Sie schlichen sich in Maris Zimmer und legten leise Musik auf. Leyla schmiss sich in den Kleidern aufs Bett. Sie schwebte in einer anderen Sphäre und die Musik fiel mit den Stimmen von ihren Freundinnen in den Hintergrund. Als wäre es weit weg, hörte sie die spanischen Balladen, die Mari aufgelegt hatte. Sie sah Dero vor sich. Wie er erschrocken über ihre Reaktion ihre Zuneigung zu ihm anzweifelte. Wie er schüchtern auf ihre Hände blickte. Er hatte »Schatz« gesagt.

Bei diesem Gedanken wurde sie von einem Kissen getroffen.

»Hör auf, so verliebt rumzuträumen. Wir haben hier Wichtiges zu besprechen«, riss Mari sie aus ihren Träumereien.

Schatz. Sie war sein Schatz.

»Was gibt es denn Wichtiges?«, fragte sie.

»Sebastian hat geschrieben. And Mary meint, ich dürfe nicht zurückschreiben.«

»Das macht man auch nicht! Man lässt die Männer warten.«

»Bullshit. Das kommt doch nicht drauf an.«

»Leyla, was meinst du?«, wandte sich Mari ihr zu.

»Wenn sie ihm schreiben will, dann soll sie es tun …«

»Thank you«, sagte Sharon und schnippte Mari vor dem Gesicht herum.

»Tu, was du nicht lassen kannst. Aber der Meinung einer Oberverliebten würde ich nicht folgen«, antwortete Mari keck und zwinkerte Leyla zu.

Leyla robbte vom Bett und griff nach ihrem Handtäschchen. Sie wollte Dero schreiben. Sie musste auf sein »Schatz« reagieren. Sonst bestand die Gefahr, dass er es nie wieder sagen würde. Das wollte sie nicht riskieren. Schnell tippte sie eine SMS und schickte sie ab. Sie befahl sich, nicht mehr nur an ihn zu denken, sondern ihre Freundinnen auszufragen, was bei ihnen an diesem Abend geschehen war.

Sie schlüpften in ihre Pyjamas und Marina sang bei jedem Lied leise mit. Leyla liebte es, wenn sie sang. Sie hatte eine warme Stimme, traf die tiefen und hohen Töne. Wenn sie »Darte un Beso« von Prince Royce auswendig mitsang, lief es Leyla kalt den Rücken hinunter. Am liebsten hätte sie sie bei einer dieser Casting-Shows angemeldet. Aber auch wenn Mari ein gesundes Selbstvertrauen hatte, sang sie nur, wenn sie sich nicht beobachtet fühlte. Es war untypisch, aber das machte Mari aus. Man konnte sie in keine Schublade stecken, egal wie angestrengt man es versuchte, sie konnte einen immer wieder überraschen.

Marina war halb Spanierin, was hauptsächlich durch ihr Aussehen klar wurde. Ihre braunen, langen Haare, die vollen Augenbrauen und Wimpern setzten ihre tiefbraunen Augen perfekt in Szene. Der südländische Teint war das i-Tüpfelchen. Aber Spanisch sprach sie nur, wenn sie wütend war. Vielleicht lag das daran, weil sie sich oft mit ihrer Mutter, der Vollblutspanierin, fetzte. Sobald eine von beiden wieder ins Deutsche wechselte, war die Diskussion vorbei. Es war ihre Art des Friedensangebots. Wenige Minuten später konnten sie sich wieder in den Armen liegen und sahen aus wie beste Freundinnen und nicht wie Mutter und Tochter. Wenn Leyla einen solchen Streit miterlebte, war sie neidisch. Sie wünschte sich, mit ihrer Mutter streiten zu können. Das gab es damals nicht. Ihre Mutter war aufgeschlossen und verständnisvoll. Nie hätte sie ihre Meinung über die von Leyla gestellt. Es gab Grenzen, aber die überschritt Leyla kaum.

Manchmal, wenn sie wütend auf ihre Großeltern war, hätte sie gerne losgeschrien. Aber ihre Eltern hatten ihr früh beigebracht, dass Wut oft nichts mit dem Gegenüber zu tun hatte, wenn man näher darüber nachdachte. Leyla war eine Zeit lang sehr wütend. Aber sie versuchte alles dafür zu tun, es nicht an ihrer Familie auszulassen. Denn die Wut war nicht gegen sie gerichtet, sondern etwas, das Leyla mit ihnen teilte.

»You should've seen it, zwei, drei Mal hat sie sich von ihm weggedreht und er hat nicht aufgegeben«, lachte Sharon über Phil.

Sie saßen zu dritt in ihren Pyjamas auf dem großen Bett von Mari und gingen jedes Szenario durch.

»Irgendwann hat sie sich breitschlagen lassen.«

»Ja, ich meine, er ist echt ein guter Tänzer«, entschuldigte sich Mari.

»Genau, daran lag es. Nicht an seinen abgedroschenen Sprüchen«, wollte Sharon eine andere Wahrheit aus ihr herauskitzeln. Sie kicherten. Wieder etwas, was man bei Marina nicht durchschauen konnte. Mochte sie Phil plötzlich? Oder ging es wirklich nur ums Tanzen? Hatte sie ihn aus anderen Gründen jahrelang ignoriert oder genervt getan? Etwas, was nur Mari wusste. Sharon und Leyla merkten, dass sie nicht weiter nachhaken mussten.

Sharons Geschichte war eindeutiger. Sie hatten bereits in der Schule gemerkt, dass Sebastian der erste Nicht-Amerikaner werden konnte, in den sich Sharon verguckte. Sharon hatte immer irgendwelche Boyfriends. Sie alle lebten in den USA. In den Ferien fuhr sie oft in ihre alte Heimat und besuchte dabei den jeweiligen Typen. Es blieben Fernbeziehungen, die irgendwann durch Betrug auf Seiten der Jungs oder Langweile ihrerseits in die Brüche gingen. Sharon war davon überzeugt, dass europäische Jungs zu wenig Anstand besaßen. Sie konnte ihre Argumente nicht richtig erklären, aber sie ließ sich auch keine andere Meinung aufschwatzen. Und dann kam Sebastian, der sich mit Football auskannte, jedes Jahr für den Superbowl die Nacht durchmachte und alles dafür geben würde, Rascal Flatts, einen Countrysänger, live zu hören. Anscheinend hatten er und Sharon öfter miteinander gesprochen, als es den anderen klar war. Sharon war im Schwärmemodus und als eine weitere Antwort von Sebastian per SMS ankam, kreischte sie auf. Leyla grinste. Sie wusste, wie sich Sharon fühlen musste. Marina hingegen hielt ihr den Mund zu und horchte auf, ob ihre Mutter dabei aufgewacht war. Sie würde großen Stress kriegen, wenn ihre Mutter erfuhr, dass sie um fünf Uhr früh noch keine Sekunde geschlafen hatten.

»Wir sollten pennen«, sagte sie, als Sharon nur noch auf ihr Handy starrte und Leyla bereits im Sitzen die Augen zufielen.

Sie stellten sich drei Wecker, um den Brunch nicht zu verpassen. Leyla nahm ihr Handy und entdeckte die Nachricht von Dero. Es war die Antwort auf ihre SMS.

»Wenn dich das bereits glücklich macht, dann warte ab, was ich sonst noch für Kosenamen auf Lager habe. Gute Nacht, mein Engel. Dein Olaf«

Leyla schlief mit einem Lächeln ein.

»It's an inner silence. Everyone knows the storm is coming. But they aren't taking away the peace before it. We are running towards it. After all because we know there's no place to hide. Maybe standing united will help us survive. What now?«

Phil und Dero waren nach dem Döner-Stand durch die Stadt gelaufen, quatschten und aßen ihren Kebab. Es tat Dero gut, seinen Freund zurückzuhaben. Er konnte es sich nicht erklären, aber die Gespräche hatten sich verändert. Es ging nicht nur um Sport. Was ihn jedoch mehr überraschte als sein Redefluss war Phil selbst. Er hörte zu, kommentierte gewählt und sein Unterton war weder geschwollen noch angeberisch wie sonst. Dero fragte sich, ob es an ihm lag, ob er diese Seite von Phil nie zugelassen hatte oder ob Phil anpassungsfähig war. Er war nicht stumm oder versuchte aus Dero mehr herauszukitzeln. Er erzählte von seinen Eltern, die sich scheiden ließen, und dass er sogar dafür war. Nicht, weil er seine Eltern nicht gerne zusammen sah, sondern weil er die Streitereien nicht mehr aushielt. Phil bezog sich dabei auf die Frauen, die er nie für länger an seiner Seite wollte.

»Am Ende streitet man nur noch, warum sich also die Mühe vorher machen?«, zweifelte er Beziehungen an.

Dero wusste, was Phil meinte. Schließlich hatte er bis vor Kurzem nach dem gleichen Prinzip gehandelt.

»Vielleicht hast du nur noch nicht die Richtige getroffen«, meinte er.

Phil spuckte vor Lachen einen Bissen Döner auf die Straße.

Auch Dero bemerkte, dass es für einen Typen zu kitschig war, was er gerade rausgelassen hatte. Sie grölten los.

»Wenn Männer verliebt sind, werden sie zu Frauen. Du bist der beste Beweis«, sagte Phil.

Sie dachten beide über ihre Aussagen nach, bis Phil fortfuhr: »Wer weiß, vielleicht ist ja was dran, aber das müsste bei mir die perfekte Frau sein. Sie müsste kochen können, freiwillig putzen und jederzeit bereit sein für ein wenig Spaß. Ach ja, und natürlich muss das Aussehen auch stimmen.«

Dero grinste ironisch: »Na, dann wirst du bestimmt schnell eine finden.«

Damit war das Thema Frauen vom Tisch.

Dero dachte an Leyla. Er hatte keine Ahnung, ob sie kochen konnte oder ob sie ordentlich war. Er ging davon aus. Aber da waren so viele Facetten, die er nicht kannte. Und er konnte es nicht erwarten, sie alle kennenzulernen.

Kurz bevor die Sonne aufging, verabschiedeten sich die beiden und am nächsten Tag erwachte Dero erst gegen Nachmittag. Schnell nahm er sein Handy zur Hand und sah, dass Leyla bereits geschrieben hatte. Beruhigt startete er in den Tag und tat nichts. Abends rannte er im nahe gelegenen Wald eine Runde, ging auf dem Rückweg bei der Tanke vorbei und kaufte sich etwas fürs Abendessen. Immer mit den Gedanken bei Leyla. Der Tag sollte bald vorbei sein. Bald würde er sie wiedersehen.

Es war für Dero kaum auszuhalten. Er wäre gerannt, wenn er sich dabei nicht verzweifelt vorgekommen wäre. Er konnte es nicht erwarten, Leyla in die Arme zu schließen. Sie hatten den ganzen Sonntag miteinander geschrieben. Und am Abend telefoniert. Aber das reichte ihm nicht. Dero wollte sie sehen, sie riechen, sie spüren.

Früh war er aufgestanden, hatte geduscht, seine Schulsachen zusammengepackt und einen Zug früher als sonst genommen. Den Moment, in dem Leyla auf den Schulhof trat, wollte er nicht verpassen.

Dieser Gotthelf gefiel Leyla besser, als sie zuerst gedacht hatte. Ihr Großvater hatte ihr mehrere Autoren vorgeschlagen, aber als sie das Buch in den Händen hielt, das sie bereits bei Dero entdeckt hatte, war ihre Entscheidung gefallen. Ihr Opa war verwundert, aber freute sich, dass seine Enkelin einen neuen literarischen Weg einschlug.

»Je mehr Verschiedenes du liest, umso leichter wird es dir im Studium fallen«, sagte er stolz.

Es war ihr Großvater, der sie auf das Germanistikstudium aufmerksam gemacht hatte, und manchmal kam es Leyla so vor, als würde er am liebsten mit ihr zusammen an die Uni. Es war ein unerfüllter Traum von ihm, mit Literatur sein Geld zu verdienen. Umso glücklicher machte es ihn, dass seine Enkelin seine Leidenschaft teilte. Manchmal wurde er nostalgisch und sprach von seinen eigenen Geschichten.

»Weißt du, ich habe als junger Mann viel gelesen und noch mehr geschrieben. Aber damals hatte man nicht dieselben Möglichkeiten wie heute.«

»Ich würde gerne deine Texte lesen«, sagte Leyla dann.

Doch ihr Großvater war zurückhaltend.

»Nein, nein. Die sind nicht gut. Nicht mal deine Großmutter mochte die Briefe, die ich ihr geschrieben habe. Sie sagte immer, sie wären zu lang«, lächelte er.

»Sie hat bestimmt keinen einzigen fertiggelesen«, zweifelte er weiter und lenkte das Thema wieder auf die vielen großartigen Autoren dieser Welt. Leyla traute sich nicht, weiter nachzuhaken. Sie kannte das Bedürfnis nicht, selbst zu schreiben. Vielleicht war es derselbe Zweifel, der ihren Großvater plagte, dass es sowieso niemanden interessierte, was sie zu erzählen hatte. Sie dachte an Shakespeare, Zafon und all die großen Autoren, die sie bis jetzt gelesen hatte. Sie fanden Worte, die den Leser in andere Welten, andere Zeiten katapultierten. Ihr Wortschatz kam ihr dabei kleinlich vor. Leyla war fasziniert davon, dass es Menschen gab, die Worte und Sätze aneinanderreihen konnten und dabei ein Bild erschufen, das zuvor in Leylas Gedanken nicht existiert hatte.

Leyla kannte den Weg vom Bahnhof zur Schule auswendig. Deshalb war es für sie nicht schwer, dabei zu lesen. Sie konnte *Die schwarze Spinne* nicht mehr weglegen. Die Spinne ging gerade auf den Ritter von Stoffeln los. Die Bilder waren erschreckend, aber sie wollte wissen, wie die Geschichte ausging. Ihr Großvater hatte ihr eine Aufgabe dazu gestellt. Sie solle sich überlegen, ob es Sinn machte, dass das Buch verfilmt wurde. Den Film würde sie bis jetzt nicht anschauen wollen. Aber sie wusste, dass ihr Großvater etwas anderes damit meinen musste. Ihre Neugier auf die Lösung ließ sie eifrig weiterlesen.

Sie knallte frontal in Dero. Erschrocken wich sie zurück und ließ das Buch fallen. Dero lachte und bückte sich, um es vom Boden aufzuheben, als ihm der Titel auffiel.

»Du liest das wirklich? Oder habe ich in Deutsch wieder nicht aufgepasst?«, fragte er beeindruckt.

»Mein Opa hat es mir gegeben. Gruselig bis jetzt. Mal schauen«, erklärte Leyla benommen.

Es war schwierig, auf einen Schlag in die Realität zurückzumüssen. Doch als Dero ihr einen Kuss gab und sie in die Arme schloss, war sie ganz bei ihm. Gemeinsam machten sie sich auf den Weg ins Schulhaus.

Leyla mochte den Montag am wenigsten. So viele Stunden, bevor eines ihrer Lieblingsfächer dran war. Vor der Mittagspause stand dann Deutsch an. Als sie ins Schulzimmer traten, standen drei weitere Erwachsene neben Herrn Mender. Die ganze Klasse tuschelte, fragte sich, was diese zwei Frauen und der Herr in ihrer Deutschstunde wollten. Herr Mender drehte sich zur Klasse und sofort waren alle still.

»Ihr fragt euch bestimmt, wer diese Menschen hier sind«, drehte er sich den Fremden zu, lachte und fuhr fort: »Wie ihr alle wisst, seid ihr kurz vor dem Abschluss.«

Die Klasse johlte erfreut.

»Ja, jetzt freut ihr euch. Aber wenn ihr erst Mal da draußen seid, wünscht ihr euch, wieder zurück in der Schule zu sein«, zwinkerte er.

»Wie dem auch sei, Frau Dattel, Frau Scheib und Herr Müller kommen von verschiedenen Unis oder Hochschulen und sind da sogenannte Studienberater. Sie sind heute hier, um euch verschiedene Wege nach der Matura vorzustellen. Denn falls ihr studieren wollt, müsstet ihr euch bereits in einem halben Jahr akkreditiert haben. Ihr denkt, das ist noch lange hin. Aber die Zeit vergeht schneller, als ihr euch vorstellen könnt. Vielleicht kriegt ihr in dieser Stunde eine Idee, wie eure baldige Zukunft aussehen könnte.«

Alle Schüler waren froh, dass die Stunde anders ausfallen würde als normal. Keine Präpositionen, keine Relativpronomen. Außer Leyla. Sie wusste, was sie nach der Schule tun wollte. Sie stellte sich auf die langweiligste Stunde des Tages ein.

Auch Dero sah nicht happy aus über den Wandel der Deutschstunde. Jedoch nicht aus denselben Gründen. Er hatte keine Ahnung, was er nach der Schule tun wollte, und er wollte noch weniger daran erinnert werden, dass er keine Ahnung hatte. Ein Studium anzufangen war ihm zuwider. Noch länger die Schulbank zu drücken war nicht in seinem Sinn. Also schaltete er auf Durchzug. Während die zwei Frauen sprachen, beobachtete er die gelangweilte Leyla, die ihre Stifte spitzte, Blätter lochte und in ihren Schulordner einordnete. Manchmal schaute sie zu ihm und verdrehte die Augen. Dero war an sich überrascht, da er sie so einschätzte, dass sie sich für die Uni interessieren würde. Er wusste, dass sie vorhatte zu studieren. Aber sie würde ihre Gründe haben, warum sie den Studienberatern nicht zuhörte.

Herr Scheib kam an die Reihe. Er war von einer Universität weiter weg, die Studiengänge anbot, die es in ihrer Stadt nicht gab. Alle Schüler erwachten, als er Youtube einstellte und eine Szene aus *CSI* abspielte. Nachdem die Detectives durch Fledermauskacke herausfanden, wer der Mörder war, fragte Herr Scheib: »Weiß jemand, wie man diesen Beruf nennt?«

Phil lachte durch die Klasse: »Schauspieler!«

Die Klasse stimmte in sein Lachen ein und auch Herr Scheib konnte sich ein Grinsen nicht verkneifen.

»Okay, danke. Aber wenn du Schauspieler werden willst, wärst du bei uns am falschen Ort.«

Die Klasse wurde unruhig und Herr Scheib kam zurück auf seine Powerpoint-Präsentation.

»Weiß niemand, wie man diesen Beruf nennt, den sie bei *CSI* etwas umwandeln?«, fragte er nochmals, als das Logo der Uni hinter ihm auftauchte.

»Forensiker«, sagte Dero lasch.

Leyla blickte auf. Nicht, dass sie es nicht gewusst hätte, und nicht, dass sie Dero dieses Wissen nicht zutrauen würde, aber dass er sich in einer Stunde meldete und das freiwillig. Das erstaunte sie.

»Genau. Und weißt du auch, was die den ganzen Tag so tun?«

»Nicht so viel wie bei *CSI*.«

Die Klasse lachte erneut. Herr Scheib wusste, dass er bei Dero nicht weiter nachfragen musste.

Herr Scheib fuhr fort, erzählte von den verschiedenen Studiengängen, die sie anboten, und er tat das in einer Art, die die Schüler fesselte. Man merkte ihm an, dass er oft in Klassen vorsprach und wusste, wie man junge Menschen interessiert hält. Dero konnte keine Sekunde weghören. So oft hatte er mit seiner Mutter Serien geschaut, in welchen durch Forensiker Fälle aufgelöst wurden. Er empfand es oft als zu einfach. Aber dass man das studieren konnte, war ihm neu.

Leyla lächelte, als sie Dero zu beobachten anfing. Er war konzentriert. Seine Augenbrauen wurden dabei schmaler und zogen sich näher zur Nase. Kaum bemerkbar kaute er auf seiner Lippe herum. Sie mochte dieses Gesicht. Er sah dabei noch intelligenter aus als er sowieso war. Intelligenz fand sie attraktiv, aber wäre sie Dero nicht längst verfallen, hätte sie sich in dieses Gesicht verliebt. Ganz bestimmt.

Und plötzlich verging die Stunde wie im Flug. Während ihre Mitschüler am Ende schnell ihre Schulsachen zusammen packten, gab Leyla Mari das Zeichen, dass sie vorgehen sollte, sie würde auf Dero warten. Der sah aus, als wäre er in einer anderen Sphäre gelandet. Er blieb sitzen, als auch Herr Mender und die drei Besucher das Zimmer verließen. Leyla setzte sich an seine Seite und strich ihm über den Arm.

»Forensik, mmh?«, sagte sie in einem vorsichtigen Ton.

»Mmmh ...«, war Deros Antwort.

Er vergrub seine Hand in Leylas Haaren und küsste sie. Danach stand er auf, sagte kein Wort und streckte ihr die Hand hin, damit sie das Zimmer gemeinsam verlassen konnten. Leyla spürte, dass sie nicht weiter darauf herumtreten sollte. Auch wenn sie ihn am liebsten ermutigt hätte, es sich ernsthaft zu überlegen. Sie konnte sehen, wie er mit Pinsel und Kohlpulver Fingerabdrücke suchte oder vor Gericht die Beweise vorführte. Sie wusste, dass er keine Pläne hatte, und sie hätte ihm nicht irgendwas aufzwingen wollen. Aber durch ihre persönlichen Ambitionen wünschte sie auch Dero eine spannende Zukunft. Sie sah so viel Potenzial in ihm, das er bis jetzt nicht entdeckt hatte. Vielleicht war Forensik das Richtige, um es es aus ihm herauszukitzeln.

Beim Rauslaufen drückte sie seine Hand. Sie wollte ihm zeigen, dass sie für ihn da war. Egal, was er mit seinem Leben vorhatte. Sie würde ihn unterstützen.

Eine Stunde später war die Mittagspause dran, in der Dero mit Phil bei Leyla und den Mädels saß. Das war die ganze Woche so und allen war es recht. Alle hatten ihre Freude daran. Phil war ohne seine Jungs Marina gegenüber nicht mehr aufgeblasen und Dero war glücklich, nicht der einzige Junge unter den Mädchen zu sein. Mari scherzte mit Phil herum und Sharon wechselte Blicke mit Sebastian aus, und wenn er nicht in Reichweite war, klebte sie am Handy. Aber das waren sie alle gewöhnt. Für Leyla war es wie immer und doch fühlte es sich anders an. Gut. Wenn nicht sogar besser. Sie war glücklich, wie sich alles entwickelt hatte, als sie das Gefühl beschlich, dass das bald ein Ende haben würde. Bald würden sie alle verschiedene Wege einschlagen. Sharon hatte vor, an einem College in Amerika angenommen zu werden. Marina wollte arbeiten und reisen, bis sie sich für ein Studium entscheiden würde. Phil hatte sich für ein Wirtschaftsstudium entschieden. Und sie selbst würde sich bald für das geplante Germanistikstudium akkreditieren. Bis auf Dero hatten alle Pläne, die es fast unmöglich machten, solche gemeinsamen Momente miteinzubeziehen. Klar würde Leyla Sharon besuchen und es so legen, dass es mit Maris Amerikareise zusammenfiel. Aber dann würden die Jungs fehlen. Vielleicht würde Dero sie begleiten. Wenn sie dann noch zusammen wären. Leylas Magen zog sich zusammen. Diese Vorstellung, dass Dero nicht mehr an ihrer Seite stand, war ihr zuwider.

Dero Handy klingelte. Die zweite Stunde ihrer Mittagspause war angebrochen und sie überlegten, was sie tun wollten. Es stand in der Bibliothek rumhängen zur Debatte oder im Park nebenan Volleyball spielen. Doch das Telefonat änderte alles. Es war Deros Vater. Dero hob ab und verschwand aus der Mensa. Leyla wusste nicht, ob sie ihm folgen sollte, entschied jedoch zu warten.

»Ich bin bei der Arbeit und kann hier nicht weg. Wie lange musst du in der Schule bleiben?«, fragte sein Vater.

»Was ist denn los?«, fragte Dero kühl, obwohl er sich plötzlich Sorgen machte.

»Hat dir deine Mutter nicht geschrieben?«

»Nein«, antwortete Dero nun etwas zittrig.

»Irgendwas muss in der Klinik passiert sein. Sie fragte, ob ich vorbeikommen könnte, doch ich kann hier nicht weg«, klagte sein Vater.

Dero blieb stumm und dachte nach.

»Dero?«, fragte sein Vater nach, weil er dachte, die Verbindung sei unterbrochen.

»Bin noch dran. Ich mach mich auf den Weg«, entschied er.

»Danke. Du bist ein guter Sohn«, bedankte er sich und verabschiedete sich knapp.

Eilig ging Dero in die Mensa zurück. Ohne große Worte packte er sein Zeug zusammen und gab Leyla einen Kuss auf ihre wortformenden Lippen.

»Ich muss gehen. Könnt ihr mich entschuldigen?«, fragte er in die Runde und drehte sich zum Ausgang. Alle blieben perplex sitzen. Leyla reagierte. Sie schnappte sich ihre Schulsachen und rannte Dero hinterher. Sie erwischte ihn auf dem kleinen Weg zur Hauptstraße, die zum Bahnhof führte.

»Dero! Wo gehst du hin?«, rief sie.

Er drehte sich seiner Freundin zu und schüttelte den Kopf.

»Geh wieder zu den anderen. Ich muss in die Klinik«, versuchte er sie loszuwerden.

Er beschleunigte seinen Schritt.

»Ist was passiert mit deiner Mutter?«, blieb Leyla ihm dicht auf den Fersen.

Da kapierte er, dass er sie ohne Erklärung nicht loswerden würde.

»Das war mein Vater. Vorhin, am Telefon. Meine Mutter hat ihm geschrieben, dass sie nicht allein sein wollte.«

»Und warum musst du jetzt weg?«, hakte Leyla nach.

»Er muss arbeiten. Und er weiß so gut wie ich, dass es besser ist, wenn ich gehe. Wenigstens denkt er dabei richtig«, erklärte er vollends.

»Soll ich mitkommen?«, fragte Leyla.

»Nein, nein. Das willst du nicht miterleben«, lehnte er ab.

»Denk jetzt nicht an mich. Würde es dir nicht besser gehen, wenn DU das nicht allein erleben musst?«

Ein Lächeln huschte über sein Gesicht. Am liebsten hätte er es abgestritten. Aber er dachte daran, wie seine Mutter unbedingt wollte, dass er ihr Leyla vorstellte. Er ging ein Risiko ein, dass es nicht der richtige Zeitpunkt dafür war, aber vielleicht war es das, was seine Mutter brauchte. Dieser Mensch, der ihm so gut tat, würde seiner Mutter keinen Schaden zufügen.

»Okay, aber sei gewarnt. Solche Kliniken haben manchmal komische Energien«, ließ er Leyla an sich ran.

Diese lächelte und nahm seine Hand.

»Ich bin da. Gemeinsam vertreiben wir jede komische Energie«, zwinkerte sie ihm zu.

Die Stimmung in der Klinik war tatsächlich komisch. Kaum einer saß im Gemeinschaftsraum. Die Pfleger, die normalerweise ein beruhigendes Lächeln aufsetzten, blickten ernst und nickten den zwei Neuankömmlingen zu. Dero steuerte auf den Gang zu, der zu dem Zimmer seiner Mutter führte. Er spürte, dass etwas nicht gut war. Fest drückte er Leylas Hand, die er auf dem Weg in die Klinik bereits gehalten hatte. Vor dem Zimmer blieb er stehen, legte die Hand auf die Klinke und drehte sich nochmals zu Leyla.

»Ich habe keine Ahnung, was uns drinnen erwartet. Sei ihr nicht böse, wenn sie dich ignoriert. Oder stürmisch überfällt. Sei einfach auf alles vorbereitet.«

Er versuchte sich in einem Lächeln, um ihr nicht Angst zu machen. Aber in ihr stieg die Nervosität auf. Was hatte sie sich dabei gedacht mit Dero mitzugehen?

»Soll ich lieber draußen warten?«, fragte sie.

»Willst du denn draußen bleiben?«

»Naja, nein. Aber ja … Was ist dir lieber?«

Dero dachte sich, *jetzt oder nie*, und öffnete die Tür. Mit dem, was er sah, hätte er nicht gerechnet.

Mit Leyla im Schlepptau ging er durch den kleinen Gang an der Toilette vorbei. Seine Mutter saß am kleinen Schreibtisch und hatte Kopfhörer in den Ohren. Sie musste irgendetwas Fröhliches hören, denn ihre Schultern wippten hin und her. Der Stift in ihrer Hand flitzte über den Notizblock, der vor ihr lag. Sie hatte ihre Besucher nicht gehört.

Langsam ging Dero auf sie zu und tippte mit dem Zeigefinger

auf ihre Schulter. Sie zuckte zusammen und schaute zu ihm hoch. Sofort erschien ein Lächeln auf ihrem Gesicht. Sie nahm die Hörer aus den Ohren und sah währenddessen an Dero vorbei Leyla in die Augen. All die Nervosität fiel von Leyla ab. Seine Mutter schaute sie mit offenem Herzen an, das konnte sie in ihren Augen sehen.

»Heey. Was macht ihr denn hier?«, fragte sie, stand auf und umarmte ihren Sohn.

»Du hast meinem Vater geschrieben, dass du nicht allein sein wolltest«, erklärte Dero und war sichtlich beruhigt, dass es ihr gut zu gehen schien.

»Hättet ihr nicht Schule?«, fragte sie überrascht.

»Du hast meinem Vater geschrieben, dass du nicht allein sein wolltest«, wiederholte Dero.

»Ja, aber dafür müsst ihr doch nicht schwänzen«, lächelte sie und fixierte ihren freundlichen Blick wieder auf Leyla.

»Ich gehe davon aus, dass du die schöne, liebe Leyla bist, von welcher mein Sohn so schwärmt.«

Leyla nickte verlegen und streckte Deros Mutter die Hand hin. Diese grinste über beide Ohren und zog Leyla an der Hand zu sich und umarmte sie.

»Schön dich kennenzulernen«, sagte sie und ließ Leyla wieder los.

Dero wurde ungeduldig.

»Mama, warum schwänzen wir denn genau? Dir scheint es gut zu gehen. Warum schreibst du dem Mann, der lange nicht mehr dein Ehemann ist, dass er kommen soll?«

»Ich habe ihm geschrieben, damit du nicht schwänzen musst. Hat offensichtlich nicht funktioniert«, zwinkerte sie den beiden zu.

Langsam machte sich Dero Sorgen. Spielte sie ihnen nur vor, dass er ihr gut ging?

»Setzt euch erstmal hin. Wollt ihr etwas trinken? Ich kann euch Leitungswasser anbieten oder wir könnten in den Esssaal gehen, aber da ist es gerade sehr deprimierend«, sagte sie und zeigte auf das Bett neben dem Schreibtischchen.

Weitere Stühle waren nicht vorhanden, also setzten sich Dero und Leyla auf das Bett. Dero platzte der Geduldsfaden.

»Mama, jetzt erzähl!«

Seine Mutter atmete tief durch.

»Eine Patientin hat sich vor paar Wochen selbst entlassen und vorgestern Nacht hat man sie tot in ihrer Wohnung gefunden. Selbstmord. Die Pfleger geben sich die Schuld. Die schwachen Patienten hier haben Angst, dass es ihnen auch passieren könnte, und dann gibt es solche wie mich, die halt einfach eine andere Einstellung zum Tod haben. Es ist ein Chaos. Ich wollte nur ein normales Gesicht sehen. Eines, das einen neutralen Ausdruck hat.«

Sie stand auf, ging ins Bad und füllte zwei saubere Zahnputzbecher mit Wasser. Leyla und Dero schauten sich an. Sie waren nicht sicher, wie sie reagieren sollten. Leyla tat es unglaublich leid, obwohl sie die Patientin nicht kannte, und Dero war erleichtert, dass es nicht seine Mutter war. Und bei diesem Gedanken hatte er ein schlechtes Gewissen. Seine Mutter hatte ihm oft geschworen, dass sie so was nie tun würde. Ihre Liebe zu ihm wäre zu groß, hatte sie immer gesagt. Aber Dero konnte sich nie sicher sein, nicht wenn sie ihre Medikamente wieder absetzte.

Bevor sie reagieren konnten, fuhr seine Mutter fort: »Sie war ein gutes Mädchen. Hat mit allen gesprochen. Jeder von uns war überrascht. Genau sie, die am gesündesten wirkte.«

Sie streckte ihnen die Gläser hin und setzte sich wieder auf den Bürostuhl beim Schreibtisch.

»Ich wusste, dass sie ihre Probleme zu locker nahm. Ich glaube nicht, dass sie ein Wort der Psychiater umgesetzt hat«, erzählte seine Mutter, während sie kleine Schlucke Wasser tranken.

»Du hast sie gekannt? So richtig?«, fragte Dero ungläubig.

»Naja, wir haben ab und an Karten gespielt. Ach, du weißt, glaube ich, wer. Lucy. Sie hat mit uns gespielt, als du da warst. Kannst du dich erinnern?«

Deros Blut gefror.

Leyla konnte sehen, wie Dero auf einen Knall kreidebleich wurde. Sie legte ihre Hand sanft auf sein Schulterblatt. Er regte sich nicht, verkrampfte.

»Lucy hat sich umgebracht?«, fragte Dero, als hätte er die letzten Minuten nicht zugehört.

»Schatz, was ist denn los?«, bemerkte auch seine Mutter seinen Stimmungswechsel.

»Ich habe sie getroffen«, begann er und Leyla hörte genau mit.

»Per Zufall im Supermarkt. Das war vor unserem Brunch«, sagte er zu Leyla.

Sie erinnerte sich und nickte. Sie war beruhigt, dass es kein geplantes Treffen war. Dero hatte nämlich nie von Lucy erzählt.

»Hast du mit ihr gesprochen?«, fragte seine Mutter interessiert.

»Ja, nur kurz. Sie hat damals was gesagt. Ich habe mich noch gefragt, was das sollte. Hatte echt ein komisches Gefühl.«

Er atmete tief ein und aus.

»Ich hätte meinem Gefühl nachgehen sollen. Ich wusste, etwas stimmte nicht. Ich hätte es wissen müssen«, begann er sich schuldig zu fühlen. Der Blick seiner Mutter verhärtete sich.

»Du hättest nichts tun können. Verstehst du mich? Du hattest keine Verantwortung. Sie hat das entschieden, sie allein und das wahrscheinlich bereits früher als wir alle denken.«

Sie legte beide Hände auf seine Knie und schaute ihm tief in die Augen.

»Schatz, versprich mir, dass du dir keine Schuld gibst. Du hättest nichts tun können. Diese Worte sollst du verinnerlichen. Ein wunderbares Mädchen hat auf dich und einen Brunch gewartet. Du hättest an Lucys Entscheidungen nichts ändern können.«

Dero nickte. Leyla zog ihre Hand zurück, damit seine Mutter ihn umarmen konnte.

»Kommt, wir gehen an die frische Luft. Das wird uns gut tun und dann hat Leyla Zeit, deine wichtigste Frau im Leben kennenzulernen«, lächelte seine Mutter aufmunternd.

Leyla grinste ihr zu und stand auf. Dero brachte keine ganzen Sätze heraus.

Lucy war tot. Dieses fröhliche, schlaue Mädchen hatte entschieden, diese Welt zu verlassen. Er versuchte sich in Erinnerung zu rufen, was sie ihm am Tag im Supermarkt zum Abschied gesagt hatte. Er konnte sich nur noch an das komische Gefühl erinnern, das er damals empfand. Nun wurde dieses Gefühl bestätigt.

Während seine Mutter ihre Hausschuhe auszog und sich Turnschuhe anzog, wandte sich Leyla Dero zu.

»Ist alles in Ordnung?«

Er nickte und stand auf. Zu dritt liefen sie aus der Klinik in den angeschlossenen Park. Leyla wollte vor seiner Mutter nicht Deros Hand nehmen, auch wenn sie ihm gerne gezeigt hätte, dass sie für ihn da war.

Als sie im Park ankamen, hakte sich seine Mutter bei Leyla unter.

»Ich glaube, wir lassen ihm etwas Zeit. In unserer Familie ist es normal, dass wir Dinge allein regeln wollen. Es hat mich überrascht, als er von einem Mädchen erzählte. Ich bin gespannt, wer du bist. Du musst was ganz Besonderes sein, wenn er dich sogar zu mir bringt«, lächelte sie.

»Das ist sie«, erwiderte Dero und blieb dann wieder still.

Leyla konnte den Nachmittag nicht einordnen. Sie mochte Deros Mutter. Sie war aufgeschlossen und interessiert. Die Vorstellung, dass diese lebensfrohe Frau traurige Phasen hatte, war für sie an diesem Tag undenkbar. Hauptsächlich erzählte Katrin, Deros Mutter, von ihm als kleines Kind: was sie alles Verrücktes gemacht hatten, welche spontanen Trips sie angingen oder welch viel zu große Eisbecher mit Früchten, Gummibärchen und Schokoladensauce sie gegessen hatten, und wie Dero irgendwann keine Lust mehr dazu hatte. Währenddessen kniff sie ihm in den Arm und suchte damit seine Bestätigung. Doch Dero war gedanklich abwesend. Er lief neben ihnen her, an der Seite seiner Mutter, und Leyla war sich nicht sicher, ob er ihnen zuhörte. Sie steckte in einem Dilemma. Auf der einen Seite war sie fasziniert von Katrin und liebte es, ihren Geschichten zu horchen und so viele neue Dinge über Dero zu erfahren, und andererseits hätte sie gerne mit Dero allein gesprochen. Wer war diese Lucy? Warum war ihr Tod für ihn so erdrückend? Sie verstand, was es bedeutete, einen wichtigen Menschen zu verlieren, aber war ihm diese Lucy wichtig? Oder war es der Tod, der ihn belastete? Auf all diese Fragen hätte sie gerne Antworten gehabt. Aber sie erkannte in Katrins Verhalten, dass man ihn in Ruhe lassen musste. Er würde mit ihr reden, wenn er soweit war.

»Ich werde bald nach Hause kommen«, sagte seine Mutter beim Abschied, als sie in ihrem Zimmer standen.

»Die neuen Medikamente schlagen also an?«, fragte Dero nüchtern.

Er war noch immer nicht zu ihnen zurückgekehrt. Leyla hingegen lächelte Katrin an und freute sich mit ihr über den guten Verlauf ihrer Therapie.

»Und wenn Leyla das nächste Mal bei uns ist, koch ich was Schönes für euch, okay?«

Dero nickte und gab ihr einen Kuss auf die Wange. Katrin nahm Leyla fest in den Arm und flüsterte in ihr Ohr: »Pass gut auf meinen Jungen auf.«

Leyla war gerührt, wie verbunden die zwei sein mussten. Sie wünschte, dass es Katrin wirklich besser ging und sie gesund werden konnte. Inwiefern dies möglich war, wusste Leyla nicht, aber seit sie Katrin kannte, wünschte sie sich nichts sehnlicher, als dass Dero seine Mutter zurückbekam. Wenn es bei ihr nicht möglich war, sollte wenigstens er vom Glück geküsst werden.

Als sie vor die Klinik traten, nahm Dero Leylas Hand. Leyla bemerkte, wie ihr das den ganzen Nachmittag gefehlt hatte. Sie drückte sie fest. Schweigend gingen sie zum Bahnhof. Wortlos entschieden sie, dass Leyla zu ihm nach Hause ging. Still setzten sie sich zuhause aufs Sofa im Wohnzimmer und kuschelten sich aneinander. Die ganze Zeit sprachen sie kein Wort und von all den Erlebnissen des Tages war Leyla so müde, dass sie kurz darauf in Deros Armen einschlief.

»Loneliness isn't just a feeling you get when you're alone. This feeling might appear while you're in the middle of a handshaking and hugging crowd. You feel like you just need that one person to be next to you. No need, no talking. Just next to you. A presence that gives you strength to stand there and fill you up with the feeling of being in the right place.«

Der letzte Schultag vor den Ferien war entspannt. Es herrschte eine Aufbruchsstimmung. Für die Meisten aus Leyla und Deros Jahrgang waren es die letzten richtigen Schulferien, in welchen man nochmals verreisen konnte. Die Weihnachtsferien waren vollgestopft mit Familientreffen und in den nächsten Frühlingsferien würde bereits die Lernphase für die Abschlussprüfungen beginnen.

Marina entschloss sich spontan, mit ihrer Mutter nach Spanien zu fahren, und Sharon hatte ihren Trip nach Amerika vor Wochen eingefädelt. Leyla blieb wie die meisten Ferien zuhause. Im Sommer war sie mit Mari in Spanien gewesen, aber das konnten sich ihre Großeltern nur leisten, weil sie für Kost und Logis nicht bezahlen mussten. Für Leyla war das kein Problem. Sie reiste in andere Welten. Sie schlich mit Daniel durch Barcelona, stand mit Julia auf einem Balkon in Verona oder fuhr mit Huck den Mississippi hinunter. Sie brauchte nicht physisch zu verreisen, wenn sie mit ihrer Literatur viel weiter weg konnte. Doch diese Ferien würde sie anders verbringen. Denn Dero blieb auch zuhause. Seine Mutter würde in der zweiten Woche nach Hause kommen und bis dahin wollten die beiden so viel Zeit wie möglich gemeinsam verbringen. Und am wichtigsten für Leyla war, dass sie vorhatte, ihn ihren Großeltern vorzustellen. Sie wurde ein bisschen dazu gezwungen, weil ihr rausgerutscht war, dass Mari und Sharon verreisten. So hätte sie die beiden für nächtliche Abwesenheit nicht als Alibi nehmen können. Bereits am kommenden Sonntag war es soweit. Bis dahin musste sie ihre Großeltern darauf vorbereiten. Sie hatte ihnen bis jetzt nicht erzählt, dass sie einen Freund hatte. Noch dazu kam, dass Dero auch nichts von seinem Glück wusste. Sie waren verabredet, aber er wusste nicht, was sie geplant hatte.

Dero war seit Montag nicht ganz bei sich. Er schlief nicht gut und wenn er einschlafen konnte, verfolgten ihn Albträume. Nur als Leyla von Montag auf Dienstag bei ihm blieb, fand er Ruhe. Seither verrieten die Ringe unter seinen Augen, dass etwas nicht mit ihm stimmte. Leyla jedoch blendete es komplett aus. Und Dero war nicht unglücklich darüber. Sie würde mit ihm darüber reden wollen und er konnte es sich selbst nicht erklären. Er wusste nicht, warum ihn der Tod von Lucy so mitnahm. Als letztes hätte er Leyla damit belasten wollen. Deshalb verabredete er sich öfter mit Phil zum Sport und Leyla verbrachte die Zeit mit ihren Mädels. Leyla erklärte sich ihre Distanz mit der Begründung, dass sie die Ferien hauptsächlich miteinander hatten. Dero korrigierte ihre Annahme nicht, sie musste sich keine Sorgen um ihn machen.

»Unser Date steht noch?«, fragte Madeleine als die Französischstunde vorbei war.

Leyla war mit Marina als letzte im Klassenzimmer geblieben.

»Ja, klar«, lächelte Leyla sie an und verschwand mit ihrer besten Freundin zur letzten Stunde.

Herr Maler hasste den Freitag vor den Ferien. Seine Schüler waren bereits mit den Gedanken in den Ferien und mit Musiktheorie musste er gar nicht anfangen. So bestand ihre letzte Stunde aus Singen. Alle Lieder, die sie das ganze Schuljahr eingeübt hatten, wurden repetiert. Zu Herr Malers Überraschung verbesserte die gute Stimmung die Stimmen seiner Schüler. Alle waren erfreut und entspannt. Nur bei Leyla tauchte leise eine Nervosität auf. Sie kam in letzter Zeit nicht dazu mit Dero zu reden, deshalb wusste er noch nichts von seinem Glück, dass er ihre Großeltern kennenlernen würde. Sie hatte keine Ahnung wie er, geschweige denn ihre Großeltern, reagieren würde. Doch sie fasste während »Bridge over Troubled Water« den Entschluss, dass sie es Dero nach dieser Stunde sagen würde.

Als die Stunde vorbei war, rannten alle aus dem Schulzimmer. Manche sangen laut im Gang weiter und läuteten mit Freude die Ferien ein. Doch niemand hatte es eilig, vom Schulareal zu kommen. Überall auf dem Schulhof und im Pärkchen nebenan sah man Gruppen, die miteinander quatschten, von den kommenden Reisen erzählten oder einfach die letzten Minuten mit ihren Freunden genossen.

Dero holte sein Sportzeug aus dem Spind, als Leyla ihm auf die Schulter tippte.

»Du musst dich nicht von mir verabschieden, wir sehen uns doch am Sonntag wieder«, lächelte er, als er ihren schüchternen Blick sah.

»Wegen Sonntag wollte ich mit dir sprechen«, begann sie.

»Kannst du doch nicht?«, fragte er überrascht und etwas enttäuscht.

»Doch, doch. Aber was unsere Pläne angeht. Naja … Wie soll ich sagen … Ich … also wir … Ich meine …«

»Leyla, was ist los?«, fragte Dero.

»Ich würde dich gerne mit zu mir nehmen«, antwortete sie leise und atmete tief durch.

»Hast du sturmfrei?«, fragte Dero nichts ahnend.

»Ähm, nein. Ich würde dich gerne meinen Großeltern vorstellen«, gab sie zu.

»Oh«, war seine Reaktion.

Leyla versuchte sofort zu erklären: »Wir wollten uns doch in den Ferien öfter treffen. Aber die Ausrede, dass ich bei Mari bin, zieht dann nicht. Sie wissen, dass sie in Spanien ist.«

»Oh«, wiederholte er.

Leyla betrachtete sein Gesicht. Plötzlich fiel ihr auf, wie bleich er war, und seine Augenringe machten sie nervös.

»Also, wenn du nicht willst …«, versuchte sie, den Schaden zu reparieren.

Sie wünschte sich, dass er bereit war. Sie wollte die Ferien mit ihm verbringen. Das würde aber nicht funktionieren, wenn ihre Großeltern Dero nicht kannten. Sein Blick wurde sanfter.

»Ich würde gerne deine Großeltern kennenlernen und ich würde auch gerne dein Zuhause endlich einmal sehen. Du hast mich nur damit überrascht«, sagte er.

»Bist du sicher?«, fragte sie nochmals.

Dero nahm ihre Hände und schaute ihr in die Augen.

»Bist du denn sicher?«

»Ja. Es sind die ersten Ferien, auf die ich mich richtig freue. Einfach weil ich weiß, dass ich sie mit dir verbringen kann. Aber dafür müssen wir diesen Schritt hinter uns bringen.«

Leyla atmete nochmals tief ein und als sie ausschnaufen wollte, lagen Deros Lippen bereits auf den ihrigen.

Sharon und Mari warteten vor dem Schuleingang auf Leyla. Sie wollten gemeinsam in die Stadt gehen und shoppen. Die letzten Stunden miteinander verbringen, bevor sie sich zwei Wochen nicht sehen würden. Dero begleitete sie zu ihren Freundinnen, wünschte ihnen schöne Ferien und verabschiedete sich danach, um auf dem Sportplatz mit Phil ein paar Körbe zu werfen.

Die Mädels zogen los zum Bahnhof. Es war wunderbares Wetter und das, obwohl es Ende September war. Alle drei hatten super Laune. Bei Sharon lag das aber nicht an den Ferien. Immer wieder seufzte sie und meinte, dass sie dieses Mal nicht unbedingt hätte wegfahren wollen. Doch ihre Tante hätte Sebastian nicht als Grund für eine Absage akzeptiert.

»Was machst du eigentlich, wenn Adam dort ist?«, fragte Leyla, die sich an Sharons Exfreund erinnerte, derjenige, der es wirklich ernst mit ihr meinte, aber die Distanz nicht mehr aushielt.

»Ich denke nicht, dass er dort ist. He should have gone back to college«, tat Sharon es ab, als konnten die Gedanken an ihn ihr nichts mehr anhaben. Leyla schmunzelte. Entweder war Sharon ernsthaft verliebt oder sie ließ sich nicht hinter die Fassade blicken. Marina schlenderte neben den beiden her und frohlockte: »Adam who? Sebastian find ich viel toller.«

Sharon lachte laut auf.

»Du kennst Adam doch gar nicht.«

»Stimmt. Aber Sebastian wäre für dich ein Grund hierzubleiben und nicht nach der Schule abzuhauen.« Leyla lächelte Sharon von der Seite an. Sie dachte daran, dass Marina damit recht haben könnte. Normalerweise sprach Sharon von nichts anderem als der Rückkehr in ihre Heimat oder den tollen amerikanischen Jungs. Doch seit Wochen klebte sie nicht wegen ihrer Freundinnen am Telefon, sondern wegen Sebastian. Sogar in den Stunden schrieben sie einander, obschon sie sich alle 45 Minuten in den Pausen sahen.

»Seid ihr jetzt offiziell zusammen?«, fragte Leyla, auch wenn ihr Definitionen nicht wichtig waren. Sie wusste, dass es für Sharon Bedeutung hatte.

»I think so«, antwortete ihre Freundin vorsichtig.

»Was? Ihr habt nicht darüber gesprochen?«, fragte die überraschte Mari.

»I don't know. Es ist kompliziert«, zweifelte Sharon.

»Was ist daran kompliziert? Ihr seid voll ineinander verschossen«, meinte Mari.

»Wir stehen kurz vor dem Abschluss und you know my plans after school«, gab Sharon zu bedenken.

»Ach, papperlapapp. Dann studierst du halt hier oder er geht mit dir mit. Dann kann er professioneller Footballspieler werden und du wirst sein Cheerleader«, kam die Romantikerin in Marina hervor.

»It's not that easy, darling«, lächelte Sharon traurig.

Als sie in den Zug Richtung Stadt stiegen wurde Marina sentimental.

»Wann mussten wir so erwachsen werden? Wir planen hier unsere Zukunft, wissen nicht, ob sich eine Beziehung lohnt, weil wir nicht förderliche Pläne dafür haben und bereiten uns darauf vor, uns zu trennen.«

»Wer trennt sich?«, fragte Leyla, die nur den letzten Teil mitgehört hatte.

»WIR!«

»Warum sollten wir uns trennen?«, konnte sie Marinas Gedanken noch immer nicht folgen.

»Na, du gehst gleich an die Uni. Sharon haut nach Amerika ab und ich bin wer weiß wo am Reisen«, erklärte Marina.

»Come on. Das ist in einem halben Jahr«, beschwichtigte Sharon ihre Freundin.

Leyla teilte Marinas Meinung: »Du hast keine Ahnung, wie schnell dieses halbe Jahr vorbeigehen wird. Das sind unsere letzten, richtigen Ferien. Danach müssen wir nur noch lernen und damit verfliegt die Zeit.«

»Holy, ihr seid ja größere Dramaqueens als ich«, lachte Sharon.

»Wir werden uns wieder sehen. Wir müssen dafür sorgen.«

Sie saßen zu dritt in einem Viererabteil. Sharon und Leyla nebeneinander und Mari vor ihnen. Bis Mari aufsprang und sich mit offenen Armen auf ihre Freundinnen fallen ließ.

»Mich werdet ihr nie los«, rief sie dabei. Leyla sah beschämt umher. Doch die Leute neben ihnen grinsten nur. Sie mussten es kennen. Sie mussten wissen, was es bedeutete, nach dem Abschluss befreundet zu bleiben, dachte sie sich. Sie musste zu sich selbst ehrlich sein: Darüber hatte sie sich keine Gedanken gemacht. Klar, sprachen sie von ihren Zukunftsplänen, aber sie war so damit beschäftigt, sich auf ihr Germanistikstudium vorzubereiten, dass sie nicht an die Arbeit dachte, die ihre Freundschaften aufrechterhalten sollte.

Marina blieb auf den beiden liegen und sie umarmten sie zurück. Sie spürten, dass sie jede Sekunde zusammen genießen mussten. Bald würde es nicht mehr so viel gemeinsame Zeit geben.

Für den Rest des Tages sprachen sie nicht mehr über die nahe Zukunft. Es gab nur noch drei Themen. Das Treffen von Dero und Leylas Großeltern, die Typen in Spanien und Sebastian. Und als sie sich am Hauptbahnhof verabschiedeten, waren sie alle K.o.

Leyla war zum Abendessen zuhause. Sie nahm sich vor, dabei den Sonntag anzusprechen. Während des Essens schwieg sie nervös. Es war klar, dass es ihren Großeltern auffallen würde. Sie hatte Angst, dass sie das Thema falsch anfangen würde und sie es Dero verbieten würden, herzukommen.

»Ich glaube, Leyla möchte uns was sagen«, schmatzte ihr Opa.

Leyla lief rot an.

»Oh, du hast recht«, meinte ihre Großmutter und schöpfte Leyla den Rest des Blumenkohls auf den Teller.

»Oma, ich mag nicht mehr«, meinte sie.

»Dann schaufle es deinem Großpapa hinüber. Was gibt es denn Neues?«, fragte ihre Oma.

»Nun ja. Es ist so …«

»Sie will endlich zugeben, dass sie verliebt ist«, riet ihr Opa nüchtern.

»Jaaa. Du willst ihn uns vorstellen?«, lag ihre Oma vollkommen richtig und Leyla antwortete nur: »Ja.«

Ihre Großeltern starrten sie mit großen Augen an.

»Veräppelst du deine Großeltern?«, fand ihre Oma die Stimme als Erste.

Leyla schüttelte den Kopf.

»Ha! Das ist doch mal was«, freute sich ihr Opa.

Und damit hatte Leyla nicht gerechnet. Sie waren immer locker drauf, aber Leyla hatte diese Lockerheit nie herausgefordert. Sie dachte, dass sie bei Männerbesuch dann doch anders reagieren würden.

»Wie heißt denn dein Erwählter?«, fragte ihr Opa.

So, das Kreuzverhör konnte beginnen, sagte sich Leyla und atmete tief ein.

»Sandero. Aber alle nennen ihn Dero«, begann sie.

»Ein Italiener?«, fragte ihr Opa als nächstes.

»Zu einem Viertel«

»Italiener sind meistens anständige junge Männer. Charmant, aber anständig«, sagte ihre Großmutter.

»Das ist er«, lächelte Leyla.

»Und woher kennst du diesen jungen, charmanten Italiener?«, fragte ihr Opa weiter.

»Er geht in meine Klasse«, hielt sie sich kurz.

»Wann lernen wir Sandero kennen?«, ging die Fragerei weiter.

»Ich dachte an Sonntag. Er würde zum Essen herkommen. Wenn euch das recht ist.« Während Leylas Großvater ihren Teller nahm und sich die letzten zwei großen Blumenkohlstücke auf den Teller schob, nickte ihre Großmutter. Sie blieben still und verdauten das Gesagte. Leyla war froh, dass sie es hinter sich hatte. Sie wusste zwar, dass das Treffen an sich nochmals ihre Nerven beanspruchen würde, aber die erste Hürde war geschafft. Nun konnten die Ferien kommen. Sie freute sich riesig.

Dero kam nach Hause und hörte, dass sich jemand in der Küche aufhielt. Er schaute hinein und begrüßte Greta.

»Du bist ein ordentlicher Junge. Beim letzten Mal gab es viel mehr Arbeit«, lächelte sie ihn an.

»Ist mein Vater da?«, fragte er vorahnend, als er weitere Geräusche aus dem Wohnzimmer vernahm.

»Ja«, sagte sie, aber Dero war bereits aus dem Türrahmen verschwunden.

Da stand er wirklich. Sein Vater, der die Bücher neu sortierte.

»Was tust du da?«, fragte Dero ohne ihn zu begrüßen.

»Ich habe auf dich gewartet. Greta hat keinen Schlüssel«, ging sein Vater in eine Verteidigungshaltung.

»Die Wohnung sieht gut aus«, fuhr er fort.

»Ich weiß«, antwortete Dero und verschwand in seinem Zimmer.

Sein Vater ging ihm nach.

»Deine Mutter kommt nächste Woche nach Hause. Was hast

du geplant? Du hast Ferien, oder?«, hörte sein Vater zum Leid von Dero nicht auf zu sprechen.

»Wie, was habe ich geplant?«, fragte Dero, obwohl er genau wusste, was sein Vater meinte.

Wenn seine Mutter zurückkam, war es seine Aufgabe, ihr die Rückkehr so leicht wie möglich zu gestalten. Sie sollte sich fühlen, als wäre alles besser. Früher ging er mit ihr spazieren, lieh sich ihre Lieblingsfilme aus oder spielte mit ihr Gesellschaftsspiele, bis sie beide müde wurden und im Bett sofort einschliefen. Normalerweise waren es anstrengende Tage, denn ein Rückfall war bei ihr besonders in der Anfangszeit möglich. Nach einer Weile würden sie sich wieder aneinander und ihr Leben gewöhnen und dann war es, als wäre sie nie weg gewesen.

»Ich dachte, ich könnte euch abholen und wir würden essen gehen. In das Restaurant bei der Brücke, das deine Mutter so mag«, riss sein Vater ihn aus den Gedanken.

»Würdest du bitte damit aufhören?«, zischte ihn Dero an.

»Womit?«

»So zu tun, als wäre sie noch deine Frau. Du musst nicht mehr auf sie schauen. Ich bin alt genug. Wir brauchen dich nicht. Sie hat mich. Du hast deine neue Frau, deine neue Familie«, ging Dero in Angriffsstellung.

»Sandero … mein Junge.«

»Nenn mich nicht so«, blaffte er zurück.

»Was, Sandero?«

»Nein, mein Junge. Ich bin kein Junge mehr. Und deiner sowieso nicht«, begann er zu trotzen.

»Dein Verhalten spiegelt aber etwas anderes«, gab sein Vater zurück.

In dem Moment klopfte Greta an Deros Zimmertür.

»Ich wäre soweit, Herr Mansaro.«

Sein Vater nickte ihr zu und schaute Dero tief in die Augen.

»Überleg dir meinen Vorschlag. Ich würde mich freuen. Und ich denke, es wäre für uns alle gut, eine schöne, gemeinsame Zeit zu haben.«

Dero schüttelte den Kopf. Er schüttelte ihn, bis sein Vater und Greta aus der Tür verschwanden. Er stand in seinem Zimmer. Augenblicklich, als die Tür ins Schloss fiel, schmiss er sich auf sein Bett und schlug mit den Fäusten auf die Kissen ein. Er fluchte und schrie in seine Decke. Er hasste ihn. Er hasste ihn. Er hasste ihn. Die Worte wiederholten sich in seinem Kopf. Bis er plötzlich still blieb vor Erschöpfung. Er war so erschöpft, dass er sofort einschlief.

Um neun Uhr klingelte Deros Handy. Er schaute aufs Display und hob ab. Leylas Stimme beruhigte ihn. Sie klang sanft und freudig. Dero bekam nur die Hälfte mit von dem, was sie ihm erzählte. Es war, als würde er zwischen Schlaf und Wachsein schweben. Manchmal grummelte er, um ein Lebenszeichen von sich zu geben und damit Leyla weiterreden konnte. Er wunderte sich, dass sie so viel sprach. Er versuchte, sich auf ihre Worte zu konzentrieren. Irgendetwas mit Sonntag und ihren Großeltern. Rosenkohl und Sauerbraten. Lesezimmer und Bauernhaus. Die Zusammenhänge kamen erst bei ihm an, als sie ihn fragte, wie es ihm ginge. Es ging darum, dass er am Sonntag ihre Großeltern kennenlernen, dass es Sauerbraten geben würde und sie ihm unbedingt das Lesezimmer ihres Großvaters zeigen wollte.

»Fühlst du dich nicht gut?«, fragte Leyla auf einen Schlag besorgt.

»Nein, nein. Ich habe nur geschlafen.«

»Um neun Uhr abends?«, fragte Leyla verwundert.

»Mein Vater war hier«, sagte er, als wäre das eine plausible Erklärung.

»Oh … Wollen wir morgen nochmals telefonieren?«, verstand Leyla.

Er war meilenweit weg mit seinen Gedanken, das spürte sie. Ohne etwas zu erwidern, legte er einfach auf.

Es war zwei Uhr nachts als Leylas Handy vibrierte. Sie erwachte davon. Ihr Schlaf war miserabel. Sie wachte halbstündlich auf und starrte auf ihr Handy, bis ihre Augen wieder zufielen. Sie machte sich Sorgen. Nicht nur um die Tatsache, dass es Dero nicht gut ging, sondern auch um Sonntag. Sie hatte sich nach der guten Reaktion ihrer Großeltern darauf gefreut, aber wenn Dero mit dieser Stimmung zu ihr nach Hause kam, wäre eine Katastrophe garantiert. Am liebsten hätte sie ihm wütend geschrieben, dass er nicht kommen sollte. Aber sie wusste nicht, worauf sie wütend war. Dass er das Telefon auflegte oder dass er ihr nicht zuhörte. Bevor sie die SMS abschickte, kamen ihr die Worte ihres Vaters in den Sinn. Sie verstand, dass sie unsicher war. Auch wenn die Unsicherheit von Dero ausgelöst wurde, war es nicht seine Schuld. Seine Laune hatte nichts mit ihr zu tun, oder mit seiner Liebe zu ihr. Sie war sensibel, weil sie ihre Nervosität vor allen, außer ihr selbst, verbergen konnte.

»Es tut mir leid, dass ich aufgelegt habe. Hätte dich jetzt gern in meinen Armen, meine Liebste, dein manchmal-Eiskönig«

Leyla lächelte, schlief ein und wachte am nächsten Morgen erst gegen zehn Uhr auf. Das war die Schmerzgrenze, bevor ihre Großmutter ins Zimmer stürmen würde. Sie roch Pfannkuchen. Es war ein guter Tag für Leyla. Sie verbrachten ihn damit, ihrer Oma im Garten zu helfen, für ihren Großvater die Dachrinne zu säubern und gegen Abend verschwand sie im Lesezimmer, um *Die schwarze Spinne* fertigzulesen.

Kurz vor dem Abendessen sprang sie auf und rannte zu ihrem Opa ins Wohnzimmer.

»Ich weiß, wieso ein Film unpassend wäre.«

Opa schaute von seiner Zeitung auf und blickte fragend zu seiner Enkelin.

»Hast du das Buch bereits fertiggelesen?«, fragte er, als er begriff, wovon sie sprach.

»Ja, und ich kenne die Antwort.«

»Dann schieß los«, lächelte er und machte ihr auf dem Sofa Platz.

»Ein Film würde die Message falsch rüberbringen.«

»Erklär mir weshalb«, grinste er und war gespannt auf Leylas Theorie.

»Ich bin mir nicht sicher, ob ich es richtig verstanden habe. Aber ich denke, es geht nicht um das Eklige an sich. Sondern darum, dass das Böse kommt, wenn man den Glauben verliert. Und sobald man wieder Vertrauen hat – in diesem Falle in Gott – dann kann man das Böse verbannen. Ein Film müsste sich auf das Eklige konzentrieren, um es spannend zu machen. Aber das sollte für die Message nur nebensächlich sein«, kam Leyla in Fahrt.

»Ich kann dir nicht sagen, ob deine Annahme stimmt. Aber ich dachte dasselbe, als ich das Buch beendet habe«, lächelte ihr Großvater stolz.

»Und was sagt uns das, meine Liebe?«

Leyla ließ sich Zeit für ihre Antwort.

»Dass man nicht aufhören sollte, an das Gute zu glauben, dann widerfährt einem auch Gutes.«

»Und wenn man aufhört zu vertrauen oder zu glauben, sei es an Gott, Allah oder sonstiges, vielleicht einfach an sich selbst, dann …«

»… Dann ist man verloren. Verloren an das Böse«, beendete Leyla den Satz.

Ihr Opa legte die Zeitung zur Seite und öffnete seine Arme, damit sich sie sich an ihn kuscheln konnte. Leyla kam der Aufforderung nach und schloss kurz die Augen. Sie waren beide mit ihren Gedanken irgendwo anders. In anderen Welten. Bis Leyla die Stille durchbrach: »Wenn es nur so einfach wäre. Dann wären Mama und Papa vielleicht noch da.«

Ihr Opa drückte sie fest an sich und sagte: »Manche Dinge kann man nicht mit Glauben, Religion oder Wissenschaft erklären. Nicht alles ist gut oder böse. Die Aufgabe der Eltern ist es, auf ihre Kinder achtzugeben. Deine haben dir alles mitgegeben, was du brauchst, um die Leyla zu werden, die du sein möchtest. Und jetzt beschützen sie dich von woanders her. Sie beschützen uns, dich, deine Großmutter und vielleicht sogar mich.«

Er fuhr sanft mit der Hand über ihren Kopf.
»Sie fehlen mir so sehr«, flüsterte Leyla.
Sie stand den Tränen nahe.
»Mir auch, meine Kleine. Mir auch.«

Dero machte sich allmählich Sorgen. Bereits dreimal hatte er Leyla versucht zu erreichen, doch sie hob nicht ab. War sie ihm böse? Er lenkte sich ab, indem er Phil anrief und sich zum Sport verabredete. Es war das erste Mal, dass sie sich auch am Wochenende trafen. Es hatte sich zwischen ihnen sowieso einiges verändert. Dero begann ihm zu vertrauen und merkte, dass hinter Phils Fassade mehr steckte, als er zuvor gedacht hatte. Ihre gemeinsame Hauptbeschäftigung blieb, aber sie sprachen offener miteinander. Phils Macho-Gehabe tauchte nur noch selten auf, wenn Dero dabei war. Und Dero ahnte wieso. Er sah die Blicke, die Phil Marina zuwarf, wie er sich eine Schutzmauer aufbaute und seine Augen darum baten, dass Mari sie durchbrach. Da sie in letzter Zeit oft alle gemeinsam zu Mittag aßen, witterte Phil seine Chance. Nur konnte Dero Mari nicht durchschauen. Zu Anfang dachte er, es wäre leicht. Aber seit er sie näher kannte, wurde sie ein Rätsel für ihn. Sie war aufgestellt und anständig, aber irgendwie auch frech und selbstbewusst.

»Und bist du bereit für ein Treffen mit den Eltern?«, neckte Phil seinen Freund, während sie in Ruhe Körbe warfen.
»Den Großeltern«, korrigierte ihn Dero.
»Ach ja, hab mal gehört, dass ihre Eltern bei einem Autounfall starben.«
»Yep.«
»Redet ihr nicht darüber?«
»Nicht oft«, wurde Dero das Thema unangenehm.
»Kann man auch verstehen. Ich rede auch nicht gerne über meine Eltern«, seufzte Phil, sprang zum Korb hoch und versenkte den Ball.
»Was ist eigentlich mit deinen Eltern?«, stellte Phil die Frage, die Dero nicht hören wollte.

»Lassen wir das Thema«, meinte er knapp und schnappte sich den Ball.

So offen wollte er seinem Freund gegenüber dann doch nicht sein.

Es war neun Uhr abends als Deros Handy klingelte.

»Wo hast du gesteckt?«, fragte er ohne Leyla zu begrüßen.

»Entschuldige. Ich hab mein Handy im Zimmer gelassen«, erklärte sie ihre Unerreichbarkeit.

»Was hast du denn den ganzen Tag getrieben?«, fragte er weiter.

»Nicht viel. Gelesen, meiner Oma im Garten geholfen. So das Übliche. Du?«

»Ich war mit Phil unterwegs. Wann soll ich morgen bei dir sein?«, kam er gleich zum Wichtigen.

»Geht es dir gut?«, fragte Leyla stattdessen.

»Ja, wieso fragst du?«

»Keine Ahnung. Ich hatte da so ein Gefühl …«

»Nee, alles in Ordnung. Und wann soll ich morgen bei dir sein?«, wiederholte er.

»Aufs Mittagessen? Wäre das okay? Bei schönem Wetter könnten wir draußen essen«, antwortete Leyla.

»Mittagessen geht klar. Kommst du mich am Bahnhof abholen?«

»Ja, kann ich. Stell dich auf einen Marsch ein. Wir wohnen nicht grade nahe beim Bahnhof.«

»Geht klar. Ich geh mal vor die Glotze. Wir sehen uns morgen?«, verabschiedete sich Dero bereits wieder.

»Okay, ja. Gute Nacht. Ich freu mich auf dich«, sagte Leyla in schüchternem Ton.

Da stand Leyla, betrachtete das Zifferblatt der Standuhr beim Bahnhof. Noch zwei Minuten. Dann gab es kein Zurück mehr. Sie stand ruhig da, aber in ihr brodelte es. Die letzten zwei Tage hatte sich Dero so komisch benommen. Sie wusste nicht, ob es an ihm, seiner Mutter, seinem Vater oder an Lucy lag. Dieser Name verfolgte sie in ihren Gedanken. Doch sie hatte sich bis jetzt nicht getraut, ihn auf sie anzusprechen. Dabei dachte sie an seine Mutter und wie sie meinte, dass sie in ihrer Familie Probleme allein lösten. Aber Dero war nicht mehr allein. Das hätte sie ihm gerne gesagt. Aber er war abwesend, irgendwo weit weg, wo sie ihn nicht erreichen konnte. Und sie stand da und wartete darauf, ihm ihr ganzes Leben zu zeigen. Jedenfalls einen großen Teil davon. Sie wusste, dass ihre Großmutter von ihren Eltern erzählen würde und Opa würde typische Verhörfragen stellen. Sie sah alles vor sich und war sich nicht sicher, ob Dero dafür bereit war. Ob sie dafür bereit war.

Als Dero aus dem Zug stieg, verflogen all ihre Sorgen auf einen Schlag. Er hatte einen Blumenstrauß in der Hand. Und über seinem ganzen Gesicht lag ein Lächeln. Ihr Herz schlug in hohen Sprüngen. Er hatte an alles gedacht. Es würde ein großartiger Tag werden. Sie würden ihn lieben. Das wurde ihr klar. Sie würden ihn lieben, weil sie es tat.

Er hatte eine dunkle Jeans an, sein olivgrünes T-Shirt, das frisch gebügelt aussah, eine Lederjacke lag über seinem Arm und seine Haare hatte er mit etwas Gel frisiert. Er sah großartig aus. Leyla war nervös, als würde sie ihm zum ersten Mal begegnen, als wäre es Liebe auf den ersten Blick. Bei dem Gedanken lächelte sie verlegen, und als er vor ihr stehen blieb, grinste er frech und küsste sie auf den Mund.

»Meinst du, so mach ich einen guten Eindruck?«

»Sie werden dich mehr mögen als mich. Besonders Oma. Von mir hat sie noch nie Blumen gekriegt«, bejahte sie seine Frage und stellte sich auf die Zehenspitzen, um nochmals einen Kuss zu kriegen.

»So, genug geschmust. Marsch, los«, lachte Dero und lief los.

Oben angekommen, standen Leylas Großeltern beim Eingangstörchen vor dem Haus. Sie grinsten bis über beide Ohren.

»Da sind sie ja. Wir dachten schon, wir müssen einen Suchtrupp losschicken«, scherzte Leylas Oma Elisa und sorgte sofort für gute Stimmung.

»Das ist also Dero«, begrüßte ihr Opa Dero und streckte ihm die Hand hin.

Bevor Leylas Oma etwas sagen konnte, streckte Dero ihr den Blumenstrauß hin und lächelte.

»Es freut mich, Sie kennenzulernen.«

Leyla schaute ihn von der Seite an und war überrascht von dem Gefühl, das sie überkam. Sie war stolz. Stolz darauf, dass sie sich den perfekten Jungen geangelt hatte.

»Jetzt kommt erst mal rein, dann kann dir Leyla das Haus zeigen und mein alter Herr darf mir heute in der Küche mit dem Sauerbraten helfen. Ich hoffe, du isst Fleisch«, instruierte Leylas Großmutter entzückt.

»Mmh. Sehr lecker, ja«, antwortete Dero.

Gemeinsam betraten sie das Haus. Dero war froh, dass die Begrüßung gut geklappt hatte. Man konnte es ihm nicht ansehen, aber er war nervös. Doch dann geschah etwas, als sie ins Entrée des Hauses kamen. Es fühlte sich an wie ein Déjà-vu. Er blieb wie angewurzelt stehen und schaute sich um. Er fühlte sich zuhause. Er spürte, dass es für ihn für immer ein Zuhause sein würde.

»We look for hope. It's around the corner, it's right in front of you. We close our eyes and open our hearts and there it is. Hold on to it. Don't be blinded by all the bad things around you.«

Irgendetwas war komisch. Es lief zu gut, fand Leyla. Während die Großeltern das Essen bereitstellten, zeigte sie Dero das ganze Haus. Er sprach nicht viel und manchmal erwischte sie ihn dabei, wie er nachdenklich den Blick ins Leere warf. Sie traute sich nicht, nachzufragen. Sie wollte nicht hören, dass es mit ihr zu tun hatte, dass er nicht bei ihr sein wollte. Aber dann hätte er sich nicht so um ihre Großeltern bemüht. Sobald sie mit ihnen am Tisch im Garten saßen, war er wieder gesprächig. Beantwortete amüsiert jede Frage ihres Opas und rühmte ihre Oma für das gute Mittagessen. Manchmal legte Dero seine Hand auf Leylas Oberschenkel. Dann verschwanden ihre Zweifel und sie konnte sich entspannt an den Gesprächen beteiligen.

Bald wurde es kälter und große Wolken zogen auf.

»Ich sag es euch, heute regnet es noch«, sagte Leylas Großvater.

Fünf Minuten später bewahrheitete sich seine Annahme. Wie ein Platzregen prasselte es auf den Tisch, der gefüllt war mit leeren Tellern und Töpfen. Leyla schrie auf und Dero begann zu lachen.

»Oh nein, mein schönes Geschirr«, rief Oma Elisa aus und stand im Eiltempo auf, um alles zusammenzuräumen.

»Schnell, schnell, schnell«, lachte Dero und half mit.

Zu viert packten sie an und rannten nach drinnen.

»Das schöne Tischtuch. Wir haben das Tischtuch vergessen«, sagte Leylas Großmutter, als sie pitschnass in der Küche standen.

»Ich hole es«, bot Dero an und Leyla folgte ihm.

Als er draußen im Garten ankam, blieb er stehen und streckte seinen Kopf gen Himmel. Die Augen hatte er geschlossen und bemerkte nicht, dass Leyla es ihm gleichtat. Der Regen durchdrang ihre Kleider, doch es war ihnen egal. Leyla nahm Deros Hand und er zog sie an sich und legte den Arm um ihre Schultern.

»Der letzte Sommerregen«, flüsterte Dero.

Leyla verstand, was er meinte. Es gab einen großen Unterschied zwischen Regen und einem Sommerregen. Sommerregen war befreiend. Er war warm und sanft und hinterließ auf der erhitzten Haut ein wohliges Gefühl. Und dieses Gefühl ließ ihrer beiden Herzen ruhiger werden. Sie fühlten sich leicht, sie fühlten sich verbunden, verbunden durch den Regen.

»Das hat aber lange gedauert«, lächelte Leylas Großmutter und nahm das nasse Tischtuch von Dero entgegen.

»Ihr seid ja durchnässt. Zieht euch lieber was Trockenes an. Wir finden bestimmt was von Opa für Dero«, sagte sie und machte sich auf den Weg in ihr Schlafzimmer.

Leyla nahm Dero an der Hand und zog ihn hoch in ihr Badezimmer. Als sie rausgehen wollte, damit er sich in Ruhe umziehen konnte, zog er sie zurück, vergrub seine Hände in ihrem nassen Haar und küsste sie zuerst auf die Nase, auf die Stirn und arbeitete sich dann zurück zu ihrem Mund. Sie lächelte und schmiegte sich dicht an ihn. Seine Hände wanderten von ihrem Hals über ihre Arme und strichen dabei die letzten Tropfen von ihrer Haut. Gänsehaut breitete sich aus und Leyla begann zu zittern. Es war ein Zittern, das sie noch nie verspürt hatte. Sie drückte ihren Körper an Deros und legte den Kopf an seine Brust. Sie konnte nicht ruhig bleiben, also begann sie seine Brust, seinen Hals mit Küssen zu bedecken. Dero ließ seine Hände weiter nach unten wandern. Sie fuhren über ihren Rücken hinab bis zur Grenze zwischen dem Rücken und ihrem Po. Dann drückte er ihre Hüften fest in seine Lenden. Leyla entfuhr ein Atem, der schwerer war als sonst und tief aus ihrem Herzen kam. Er hörte sich an wie ein leichtes Stöhnen.

Da klopfte es an der Badezimmertür. Ihre Oma brachte frische Kleidung. Dero und Leyla wurden aus ihrer Welt gerissen und schreckten auseinander. Leyla wurde leicht rot. Was war das gerade? Sie fühlte sich von Anfang an zu Dero hingezogen, auch körperlich. Aber was in diesem Moment geschah, ging weiter. Sie wollte ihn berühren, küssen. Sie wollte ihn spüren, ganz nah. Sie wollte sich mit ihm verbunden fühlen, wie mit keinem anderen. Leyla schüttelte den Kopf. Was tat Dero mit ihr? War sie bereit? War das ein Zeichen dafür, dass sie den Richtigen gefunden hatte, um ihr erstes Mal zu erleben?

Dero nahm die Kleider entgegen und ließ Leyla dabei nicht aus den Augen. Als er das verständnislose Kopfschütteln sah, musste er grinsen. Er konnte sehen, was sie dachte. Es war soweit. Er wusste es. Er wusste zwar nicht, wieso, aber er wusste, es würde geschehen.

Leylas Großmutter verschwand nach unten und machte den Abwasch. Großvater Franz saß im Lesezimmer. Dero zog sich schnell um und schlüpfte durch den Spalt von Leylas Zimmertür. Da stand sie und versuchte nur in Hosen ihren BH zu schließen. Sie hatte Dero nicht gehört und fluchte leise über den dreiteiligen Verschluss. Dero ging lächelnd auf sie zu und half ihr. Leyla zuckte zusammen und drehte sich um. Da standen sie. Leylas Hände auf dem Rücken, um den BH zusammenzuhalten. Und vor ihrer Nase grinste Dero verführerisch. Er begann sie zu küssen. Leyla machte einen Schritt rückwärts, die Hände im Rücken, als Dero sie weiter nach hinten drückte, bis sie am Schrankspiegel anlehnte. Dero schlich mit seinen Händen zu ihrem Rücken, nahm ihre Hände und ließ sie verkeilen. Nun schalteten sich Leylas Gedanken aus. Sie gab sich seinen Küssen hin, drückte ihre Hüften ihm entgegen. Ihr BH lag auf ihren Brüsten und Deros Küsse waren auf dem Weg zu ihnen. Leyla schloss die Augen, ließ sich gegen den Spiegel drücken, hielt Deros Hände fest und ließ ihn jeden Zentimeter ihres Oberkörpers küssen. Sie atmete tief und Dero spürte ihren Herzschlag. Seine Hände lösten sich von Leylas und fanden den Weg zu ihrem Po, den er zu sich ranzog. Mit einem Ruck hob er sie hoch und legte ihre Beine um seine Hüften. Währenddessen küssten sie sich weiterhin, verloren sich darin. Irgendwann drehte sich Dero mit Leyla und ging auf ihr Bett zu. Sanft legte er sie ab und begann erneut, ihren Hals mit seiner Zunge zu erforschen. Da war wieder dieses Stöhnen, sanft und leise. Leyla konnte nicht sagen, wo seine Hände waren, wo sie war. Sie ging in seinen Liebkosungen auf. Sie fühlte sich, als würden sie gemeinsam fliegen. Dero presste seine Lenden zwischen ihre Beine und schob sie damit weiter nach hinten im Bett. Ihre Beine waren um ihn verschränkt.

Als Dero versuchte, ihr den BH über die Arme zu streifen, kam von unten ein Geräusch, als wäre ein Topf auf den Boden gefallen. Auf einen Schlag war Leyla wieder bei sich. Und drückte Dero von sich weg.

»Nicht hier, nicht jetzt«, sagte sie entschuldigend und beendete so die Trance, in der sie sich zusammen vereinten. Dero ließ sich neben sie aufs Bett fallen. Er vergrub den Kopf in seinen Händen.

»Du hast recht.«

»Meine Großeltern sind da unten«, versuchte sie ihren Rückzug zu erklären.

»Du hast recht«, wiederholte Dero.

Leyla merkte ihm an, dass es schwer für ihn war, die Hände von ihr zu lassen.

»Es tut mir leid«, sagte Leyla.

Er drehte sich seitlich zu ihr, schaute ihr tief in die Augen.

»Es muss dir nicht leid tun. Du hast recht, es ist der falsche Zeitpunkt. Und wir haben keine Eile.«

Sie glaubte sein Verständnis und legte sich in Löffelchen-Stellung zu ihm hin. Nun lachte Dero.

»Wenn wir uns wieder auf den Boden holen wollen, solltest du dich nicht so hinlegen.«

Er drückte sie kurz an sich und stand dann auf. Leyla setzte sich auf und verschloss ihren BH. Sie schaute dabei beschämt auf den Boden.

»Was ist, Leyla?«, fragte Dero.

»Ich … Naja, wie soll ich sagen. Ich … Ich habe das noch nie gemacht«, rückte sie mit der Sprache heraus und heftete ihren Blick am Boden fest.

»Ist das dein Ernst?«, fragte Dero überrascht.

»Ja.«

»Aber du hattest diesen Freund.«

»Wer? Max?«

»Keine Ahnung, wie der hieß. Du hast mal einen Exfreund erwähnt«, erklärte er, was Leyla aber sehr überraschte.

»Ich habe Max erwähnt?«

Dero lächelte.

»Du erzählst mir alles. Das liegt an meiner vertrauenswürdigen Ausstrahlung.«

Leyla stand auf, grinste und gab ihm einen Klaps an die Schultern. Sie öffnete ihren Schrank, zog wahllos ein T-Shirt heraus und streifte es sich über. Dero setzte sich währenddessen aufs Bett.

»Erzähl mir von ihm«, forderte er.

»Von wem?«

»Na, von diesem Max.«

»Da gibt es nichts zu erzählen. Lass uns meiner Oma helfen gehen«, brach sie das Thema Max sofort ab.

Es war nicht so, dass sie ihm etwas verheimlichen wollte, aber Max interessierte sie nicht mehr. Nicht, seit sie wusste, wie es sich anfühlte richtig verliebt zu sein.

Leyla lief aus der Tür. Dero hinterher.

»Wieso habt ihr euch getrennt?«, fragte Dero weiter, während sie die Treppe hinunter liefen.

»Warum interessiert dich das?«, flüsterte Leyla und machte ihm klar, dass auch ihre Großeltern von Max nichts wussten.

»Alles aus deinem Leben interessiert mich. Auch deine Vergangenheit«, flüsterte er zurück.

Doch dabei kamen sie bereits in der Küche an, wo Leylas Großmutter die letzten Teller abtrocknete. Sie drehte sich um, als sie die beiden hörte und begann zu lachen: »Dero, das steht dir ausgezeichnet.«

Leyla war bis dahin nicht aufgefallen, dass die Klamotten von ihrem Großvater für Dero viel zu groß waren. Ihr Großvater war nicht größer, aber um einiges breiter. Und obwohl die Hose kaum auf seinen Hüften hängenblieb, hatte er Hochwasser. Es sah bescheuert aus. Trotzdem begann es erneut in ihrem Körper zu kribbeln, wenn sie ihn ansah. Deros Blick war eiskalt. So viele Fragen brannten auf seiner Zunge und er hatte keine Chance sie zu stellen, solange sie bei ihren Großeltern waren.

Es verging keine Stunde, bis er in Aufbruchsstimmung geriet. Während sie gemeinsam im Wohnzimmer bei Kaffee und Keksen saßen, schrieb er Phil, ob sie sich zum Sport sehen konnten. Dieser bestätigte kurz darauf und Dero zermarterte sich das Hirn, wie er gehen und trotzdem einen guten Eindruck hinterlassen konnte. Doch Leylas Opa kam ihm zuvor.

»Ich fahre gleich los, um Holz beim Förster zu holen. Wenn du möchtest, Dero, kann ich dich nach Hause bringen. In diesen Klamotten dürfen wir dich kaum mit dem Zug fahren lassen. Und regnen tut es immer noch. Aber du darfst natürlich so lange bleiben, wie du willst.«

Diesen Vorschlag nahm Dero gerne an. Er blickte zu Leyla und wartete auf ihre Bestätigung. Sie nickte lächelnd. Sie wäre am liebsten mit zu ihm. Aber sie wusste, dass sie ihre Großeltern nicht überfordern sollte.

Sie verabschiedeten sich mit einer langen Umarmung. Leyla hätte Dero gerne geküsst, aber sie verstand, dass er das vor ihrer Großmutter nicht angenehm fände. Sie standen zu dritt an der Tür, während Großvater Franz das Auto holte und beim Gartenzaun anhielt, damit Dero einsteigen konnte. Als sie den steinigen Auffahrtsweg vom Haus wegfuhren, schaute Dero in den Seitenspiegel und sah Leyla winken. Er wandte den Blick zum Himmel und lächelte für einen kurzen Moment. Es war ein gutes Treffen gewesen. Für diesen Moment hatte er Vertrauen. Vertrauen, dass all seine Fragen beantwortet werden würden. Dass er und Leyla alles schaffen würden. Sie würden seine und ihre Vergangenheit bewältigen und gemeinsam in die Zukunft blicken. Er fischte sein Handy hervor und sagte Phil ab. Die nächste SMS ging an Leyla. Er wollte sie am nächsten Tag wieder sehen. Er wusste, wie sie die Zeit gemeinsam verbringen konnten. Als er sein Handy in die Hosentasche stopfte, räusperte sich Leylas Großvater.

»Du machst unsere Leyla glücklich. Das schaffen normalerweise nur die Bücher. Ich möchte dich nur warnen, dass mit euch soll ein Roman mit Happy End werden und kein Krimi. Haben wir uns da verstanden?«

Dero grinste: »Verstanden.«

Der Rest der Fahrt blieben sie still. Es war keine unangenehme Stille. Es gab nur nichts mehr zu sagen. Als sie vor Deros Haus anhielten, bedankte er sich und gab Opa Franz die Hand. Dieser zwinkerte ihm zu und brauste davon, nachdem Dero ausgestiegen war.

Als er an der Haustür ankam, vibrierte sein Handy. Es war eine SMS von Leyla. Sie versprach, am nächsten Tag zu ihm zu kommen.

Dero hatte alles vorbereitet. Er wusste, es bestand ein Risiko, dass sein Plan nicht aufging. Aber für seine Leyla war nur das Beste gut genug. Den ganzen Tag hatte er alles organisiert, ging extra in die Stadt, damit er alles bekam, was er für den Abend brauchte. Stunden bevor Leyla zu ihm kam, begann er die Wohnung auf Vordermann zu bringen. Es musste alles stimmen. Das Ambiente, das Essen, die Musik. Manchmal fühlte er sich, als wäre er in einem kitschigen Liebesfilm gelandet. Er stellte sich vor, wie er einen Ball organisieren würde und wie sie aus dem Nichts auftauchen würde, mit dem schönsten Kleid, das er je gesehen hätte. Sie würden den ganzen Abend durchtanzen, bis die Uhr zwölf schlug. In dem Moment begann die Küchenuhr zu summen. Es war Zeit das Filet im Teig in den Ofen zu schieben. Er lachte für sich und drehte die Musik von Imagine Dragons etwas lauter. Solchen Träumereien durfte er als Mann nicht nachhängen. Aber so musste das wohl sein, wenn man die Frau seines Lebens traf.

Eine halbe Stunde später klingelte es an der Tür. Dero wurde nervös. Er drückte auf den Summer, damit Leyla hineinkommen konnte. Sie war überpünktlich, dachte er, als sie die Treppen hinauf kam. Er ließ die Tür einen Spalt weit offen und ging ins Wohnzimmer. Er hörte, wie sie leicht anklopfte und die Tür aufstieß.

»Oh, wow«, waren ihre ersten Worte. Auf Zehenspitzen lief sie über die Rosenblätter am Boden, die zu Dero führten. Da stand er, mit dem größten Grinsen, das sie je gesehen hatte. Der Esstisch war mit Kerzen und super riechendem Essen gedeckt. Sie zog die Regenjacke aus und legte sie mit der Tasche aufs Sofa. Sie war benommen, wusste nicht, wohin sie starren sollte. Doch sie konnte den Blick von ihrem Freund nicht lösen. Sie hätte nie gedacht, dass er so romantisch sein konnte. Dero bewegte sich zu einem Stuhl und zog ihn hervor, damit Leyla sich setzen konnte. Doch diese blieb wie angewurzelt stehen.

»Willst du lieber im Stehen essen?«, fragte er lächelnd.

»Hast du das alles selber gemacht?«

Dero nickte stolz.

»Es gibt Seiten, die kennst du noch nicht.«

»Ich denke, da verstecken sich so einige Seiten«, gab sie zurück und setzte sich in Bewegung.

Dero verschwand in der Küche und brachte das Filet mit.

»Oh, wow«, entfuhr es Leyla erneut.

Vorher hatte ihr Bauch vor Hunger gebrummelt, doch nun hatte sie die Sorge, dass sie aus Nervosität keinen Bissen hinunterbringen würde. Dero teilte diese Befürchtung und schöpfte ihnen beiden nur wenig. Still und glücklich aßen sie ihre Teller leer. Im Hintergrund lief leise Joni Mitchell.

»Was ist das eigentlich für kitschige Musik?«, fragte Leyla, als sie nach dem Essen am Tisch sitzenblieben.

»Keine Ahnung. Ist eine CD meiner Mutter. Ich dachte, das passt besser als Wu Tang Clan«, grinste Dero.

»Du hörst Wu Tang Clan?«, spuckte Leyla fast den Schluck Wasser aus.

»Manchmal«, gestand Dero.

»Und sonst so? 50 Cent? Flo Rida? Oder vielleicht Britney Spears so als Ausgleich?« foppte sie Dero.

»Tzz … Du kannst die nicht mit Wu Tang Clan vergleichen. Und gib zu, dass du Britney gehört hast, oder warst du eher der Christina-Aguilera-Typ?«, gab er zurück.

»Du hast mich erwischt. Jedes Mal wenn Christinas ›Dirrty‹ kommt, kann ich mich kaum auf dem Stuhl halten«, lachte sie.

»Oh, das will ich sehen«, sagte Dero und lief zur CD-Anlage.

»Neiiin«, schrie Leyla.

»Das war nur ein Scherz. Ich tanze doch nicht. Oder jedenfalls nicht so.«

Dero drehte sich zu ihr um.

»Schade, ich dachte, ich krieg als Dankeschön einen Lapdance«, grinste er frech.

»Da kannst du lange darauf warten. Ich bedanke mich anders«, sagte sie, stand auf und ging auf ihn zu.

Kurz bevor ihre Lippen sich berührten, trat sie einen Schritt zurück.

»Das war noch nicht alles, oder?«, fragte sie.

»Nein«, antwortete er, packte sie, hob sie auf seine Hüften und wollte loslaufen.

Doch er hatte das Sofa zwischen ihnen und der Tür vergessen. Zusammen taumelten sie zurück und gerieten ins Schwanken. Leyla versuchte, mit den Füßen auf den Boden zu kommen, verlor jedoch das Gleichgewicht und schmiss sich im letzten Moment auf die Couch. Dero konnte es ihr nicht gleichmachen, taumelte zurück und fiel auf den Hosenboden. Kurz blieben sie erschreckt still und begannen laut loszulachen, als sie beim anderen sahen, dass sie sich beide nicht verletzt hatten.

»Das war im Plan nicht einberechnet«, lachte Dero und kam kaum zu Luft.

Leylas Zwerchfell war in vollem Einsatz und beruhigte sich nicht mehr. Dero krabbelte zu Leyla aufs Sofa und hatte Tränen in den Augen vor Lachen.

»Unglaublich, wie schnell Romantik vergehen kann«, schüttelte Dero den Kopf, als er wieder normal atmen konnte. Erschöpft lagen sie nebeneinander und kamen langsam zur Ruhe. Leyla drehte sich seitlich zu Dero.

»Ich finde das sehr romantisch.«

Sie kam ihm näher und versuchte ihre Atmung unter Kontrolle zu haben. Sie wussten beide, was jetzt kommen würde. Sie wussten es und wollten sich nicht mehr davon abhalten lassen.

Dero strich Leyla eine Haarsträhne aus dem Gesicht. Sanft gab sie ihm einen Kuss auf den Mund. Er nahm ihren Kopf in seine Hände, schaute ihr in die Augen.

»Bist du sicher, dass du das willst?«, fragte er.

Sie antwortete nicht, sondern stand auf und streckte ihm die Hand entgegen. Langsam liefen sie in sein Schlafzimmer. Auch da waren überall Rosenblätter verteilt und Kerzen, die fast abgebrannt waren. Gemeinsam legten sie sich auf sein Bett. Seitlich zueinander lagen sie für mehrere Minuten still da und betrachteten sich. Leyla begann die Gesichtskonturen von Dero nachzufahren. Sanft legte sie ihre Hand an seinen Nacken und zog ihn zu ihrem Mund. Seine Zunge fand die ihrige und beide durchzuckte es wie ein Stromschlag. Leyla robbte näher zu Dero und strich mit den Händen über seinen Rücken, bis sie das Ende seines T-Shirts fand und es ihm über den Kopf zog. Er tat es ihr gleich, legte sie danach auf den Rücken und suchte mit seinen Küssen ihren Bauchnabel. Ihr Körper begann zu zittern.

»Bist du kitzelig?«, fragte Dero leicht amüsiert.

Leyla schüttelte den Kopf, sie wollte nicht, dass er damit aufhörte, was er gerade tat. Dero verstand den Wink und widmete sich erneut ihrem Körper. Sanft biss er in den BH, der ihre Brüste verdeckte. Er zog ihn mit den Zähnen etwas herunter und liebkoste sie. Eine Gänsehaut überzog ihre Haut. Sie wand sich mit ihrem Unterleib in seine Richtung. Als er mit seiner Hand ihren Po packte, kam ihre Lust richtig in Wallung. Sie presste sich an seinen nackten Oberkörper, vergrub ihre Hände in seinem Haar.

Während sie sich ihren BH öffnete, machte er sich an ihrer Hose zu schaffen. Sie war schneller fertig und nahm sich seiner Hose an. Schnell entschieden sie, sich ihre Hosen selbst auszuziehen. Als sie damit fertig waren, lächelte Dero Leyla vertraut an.

»Du kannst immer noch abspringen. Wir müssen das nicht tun.«

»Wenn du weiter redest, beginne ich es wirklich zu überdenken«, antwortete sie und zog ihn mit beiden Händen zu sich.

Es folgte ein leidenschaftlicher Kuss, der jeden Zweifel, jede Angst, einfach alles verschwinden ließ.

Erschöpft aber glücklich lagen sie unter seiner Decke.

»Ich will ja nicht in Klischees reden, aber war es schön für dich?« fragte Dero vorsichtig.

»Schön? Es war unglaublich«, sagte sie lächelnd und küsste ihn auf die Wange.

»Gut«, erwiderte Dero erleichtert.

»Und die Frage ist ein Klischee«, lachte sie.

»Hast du Lust auf ein Dessert?«, fragte er und strich mit dem Finger über ihre Wange.

»Poah. Ich weiß nicht, ob ich das gleich nochmal schaffe«, lehnte sie ab.

Dero lachte: »Nein. Ich meine ein anderes Dessert. Es gibt Schokoladenmousse.«

In Leylas Wangen machte sich eine Röte breit.

»Ach so, nein danke. Jetzt nicht. Aber etwas zu trinken wäre nicht schlecht.«

Dero stand auf, suchte nach seinen Boxershorts, zog sie sich an und ging dann in die Küche.

»Wasser oder lieber was anderes?«, rief er.

»Was anderes«, schrie sie zurück.

Keine Minute später stand er mit zwei Gläsern vor ihr. Sie lächelte. Die Gläser waren gefüllt mit Fruchtsaft, ihrem Fruchtsaft.

»Den hast du letztes Mal so gemocht, ist der okay?«, fragte Dero zur Absicherung.

Sie nickte und nahm das Glas entgegen.

Nachdem sie die Gläser geleert hatten, legte sich Dero wieder an Leylas Seite und nahm sie in den Arm.

Dero wurde leicht nervös. Leyla spürte, dass etwas in der Luft lag, aber sie war zu sehr in ihrem Wohlgefühl versunken, als dass sie darüber spekulieren wollte, was es war.

»Leyla«, begann er. Sie setzte sich auf und schaute ihn an.

»Der Plan ist noch nicht zu Ende«, fuhr er fort.

»Welcher Plan?«, fragte sie nichts ahnend.

»Der von heute Abend.«

»Das hast du alles so geplant?«, zwinkerte sie ihm zu.

»Ich meine es ernst, ich versuche hier gerade, meinen Mut zu finden.«

Er schob sich in eine senkrechte Haltung. Nun wurde Leyla nervös. Was hatte er vor?

»Leyla«, fing er an.

»Ich liebe dich.«

Für eine Sekunde erstarrte Leyla. Sie fühlte sich schwer und leicht zugleich. Als sie zu sich kam, lag Deros Hand auf ihrer Wange. Sie atmete tief ein.

»Ich liebe dich auch.«

Seine Hand vergrub sich in ihren Haaren und er küsste sie innig. Gemeinsam legten sie sich wieder unter die Decke. Sie blieben still, hingen glücklich ihren Gedanken nach. Es war kaum fassbar, was an diesem Abend geschah. Sie konnten es nicht glauben. Sie verstanden nicht, wie sie ein Jahr lang nebeneinanderher leben konnten, ohne diese Seite in ihnen selbst entdeckt zu haben. Sie fühlten sich, als würde ihr Leben erst beginnen. Dero hatte Angst, diese Worte auszusprechen, er wusste nicht, was es in ihm auslösen würde. Aber seit er am Tag zuvor von ihr weggefahren war, merkte er, dass er das niemals mehr tun wollte. Er wollte keine Sekunde mehr ohne sie verbringen. Das musste Liebe sein.

»Warum liebst du mich?«, fragte Dero nach kurzer Zeit aus dem Nichts.

»Was?«, gab Leyla zurück.

Sie hatte die Frage verstanden, aber sie verstand nicht, warum er so etwas fragen musste.

»Warum liebst du mich?«, wiederholte er in einem unsicheren Ton.

Sie wusste, dass er eine Antwort brauchte.

»Ich weiß nicht«, begann sie genauso unsicher.

Doch dann fand sie einen Weg, ihre Liebe zu beschreiben. Die Worte kamen aus dem Nichts. Sie wusste nicht, woher, aber sie waren die stärkste Wahrheit, die sie je ausgesprochen hatte.

»Weil du mich das Fliegen lehrst.«

Acht Monate später

»We keep forgetting how fast life can pass us by. We miss out on a moment and we might not even realize it. Work hard and love a lot. Don't forget to live and to be alive. It might just take a second …«

Gelächter. Geklirre. Es war Mittagszeit in der Mensa und obwohl draußen die Sonne nach einem kalten Winter die Straßen wärmte, hielten sich die meisten Schüler aus Gewohnheit drinnen auf. Nur sechs Schüler hatten es sich auf den noch zusammengeketteten Bänken auf dem Vorhof der Mensa breitgemacht. Marina schlürfte einen Eistee, während Phils Arm um ihre Schultern lag. Sharon zupfte an Sebastians Haaren herum, die ihrer Meinung nach falsch geschnitten worden waren. Dero biss genüsslich in sein Sandwich und Leyla hatte ein leeres Blatt Papier vor sich. Sie war genervt. Sie hatten sich zurückgezogen, um gemeinsam ihre Abschlussreise zu planen. Normalerweise wäre die ganze Klasse zusammen gefahren, aber niemand hatte die Organisation übernommen. Deshalb wollten sie zu sechst ihren Abschluss mit einer kleinen Reise feiern.

»Wie wäre es mit den Malediven«, schlug Phil vor.

»Hast du im Lotto gewonnen oder was?«, antwortete Dero mit vollem Mund.

»So weit weg lohnt es sich nicht für vier Tage«, forderte Leyla ihre Freunde auf, mit realistischen Ideen zu kommen.

»Wir könnten in unsere Wohnung in Playa d'Aro«, mischte Marina mit.

»Haben wir dort zu sechst Platz?«

»Stimmt. Geht nicht.«

»Leute, echt jetzt. Bringt mal was. Wir haben nur noch drei Wochen«, klang Leyla verzweifelt.

Sharon seufzte: »Barcelona, Rom, Venedig, Paris, Kopenhagen, Berlin oder wir mieten uns eine Hütte in den Bergen und gehen wandern.«

Phil grölte ironisch: »Genau, lasst uns wandern gehen.«

»Better than your ideas, Doofy«, gab Sharon schnippisch zurück.

»Venedig und Paris ist mir zu kitschig. Als würden wir ein Pärchenwochenende machen«, strich Marina zwei der Reiseziele.

»Romantisch ist doch perfekt«, lächelte Sharon ihren Freund an und fuhr ihm ein letztes Mal durch die Haare. Danach war sie zufrieden damit.

Dero richtete seine Augen auf Leyla. Er sah ihr an, dass ihr Romantik gefallen würde. Bald hätten sie ihr Einjähriges und bis auf Lugano und die letzten Herbstferien hatten sie keine großen romantischen Ausflüge mehr gemacht. Sie waren hauptsächlich mit ihrem Alltag und Lernen beschäftigt. In einem Monat begannen die Prüfungen und zwischen deren Ende und der Abschlussfeier lag eine Woche. Um die Unwissenheit über das Bestehen der Prüfungen leichter zu machen, kamen sie auf die Idee zu verreisen.

»Ich wäre für Barcelona. Da gibt es Party, Strand, eine fette Einkaufsstraße für meine Shoppingqueen und den Park von Gaudí wollte ich auch längst mal sehen«, argumentierte Sebastian.

Er war der Einzige, der nicht in derselben Klasse war und trotzdem lieber mit ihnen mitging. Seine Klasse wollte nach Prag. Er nicht. Er und Sharon hatten noch immer nicht geklärt, wie es mit ihnen weitergehen sollte. Sharon hatte sich in Harvard beworben, wusste aber noch nicht, ob sie angenommen wurde. Während Sharon die Tatsache ignorierte, dass eine Trennung bevorstehen könnte, versuchte Sebastian jede Minute mit seiner Liebsten zu verbringen.

»Barcelona finde ich eine gute Idee«, bestätigte Dero.

Die Mädels blickten sich an und nickten im Takt.

»Okay, Barcelona. Dann schauen wir nachher, ob es gute Angebote gibt«, sagte Leyla und packte das leere Blatt weg.

Alle waren zufrieden und wandten sich ihrem Essen zu.

Nach der Schule blieben Leyla, Sharon und Mari in der Schulbibliothek um gemeinsam zu lernen. Doch sie hatten wie öfter ein besseres Thema.

»Warum bist du eigentlich gegen Romantik, Mary?«, fragte Sharon, um sie auf das Verhältnis mit Phil anzusprechen.

»Wir sind nicht zusammen. Wie oft muss ich euch das sagen?«, war Mari genervt.

»Wir verstehen nur nicht, warum ihr nicht zusammen seid«, erklärte Leyla.

»Was soll das bringen? Wir funktionieren als Freunde und die gewissen Vorzüge sind nur ein Plus.«

»Aber was ist der Unterschied zu einer richtigen Beziehung?«, verstand Leyla das Ganze nicht.

»Wir müssen uns nach unserem Abschluss nicht fragen, wie wir weiter verfahren sollen. Er geht an die Uni und ich geh reisen. Warum sollen wir es uns schwermachen?«

»And you shut down all the feelings?«

»Welche Gefühle? Ernsthaft, Leute, wir sind nicht verliebt. Wir harmonieren einfach.«

»Du vielleicht nicht. Ich denke, er wäre gerne offiziell mit dir zusammen. Er hat sich so verändert in den letzten Monaten und das liegt eindeutig an dir«, brachte Leyla ein.

»Ach, Quatsch. Männer ändern sich nicht.«

»Yes, yes. Red dir das selber ein«, lachte Sharon.

Leyla schüttelte den Kopf und senkte ihn wieder in die Bücher vor ihr. Ihre Freundinnen taten es ihr gleich und legten das Thema Phil unvollständig beiseite.

Währenddessen stand Dero mit Phil auf dem Sportplatz und tripelte mit dem Ball an ihm vorbei.

»Für dich ist das echt okay?«, fragte er seinen Freund, nachdem er den Ball im Tor versenkt hatte.

»Dude, es ist der Traum. Man hat alles und ist trotzdem frei. Warum sollte das nicht okay sein?«, fragte Phil cool zurück.

»Keine Ahnung. Ich kann mir einfach nicht vorstellen, dass bei euch keine Gefühle im Spiel sind.«

Dero blieb stehen und nahm den Ball unter den Arm. Phil ging auf ihn zu, nahm ihm den Ball ab und rannte damit aufs Gegentor zu.

»Dafür habe ich Gefühle. Und ab Herbst bin ich weg und studiere Wirtschaft. Etwas anderes zählt nicht«, lachte er und beendete somit das Thema Marina.

Lachend schüttelte Dero den Kopf, rannte ihm nach und schnappte sich den Ball zurück.

Leyla packte ihre Schulsachen zusammen und machte sich auf den Weg zum Sportplatz. Sie wusste, dass Dero den Sport brauchte, um die Gedanken fürs Lernen freizukriegen, aber konnte es nicht lassen, nach ihren Lernsessions nochmals welche mit ihm einzufügen. Es konnte nicht schaden, dachte sie sich, obwohl sich alles seit Wochen nur ums Lernen und den Abschluss drehte. Sie war nicht nervös wegen sich, sondern wegen Dero. Er hatte sich bei keiner Universität akkreditiert. Er sprach davon, dass er nicht irgendwas anfangen wollte, nur um etwas zu tun. Er wollte das Richtige finden. So langsam, dachte Leyla, würde das Richtige nie auftauchen. Während sie sich längst vor der Anmeldefrist für Germanistik einschrieb, versuchte sie ihm keinen Druck zu machen, es ihr gleichzutun.

Auf dem Weg nach unten kam ihr Madeleine entgegen.

»Du bist noch da?«, fragte sie.

»Wir haben gelernt.«

»Du und Dero?«

»Nein, nein. Der ist am Fußballspielen.«

Madeleine entschied, das Stück bis zum Sportplatz mit Leyla mitzugehen.

»Aber ihr lernt oft zusammen, oder?«

»Ja?«, antwortete Leyla fragend.

»Ach, ich meine nur. Ich dürfte dir das nicht sagen, aber sein Vorzeugnis hat uns alle überrascht. Herr Mender hatte dieses allwissende Grinsen drauf und meinte, er hätte immer gewusst, dass in Dero viel steckt«, verriet Madeleine mit einem stolzen Unterton.

»Du weißt, das hat er dir zu verdanken?«, fuhr sie weiter.

Leyla wusste nicht, wie sie reagieren sollte. Dero war in den meisten Fächern stärker als sie. Er war nur fauler. Gemeinsam hatten sie ihre Schwächen ausgeglichen.

»Ihr seid ein tolles Team, Leyla. Ich weiß, ich war zu Anfang skeptisch. Aber ich sehe, wie glücklich er dich macht. Er ist ein guter Junge. Fast wie dein Vater«, zwinkerte sie.

»Er erinnert mich manchmal an ihn. Nicht der Charakter oder das Aussehen. Sondern er hat diesen Blick drauf, wenn er in etwas recht hat. Es ist derselbe, den Papa Mama zuwarf, wenn er in einer Diskussion gewann«, lächelte Leyla.

Sie waren beim Sportplatz angekommen.

»Ich weiß, was du meinst. Aber du kennst den Spruch bestimmt, dass man sich immer den Vater auswählt?«

»Ist das so?«

Gemeinsam sahen sie den zwei Jungs zu, wie sie in der Abendsonne auf dem Platz rumrannten. Ein Gefühl überkam Leyla. Es war Glück. Sie fühlte sich glücklich. Und das seit Monaten. Sie hatten die letzten Monate viel erlebt und sie spürte, dass sie stark genug waren, die Zukunft gemeinsam zu meistern.

Nach ihrem ersten Mal veränderte sich ihre Beziehung. Sie fühlten sich einander näher als je zuvor. Sie verbrachten jede freie Minute miteinander. Zuerst hauptsächlich bei ihr zuhause. Ihre Großeltern schlossen Dero schnell ins Herz und freuten sich über seine Besuche. Und als dann Deros Mutter nach Hause kam, sah es erst so aus, als würden sie nun weniger Zeit zusammen verbringen. Aber Dero band Leyla mit ein. Sie gingen zu dritt in den

Zoo oder schlenderten am See in der Stadt entlang, aßen gemeinsam zu Abend und spielten Karten. Dass es Deros Mutter so gut ging, trug einen wesentlichen Teil dazu bei. Sie nahm ihre Tabletten, war vollkommen da und konnte auch allein sein. Leyla merkte in dieser Zeit, dass Dero begann, den Tod von Lucy zu akzeptieren. Sie hatten nie darüber geredet – so wie es ihr seine Mutter gesagt hatte, musste er es für sich selbst verarbeiten. Und Leyla wusste, dass man nicht über alles sprechen musste, um füreinander da zu sein. Manchmal reichte es aus, die Nähe des anderen zu spüren.

Ihre Beziehung passte sich dem Lernen, der Schule und Familie und Freunden an. Nur dass sie begonnen hatten, dies gemeinsam zu meistern. Leylas Großeltern ließen Dero bei Leyla übernachten und auch Deros Mutter kaufte Leyla eines Tages eine Zahnbürste, was als Zeichen dafür galt, dass sie zu jeder Tageszeit und so lange sie wollte willkommen war.

Der Winter kam, aber die Wärme verschwand nicht. Manchmal stritten sie, weil Leyla das Verhältnis von Dero zu seinem Vater nicht verstand oder weil Leyla nachhakte, wie seine Zukunftspläne aussahen. Aber auch, wenn die Probleme standhaft blieben, lernten sie damit umzugehen.

Dero entdeckte Leyla mit Frau Antoné, die er inzwischen im Privaten Madeleine nennen durfte, am Wiesenrand. Er gab Phil ein Zeichen, dass er gehen musste, packte seine Tasche und lief auf die beiden zu. Er grinste über beide Ohren. Dero liebte es, von Leyla abgeholt zu werden, besonders wenn sie dazu nicht verabredet waren. Er begrüßte Madeleine und gab Leyla einen verschwitzten Kuss.

»Kommst du zu mir?«, fragte er erfreut.

»So ist der Plan«, lächelte Leyla.

»Ich geh dann mal«, mischte sich Madeleine zwischen die verliebten Blicke.

»Nächste Woche Cappuccino?«, fragte Leyla, bevor Madeleine verschwand.

»Cappuccino wie jeden ersten Montag im Monat«, bestätigte sie ihr Treffen und zwinkerte den beiden zu Abschied zu.

»Schön, dass ihr das durchzieht«, sagte Dero und küsste seine Liebste ein weiteres Mal.

»Ja, finde ich auch. Wenn ich mit ihr rede, habe ich das Gefühl, dass meine Eltern vor mir sitzen. Also nicht in Person, aber sie würden wahrscheinlich genauso auf meine Geschichten reagieren«, sagte Leyla verträumt.

»Schön. Echt. Sie ist sympathisch. Was mich sehr überrascht.«

»Weil du früher so schlecht in Französisch warst?«, lachte Leyla ihn aus.

»Hallo? So schlecht war ich nicht, ich habe nur nie für die Vokabelprüfungen gelernt. Sinnloses Auswendiglernen«, verteidigte sich Dero.

Sie grinsten einander an, Leyla gab ihm einen Kuss.

»Tut mir leid, dass du jetzt ein Streber bist.«

»Blieb mir ja keine andere Wahl, sonst hättest du nie Zeit für mich«, antwortete Dero und kniff ihr in die Seite.

Es war nicht fest, aber Leyla begann dabei zu husten.

»Alles okay?«, fragte Dero besorgt. »Das hört sich gar nicht gut an.«

»Ach, das ist nichts. Kommt wahrscheinlich vom Durchzug in der Bibliothek.«

Damit gab sich Dero zufrieden, legte den Arm um seine Freundin und lief mit ihr in Richtung Bahnhof.

Am Bahnhof angekommen, mussten sie eine Viertelstunde auf den Zug warten. Während Dero Leyla erzählte, was Phil über Marina gesagt hatte, hörte sie gespannt zu. Es war für sie genauso unverständlich wie für Dero, dass das seit drei Monaten so gut lief. Es hatte bereits Monate gebraucht, bis sie was miteinander angefangen hatten. Aber sie alle hatten gewusst, dass es eines Tages soweit wäre. Sie waren oft zu sechst unterwegs. Es war prädestiniert. Als Leyla plötzlich ihr Lächeln verlor und mit ihrem Blick an etwas hinter ihm festhing.

»Was ist da?«, fragte Dero.

In dem Moment legte sie ein trockenes Lächeln auf und in ihren Augen blitzte Wut auf. Nun war er neugierig und drehte sich um. Ein Typ lief auf sie zu. Er grinste erfreut.

»Hey Leyla«, begrüßte er sie.

»Hallo Max«, antwortete sie steif.

»Wie geht es dir?«, ignorierte Max Dero und wandte seinen Blick nicht mehr von Leyla.

»Gut, danke«, hielt sich Leyla kurz.

Ein Hebel schaltete sich in Dero um. Er hatte das Gefühl, er müsste seine Freundin beschützen. Er drehte sich zu Max, hielt ihm die Hand hin und stellte sich vor.

»Hallo Max, ich bin Dero. Leylas Freund«, ließ er eine Information einfließen, die Max nicht wichtig war.

»Max. Freut mich«, antwortete er und drehte sich zu Leyla.

»Hast du nicht dieses Jahr deinen Abschluss?«, versuchte er ein Gespräch anzuzetteln.

»Ja.«

Leyla wirkte verspannt und Dero wusste nicht, ob er diesen Max vertreiben oder still sein sollte, um die Situation unter Kontrolle zu kriegen. Eine Eifersucht kam in ihm auf, weil er keine Ahnung hatte, wer dieser Typ war und woher er Leyla kannte. Und plötzlich ging ihm ein Licht auf. Das musste ihr Exfreund sein, über den sie nie sprach.

Während Dero sich grimmig dem Gespräch entzog, schaltete Leyla auf neutralen Smalltalk. Sie beantwortete Max' Fragen, stellte aber keine zurück. Sie wollte nicht wissen, wie toll es in seinem Leben lief, was aus ihm geworden war. Sie erinnerte sich nur an die Schmerzen, die er ihr damals verursacht hatte. Sie versuchte, sich während des Gesprächs auf ihre Gegenwart zu konzentrieren, aber sein Gesicht brachte zu viele Erinnerungen mit sich. Max spürte nicht, dass er unerwünscht war. Dass sein Zug einfuhr, war Leylas Rettung.

»Ich wünsche dir eine gute Zeit. Vielleicht sieht man sich mal wieder. Schön, dass es dir gutgeht«, sagte er zum Abschied und stieg ein.

Leyla hatte ein komisches Gefühl, nicht schlecht oder gut, einfach komisch. Sie dachte, dass es das letzte Mal sein würde, dass sie ihn sah. Woher dieses Gefühl kam, konnte sie nicht orten, aber fühlte sich wohl dabei. Die Zeit, in der Max eine Rolle gespielt hatte, war definitiv vorbei. Innerlich verabschiedete sie sich von ihm. Für immer. Sie winkte ihm zum Abschied und fühlte sich befreit. Ein Lächeln zierte ihr Gesicht, bis sie Deros Gesichtsausdruck bemerkte. Sie schwiegen, bis der Zug einfuhr.

»Das ist also Max.«

»Das ist Max.«

»Dein Exfreund, oder sehe ich das falsch?«

»Nein, da liegst du richtig.«

Dero wollte das Gespräch nicht im Zug inmitten all der fremden Leute führen, aber genauso wenig konnte er überspielen, was in ihm vorging.

»Leyla, es wird Zeit, dass du mit dieser Geschichte auspackst. So wie du dich vorhin benommen hast, muss doch was dahinter stecken.«

»Mmh …«

Leyla wusste nicht, wie sie beginnen sollte. Sie wusste nicht, ob sie die ganze Story erzählen sollte. Jetzt, da sie endgültig vorbei war. Aber Deros Blick verriet, dass es keinen Weg darum herum gab.

Als sie aus dem Zug ausstiegen, lief Dero in eine andere Richtung.

»Wo gehst du hin?«, fragte Leyla und eilte ihm hinterher.

»Ich denke, ein Spaziergang wird uns gut tun. Ich möchte nicht, dass meine Mutter deine Geschichte mithört …«

»Dero …«

»Was?«, sagte er scharf.

»So wild ist das Ganze nicht«, versuchte sie ihn zu beruhigen.

»Ach ja? Und deshalb wirst du starr, wenn er vor dir steht und vergisst deinen Freund vorzustellen? Deshalb wechselst du das Thema jedes Mal, wenn wir über Exen zu sprechen beginnen? Genau, Leyla, alles nicht so wild«, sagte er zynisch.

Dero blieb stehen. Sie standen auf einem Feldweg. Leyla war bisher nie aufgefallen, dass auf der anderen Seite des Bahnhofs nur Felder und Wald waren. Leichte Wolken zogen über den Himmel, man hörte das Zirpen der Grillen. Die Stille brannte sich in Leylas Herz. Es gab keinen Weg hinaus. Deros Blick sagte mehr als tausend Worte. Der Zeitpunkt war gekommen, ein Thema zu offenbaren, dass sie selbst am liebsten verdrängte. An das sie nie wieder denken wollte. Denn das Leben ging weiter. Warum sich von der Vergangenheit nochmals das Herz brechen lassen?

Tränen schossen in Leylas Augen.

»Du liebst ihn noch?«, fragte Dero kühl.

»Nein, das ist es nicht.«

Dero machte einen Schritt auf sie zu.

»Warum hast du solche Mühe, mir die Wahrheit zu erzählen?«

Sie wischte sich eine Träne von der Wange.

»Weil es eine Zeit ist, die vorbei ist, und ich mich nicht gerne an sie erinnere.«

Dero spürte, dass viel mehr dahinterstecken musste als nur Max. Er konnte es sich nicht erklären, aber er nahm Leyla liebevoll in den Arm. Er wollte ihr zeigen, dass er für sie da war, egal was kommen mochte. Leyla schob ihn von sich weg und lief los. Dero holte auf und nahm ihr Schritttempo auf.

»Ich war 12 Jahre alt, als eines Nachts das Telefon klingelte, ich ein Taxi ins Krankenhaus nahm und nie wieder wirklich nach Hause ging. Wir haben damals mitten in der Stadt gewohnt. Es war toll. Meine Eltern waren toll. Ich hatte meine Freunde, die bereits mit mir in der Kinderkrippe waren. Wir sind zusammen aufgewachsen, haben zusammen dumme Streiche gemacht, zusammen die Lehrer zur Verzweiflung gebracht. Wir waren zu zehnt und ein eingeschweißtes Team. Und diese eine Nacht hat alles verändert. Nichts war mehr so, wie es einmal war …«

Leyla stockte für einen kurzen Moment. Atmete tief und ließ nicht zu, dass Dero sie berühren konnte.

»Max war mein bester Freund. Seit dem Kindergarten. Er und die andern waren die ersten Monate für mich da. Aber wir waren so jung. Wir wussten nicht, was es hieß, wenn einem den Boden unter den Füssen weggerissen wird. Es fing damit an, dass ich nach der Schule nicht auf dem Hof bleiben konnte, da ich plötzlich einen sehr langen Nachhauseweg hatte. Nach wenigen Monaten lebte ich so zurückgezogen, dass meine Freunde aufhörten mich zu fragen, ob ich mitspielen wollte. Und in der zweiten Sekundarstufe war nur noch Max an meiner Seite. Er fragte mich, ob ich mit ihm zusammen sein wollte, und obwohl ich nicht in ihn verliebt war, sagte ich ja. Ich hatte Angst, dass ich meinen besten und einzigen Freund verlieren würde. Es gab nur noch ihn, das Lesen und die Bücher. Meine Großeltern steckten mich ins Gymnasium. Sie wünschten sich, dass ich durch diesen Wechsel neu anfangen konnte. Zu Anfang wollte ich das nicht. Ich wollte nicht von Max weg. Und ich hatte recht. Kein halbes Jahr verging und er beendete unsere Beziehung. Es war, als hätte ich meine Eltern nochmals verloren. All die Wunden wurden wieder aufgerissen. Der einzige Halt kam von Marina. Sie war die Einzige in der neuen Klasse, die sich für mich interessierte. Und du kannst dir vorstellen, sie hat nicht lockergelassen, bis ich ihre Freundin wurde. Sie war diejenige, die mich ins Leben zurückholte. Sie war diejenige, die mir meine schwarzen Kleider durch modische Teile ersetzte. Es war sie, die mich zum Sprechen brachte, damit mein Schweigen nicht auffiel. Und sie hat Max von Anfang an nicht gemocht. Ein Jahr darauf stieß Sharon zu uns. Die zwei sind die einzigen Freunde, die ich habe. Alle andern habe ich nie wieder gesehen. Bis heute. Es ist, als wäre ich mit ihnen gestorben. Mit meinen Eltern, meine ich. Als hätte ich mit ihnen im Auto gesessen. Max ist nicht einfach mein Exfreund, er verkörpert meine

Vergangenheit. Denn die Leyla, die ich war, mit den Freunden, mit dem Leben, das ich hatte, die existiert nicht mehr. Es hat lange gedauert, bis ich das akzeptieren konnte. Wenn ich jetzt ganz ehrlich bin, hast erst du mir wieder gezeigt, wer ich bin. Weil du mir das Fliegen wieder beigebracht hast. Ich wusste lange nicht mehr, was Glück hieß.«

Leyla blieb stehen und drehte sich Dero zu. Er nahm ihren Kopf in die Hände.

»Es tut mir leid«, sagte er sanft.

»Was?«

»Alles. Was dir passiert ist, was es für Folgen hatte und dass ich das nicht früher gesehen habe. Dass ich meine Probleme immer wieder in den Vordergrund gestellt habe, obwohl du tagtäglich mit diesem Schmerz leben musst.«

Sie schwiegen für einen Moment. Die Sonne stand am Horizont, kurz bevor sie sich für die Nacht verabschiedete. Leyla räusperte sich.

»Man kann Schmerz nicht berechnen. Ich vermisse sie jeden Tag. Aber ich habe gelernt zu akzeptieren, dass es kein Zurück gibt. Das Leben lässt sich nicht zurückspulen. Man muss jede Sekunde, jeden Moment genießen. Die Gegenwart ist das Einzige, was wir haben. Also, warum nicht das Beste daraus machen?«

Leyla versuchte zu lächeln. Ihre Worte berührten Dero. Klar, es war ein Klischee zu sagen,

»Lebe im Moment«, aber das erste Mal verstand er, was es bedeutete.

Er legte seine Wange an ihre und flüsterte: »Ich liebe dich. So sehr.«

Leyla zog an seinem Shirt und küsste ihn leidenschaftlich. Das Feuer entfachte zwischen ihnen und sie vergaßen, wo sie waren. Deros Hände fanden schnell den Weg unter Leylas Bluse. Leyla wühlte in Deros Haar, strich mit den Fingernägeln über seinen Rücken und zog ihn am Hintern näher zu sich ran. Dero atmete tief ein, küsste Leylas Nacken, ertastete ihren Körper.

Keine Menschenseele war in der Nähe, also nahm Dero Leylas Hand und zog sie ins hochgewachsene Maisfeld hinter ihnen. Als sie sich an die Stängel gewöhnt hatten, rannten sie los, Leyla kicherte und sie rannten tief ins Feld hinein, bis Dero einen nach seinem Geschmack perfekten Platz gefunden hatte. Er umarmte seine Freundin und zog ihr die Bluse vom Leib. Leyla wehrte sich keine Sekunde lang. Sie wusste, was er vorhatte, und wollte es genauso. Dero biss ihr sanft in den Nacken, forschte mit seinen Lippen zu ihren Brüsten. Leyla legte den Kopf in den Nacken, schloss ihre Augen, hörte Deros Atem, spürte Deros Küsse, sie roch Deros Duft, alles andere schloss sie aus ihrer Wahrnehmung aus. Leyla kam aus ihrer Trance zurück und machte sich an Deros Gürtel zu schaffen. Dieser war mit ihrer Hose beschäftigt. Um Zeit zu sparen tauschten sie ihre Absichten. Schnell streifte sich Leyla ihre Jeans von den Beinen. Sie konnte es kaum erwarten, sie wollte Dero spüren. Sie wollte den Moment in vollen Zügen auskosten. Dero verstand, dass er keine Zeit vertrödeln sollte. Er ließ seine Boxershorts gemeinsam mit der Hose zu Boden fallen. Er packte Leyla, hob sie auf seine Hüften, hielt sie mit der einen Hand und die andere schob ihr Höschen zur Seite. Dann setzte er sie auf sich und stieß sanft tief in sie. Leyla hielt die Arme um seinen Hals und presste sich dicht an ihn. Sie fanden einen gemeinsamen Takt und alles um sie herum löste sich auf. Sie gingen ganz ineinander auf. Die Kälte, das Gezirpe der Grillen oder die pickenden Maisstängel fügten sich ihrer Lust und ließen die beiden gemeinsam fliegen.

»Ich kann es nicht fassen.«

»Ich auch nicht«, lächelte Leyla verschmitzt.

»Nein, nicht das. Ich meine, das war das Tollste, was ich in dem Bereich je erlebt habe«, zwinkerte er ihr zu und fuhr dann fort: »Nein, ich kann nicht fassen, dass ich dich jeden Tag ein wenig mehr liebe. Ich hätte nie geglaubt, dass ich dazu fähig bin.«

»Fähig?«, fragte Leyla verwundert.

»Ja, fähig. Und dass ich das dann auch sagen kann. Ich meine, mein Vater war nicht gerade ein Paradebeispiel für die Liebe.«

»Dero, darf ich mal was sagen?«

»Kommt darauf an«, stupste er sie an.

»Dein Vater liebt deine Mutter. Und er liebt dich. Alles, was ich bis jetzt von ihm mitgekriegt habe, führt mich zu dieser Erkenntnis«, wurde Leyla leiser.

Es war ein heikles Thema, das wusste sie, aber diese Worte brannten ihr lange auf der Seele. Und der Moment war ihrer Meinung nach perfekt.

»Trotzdem hat er uns verlassen. Ich liebe dich. Ich könnte dich nie verlassen«, probierte er es mit einem Beispiel.

»Er ist ein Mensch, Dero. Menschen machen Fehler. Aber auf mich wirkt er so, als würde er alles dafür tun, damit ihr ihm verzeiht. Nicht um zurückzukommen, sondern er versucht für euch da zu sein. Deine Mutter hat ihm verziehen, Dero. Das spürt man, wenn man sie zusammen sieht.«

»Warum ist es dir so wichtig, wie mein Verhältnis zu meinem Vater ist? Ich verstehe nicht, warum du einen Streit mit mir riskierst, nur um mich in seine Richtung zu pushen.«

»Keine Ahnung. Vielleicht weil man den Menschen, die man liebt, mit Liebe begegnen sollte. Sie ihnen zeigen sollte. Denn irgendwann kann man es nicht mehr«, versuchte sie sich zu erklären.

»Verstehe mich nicht falsch, ich liebe dich dafür, dass du alles in der Welt versuchst, um mein Leben perfekt zu machen. Aber das wird es nie sein. Er hat uns verlassen. Er hat mich im Stich gelassen. Er hat seinen kleinen Jungen bei einer psychisch labilen Frau gelassen und sich eine neue Familie gesucht. Bei aller Liebe, das kann ich nicht vergessen.«

Leyla gab ein weiteres Mal auf. Es war immer dieselbe Diskussion und sie endete immer auf dieselbe Weise. Leyla hoffte, eines Tages zu ihm durchzudringen. Sie hatte seinen Vater kennengelernt, zwei Tage nachdem Deros Mutter nach Hause durfte. Er hatte Pizza mitgebracht, für Dero eine Calzone und bis auf Dero hatten alle Spaß. Leyla und Dero haben ihren Vater verloren. Aber der große Unterschied für Leyla war, dass Dero die Chance hatte, seinen Vater wieder zurückzubekommen.

Bei Dero zuhause angekommen, waren Max und Deros Vater wieder vergessen. Sie waren hungrig und hundemüde. Sie hörten aus dem Wohnzimmer den Fernseher. Dero und Leyla schnappten sich Brot, Käse und was der Kühlschrank noch so hergab und gesellten sich zu Katrin. Überrascht schaute sie auf.

»Ich hab euch gar nicht reinkommen hören.«

»Dann sind sie bestimmt kurz vor der Aufklärung des Falls«, lächelte Dero seine Mutter an, ohne dass er wusste, was sie sich ansah.

Im Fernseher lief *CSI*.

»Spannendste Folge. Ein Stalker, der von einer Sängerin umgebracht wird, und sie vertuscht all die Beweise, zum Beispiel hat sie Trockeneis auf den toten Körper gelegt, damit der Todeszeitpunkt unklar wird. Unglaublich spannend.«

»Und wurde sie erwischt?«, fragte Leyla gespannt.

»Das werden sie immer«, lachte Dero.

»Die Leute von CSI sind die Besten«, fuhr er sarkastisch fort.

»Dero sagt, dass er das besser könnte. Ich weiß nicht, wie er das macht, aber er weiß wirklich meistens von Anfang an, wer der Mörder ist«, sprach Deros Mutter zu Leyla.

»Mama, es ist offensichtlich.«

»Pssst …«, zischte seine Mutter. Die Schlussszene war dran. Zwei des CSI-Teams spürten die Sängerin auf und ließen sie aufgrund ihrer Motive laufen.

»Wow, das ist mal was Neues«, war Dero über das Ende überrascht.

»Ach, die singt echt schön. Was für eine Folge!«, lächelte Katrin genüsslich und schaltete den Fernseher aus.

»Dero, du könntest doch zur Polizei gehen«, kam seine Mutter plötzlich auf eine Berufsidee.

»Nöö. Da sind nur Idioten und hauptsächlich darf man kleine Kinder ermahnen, die ohne Helm Fahrrad fahren«, lehnte dieser ab.

»Oder wie nennt man das, was Horatio und seine Leute sind?«, gab seine Mutter nicht auf.

»Du meinst Forensiker«, antwortete Dero gelangweilt.

»Das kann man studieren. Weißt du noch, der Typ, der von der Uni davon erzählt hat?«, mischte nun Leyla mit.

»Toll! Dero, das wär es doch! Darin wärst du bestimmt großartig«, war seine Mutter Feuer und Flamme.

»Ihr habt das geplant, oder? Die spannendste Folge *CSI* eingelegt und zwei Frauen, die dann auf einen einreden. Ich bin zu müde, um jetzt darüber nachzudenken. Gehen wir ins Bett?«, lenkte Dero ab.

»Geplant? Hahaha. Dir fehlt eindeutig Schlaf. Ich fände das eine tolle Idee. Ich finde, das würde zu dir passen«, sagte Katrin und beendete somit das Thema. Leyla und seine Mutter wussten, sie mussten keinen Druck machen. Dero würde seinen Weg früh genug finden. Sie halfen ihm nur auf die Sprünge.

Dero träumte in dieser Nacht intensiv. Er stand in einem Labor, hatte tausende Schälchen mit Beweisen vor sich und zu wenig Zeit. Immer wieder kamen Leute herein und fragten nach neuen Erkenntnissen, und als ein Pandabär das Labor betrat, wurde Dero aus dem Schlaf gerissen. Leyla hustete sich die Seele aus dem Leib. Sofort war er hellwach.

»Schatz, alles in Ordnung? Soll ich dir ein Glas Wasser holen?«, fragte er besorgt. Leyla konnte nicht antworten. Sie hatte Angst, sich dabei übergeben zu müssen. Dero legte ihr die Hand auf den Rücken. Als der Husten abflaute, stand er auf und holte Leyla Wasser.

»Hier trink das«, befahl er.

»Was war das denn? Noch nie habe ich jemanden so husten hören«, schüttelte er den Kopf. Die Sorge war ihm ins Gesicht geschrieben.

»Keine Ahnung«, keuchte Leyla. »Ist bestimmt nur eine Erkältung.«

Ihr war immer noch etwas übel. Aber sie wollte nicht, dass sich Dero Sorgen machte, also scherzte sie: »Wir hätten nicht so rumnäckteln sollen, im Maisfeld.«

»Du solltest zu einem Arzt. Echt jetzt«, gab Dero nicht auf.

»Ach, Quatsch. Das geht vorbei. Ich hol mir morgen solche Hustenpastillen. Ich hab keine Zeit krank zu werden«, lächelte sie müde.

»Versprich mir, dass du zum Arzt gehst, wenn das nochmals vorkommt.«

»Ja, Sir. Komm wieder ins Bett. Lass uns schlafen.«

Damit gab sich Dero geschlagen. Er legte sich neben seine Leyla und zog sie im Löffelchen zu sich, küsste sie aufs Haar und wartete, bis sie eingeschlafen war. Dann schlief auch er ein.

»Strange to see how the sky might fall any second and still you can't prepare yourself. You can't run, you're just waiting for it to happen. You know there will be pain but you can't tell how hard this tornado is gonna hit. What now?«

Die Wochen zogen an ihnen vorbei. Und schon standen die Prüfungen vor der Tür. Die letzte Zeit verbrachten sie damit, sich den Stoff in ihr Kurzzeitgedächtnis einzuprägen, um die Abschlüsse zu bestehen. Die Meisten hatten den Druck der Zukunft auf ihren Schultern. Sie waren an den Universitäten akkreditiert oder hatten bereits den Vertrag für ein Praktikum unterschrieben. Sie mussten bestehen, und wenn man durch die Gänge des Schulhauses lief, spürte man die Anspannung.

»Noch wenige Tage und wir liegen am Strand von Barcelona«, versuchte Mari am Mittagstisch die Stimmung aufzulockern.

»Nur dass dazwischen so einiges anderes liegt, Babe«, holte sie Phil aus ihren Träumereien.

Die andern vier am Tisch lächelten. Sie freuten sich auf ihre Abschlussreise. Sebastian wusste bereits wie man von Segrada Famiglia zum Gaudí-Park kam. Marina machte sich über die Nachtclubs schlau und plante jeden Abend ihres dortigen Aufenthalts. Sharon schrieb sich alle Kleiderläden heraus, die sie unbedingt leerkaufen wollte. Und Dero hatte eine Überraschung für Leyla organisiert. Nur sie zwei in einem romantischen Rooftop-Restaurant an der Ramblas. Alle hingen ihren Gedanken an Barcelona und die bevorstehenden Prüfungen nach. Bis Frau Antoné die Stille unterbrach. Sie legte die Hand auf Leylas Rücken und stellte ihr ein PARI-Inhalationsgerät vor die Nase.

»Das hilft bei mir am besten«, erklärte sie.

»Ist der Husten immer noch nicht weg?«, fragte Marina und blickte ihre Freundin sorgenvoll an.

»Nein, aber das wird schon«, winkte Leyla ab.

Leyla hat es erwischt. Immer wieder hatte sie Hustenanfälle und die Pastillen vom Apotheker nützten nichts, genauso wenig wie die homöopathischen Globuli, die sie von Maris Mutter bekam. Doch das hielt sie nicht vom Lernen ab. Sie hatte einst gelesen, dass der Körper sehr auf Stress und Druck reagierte, also wollte sie die Prüfungen hinter sich bringen, dann würde auch der Husten verschwinden. Dero erwähnte öfter einen Arzt, aber er merkte schnell, dass Leyla sich nicht zwingen ließ. Irgendwann hörte er auf, sich Sorgen zu machen, er kam selbst in den Lernstress. Das erste Mal in seinem Leben hatte er Angst vor der Zukunft. Es wurde ernst und seine Pläne standen noch nicht fest. Er dachte an das Forensik-Studium, aber irgendwie war es ihm zuwider seine Mutter und Leyla die ganze Woche allein zu lassen, da er für die Uni in eine andere Stadt müsste – und die lag vier Fahrtstunden entfernt. Entweder war dies der wahre Grund oder er traute es sich selbst nicht zu, an einem anderen Ort allein neu anzufangen. Da wäre keine Leyla, die ihm beim Lernen helfen konnte, oder ein Phil, der in den Pausen mit ihm Sport treiben würde. Er wäre allein und er wusste nicht, ob er das schaffen konnte.

»Du bist die Nächste«, sagte Herr Mender zu Leyla. Zusammen mit einem Experten nahm er die mündliche Deutschprüfung ab.

Zehn Bücher hatte Leyla gelesen. Es war die einzige und letzte Prüfung, die ihr keine Kopfschmerzen bereitete. Sie war top vorbereitet und freute sich sogar, über die gelesenen Bücher zu sprechen und vielleicht neue Dinge in den Texten zu entdecken. Es würde so sein, als würde sie mit ihrem Großvater sprechen. Da ging einer ihrer Hustenanfälle los. Sie saß auf der Bank vor dem Schulzimmer, in dem die Prüfung durchgeführt wurde. Es war der trockenste Husten, den sie bis dahin erlebt hatte. Sie versuchte Wasser zu trinken. Ihr blieb keine Zeit, den Husten walten zu lassen. Die Tür wurde von Herrn Mender geöffnet. Leylas Augen waren rötlich und wässrig durch die Anstrengung des Hustens.

»Alles okay?«, fragte er und machte ihr Platz, um ins Zimmer zu treten.

»Jaja«, antwortete sie und hoffte inständig, dass der Husten sie in den nächsten fünfzehn Minuten in Ruhe lassen würde. Doch als sie sich dem Experten gegenüber setzte und ihm die Hand reichte, spürte sie den Druck auf der Brust. Gleich würde es wieder losgehen. Sie wurde nervös. Herr Mender setzte sich gemütlich zu ihnen und begann die Unterlagen hervorzukramen.

»Dann schauen wir doch mal, über welches Buch wir mit dir reden möchten«, zwinkerte er Leyla zu. Natürlich war es keine Spontanentscheidung, aber Herr Mender versuchte, die Schüler damit zu entspannen. Wenn er nur gewusst hätte, dass Leyla nicht wegen der Prüfung auf dem Stuhl hin und her rutschte.

Die ersten fünf Minuten gingen gut, als Herr Mender auffiel, wie bleich Leyla war.

»Ist wirklich alles in Ordnung?«

Leyla nickte und plötzlich rutschte ihr ein Huster heraus. Doch das war nur der Anfang. Sie konnte sich kaum beruhigen. Sie schüttelte den Kopf, versuchte so, den Husten loszuwerden, doch er war hartnäckig und trocken. Herr Mender stand auf und klopfte ihr sanft auf den Rücken. Es half nichts. Er bot an, ein Glas Wasser zu holen, doch Leyla wusste, dass es zu spät dafür war. Die Übelkeit überkam sie. Sie schnellte auf und rannte zum Abfalleimer, der neben dem Waschbecken im Schulzimmer stand. Sie hatte nur ein leichtes Frühstück gehabt, deshalb kam mit jedem Huster die Säure aus dem Magen. Der Experte schaute unbeholfen zu Herrn Mender. Auch dieser wusste im ersten Moment nicht, was er tun sollte.

»Können Sie sich kurz kümmern? Ich hole Hilfe«, sagte er zum Experten, als ihm eine Idee kam.

Er rannte aus dem Schulzimmer und entdeckte Dero auf dem Gang.

»Dero, hast du Madeleine gesehen?«, fragte er gestresst.

»Ich hatte mündlich bei ihr, sie sollte in der 206 sein«, antwortete er verwundert.

»Hat nicht Leyla gerade mündlich bei Ihnen?«, fragte er, als er den Blick von Herrn Mender erfasste.

»Ja, deshalb brauche ich Madeleine«, sagte Herr Mender und wollte los.

»Was ist los?«, wurde Dero nervös.

»Leyla übergibt sich und hustet. So was habe ich noch nie gesehen«, antwortete er im Rennen.

Das Zimmer war nicht weit entfernt. Er riss die Tür auf: »Madeleine … Leyla … Du musst kommen.«

Zur selben Zeit rannte Dero ins Zimmer, wo Leyla den Eimer umschlossen hielt. Sie bekam kaum Luft. Erschrocken ging er auf sie zu, kniete neben sie und streichelte ihren Rücken.

»Leyla, oh mein Gott, Leyla …«

Madeleine kam ins Zimmer gestürmt. Dero saß am Boden neben dem Waschbecken und hielt Leyla wie ein Baby im Arm.

»Was ist passiert?«, fragte Madeleine und blickte von Dero zu Herrn Mender und wieder zu Leyla.

»Wir müssen sie ins Krankenhaus bringen. Sie muss endlich zum Arzt«, sagte Dero ruhig.

Er hatte auf Krisenintervention geschaltet.

»Wir rufen einen Krankenwagen«, schlug Herr Mender vor und lief zu seiner Tasche, um sein Handy zu benutzen.

»Keine Sirenen«, keuchte Leyla leise.

»Keine Sirenen«, wiederholte sie und schlief beinahe in Deros Armen ein.

Sie war kreidebleich.

»Wir haben keine Zeit«, meinte Madeleine.

»Ich bin mit dem Auto da. Dero kannst du sie tragen?«

Dero nickte und stand mit Hilfe von Herrn Mender auf, Leyla fest in seine Arme geschlossen. Madeleine rannte voraus und holte das Auto. Herr Mender half Dero Leyla aus dem Schulhaus zu bringen.

Zu dritt legten sie Leyla ins Auto. Dero setzte sich zu ihr und legte ihren Kopf auf seinen Schoß.

»Du musst wach bleiben«, flüsterte er ihr ruhig zu. »Du musst wach bleiben.« Herr Mender setzte sich mit den Sachen von Leyla auf den Beifahrersitz. Und schon brausten sie los.

Im Krankenhaus angekommen, wurde Leyla auf die Notfallstation gebracht. Dero und Herr Mender setzten sich ins Wartezimmer. Mehrere Ärzte standen um Leylas Notfallbett und die Krankenschwestern baten die beiden, aus dem Zimmer zu gehen. Madeleine stand draußen, rauchte nervös eine Zigarette und ließ das Telefon von Leylas Großeltern klingeln.

»Was ist das? Ich meine, was kann das sein? Sie war brühend heiß. Was ist das?«, fragte Dero verzweifelt in den Raum und stützte den Kopf in die Hände.

»Ich weiß es nicht, Dero. Ich weiß es nicht«, sagte Herr Mender genauso verzweifelt.

»Aber die Ärzte kümmern sich. Die werden dafür sorgen, dass es ihr wieder besser geht«, versuchte er, Hoffnung herbeizurufen.

Eine Träne lief Dero die Wange herunter.

»Ich hätte sie früher zum Arzt schicken sollen. Ich hätte wissen müssen, dass es nicht psychosomatisch ist«, gab sich Dero die Schuld.

»Hatte sie den Husten schon länger?«, fragte Herr Mender.

»Ja … Seit dem Maisfeld … Oder nein … sogar noch früher«, versuchte sich Dero zu erinnern.

Aber das alles war fast zwei Monate her.

Die beiden blieben still, bis Madeleine ins Zimmer trat. Dero und Herr Mender blickten auf, da sie auf die Ärzte hofften.

»Weiß man was?«, fragte sie.

Sie schüttelten den Kopf und Madeleine setzte sich ihnen gegenüber.

»Hast du ihre Großeltern erreicht?«, fragte Herr Mender und Madeleine nickte.

»Sie sind auf dem Weg.«

Es vergingen keine zehn Minuten, als drei Ärzte im Wartezimmer auftauchten. Sie nahmen den Mundschutz ab und blickten von Dero zu Herrn Mender und Madeleine.

»Sind sie die Eltern?«, fragte der Oberarzt.

»Nein, ihre Großeltern sind auf dem Weg. Ihre Eltern leben nicht mehr. Ich bin ihre Patentante. Mir dürfen Sie sagen, was Leyla hat, oder?«, fragte Madeleine und stand auf.

Die Ärzte blickten einander an und der Oberarzt nickte.

»Wir gehen davon aus, dass sie eine Lungenentzündung hat. Aber wir müssen weitere Tests durchführen, um sicherzugehen. Je nachdem, wie schlimm es ist, müssen wir weitere Maßnahmen ergreifen. Sie kann kaum atmen und übergibt sich. Wissen Sie, wie lange das schon so ist?«, fragte er am Ende seiner Erklärung.

Madeleine schaute zu Dero. Der antwortete: »Circa eineinhalb Monate.«

Der Oberarzt wandte seinen Blick zu Dero.

»Und war er immer so stark wie heute?«

»Nein. Wir dachten, es sei eine Erkältung«, sagte er traurig.

»Meistens sehen Lungenentzündung zuerst wie eine Erkältung aus«, hatte der Oberarzt Verständnis.

»Was geschieht jetzt mit ihr?«, fragte Madeleine.

»Wir testen die Lungen und das Blut und dann schauen wir weiter«, antwortete der Arzt. Die drei wollten gerade aus dem Zimmer, als Dero fragte: »Dürfen wir zu ihr?«

Der Oberarzt drehte sich nochmals um.

»Leider ist das nicht möglich. Eine Lungenentzündung wäre ansteckend. Wir müssen zuerst sichergehen, was es ist, dann dürfen Sie sie unter Vorsichtsmaßnahmen besuchen.«

Damit gingen die Ärzte aus dem Zimmer und sie blieben allein und schweigend zurück.

Plötzlich wurde die Tür hysterisch aufgerissen. Leylas Großeltern stürzten hinein.

»Wo ist Leyla? Was ist passiert?«, fragte die Großmutter nervös.

Madeleine stand auf und ging auf sie zu.

»Wir wissen noch nicht viel. Sie gehen aber von einer Lungenentzündung aus. Wir müssen auf die Testergebnisse warten.«

Großvater Franz war ungewöhnlich still. Während Großmutter Elisa unruhig im Wartezimmer hin und her lief, setzte er sich neben Dero und legte die Hand auf sein Bein: »Sorgenfalten stehen dir nicht. Es wird schon gut, Lungenentzündungen sind heilbar«, sagte er.

Mit diesem Gedanken blieben alle für den Moment ruhig, als aus Leylas Tasche ein Klingeln zu hören war. Herr Mender reichte Dero die Tasche und er fischte ihr Handy heraus. Es war Marina.

»Wo seid ihr? Wir warten hier auf dem Schulhof mit Prosecco auf euch«, lachte sie ins Telefon.

»Wir sind im Krankenhaus«, antwortete Dero.

»Was? Wer ist da dran? Dero?«, packte Marina sofort die Angst.

»Was ist passiert?«

»Leyla hatte während Deutsch mündlich einen Hustenanfall. Ihr geht es nicht gut«, versuchte Dero seine Stimme nicht zittrig klingen zu lassen.

»Wir kommen. In welchem Krankenhaus seid ihr?«, war Mari gestresst.

Im Hintergrund hörte Dero die anderen fragen, was los sei. Dero gab ihr die Angaben.

»Dero, Leyla hasst Krankenhäuser. Und dieses besonders. Dero, sie darf keine Sirenen hören. Verstehst du? Wir kommen, aber schau zu, dass sie keine Sirenen hört.«

Dero verstand nicht, was sie meinte, aber bejahte, obwohl er keine Chance hatte, dafür zu sorgen.

Leylas Großeltern und Madeleine durften als Erstes zu Leyla, während Dero mit Mari, Sharon und den Jungs im Wartezimmer saß. Als Madeleine zurückkam, stand Herr Mender auf und ging auf sie zu. Er nahm sie fest in den Arm.

»Wie geht es ihr?«, fragte er in einem zarten Ton.

»Sie schläft«, sagte sie müde und legte den Kopf an seinen Brustkorb.

Sharon und Mari blickten sich fragend an. Phil grinste, zeigte mit dem Zeigefinger auf die beiden und formte dann mit den Händen ein Herz. Niemand hatte es mitgekriegt. Niemand wusste, dass zwischen den beiden etwas lief. Überrascht starrten die Jungen auf ihre zwei Lehrer. Dero fragte sich, ob Leyla davon gewusst hatte. Madeleine begriff, dass sie nicht allein waren und schob Herrn Mender wieder von sich weg.

»Ich hol uns etwas zu essen«, meinte dieser und lief ohne weitere Worte aus dem Zimmer in die Cafeteria des Krankenhauses.

»Gibt es was Neues?«, fand Sharon als Erstes ihre Stimme.

»Es ist eine doppelte Lungenentzündung. Sie haben ihr Antibiotika gegeben und sonstige Infusionen. Es besteht jedoch die Möglichkeit, dass sie darauf nicht reagiert, dann müsste man sie in ein künstliches Koma versetzen für die Beatmung«, überbrachte Madeleine die schlechte Nachricht.

»Oh, gosh«, entfuhr es Sharon.

Dero blickte zu Marina. Ihr standen die Tränen in den Augen. Sie hatten alle Angst, auch Phil und Sebastian konnte man es ansehen. Niemand von ihnen wusste, was sie tun sollten, wie die richtige Reaktion war. Marina begann zu schluchzen.

»Was heißt das? Könnte sie sterben? Ich meine, wacht sie aus dem Koma wieder auf?«

»Wir sollten nicht den Teufel an die Wand malen. Wir wissen ja noch nicht, wie sie auf die Medikamente reagiert. Positive Gedanken helfen ihr bestimmt mehr«, kam in Madeleine die Lehrerin hervor.

Dero bemerkte ihre rotunterlaufenen Augen. Sie musste geweint haben, bevor sie zurückgekommen war. Und die Großeltern waren noch nicht zurück. Abrupt stand Dero auf.

»Ich muss zu ihr.«

»Sie schläft, Dero.«

Doch das interessierte ihn nicht. Er ging aus dem Zimmer zu Leyla. Vor ihrem Zimmer wurde er von einer Krankenschwester aufgehalten.

»Sie dürfen da nicht ungeschützt hinein.«

Dero schaute sie verständnislos an.

»Ich muss aber zu ihr. Sie braucht mich«, kamen ihm kurz die Tränen hoch.

Die Krankenschwester verstand und holte aus dem Nebenzimmer einen Mundschutz.

»Ziehen Sie den an und desinfizieren Sie neben der Tür ihre Hände.«

Dero nickte, band sich den Mundschutz um und trat ins Zimmer.

Leylas Großvater stand beim Fenster und sah hinaus. Ihre Großmutter saß am Bett und hielt Leylas Hand. Dero entschuldigte sich für sein Eintreten, doch Großmutter Elisa nickte nur, während der Großvater sich nicht einmal umdrehte. Diese Stimmung machte Dero Angst. Er kannte ihre Großeltern nur mit guter Laune. Ihm fiel auf, dass sie für ihn die lebensfrohsten Menschen waren, die er kannte. Egal, was sie durchstehen mussten, sie hatten immer ein Lächeln auf den Lippen. Ein Lächeln, das nun verschwunden war. Nachdem sie zu dritt eine Zeit lang im Zimmer schweigend verbracht und Leylas Atmung zugehört hatten, grummelte der Bauch von Leylas Großvater. Ihre Großmutter blickte auf.

»Wir sollten alle etwas essen. Wir brauchen Energie.«

Dero nickte.

»Geht ihr nur, ich bleibe hier.«

Dero blieb allein bei Leyla. Draußen wurde es bereits dunkel, als

Leyla mit ihrer Hand nach Dero griff. Er war erschöpft, sodass er nicht merkte, dass sie aufwachte. Leyla wollte etwas sagen, doch die Worte blieben ihr im trockenen Hals stecken.

»Psst. Spar deine Kräfte, mein Engel«, versuchte sich Dero in einem Lächeln.

»Dero. Es tut mir so leid«, flüsterte sie mit einem Kratzen in der Stimme.

»Es muss dir nichts leid tun«, antwortete er und küsste sie mit dem Mundschutz auf die Stirn.

»Ich liebe dich und du wirst wieder gesund«, fuhr er fort.

»Dero, ich muss gehen.«

»Du kannst nicht gehen. Du musst hierbleiben, damit du wieder gesund wirst«, sagte er erschrocken, denn er wusste, dass sie damit nicht das Krankenhaus gemeint hatte.

Die Tür wurde geöffnet und Marina steckte den Kopf in die Tür.

»Dero, lass mich doch kurz zu Leyla. Du solltest etwas essen.«

»Ich habe keinen Hunger«, meinte er.

»Dero, ich möchte gerne mit meiner besten Freundin allein sein.«

Das verstand Dero. Er küsste Leyla erneut auf die Stirn und versprach, gleich zurückzukommen. Leyla lächelte müde. Marina übernahm seinen Platz und nahm Leylas Hand.

»Leyla, du hast bestanden. Du kannst im September studieren gehen. Du wirst die beste Literaturkritikerin, die die Welt je gesehen hat. Und dann wirst du Dero heiraten und wunderschöne kleine Leylas bekommen. Dein Leben wird großartig, hörst du?«

Marinas Stimme brach ein. Die Tränen rollten ihre Wangen hinab. Leyla sah verwirrt aus.

»Wir hatten die letzte Prüfung erst heute«, bekam sie einen ganzen Satz zustande.

»Herr Mender hat das organisiert. Er und Madeleine waren der Meinung, dass es eine Ausnahme sein soll, damit es wenigstens etwas Positives gibt«, lächelte Mari unter den Tränen.

»Danke, Mari.«

»Nichts zu danken. Das hast allein du geschafft und das hier wirst du auch schaffen«, sagte sie ermutigend.

»Mari, ich habe die Sirenen gehört.«

»Du liegst in einem Krankenhaus, da ist das kaum unumgänglich«, ignorierte Mari die Ernsthaftigkeit.

»Nein, Mari. Ich habe die Sirenen gehört.«

Nun erschrak Marina.

»An sowas darfst du nicht denken. Du wirst wieder gesund.«

»Ich bin müde.«

»Dann schlaf. Ich bleibe noch ein bisschen. Du bist nicht allein. Das wirst du nie sein.«

»Du auch nicht«, sagte Leyla und schlief ein.

Während Madeleine und Herr Mender mit den Großeltern zu ihnen nach Hause gingen, um für Leyla Klamotten zu holen und sich kurz hinzulegen, saßen Leylas Freunde mit Deros Mutter in der Cafeteria. Dero schlief sitzend an Leylas Bett.

»Was machen wir jetzt mit Barcelona?«, fragte Phil in die Runde.

»No idea«, sagte Sharon erschöpft.

»Wir können sie nicht alleinlassen und Dero auch nicht«, meinte Sebastian.

Deros Mutter mischte sich mit ein.

»Ihr müsst gehen. Für Leyla. Sie würde nicht wollen, dass ihr die ganze Woche hier im Krankenhaus euren Abschluss feiert. Und ihr müsst feiern. Das ist ein Meilenstein.«

»Feiern ist sowieso nicht drin«, gab Mari traurig bei.

»Leyla wird wieder gesund. Tut nicht so, als wäre das nicht der Fall«, antwortete Katrin streng.

»We've already paid«, gab nun Sharon zu.

»Ja, und?«, giftete Mari ihre Freundin an.

»Wir haben noch 16 Stunden, um zu entscheiden. Lasst uns sehen, wie es Leyla morgen früh geht. Vielleicht nimmt uns das die Entscheidung ab«, schlug Phil vor.

Somit wurde das Thema Barcelona verschoben. Sie waren alle müde und gereizt. Es war Zeit, nach Hause zu gehen und zu schlafen.

Jemand tippte Dero auf die Schulter. Erschrocken wachte er auf und sah, dass die Sonne bereits über dem Krankenhaus aufging. Es war seine Mutter.

»Dero, Schatz, komm wir gehen nach Hause. Leylas Großeltern sind hier. Leyla ist nicht allein. Und du brauchst Schlaf«, flüsterte sie, um Leyla nicht aufzuwecken.

»Ich geh hier nicht weg. Ich habe geschlafen. Mir geht es gut«, sagte er trocken.

»Dero …«

»Nein, Mama. Du kriegst mich hier nicht weg. Nicht, solange es ihr nicht besser geht.«

»Dero …«, ertönte die Stimme aus dem Bett.

»Geh nach Hause«, krächzte Leyla leise.

»Du bist wach. Mein Engel, wie geht es dir? Besser?«, fragte Dero.

Er war hellwach.

»Ich fühle mich besser, ja«, antwortete sie, doch Dero war sich nicht sicher, ob sie ehrlich war.

Sie probierte zu lächeln, als es an der Tür klopfte. Die ganze Clique war da. Die Ärzte tauchten hinter ihnen auf und baten alle hinauszugehen, damit sie die Werte messen konnten.

Kurz darauf kamen sie aus dem Zimmer und meinten: »Ihr dürft hinein. Aber sobald wir die Großeltern über den Zustand von Leyla informiert haben, wäre Leyla bestimmt froh, Ruhe zu haben.«

Sie nickten im selben Takt, zogen ihren Mundschutz an und desinfizierten sich nacheinander die Hände.

Leyla lag in ihrem Bett, die Sonne schien ihr ins Gesicht und sie lächelte.

»Müsst ihr nicht einen Flug erwischen?«, meinte sie.

Die klare Stimme überraschte alle. Sie versammelten sich um ihr Bett.

»Wir haben noch nicht entschieden, ob wir fliegen«, sagte Sebastian.

»Geht. Bitte. Wenn ich nicht gehen kann, müsst ihr es für mich genießen«, argumentierte sie.

»Are you sure? We don't want to leave you alone«, stimmte Sharon dagegen.

»Sie ist nicht allein. Ich bleibe hier. Geht ihr«, schaltete sich Dero ein.

Marina schaute ihm in die Augen. Sie sah seine Angst, es war dieselbe, die sich in ihren Augen widerspiegelte. Doch sie wusste in dem Moment, dass sie zu viert in das Flugzeug steigen würden. Sie durften nicht aus Angst hierbleiben, sie mussten mit Hoffnung zurückkommen.

»Also, dann ist das wohl der Abschied«, sagte Phil und bemerkte die Zweideutigkeit zu spät.

Sebastian nahm Sharon in den Arm. Sie weinte.

»Hey Leute, freut euch. Das wird toll, und wenn ihr zurück seid, erzählt ihr mir alles haargenau«, lächelte Leyla, um die Stimmung anzuheben.

Phil ging als Erster auf sie zu. Umarmte sie, während sie ihm zuflüsterte: »Pass auf meine Mari auf.«

Phil nickte und drückte eine Träne weg. Marina war die Nächste. Sie drückte sich fest an ihre beste Freundin.

»Du bist das Beste, was mir je passiert ist. Werd schnell wieder gesund«, flüsterte sie ihr ins Ohr.

Leyla lächelte und bedankte sich in Gedanken. Marina wusste nicht, wie sehr Leyla sie liebte, wie sehr sie sie brauchte. Sharon riss sich zusammen und verabschiedete sich von Leyla.

»I'm gonna buy you the most beautiful dress for the Abschlussfeier«, lächelte sie und Leyla spürte, dass sie damit aussagte, wie sehr sie sie mochte.

»Get well soon, okay?«, sagte Sebastian als Schlusslicht und hielt Leyla die Faust hin.

Diese grinste und drückte ihre Faust an seine.

Gemeinsam gingen sie alle nach draußen. Dero mit ihnen. Marina bildete das Schlusslicht, blickte nochmals zurück zu Leyla. Sie blinzelte mit beiden Augen. Es war ihre Art, ihrer besten Freundin zu sagen, dass alles gut werden würde.

Dero verabschiedete sich von seinen Kumpels, drückte die Mädels fest an sich und wünschte ihnen eine tolle Zeit in Barcelona. Er versprach, immer erreichbar zu sein und sich zu melden, wenn es Neuigkeiten gab. Kurz darauf war er wieder in Leylas Zimmer. Sie hatte mehr Farbe im Gesicht und das beruhigte ihn. Ihre Worte der letzten Nacht konnte er damit fast vergessen.

»Ich liebe dich«, sagte sie und lächelte ihn verschmitzt an.

»Tu nicht so, als wäre es das letzte Mal, dass du das zu mir sagst«, versuchte er zu scherzen und setzte sich zu ihr.

Sie nahm seine Hand und sagte: »Dero, ich liebe dich, wie ich noch nie einen Menschen geliebt habe. Egal, was passiert.«

»Hör auf«, meinte er es ernst.

»Du wirst wieder gesund. Die Medikamente schlagen gut an.«

»Kann schon sein. Aber lass mich etwas sagen. Einfach falls das Ganze anders ausgeht, als wir hoffen …«

Die Traurigkeit in Deros Gesicht nahm Überhand. Leyla fuhr fort: »Ich weiß nicht, warum mir das hier geschieht. Ich weiß nicht, warum meine Großeltern schon wieder so leiden müssen. Ich habe nie verstanden, warum meine Eltern gehen mussten. Und warum das Leben mir so viel leid zugefügt hat. Aber eines weiß ich genau, du bist in mein Leben gekommen, um dem Allen einen Sinn zu geben. Du hast mir gezeigt, was es heißt, glücklich zu sein. Du hast mir das Fliegen gelehrt. Denn du hast die stärksten Flügel, die ich je gesehen habe. Du wirst großartig sein, ohne mich oder mit mir. Du kannst alles schaffen. Du hast es geschafft, mein Leben zu verändern, die Sonne strahlen zu lassen. Dafür werde ich dich immer lieben. Immer.«

Leyla schloss die Augen. Die Worte hatten ihre ganze Energie geraubt. Dero schob den Infusionsständer auf die Seite und legte sich neben seine Freundin. Er wusste, dass es gefährlich war, dass er sich anstecken konnte, aber das war ihm egal. Er wollte die Liebe näher spüren, die Liebe, die zwischen ihnen war. Eine Träne fand den Weg auf das Kissen. Noch nie hatten sie sich so vereint gefühlt, noch nie fühlten sie sich in der Welt des Anderen so nahe. Sie waren umhüllt von Liebe und Licht. Sie gingen darin auf. Sie flogen gemeinsam in ein Leben ohne Schicksalsschläge, ohne Trauer, ohne die Zeit, in der sie alleine waren. Sie spürten nur einander. Diese Liebe würde für immer in ihren Herzen bleiben, denn sie heilte alle Narben, sie ließ jeden Schmerz verfliegen und sie änderte alles.

Leylas Großvater weckte Dero. Es war bereits Mittag und Dero merkte, dass es Zeit war nach Hause zu gehen. Er wollte sich umziehen und der Hunger machte sich auch bemerkbar. Er küsste seine Leyla auf die Stirn und ließ den Großvater auf den Stuhl an ihrem Bett. Er nickte ihm zu, er würde auf Leyla aufpassen, bis Dero zurückkam.

Seine Mutter saß mit Madeleine im Aufenthaltsraum der Etage. Sie verabschiedeten sich und Madeleine versprach, sich zu melden, wenn Leyla wach war. Als sie aus dem Krankenhaus liefen, stand Deros Vater vor dem Ausgang.

Da brach Dero zusammen. Sein Vater fing ihn auf und Dero weinte aus vollstem Herzen. Sein Vater strich ihm über den Kopf und seine Mutter lächelte dem Vater zu. Ihr Herz war gefüllt mit Wärme und sie spürte, dass alles gut werden würde. Egal, was in ihren Leben geschah und was sich verändert hatte, sie würden eine Familie bleiben. Dero hielt sich an seinem Vater fest. So wie er es jahrelang getan hatte, ohne es zu wissen. Er fand die Stärke, die er immer in sich selbst suchte, in seinem Vater. Und ließ sie zu, ließ zu, dass sein Vater ihn auffing.

Als Dero langsam zur Ruhe kam, stützte sein Vater ihn bis zum Auto. Seine Mutter setzte sich nach hinten und zusammen fuhren sie nach Hause.

»… und sie lebte und sie liebte, wie nie zuvor. Sie war angekommen. Und er hatte es gewusst.«

Leylas Großvater klappte sein Notizbuch zu. Sie öffnete ihre Augen.

»Das war wunderschön. Wer hat das geschrieben?«, fragte sie erschöpft.

»Ich«, sagte er.

»Danke.«

»Wofür, meine Liebe?«

»Für alles. Für alles, was du und Oma all die Jahre für mich getan habt.«

»Nein, danke dir. Du hast uns Freude ins Leben gebracht seit dem Tag, als du geboren wurdest. Und das wirst du auch weiterhin tun«, erwiderte er.

»Opa, darf ich dir was sagen?«

»Ja, aber klar doch.«

»Lass dir nie von jemandem sagen, dass du nicht gut schreibst. Du kennst die schönsten Worte dieser Welt.«

Ihr Großvater grinste.

»Versprochen.«

Sie blieben still. Leyla räusperte sich.

»Opa?«

»Ja?«

»Das ist kein Abschied.«

»Man kann kein Abschied nehmen, wenn man den anderen für immer im Herzen behält«, lächelte er seine Enkelin an.

Leyla räusperte sich erneut, doch die Worte blieben ihr im Hals stecken. Ein Hustenanfall übermannte sie. Ihr Großvater schnellte auf und schrie. Er schrie nach den Ärzten, er schrie nach seiner Frau und er schrie nach dem Leben.

»It's a hole that never closes. It's a dark spot that will never lighten up. It's a missing piece you will never get back. It's a thought that won't leave. It's an unforgettable ache that never disappears. It's a love that will never be forgotten.«

Dero wälzte sich hin und her. Er war ins Bett gefallen und innerhalb von Sekunden eingeschlafen. Aber sein Schlaf war unruhiger denn je. Und als ihr Haustelefon klingelte, war er hellwach. Er schnellte aus dem Bett ins Wohnzimmer. Sein Vater war noch immer da. Er saß auf dem Sofa und blätterte in einer Zeitschrift. Deros Mutter hatte bereits das Telefon abgenommen. Dero beobachtete ihre Mimik und auch sein Vater hob den Kopf. Sie sagten kein Wort, horchten nur. Nach mehreren Okays legte sie auf.

»Wer war das?«, fragte Dero.

»Madeleine. Sie meinte, sie müsse ins Krankenhaus. Sie wollte uns informieren, damit wir uns auf den Weg machen.«

»Mehr hat sie nicht gesagt?«, wurde Dero nervös.

»Mehr wusste sie selbst nicht«, antwortete seine Mutter ruhig.

»Na, dann los«, sagte Deros Vater und stand auf.

Dero rannte in sein Zimmer, zog sich um und erst da schaute er aus dem Zimmer und bemerkte, dass es bereits der nächste Morgen sein musste. Der Himmel war bedeckt und ein Morgentau lag über den Dächern der Nachbarschaft. Er dachte an Phil und die andern, stellte sich vor, wie sie am Strand von Barcelona liegen würden. Er kramte sein Handy aus der alten Hose, die auf dem Boden lag, als er die genaue Uhrzeit sah. Es war halb sieben

Uhr morgens. Er erschrak. Madeleine würde nicht so früh ins Krankenhaus gerufen werden, wenn alles gut war.

Zu dritt stiegen sie in den Lift und fuhren in den Stock, auf dem Leyla lag. Als sich die Lifttüre öffnete, schlug ihnen eine Leere entgegen. Es war still in den Gängen. Dero rannte zu Leylas Zimmer. Doch es war leer. Nun stieg in ihm Angst auf. Wo war sie? Warum war sie nicht in ihrem Zimmer? Er glaubte zu wissen, was los war, aber er konnte dieses Gefühl nicht zulassen. Er rannte an seinen Eltern vorbei zur Schwesternstation. Da saß eine junge, blonde Krankenschwester und tippte was am Computer.

»Wo ist Leyla?«, schrie Dero.

Die Schwester schreckte zusammen und blickte ihn verdattert an.

»Ich rufe Dr. Jensen«, stotterte sie und nahm den Hörer in die Hand.

Dero blieb stehen, bis die Schwester aufgelegt hatte. Er blickte sie starr an, versuchte an ihrem Blick herauszufinden, was los war. Aber sie konzentrierte sich nach dem Telefonat ganz auf ihren Computer. Er hörte eine vertraute Stimme im Gang, die mit seinen Eltern sprach. Madeleine war aufgetaucht. Und mit ihr Herr Mender. Dero entschied, zu ihnen zu gehen. Nochmals schaute er die Krankenschwester eindringlich an.

»Dr. Jensen kommt sofort«, sagte sie und widmete sich wieder dem Computer.

Dero ließ sie in Ruhe und ging zu den anderen, die vor Leylas Zimmer standen.

»Und? War jemand da?«, fragte Deros Mutter.

»Ja, aber eine inkompetente Tusse. Dr. Jensen, wer auch immer das ist, kommt sofort, meinte sie«, erklärte Dero.

Sein Vater stellte sich neben Dero und legte seine Hand auf die Schulter.

»Sie untersuchen sie bestimmt nur«, versuchte er alle zu beruhigen.

Komischerweise übermannte Dero eine Ruhe. Sein ganzer Körper war taub. Er war müde und seine Augen leer.

»Wollen wir uns im Aufenthaltsraum nicht setzen?«, fragte Herr Mender und ging mit Madeleine voraus. Die andern drei hinterher.

Dr. Jensen trat in die Tür und hinter ihm Leylas Großeltern. Dero schaute ihren Großvater fragend an, als er die geröteten Augen sah. Er wusste Bescheid. Er blieb starr sitzen und ließ Dr. Jensen sprechen. Seine Mutter erkannte an Deros Blick, was kommen musste. Sie nahm seine Hand und drückte sie fest. Doch er zog sie zurück.

»Es tut mir sehr leid …«, begann Dr. Jensen.

Dero hörte ein dumpfes Geräusch. Es war Madeleine, die aufschrie und sich in die Arme von Herrn Mender stürzte. Doch er war irgendwo anders. Alles war weit weg. Er hörte die Stimme von Dr. Jensen weitersprechen. Doch er war starr. Das alles konnte nicht wahr sein. Diese Geschichte konnte nicht zu Ende sein. Nicht so. Er hörte etwas wie, dass sie nach ihrem letzten Hustenanfall ins künstliche Koma versetzt werden sollte. Sie jedoch einschlief und nicht mehr erwachte. Sie waren zu spät. Sie waren zu spät. Das ging ihm nicht in den Kopf. Dero verstand nicht, dass Leyla nicht wieder aufwachen würde. Er spürte, wie seine Mutter ihn zu sich zog und ihn fest umarmte und auch den Arm seines Vaters, aber er verharrte in seiner Position.

»Dero? Dero … Dero?«, hörte er von weitem.

Doch er wollte nicht mehr zurückkommen. Nie wieder.

»Leyla, wo gehst du hin?«

»Nach Hause.«

»Aber hier ist dein Zuhause«, flehte Dero und blickte umher. Er stand mitten im Maisfeld, die Sonne brannte ihm ins Gesicht und Leyla lief weiter und weiter aus dem Feld hinaus. Dero versuchte,

ihr hinterher zu laufen, aber er konnte sich nicht bewegen. So blieben ihm nur seine Rufe, seine Bitte, dass sie zurückkommen sollte. Das Maisfeld schien endlos. Plötzlich saß er im Schulzimmer, neben ihm saß Phil und starrte auf ein Blatt vor sich.

»Phil?«

»Psst. Wir dürfen nicht abschreiben, sonst klären wir den Mord nie auf«, zischte Phil und starrte vehement auf das Blatt.

»Wo ist Leyla?«, fragte Dero.

Da war er wieder im Maisfeld. Ganz allein. Er schrie nach Leyla.

Seine Zimmertür wurde aufgerissen. Seine Mutter strich ihm über die verschwitzte Stirn. Er blickte sie verschlafen an.

»Schätzchen, es war nur ein Traum. Du hast nur geträumt«, sagte sie sanft.

Da begriff er, dass es wirklich nur ein Traum war. Denn Leyla war nicht mehr da. Nicht mehr mit ihm im Maisfeld, nirgends mehr.

»Ich wünschte, das wäre es nicht«, flüsterte er und drehte sich von ihr weg.

Zwei Tage vergingen. Und Dero schlief die meiste Zeit. Seine Eltern hatten ihn kaum aus dem Krankenhaus bringen können. Er forderte immer wieder, dass er zu Leyla durfte. Er musste es mit eigenen Augen sehen, er musste sich verabschieden. Ein Abschied, den er niemals nehmen wollte. Leylas Großeltern hatten versucht, Dero zu erreichen, aber er ließ sich jedes Mal entschuldigen. Seine Mutter war am Anschlag. Sie wusste nicht mehr weiter und bat Deros Vater zu Hilfe. Dieser befand sich seit Tagen hauptsächlich in ihrer Wohnung, brachte Dero Essen ans Bett oder versuchte, mit ihm zu sprechen. Er hielt ihn auf dem Laufenden. Dass Marina und die andern noch nichts wussten, dass sie bald nach Hause kamen. Dass Madeleine angerufen und sich nach ihm erkundigt hatte.

Es war um die Mittagszeit und Dero lag hellwach in seinem Bett. Immer wieder spielte er die letzten Tage durch. Versuchte sich jedes Detail von Leylas Gesicht für immer einzuprägen, versuchte ihre Stimme tief in seinem Hirn abzuspeichern. Er konnte sie fast spüren. Dabei legte er die Hand auf die Seite des Bettes, auf der sie schlief, wenn sie bei ihm war. Das Gefühl übermannte ihn, dass sie seine Hand nahm, als die Tür leise aufging. Es war sein Vater mit einem Teller Spaghetti.

»Du solltest etwas essen«, sagte er und legte den Teller auf Deros Nachttisch.

»Ich habe keinen Hunger«, antwortete Dero und verdeckte die Augen, weil durch die Zimmertür Licht hineinströmte.

»Dero, wir wissen, dass dein Leben gerade in tausend Stücke zerbrochen ist. Aber irgendwann musst du beginnen, die Teile wieder zusammenzufügen. Für dich. Für sie. Du holst sie nicht zurück, indem du ihr nachgehst«, traf es sein Vater auf den Punkt.

Dero blickte ihn traurig an.

»Sie war die Liebe meines Lebens. Wie soll ich jemals wieder aufstehen?«

»Ich sage dir nicht, dass es heute oder jetzt geschehen muss. Aber du wirst wieder in Bewegung kommen. Es tut weh und das wird es immer tun, aber eines Tages weißt du mit diesem Schmerz zu leben.«

Dero nickte. Er wusste, dass sein Vater recht hatte, seine rationale Ader verstand diese Worte. Jedoch konnte er sie nicht fühlen. Deros Vater ging zur Tür, drehte sich nochmals um und sagte: »Morgen kommen deine Freunde zurück. Möchtest du dabei sein, wenn Madeleine ihnen die Nachricht überbringt?«

»Das schaffe ich nicht«, begann Dero zu schluchzen.

»Ich kann das nicht. Ich kann das alles nicht«, fiel er tiefer in seine Trauer.

»Ich werde es Madeleine sagen. Aber wenn du die Kraft findest, ruf Leylas Großeltern zurück. Ihr braucht euch jetzt«, sagte er und schloss die Tür hinter sich zu.

Dero weinte für Stunden. Bis er wieder einschlief.

Deros Mutter saß in der Küche, als sie Schritte hörte. Sie blickte zur Tür und erschrak, als sie den bleichen Dero vor sich hatte.

»Schätzchen, du bist aufgestanden«, lächelte sie ihm halbwegs zu.

Dero nickte bloß. Sie goss heißes Wasser, das sie aufgekocht hatte, in eine Tasse, legte einen Teebeutel hinein und streckte sie ihm hin. Er nahm sie entgegen, stellte sie jedoch auf die Anrichte.

»Möchtest du etwas essen? Ich kann dir Kartoffelstock und Fleischbällchen aufwärmen.«

»Nein, danke«, sagte er und lehnte sich erschöpft an den Kühlschrank.

»Ich möchte zu Leyla.«

»Ach, Schatz …«, begann seine Mutter, doch Dero unterbrach sie: »Nein, ich meine nicht so. Ich möchte zu ihr nach Hause. Ich möchte noch einmal in ihr Zimmer. Meinst du ihre Großeltern lassen mich?«, fragte er.

»Aber bestimmt. Ich ruf sie sofort an«, antwortete seine Mutter und lief ins Wohnzimmer zum Haustelefon.

Frisch geduscht und im Jogginganzug fuhren Dero und seine Mutter zu Leylas Großeltern. Als sie den Weg zum Haus hochfuhren, wurde er nervös. Ging es ihren Großeltern vielleicht schlechter als ihm? Fühlten sie auch diese Leere? Und wie würden sie damit umgehen, wenn er vor ihnen stand? Kurz blieben sie im stehenden Auto sitzen und Dero atmete tief durch.

»Bist du soweit?«, fragte seine Mutter und löste ihren Gurt.

Dero nickte und tat es ihr gleich. Gemeinsam schritten sie den Weg zur Haustür hoch. Schon da konnte Dero Leyla riechen. Sein Herz brannte. Er wusste nicht, ob er es aushielt, all ihre Sachen zu sehen, ihr Zuhause, ihr Zimmer, das sie nie wieder brauchen würde. Deros Mutter klingelte an der Tür und wenige Sekunden später stand Leylas Großmutter vor ihnen. Sie sah müde aus. Große Augenringe machten ihr sonst so helles Gesicht grob. Sie ging schnurstracks auf Dero zu und schloss ihn in die Arme.

»Schön, dass ihr da seid, kommt doch herein«, sagte sie zu den beiden.

Deros Mutter drückte sie fest an sich. Deros Mutter, die sonst selbst keine Kraft hatte, versuchte ihre gesammelte Energie der Großmutter zu übergeben. Sie lächelte, aber es war nicht dasselbe Lächeln wie vor einer Woche. Vielleicht würde sie nie wieder so lächeln wie damals. Vielleicht würde für immer eine Trauer mitschwingen.

Sie gingen zu dritt ins Wohnzimmer und setzten sich. Keiner sagte etwas. Aber es war keine unangenehme Ruhe. Als würde gemeinsames Schweigen mehr Kraft bringen.

»Ist Großvater Franz nicht da?«, fragte Dero nach einer Weile.

Er konnte ihn nicht hören. Aber auf dem Weg ins Wohnzimmer hatte er gesehen, dass die Tür zum Lesezimmer geschlossen war, deshalb war er über Großmutters Antwort nicht überrascht.

»Seit Leyla nicht mehr bei uns ist, hat er sich darin vergraben. Er schreibt. Ich weiß nicht was, aber er schreibt und scheint nicht mehr damit aufhören zu wollen. Es ist ein Wunder, wenn er fürs Essen nach draußen kommt.«

»Verstehe«, sagte Dero und kein Wort war je so ehrlich gemeint.

»Sind eure Freunde aus Barcelona zurück?«, fragte Leylas Großmutter.

Dero war mit seinen Gedanken bei Großvater Franz im Lesezimmer. Er hätte gerne gelesen, was er schrieb. Es interessierte ihn, ob es half. Ob es die Lücke füllen konnte, die sie alle spürten. So antwortete Deros Mutter.

»Madeleine wird sie am Flughafen abfangen.«

»Oh«, erwiderte Leylas Oma.

»Willst du in ihr Zimmer?«, fragte sie, als sie Deros Blick zur Treppe einfing.

»Ich weiß nicht«, gestand er. Er wusste nicht, ob er bereit war. Nirgends würde er ihre Nähe mehr spüren. Und zu wissen, dass diese Nähe nicht mehr existierte, machte ihm Angst.

»Wie du möchtest. Wir haben alles so gelassen, wie es war. Ich habe es noch nicht geschafft, da hinein zu gehen«, öffnete Leylas Großmutter ihr Herz.

»Das ist verständlich«, beruhigte sie Katrin.

»Wo ist Mauro?«, fragte Großmutter, um das Thema zu wechseln.

»Er muss arbeiten. Er hat fast eine Woche bei der Arbeit gefehlt.«

»Es ist wunderbar zu sehen, dass ihr euch noch so gut versteht. Und dass er sich so um seinen Sohn kümmert.«

»Ja …«, bestätigte Deros Mutter und knetete dabei Deros Bein.

Sie war dankbar, dass ihr Exmann sich einsetzte, für Dero da war und Dero ihn endlich an seinem Leben teilnehmen ließ. Sie mussten jetzt zusammenhalten.

Als es an der Tür klingelte, waren alle überrascht. Leylas Großmutter ging zur Tür und kam mit einem weiteren Besuch zurück. Madeleine. Deros Mutter stand auf und umarmte sie herzlich. Die Zeit im Krankenhaus hatte sie alle zusammengeschweißt.

»Warst du bereits am Flughafen?«, fragte Leylas Großmutter.

»Nein, sie kommen erst gegen Abend an. Ich wollte bei euch nach dem Rechten sehen. Hat Opa Franz gegessen?«

»Ein Stück von meinem Marmorkuchen. Dem kann er nicht widerstehen. Es hat noch, falls ihr möchtet«, sagte sie und schaute in die Runde.

Alle schüttelten den Kopf und Madeleine setzte sich zu Großmutter aufs Sofa. Sie blickte zu Dero, der mit seinen Gedanken weggetreten war.

»Dero …«, begann sie.

Er schaute in ihre Richtung, traute sich jedoch nicht, in ihre Augen zu blicken.

»Dero. Wir haben die Ergebnisse. Eure ganze Klasse hat bestanden«, sagte sie und versuchte aufmunternd zu klingen.

Die Augen von Deros Mutter glänzten.

»Oh, schön. Das ist doch eine gute Nachricht«, sagte sie und drückte Dero kurz an sich.

Dass er bestanden hatte, war Leylas Verdienst, und bei diesem Gedanken zerriss es ihm das Herz. Doch Madeleine gab ihm keine Zeit, um zu reagieren.

»Dero. Es geht noch weiter. Leyla war Jahrgangsbeste. Bei der Abschlussfeier hätte sie deshalb eine Rede halten können. Ich habe mit dem Schulleiter gesprochen und auch mit Leylas Großeltern«, sie blickte zur Bestätigung zu Leylas Großmutter und diese nickte ihr zu.

»Wir dachten uns, dass wir bei der Abschlussfeier einen Tribut an Leyla richten. Es wäre schön, wenn du für Leyla an ihrer Stelle eine Rede halten würdest«, beendete sie ihr Anliegen.

Nun war Dero voll da. Er schaute in die Runde und erntete drei erwartende, aufmunternde Blicke.

»Was? Was sollte ich da sagen?«, fragte er abweisend.

»Was du möchtest. Du kannst über die vergangenen Jahre sprechen, du kannst deinen Mitschülern Glück für die Zukunft wünschen. Es wäre aber auch schön, wenn du ein paar Worte zu Leyla findest«, erklärte Madeleine.

Leylas Großmutter schaltete sich ein. Sie merkte, dass Dero abgeneigt war. Doch sie wusste, dass Leyla diese Idee wunderschön gefunden hätte.

»Dero. Du musst es nicht tun, wenn du nicht willst. Leyla war keine große Rednerin. Aber es wäre schöner, wenn du deinen Mitschülern etwas von ihr erzählst, als irgendjemand anders. Du würdest das wunderbar machen, davon sind wir alle überzeugt.«

»Ich muss darüber nachdenken«, sagte er, stand auf und lief die Treppe hoch zu Leylas Zimmer.

Vor der Zimmertür blieb er stehen. Sie war geschlossen. Für einen kurzen Moment hoffte er, dass Leyla in ihrem Zimmer auf dem Bett lag, ihn angrinsen würde und alles nur ein Scherz war. Doch er wusste genauso gut, wie er sich solche Träume ausmalen konnte, dass sie nicht Realität waren. Dero legte die Hand auf die Klinke. Er zögerte und öffnete dann die Tür mit einem Ruck. Der Duft, der ihm so vertraut war, den er die letzten Tage so vermisst hatte, schlug ihm entgegen. Dero geriet in Atemnot. Sein Herz raste und er konnte kaum auf seinen Beinen stehen. Schnell setzte er sich auf ihr Bett. Fuhr mit den Händen über die weiche Decke und all die Erinnerungen überschlugen sich. Wie sie ihm während des Schlafes die Bettdecke geklaut hatte, wie sie den ganzen Platz für sich einnahm und ihn dabei manchmal schlug oder ihm einen Tritt gab. Wie Leyla in einem Buch las und Dero das Licht beim Einschlafen störte. Wie sie dann begann vorzulesen, weil ihre Stimme ihn beruhigte. Tränen schossen in seine Augen.

»Leyla …«, schluchzte er.

Als er aufschaute, sah er Leylas Großmutter in der Tür stehen. Doch er konnte die Tränen nicht mehr zurückhalten. Sie flossen wie ein Wasserfall über sein Gesicht. Großmutter Elisa setzte sich zu ihm aufs Bett und nahm ihn fest in den Arm.

»Sie hat dich geliebt, Dero. Das tat sie«, sagte sie und schluckte schwer.

Auch ihr standen die Tränen in den Augen. Dero drehte sich zu ihr und umarmte sie zurück.

»Es tut mir so leid«, flüsterte er. »Ich wünschte, ich könnte mit ihr tauschen. Dann müsstet ihr das nicht erleben.«

Leylas Großmutter drückte ihn erschrocken von sich weg.

»Nein, Dero. Sowas darfst du nicht denken. Damals, als meine Tochter starb, dachte ich, das sei das Ende der Welt. Ich hatte dieselben Gedanken – warum sie, warum nicht ich? Doch Leyla hat uns zurück ins Leben gebracht. Wir hatten plötzlich diesen Teenager in unserem Haus. Ein ganz neues Leben begann. Ein wunderbares. Dass ich meine Tochter und Leylas Vater vermisst habe, änderte sich nie. Aber das Leben musste weitergehen. Für Leyla. Wieso man uns jetzt auch Leyla genommen hat, werden wir nie verstehen. Aber Dero, das Leben muss weiter gehen. Für Leyla.« Dero schaute ihr traurig in die Augen.

»Aber wie?«

»Das weiß man zu Anfang nie. Es wird nicht einfach. Für uns

alle nicht. Aber gemeinsam können wir einander helfen, es herauszufinden. Wir sind eine Familie. Wir sind für dich da, wir sind alle füreinander da.«

Und zum ersten Mal seit langer Zeit fühlte Dero eine Stärke. Er dachte an seinen Vater, der zurück in seinem Leben war. Er dachte an Madeleine, die sich um ihn und seine Mutter kümmerte, und an Leylas Großeltern, die in diesem Moment auch zu seinen wurden. Er kannte das Gefühl nicht, eine grosse Familie zu haben und nun war es das Einzige, was ihm Mut machte.

»Ich werde die Rede halten«, sagte er.

Leylas Großmutter ließ ihn los und lächelte ein wenig.

»Das ist schön, Dero.«

Sie stand auf und ging zur Tür.

»Kommst du?«, fragte sie und kannte die Antwort bereits:

»Ich bleibe noch ein wenig.«

Dero streifte durchs Zimmer. Betrachtete Leylas Büchergestell zum x-ten Mal, fuhr mit den Fingern über die Bilder, die an ihren Wänden hingen. Er hatte sich an ihren Schreibtisch gesetzt und die Schulbücher vor sich hingelegt, als er zwischen dem Mathe- und Biologiebuch einen Brief fand. Vorsichtig zog er ihn hervor. Er atmete tief ein und schnell aus, bevor er die Blätter auseinander faltete. Es war kein Brief. Als Titel stand oben: Falls ich die Abschlussrede halten muss. Dero blieb die Spucke weg. Das passte nicht zu Leyla. Sie mochte es nicht, zu schreiben, und sie würde nie davon ausgehen, dass sie Abschlussbeste war. Er begann die Rede zu lesen. Und endlich hörte er ihre Stimme wieder. Es waren ihre Worte, ehrlich und unsicher. Dero konnte sie vor sich sehen, wie sie jedes Wort mit Vorsicht gewählt hatte, wie sie an alle dachte, an die Schüler, an die Lehrer, an die Familien. Er spürte, wie nervös sie gewesen sein musste, als sie diese Zeilen verfasste. So wie sie sich auf ihre Zukunft vorbereitet hatte, hatte sie es auch für diese mögliche Rede getan. Dero lächelte, es war doch typisch Leyla. Als er die Rede fertiggelesen hatte, faltete er die Blätter zusammen und steckte sie in seine Hosentasche. Er würde sie noch brauchen. Danach hinterließ er das Zimmer, wie es vor seinem Besuch gewesen war und ging zurück zu den anderen.

Madeleine war aufgestanden und wartete nur auf Dero, um sich zu verabschieden. Sie war bleich. Es würde das Schwerste werden, was sie je in ihrem Leben tun musste. Jungen Menschen mitzuteilen, dass ihre gute Freundin nicht mehr lebte und sie nicht da waren, während es geschah, zerfrass jede Hoffnung auf eine leichte Reaktion. Dero drückte sie fest. Auch seine Mutter nahm Madeleine stärkend in den Arm. Madeleine wollte bereits aus der Tür gehen, als Dero ihr nachrief: »Warte. Ich komme mit.«

Madeleine schaute ihn erstaunt an.

»Dero, das musst du nicht. Ich schaffe das schon«, versuchte sie ihn vor den Schmerzen zu bewahren.

»Nein, du musst das nicht allein machen. Es sind meine Freunde. Sie brauchen mich. Und du auch«, sagte er bestimmend.

Auf Madeleines Gesicht machte sich ein leichtes Lächeln breit. Sie nickte ihm zu und Dero verabschiedete sich von seiner Mutter und Großmutter Elisa.

Da standen sie nun bei der Ankunft 1 und warteten, bis Marina und die andern mit ihrem Gepäck durch die Schiebetür kamen. Madeleine kaute auf ihren Nägel herum und Dero wusste nicht, wohin mit seinen Händen. Sie waren traurig, nervös und sprachen kein Wort. Als plötzlich jemand laut nach Madeleine rief. Es war Herr Mender. Schluchzend fiel ihm Madeleine um den Hals. Schnell beruhigte sie sich wieder, weil sie befürchtete, dass die andern genau in diesem Moment rauskommen würden. Herr Mender drehte sich zu Dero und sagte: »Ich glaube, es ist jetzt Zeit, sich zu duzen. Ich bin Martin.«

Dero streckte ihm anständig die Hand hin.

»Hey Martin.«

Dieser drückte die Hand fest und zog Dero kurz an sich, um ihn männlich zu drücken. Danach legte er den Arm um Madeleine. Das erste Mal hatte sie die Hoffnung, dass alles gutgehen würde. Auch in ihr machte sich das Gefühl breit, dass sie sich zu einer großen Familie vereinten. Und Martin war ein Teil davon. Sie blickte an die Decke und dachte dabei an Leyla und ihre Eltern. Sie bat um Kraft. *Ich weiß nicht, warum ihr gehen musstet, und ich werde es nie verstehen, aber ihr seid wieder zusammen. Ihr seid da oben und schaut auf eure Familie. Wir sind eure Familie und wir werden euch für ewig in unseren Herzen tragen.* Der Gedanke endete und sie hörte vertrautes Gegröle. Sie waren da.

Sharon, Sebastian und Phil liefen voraus. Phil war dabei, die Typen nachzuäffen, die am Strand von Barcelona Bier und Kokosstücke verkaufen wollten oder Massagen anboten.

»Massaacheee, Massaaacheee«, rief er in einer höheren Tonlage.

Sharon hielt sich den Bauch vor Lachen, als Marina von hinten Dero und Madeleine entdeckte.

»Heeey. Wir sind wieder daaaa!«, lachte sie, bis sie Deros Blick bemerkte.

Die vier liefen schnell zu den drei Wartenden. Alle hatten sofort begriffen, dass etwas nicht stimmen konnte.

»Wie geht es Leyla?«, fragte Mari sofort.

Martin ergriff das Wort und forderte alle auf, an einen ruhigeren Ort zu gehen.

»NEIN! Was ist mit Leyla?«, schrie Marina verzweifelt.

Auch die anderen drei verschränkten die Arme und schauten von Dero zu Madeleine, zu Martin und wieder zurück. Niemand sagte ein Wort, bis Martin erneut das Wort ergriff: »Lasst uns da zu den Bänken gehen. Dann können wir uns setzen.«

Ihm war bewusst, dass sie nicht mehr warten würden. Also mussten sie einen Notfallplatz wählen, wo nicht so viele Menschen waren und der Warteplatz für die Ankommenden fast leer war.

Am liebsten wäre Dero fortgerannt. Was hatte er sich dabei gedacht? In Marinas Augen zu schauen war so qualvoll, dass sich sein gesammelter Mut in Luft auflöste. Er wollte in sein Bett, alles vergessen, der Leere ihren Platz zurückgeben. Er konnte das nicht. Er konnte ihnen nicht sagen, dass sie ihre Freundin nie wieder sehen würden. Die vier saßen ihnen gegenüber und warteten auf eine Erklärung. Madeleine räusperte sich und versuchte sich an die Worte von Dr. Jensen zu erinnern.

»Leyla hatte am Tag eurer Abreise einen schlimmen Hustenanfall. Sie beruhigte sich wieder, aber die Ärzte entschieden sich, sie in ein künstliches Koma zu versetzen. Soweit kam es jedoch nicht …«

Sie pausierte kurz, schluckte ihre aufsteigenden Tränen hinunter.

»She's dead, isn't she?«, fand Sharon als Einzige Worte für das, was niemand auszusprechen wagte.

Sebastian hielt ihre Hand fest und kämpfte dagegen an, zu weinen. Madeleine nickte und Martin wollte das Wort erfassen, als Marina sich von Phil wegriss und davonrannte. Sie blickten sich alle erschrocken an. Dero schaltete auf Krisenmodus und lief Mari hinterher.

Er entdeckte sie draußen bei den Taxiständen. Sie hatte sich in eine Ecke gedrückt und starrte ins Leere.

»Marina …«, sagte Dero außer Atem.

Doch sie reagierte nicht. Dero traute sich nicht, sie anzufassen.

»Mari …«, begann er nochmals.

Er wusste nicht, was er sagen sollte. Er wusste nur, wie sie sich fühlte.

»Sie ist tot. Leyla ist tot. Tot. Einfach tot«, blabberte Marina vor sich hin.

Sie war wie weggetreten und mit jedem »tot« stach es in Deros Herz. Niemand hatte diese Worte bis jetzt in den Mund genommen.

»Und ich war nicht da.«

Mit diesen Worten holte sie Dero aus seiner Trauer zurück. Es war keine Zeit für ihn, er war Marina nicht hinterhergerannt, um sein Leid zu teilen, sondern um Mari zu unterstützen. Er konnte sich vorstellen, wie schwer es sein musste, nicht da gewesen zu sein. Es zerriss ihm beinahe das Herz, dass er zuhause gewesen war und nicht bei Leyla im Krankenhaus. Aber die Vorstellung, meilenweit weg gewesen zu sein und nichts davon zu erfahren, musste Marina aus der Bahn werfen.

Marina begann zu weinen. Sie heulte sich die Seele aus dem Leib und immer wieder schrie sie, dass sie nicht da war. Sie war einfach nicht da. Dero packte sie an den Schultern.

»Marina. Es ist nicht deine Schuld. Verstehst du? Sie ist nicht gestorben, weil du in Barcelona warst. Ich weiß nicht, warum sie gehen musste. Das verstehen wir alle nicht. Aber wir müssen da jetzt zusammen durch. Wir haben noch die Chance, füreinander da zu sein.«

Marina blickte ihn an.

»Ich war nicht für sie da. Ich hätte da sein müssen.«

Dero nahm sie in den Arm.

»Leyla hat mir mal eure Geschichte erzählt. Glaube mir, du warst da. Du warst immer da.«

»Wie schaffst du es, nicht am Boden zerstört zu sein?«, fragte sie mit gebrochener Stimme.

»Ich weiß nicht, vielleicht bin ich in einem Schockzustand. Aber vielleicht ist es auch ihretwegen. Schließlich hat sie mir beigebracht, dass das Leben zu kurz ist, dass man die Momente genießen muss. Die schlimmen Zeiten werden noch kommen, aber ich weiß, dass sie das nicht gewollt hätte. Sie war die Liebe meines Lebens. Ich hatte das Glück, die Liebe meines Lebens kennengelernt zu haben.«

Dero verlor seine Stimme.

»Sie hat dich geliebt. Wirklich. So etwas, wie ihr hattet, habe ich noch nie gesehen«, nahm Marina Deros Verständnis an.

Marina legte den Kopf an Deros Brust und weinte leise weiter.

»Wir sind da. Wir sind alle füreinander da«, flüsterte er.

Ob er es zu Marina sagte oder zu sich selbst, war nicht wichtig.

Alle zusammen saßen sie noch Stunden am Flughafen. Keiner wollte aufbrechen, keiner wollte nach Hause und allein sein. So blieben sie. Martin holte für sie alle Getränke und Sandwiches. Niemand hatte Hunger. Sie sprachen über Leyla, erzählten sich Anekdoten, versuchten alle Erinnerungen an Leyla aufrechtzuerhalten. Irgendwann kam Marinas Mutter dazu, dann Sharons Eltern und auch Phils Mutter. Alle saßen sie am Flughafen und versuchten, der Trauer Raum zu geben.

»Ich werde nie wieder in die Ferien fliegen können«, sagte Phil irgendwann.

»Ich weiß, was du meinst«, meinte Sebastian.

»Morgen ist die Abschlussfeier«, sagte Phil und stellte damit indirekt die Frage, ob sie gehen würden.

»Und da werdet ihr alle auftauchen.«

Alle drehten sich um. Großmutter Elisa stand vor ihnen und neben ihr Deros Mutter. Marina riss sich aus den Armen ihrer Mutter und ging auf sie zu. Leylas Großmutter nahm sie fest in den Arm und Katrin lächelte sanft.

»Morgen werden wir Abschied nehmen. Ein neues Leben beginnt für euch alle. Es wird kein einfacher Neuanfang, aber für Leyla müsst ihr es versuchen. Sie lebt in euch allen weiter«, sagte Großmutter Elisa mit starker Stimme.

Dero war erstaunt, wie viel Kraft in dieser Frau steckte. Er hatte großen Respekt und entschied, sie zu unterstützen.

»Ich werde eine Rede halten. Ich brauche euch dort«, sagte er.

Sharon begann erneut zu weinen. Sebastian strich ihr über den Kopf.

»Großmutter Elisa hat recht. Morgen ist Leylas Tag. Und wir werden ihn in Ehren halten«, sagte er und erhielt bestätigende Blicke von allen Seiten.

»I can feel my heart beating with the music and even if it's racing I don't care. Enjoy the moment when it runs through your blood and shakes up your whole body.

Can you feel this flash? Can you feel the bass in your chest? How it takes you out of this world? Take this trip, it's a one way ticket. Trying to never come down again.

I'll meet you one day in the skies.«

Der Schulhof war gefüllt mit Leuten. Alle waren elegant gekleidet. In Grüppchen standen die Absolventen mit ihren Familien zusammen. Es wurde gelacht, gequatscht und gratuliert. Nur eine Gruppe stand schweigend beieinander. Marina und ihre Mutter zupften einander an den Kleidern herum, Dero wippte nervös zwischen seinen Eltern hin und her, immer wieder griff er nach Leylas Rede in seiner Hosentasche. Die Blätter waren bereits zerknittert, als Sebastian mit seinen Eltern dazustieß. Sie begrüßten alle und Sharons Eltern gingen auf sie zu und stellten sich vor, als Sebastian sich räusperte.

»Ich habe an announcement zu machen«, sagte er ernst und Sharon schaute ihn erstaunt an.

Alle Blicke waren auf ihn gerichtet und er versuchte die richtigen Worte zu finden.

»Wir befinden uns in einer schwierigen Zeit. Doch etwas wurde mir bewusst. Es war seit längerem in meinem Kopf, aber wenn man merkt, dass das Leben zu kurz ist und man es mit den Menschen, die man liebt, geniessen sollte, verschwinden alle Zweifel …«

Sebastians Vater legte die Hand auf seine Schulter, er wusste, was kommen würde, und Sebastian fuhr fort.

»Ich werde mit Sharon nach Boston gehen«, eröffnete er die Neuigkeit.

Sharon schossen sofort die Tränen in die Augen. Sie ging auf Sebastian zu. Er nahm sie fest in die Arme und sagte: »We stay together. I'd never let you go without me.«

Alle waren berührt von dieser Ansage und für einen kurzen Moment waren sie so von Liebe erfüllt, dass sie ein leichtes Lächeln auf den Lippen trugen. Phil stellte sich neben Mari und nahm ihre Hand in seine. Sie lächelte ihn von der Seite an und drückte seine Hand.

»Wir werden grade sehr kitschig. Wenn man bedenkt, in welcher Situation wir uns befinden«, sagte sie.

Einige von ihnen verloren das Lächeln und andere versuchten, ihr ermunternde Blicke zu schenken.

»Ich denke, es ist Zeit anzustoßen«, meinte Deros Vater und machte sich mit Katrin auf den Weg, um Proseccogläser für alle zu holen. Als sie zurückkamen, nahm sich jeder ein Glas und sie bildeten einen Kreis und streckten die Gläser in die Mitte.

»Worauf stoßen wir an?«, fragte Marinas Mutter.

Deros Mutter begann.

»Auf die Zukunft unserer Kinder.«

»Auf das Ende und den Anfang«, fuhr Deros Vater fort.

»Auf die, die hier sein sollten, und die, die hier sind«, stimmte Sebastians Vater mit ein.

»To love«, sagte Sharons Mutter und zwinkerte ihrer Tochter zu.

»Auf Familie und Freunde«, fuhr Phil fort.

»Auf Leyla«, machte Dero das Ende.

Die Gläser klirrten. Dero und seine Freunde schauten in den

Himmel, die Tränen waren nah. Sie verloren sich in ihrer eigenen Welt, in der Leyla noch da war.

Kurz darauf lief jemand durch die Grüppchen auf dem Schulhof und schickte sie in die Aula. Es war soweit. Die Abschlussfeier sollte beginnen. Dero blieb wie angewurzelt stehen. Seine Eltern blieben bei ihm. Alle andern liefen los, bis Marina zurückschaute und sah, dass sich Dero noch immer nicht bewegte. Sie ging zurück und nahm Dero in den Arm.

»Dero, wir schaffen das. Wir müssen. Du schaffst das. Hörst du? Du schaffst das alles«, flüsterte sie ihm ins Ohr.

Er drückte fest zu.

»Du auch. Du auch …«, sagte er zurück und vergrub die Hände in den Hosentaschen.

Sie setzten sich in Bewegung, als Deros Mutter von weitem Leylas Großeltern mit Madeleine und Martin entdeckte. Sie gab Dero ein Zeichen und gemeinsam warteten sie auf die vier. Leylas Großvater sah müde aus. Er hatte einen schwarzen Anzug an, ein weißes Hemd mit schwarzer Krawatte. Wären seine Haare nicht zerzaust gewesen, hätten nur seine Augenringe von der Trauer erzählt.

»Schön, dass ihr gekommen seid«, begrüßte Deros Mutter die Großeltern. Großvater Franz nickte bloß. Dero stellte sich an die Seite des Großvaters und lief mit ihm los.

»Fühlt sich mehr nach einer Beerdigung an als einer Abschlussfeier, mmh?«, waren Opa Franz' erste Worte.

»Dann können wir den Anzug immerhin zwei Mal anziehen«, versuchte Dero dem Großvater ein Lächeln abzugewinnen.

Und es funktionierte. Er hakte sich bei Dero unter und sagte als wäre es ein Geheimnis: »Leylas Vater war ein toller Mann. Genau wie du. Ich möchte nur, dass du weißt, dass ich dankbar dafür bin, was du heute tust. Wir sind nicht nur wegen Leyla hier. Wir sind auch für dich da. Du gehörst seit geraumer Zeit nun zu unserer Familie.«

Dero schnürte es die Kehle zu. Er konnte nichts erwidern, also drückte er den Arm des Großvaters etwas fester.

Langsam fanden sich alle in der Aula ein. Sie war rappelvoll. Die Schüler und Familien saßen getrennt. Dero saß neben Marina am Ende der Reihe. Die Feier begann. Der Schulleiter begrüßte alle und stellte das Programm vor. Nach jedem Redner, jedem Musikstück der Schulband wurde Dero nervöser. Und als Madeleine auf die Bühne ging, hielt er es kaum aus. Seine Beine wollten ihn zum Rennen zwingen. Doch Marina fasste ihn am Arm.

»Für Leyla.«

»Für Leyla«, erwiderte Dero und stand auf.

»Es gibt jemanden, der heute und hier als Abschlussbeste eine Rede hätte halten sollen. Zu unser aller Trauer ist diese junge, wundervolle Dame nicht mehr unter uns. Wir haben schreckliche Tage hinter uns und noch viele vor uns. Doch heute wollen wir nicht traurig sein, das hätte sie nicht gewollt. An ihrer Stelle wird ihre erste und große Liebe einige Worte an sie richten. Sandero Mansaro. Ein smarter, junger Mann, der eine blühende Zukunft vor sich hat und mit Stärke nun vor sie tritt.«

Das war Deros Stichwort. Er ging an der sitzenden Menge vorbei. Jeder Schritt näher zur Bühne und zum Rednerpult wurde schwerer. Dero hatte kaum Kraft, die letzten Stufen hinaufzugehen. In seinem Kopf hallten Marinas Worte nach. *Für Leyla. Für Leyla.* Er spürte plötzlich eine Kraft, die ihn vorantrieb. Es fühlte sich an, als wäre Leyla neben ihm. Dero schaute

Oben angekommen betrachtete er das Publikum. Er konnte vor Bäumen den Wald nicht sehen und suchte die Menge nach Leyla ab. Die Zuhörer wurden unruhig, blieben aber schweigend. Dero atmete durch. Es war soweit. Madeleine stand etwas hinter ihm und er war froh, dass er nicht alleine da oben war.

»Liebe Absolventen, liebe Lehrkräfte, liebe Familie, Verwandte und Freunde. Heute stehen wir an einer Kreuzung. Alle zusammen, es gibt keinen Weg zurück. Die einen gehen rechts, die anderen links, doch wir alle bewegen uns. Und Bewegung ist Leben. Vier Jahre lang haben wir unser Leben hier in diesen Gebäuden verbracht. Haben gelernt, gelacht und geschwitzt …«

Dero stockte. Es fühlte sich nicht richtig an. Vielleicht hätte er erwähnen sollen, dass … Er schaute ins Publikum. Alle Augen waren ermunternd auf ihn gerichtet. Alle lächelten mitleidig. Außer seiner Mutter. Sie schüttelte den Kopf. Wieso schüttelte sie den Kopf? Da wusste er, was er tun musste.

»Vor wenigen Tagen starb meine große Liebe. Leyla.«

Die Zuschauer erstarrten. Seine Mutter lächelte.

»Diese Rede, die ich begonnen habe, stammt von ihr. Sie hätte hier stehen müssen, hätte euch diese Worte schenken sollen. Doch das ist sie nicht. Aber was ist es an mir, ihre Worte zu gebrauchen? Was sind Worte überhaupt? Sie werden gewählt, für solche Reden, fein, säuberlich. Aber was meine Familie und meine Freunde in den letzten Tagen erlebt haben, kann man nicht in Worte fassen. Wisst ihr was? Ich brauche keine Rede. Ich möchte euch nicht erzählen, was ihr alles schon wisst. Wir alle hatten vier oder manche fünf Jahre mit Stress, Freunden, Problemen und Freuden. Und nun schickt man uns in die Welt hinaus.«

Dero kam vom Rednerpult hervor. Da stand er. Groß und stark. Und er wusste, dass er etwas zu sagen hatte.

»Leyla war der schönste Mensch, den ich kennenlernen durfte. Ein Jahr lang haben wir Stunden im selben Zimmer verbracht und kein Wort miteinander gewechselt. Und doch brauchte es nur einen Tag, um unser beider Leben zu verändern.« Dero räusperte sich.

»Viele, die hier sitzen, kennen mich nicht. Manche kennen meinen Namen, mein Alter, vielleicht in welche Klasse ich ging. Den Rest habe ich gelernt, zu verschweigen. Ich kann euch heute nicht sagen, warum ich das tat. Aber wir tun vieles, das wir nicht erklären können. Mein Leben war nicht einfach. Aber was erzähle ich euch? Jeder hat sein Päckchen zu tragen, was ist es, meines als schwerer zu sehen als eures? Es sitzen hier Menschen, die ohne Vater aufgewachsen sind oder in einem Land leben, das weit weg von der Heimat ist. Es sitzen jene hier, die ihre Kinder zu früh verloren oder mit Krankheiten zu leben haben und trotzdem mehr für ihre Familien tun, als sie Kraft dazu hätten. Aber ich drifte ab …«

Er schaute zu seiner Mutter, die ihn liebevoll anlächelte. Sie sah, was in ihm geschah. Es war etwas, was sie sich für ihn wünschte. Dass er sich öffnen konnte. Den Menschen, der Welt gegenüber, um zu erkennen, was für ihn Glück bedeuten könnte. Dero schweifte mit dem Blick zu Madeleine, die ihm zunickte, damit er fortfuhr. Sie hatte Tränen in den Augen. Sie fühlte dasselbe, wie die Meisten im Raum. Es legte sich eine Stimmung der Dankbarkeit und Liebe über den gefüllten Saal.

Er lief zurück hinter das Rednerpult, hielt sich daran fest. Die Worte kamen in Wellen und es gab kein Zurück mehr, er musste sie alle loswerden.

»Ich war verloren. In einer Wut, einer Verschwiegenheit. Nichts kam mir nahe. Ich hatte gelernt, alles auszuschließen. Aber so geht das nicht. Wir leben. Wir erleben Schönes und Trauriges. Wir liegen am Boden, wir stehen wieder auf. Und irgendwann lernen wir zu fliegen.

Ich habe nicht an die Liebe geglaubt. Ich habe nicht nach ihr gesucht. Die Liebe hat mich gefunden. So lange war sie da und ich habe sie nicht gesehen. Ich weiß nicht, warum meine Augen sich öffneten, warum ich sie nicht mehr ignorieren konnte. Und doch. Doch, ich weiß es, es war Leyla. Sie hat mir die Welt gezeigt.

Bei allem, was wir uns fragen, woher wir kommen, wohin wir gehen. Solange wir mit offenen Augen lieben, kann uns nichts mehr so leicht zu Boden werfen. Es ist nicht wichtig, ob wir in unserem Beruf erfolgreich werden, ob wir hier mit guten Noten abgeschlossen haben. Nein, das sind Dinge, die uns zwar begleiten, aber nicht erfüllen werden. Die Familie, Freunde, Menschen, die dein Leben kreuzen, dich lieben und akzeptieren, so wie du bist.«

Dero atmete tief durch und ein Lächeln breitete sich auf seinem Gesicht aus.

»Als ich Leyla davon überzeugen musste, dass sie meine Freundin werden sollte, habe ich geschworen, dass das meine einzige, kitschige Rede sein würde. Doch ich merke gerade, dass Leyla mich hier und heute zu einer viel größeren Rede gebracht hat. Sie war diejenige, die sich mit Romantik auskannte. Sie hat die Liebe überall gesucht. Nachdem sie dachte, sie hätte sie verloren, als ihr Leben sich änderte, als sie so jung war. Da suchte sie sie in der Literatur. Versuchte, durch Shakespeare zu verstehen, was Liebe ist. Was ihr so sehr fehlte. Sie fühlte sich leer. So wie ich jetzt.«

Dero schluckte schwer, als Madeleine näher zu ihm trat und die Hand auf seine Schulter legte.

Die Tränen schossen in seine Augen. Doch er war nicht fertig. Dero schaute zu Leylas Großeltern, die sich mit einem Taschentuch die feuchten Augen trockenwischten. Seine Mutter hielt Großmutter Elisas Hand. Da saß seine Familie. Für sie wollte er weiter sprechen. Für sie würde er weitermachen, das Leben annehmen und mit Leyla im Herzen fühlte er sich nicht alleine.

»Es geht um die Liebe. In uns, um uns und mit wem wir sie leben. Leyla hat mir meine Familie zurückgebracht. Sie hat meine Familie vergrößert. Dass sie nun bei ihren Eltern ist, gibt mir ein wenig Trost. Dass wir die Liebe kennenlernen durften, das spendet mir Mut. Sie hat gelebt, sie hat geliebt und sie wird ewig geliebt werden. Egal, an was wir glauben, wonach wir streben, worin wir einen Sinn erkennen. Ich stehe heute hier, mit einem gebrochenen Herzen, mit einer Trauer, die jeden Sinn zerstören könnte. Aber ich schaue in die Augen meiner Eltern, meiner neuen Großeltern, meiner gewonnenen Tante und Freunde, und sehe Liebe. Ich sehe das Licht am Ende des Tunnels. Und Leyla ist der hellste Stern, der mich endlich nach Hause brachte.«

Dero schritt von der Bühne. Die Leute in der Aula wussten nicht, ob sie klatschten sollten, als hinter Dero auf einer Leinwand ein Bild von Leyla erschien. Sie lächelte. Auf dem Weg zu seinem Platz, während alle anderen die Tränen von den Wangen wischten, gab Marina Dero das Zeichen, das er sich umdrehen sollte. Er erstarrte, als er es tat. Dero blickte in Leylas wunderschönes Gesicht.

»Ich werde dich immer lieben«, flüsterte er, drehte sich weg und entschied, nach draußen zu gehen.

Es regnete. Es war der erste, richtige Sommerregen. Im Schutz des Vordaches blieb Dero stehen, als er neben sich eine Anwesenheit spürte. Er schaute zur Seite. Dann auf die andere. Links von ihm stand Marina, auf der rechten seine Mutter. Da fühlte er hinter sich seinen Vater. Leylas Großeltern, Madeleine und Martin, Sharon stellte sich mit Sebastian und Phil neben Marina. Alle standen sie beisammen, die Köpfe Richtung Himmel. Ihre Augen waren geschlossen.

»Es gibt in jeglichem Leben harte Schläge, wie es in jeglichem Sommer Gewitter gibt, und je schöner der Sommer ist, umso mächtiger donnern die einzelnen Gewitter über die Erde«, brach Leylas Großvater das Schweigen.

»Das ist von Gotthelf, nicht wahr?«, fragte Deros Vater.

Opa Franz nickte.

Dero wagte den Schritt in den Regen hinaus. Es donnerte und er sah die Blitze ganz nah. Es war das Licht in der Ferne, das ihn darauf vertrauen ließ, dass der Sommer erst begann.

Epilog

»Hast du das geschrieben, Opa?«

»Nein, meine Kleine, das war ein anderer Mann, einer der extra für so wunderbare, kleine Wesen, wie du es bist, Bücher geschrieben hat.«

»Liest du mir von dir etwas vor?«

»Wenn du etwas größer und älter bist, gerne«, lächelte Großvater Franz.

»Wenn ich groß bin, will ich auch schreiben, so wie du.«

»Das ist wunderbar. Aber weißt du, ich habe sehr lange gebraucht, bis ich so schreiben konnte, dass die Leute es lesen wollten. Du hast also noch viel Zeit. Kannst du denn deinen Namen bereits schreiben?«

»Ja, Papa hat es mir beigebracht. Weil, weißt du, Tina kann das auch schon.«

»Siehst du, du wirst eine tolle Schriftstellerin. In deinem Alter konnte ich das nämlich noch nicht.«

Damit erntete er ein großes Lächeln. Ein Lächeln, das sein Herz jedes Mal höherschlagen ließ. Ein Lächeln, das ihm so vertraut war und ihm ein Glück schenkte, das er längst verloren geglaubt hatte.

Als die Tür zum Lesezimmer aufging, guckten beide vom Buch hoch.

»Leyla, verabschiede dich von deinem Opa. Wir lassen den alten Leuten etwas Ruhe, okay?«, grinste Dero Opa Franz an.

»Ihr geht schon?«, fragte dieser und ließ seine Urenkelin vom Schoß hüpfen.

Leyla rannte zu ihrem Papa und ließ sich von ihm auf den Arm nehmen, dabei vergrub sie ihr Gesicht in seinem Nacken. Auch sie war langsam müde. Es war Zeit, nach Hause zu gehen.

Dero setzte die Kleine in den Kindersitz in seinem Touran und ging dann zurück zu den Großeltern, die zum Abschied in der Tür standen.

»Vielen Dank für alles«, sagte er und drückte beide kurz an sich.

»Danke dir. Es ist immer schön, wenn ihr zu Besuch kommt«, sagte Oma Elisa.

»Falls ihr nächstes Wochenende einen Babysitter braucht, ruft uns an«, lächelte sie.

»Meine Mutter geht mir ihr in den Zoo. Aber vielleicht kommen wir ein anderes Mal darauf zurück«, zwinkerte er.

»Ach ja, du hast gar nicht erzählt, wie es ihr geht«, ließ sie Dero nicht ins Auto steigen.

»Wir sind immer wieder überrascht, wie lange es ihr bereits gutgeht. Leyla scheint ihr große Freude und Stärke zu bereiten«, antwortete er und seine Augen glänzten.

»Das haben Leylas so an sich«, lächelte Opa sanftmütig.

Dero wurde unruhig und schaute zurück zum Auto, wo seine Kleine bereits eingeschlafen war. Oma zog ihn nochmals an sich.

»Fahrt jetzt. Und bestell Naemi liebe Grüße von uns. Sie muss unbedingt nächstes Mal wieder mitkommen. Dann koche ich ihr auch ihr geliebtes Chili con Carne.«

»Ich richte es gerne aus. Sie war untröstlich. Aber bei unserem Beruf weiß man nie, wann man gebraucht wird«, lächelte er entschuldigend.

»Ihr tut da was Gutes. Dafür muss man sich nicht entschuldigen«, erwiderte Opa.

»Nun fahrt vorsichtig und grüße auch deine Mutter.«

»Mach ich. Bis bald«, verabschiedete sich Dero und stieg in sein Auto.

Jedes Mal überfiel ihn eine Nostalgie, wenn er vom steinigen Auffahrtsweg von diesem Haus wegfuhr. Manchmal konnte er kaum fassen, wie viel Zeit vergangen war. Er schaute in den Rückspiegel zu seiner Tochter. Leyla.

Bevor er auf die Hauptstraße fuhr, schaute er kurz in den Himmel, lächelte und flüsterte ihm zu:

»Weil du mich das Fliegen lehrst«.

Danksagungen

Diese Geschichte zu schreiben, war ein großes Abenteuer. Leyla und Dero habe ich früh kennengelernt. Sie waren lange in meinen Gedanken. Je mehr ich mich in ihrer Welt aufhielt, umso mehr erfuhr ich über sie. Und – trotzdem – als ich ihre Geschichte aufzuschreiben begann, überraschten sie mich bei jedem Kapitel. Ich wusste nie, was als Nächstes geschehen würde, und das war neu in meinem Autorenleben. Da war kein Konzept, kein Plan, nur Leyla und Dero, die mit mir ihre Liebe teilten.

Doch nicht nur die Geschichte und die Liebe zum Schreiben sind dabei wichtig. Sondern all die Menschen, die einen dabei unterstützen und mir die Zeit geben in andere Welten einzutauchen. Und diesen Menschen möchte ich danken.

Mirka Uhrmacher, die im richtigen Moment, den richtigen Riecher hatte.

Claudia Winkler und dem ganzen Ullstein »Forever«-Team, die Leyla und Dero die Chance gaben, ewig zu werden.

Rosemarie Spörri und der Lüthy & Stocker AG, die mir Zeit schenkten. Das schönste Gut, das eine Jungautorin erhalten kann.

Großen Dank und viel Liebe geht an meine großartige Freundin Mimi, die mich mit ihren Worten inspirierte und diese Geschichte erst vollkommen machte.

Andye, die mit ihrem Wissen all die Lücken füllte, die ich erschuf.

Und Seraina, die aus mir den letzten Satz hervorholte und mit mir vor Freude darüber rumhüpfte.

Ich danke all den Menschen, die mich in den Phasen unterstützten, aufbauten und aushielten. Ich stelle es mir nicht einfach vor, wenn man neben einer Autorin sitzt, die plötzlich zu weinen beginnt, während sie weiter in die Tasten haut. ;)

Und nicht zuletzt meiner Familie. In jedem Leben würde ich euch wieder wählen. Und dabei geht besonderen Dank an meine Mutter. Und weisch wieso, Mami? Weil du mich mit deiner Lebensfreude, deiner Kraft und Liebe immer wieder das Fliegen lehrst.